언제 어디서나

_____ 드림

참선
1

참선

마음이
속상할 때는
몸으로
가라

1

테오도르 준 박 지음

구미화 옮김

나무의마음

❀

나의 사랑하는 부모님 박종성 & 이종숙
그리고
동생 박찬에게 이 책을 바칩니다.

❀

저희 아들이 지난 30여 년 동안 배워온 참선에 관한 모든 지식과 경험을
바탕으로 책을 출간하여, 여러분과 공유할 수 있게 된 것을 축하하며 기쁘
게 생각합니다.

처음부터 그런 건 아니었지만 이제는 저희 부부도 참선이 정신적으로나
육체적으로 고통을 치유하고 노화를 늦출 수 있으며 생명을 연장시킬 수
있다는 것을 알게 되었습니다. 미흡한 점이 있겠지만 이 책이 많은 분들의
건강과 행복에 실질적인 도움이 되기를 진심으로 바랍니다. 감사합니다.

— 박종성, 이종숙 두 손 모아

"지혜가 배제된 과학문명 시대를 산다는 것은
인류가 만든 과학이 인류를 다시 위기에 빠뜨리는 일이 될 것이다."
— 송담 선사

차례   S E O N   M E D I T A T I O N

1권

머리말

"안녕하세요. 환산 스님입니다."

지난 10년 가까이 대중에게 참선하는 법을 가르치면서 나를 소개했던 말이다. 당시에 나는 한국 선불교 승가 전통을 따르는 승려였다. 그러나 나는 배경이 좀 특이했다. 미국에서 나고 자라 대학까지 졸업한 후, 송담 스님이라는 선사를 만나 큰 영감을 받고 그분의 제자가 되기 위해 머리를 깎고 한국의 절로 들어갔다. 그게 30년 전이다.

이 여정이 시작될 때만 해도 나는 문화적으로 한국인보다 미국인에 가까웠다. 한국어를 할 줄 몰랐고, 한국 문화와 역사, 사회에 대해 아는 것이 거의 없었다. 지금은 내가 한국인과 미국인 중간쯤 어딘가에 있는 것 같다고 느끼지만, 그럼에도 한국 사찰의 전통문화를 받아들이는 것은 처음부터 끝까지 줄곧 힘든 일이었다.

한국어를 말하고 들을 수 있게 된 뒤에도 마음이 통하는 대화는 여전히 어려웠고 자주 많은 오해가 빚어지곤 했다. 그럴 때마다 나는 에

두르지 않고 솔직하게 내게 말해주고 나 역시 허심탄회하게 이야기할 수 있는 그런 상대가 있었으면 싶었다. 나는 그게 간단하리라고 생각했다. 쉽게 이룰 수 있는 바람이라고 생각했다. 그러나 모든 인간관계에서 정직과 존중, 솔직함과 열린 자세, 공감과 이해를 얻는 것은 전 세계 어디에서나 쉬운 일이 아니다. 서로를 분명히 이해하고 배려하며 소통하는 것은 문화나 언어 차원이 아닌, 인간 차원의 문제이기 때문이다.

본격적으로 시작하기에 앞서 한 가지 분명히 밝혀두고 싶은 것이 있다. 승려가 되기 전, 그러니까 송담 스님의 제자가 되기 전, 심지어 불교와 참선에 관심도 없었을 때, 나는 건강하지 못한 사람이었다.

어린 시절 나는 지독히도 수줍음을 탔고 잘 모르는 사람들과 어울릴 때면 불편함을 느꼈다. 이런 성향은 어른이 될 때까지 달라지지 않았다. 낯선 사람들을 두려워했고 그들과 대면하는 것은 더 무서웠다. 그리고 인간은 예측할 수 없는 폭력적인 존재라고 쓰라린 마음으로 오랫동안 확신해왔다. 동시에 다른 사람들과 잘 어울리지 못하는 내 무능함이 부끄러웠고 이 세상에 내가 설 자리는 없는 것 같아 두려웠다. 내 안에서 화, 공포, 수치심, 불안이 계속 들끓었고 내면의 갈등 때문에 늘 고통스러웠다.

그래서 청소년기가 되자 도피하기 시작했다. 현실로부터, 다른 사람들로부터, 사회성이 부족한 나 자신으로부터. 나는 결코 존재할 수 없는 형태의 세상과 삶 그리고 나 자신을 꿈꾸었다. 그러나 그 꿈과 환상들은 늘 비천한 나 자신으로 돌아와야 한다는 절망감으로 끝이 났다.

가슴 한가운데에 커다란 구멍이 나 있었다. 채울 수도 달랠 수도 없는 끔찍하고 중독적인 최악의 결핍이었다. 대학생 때는 툭하면 필름이 끊길 때까지 술을 마셨고, 그러다 병원에 실려 간 적도 몇 번 있었다. 한때 내 유일한 자부심이었던 성적도 형편없어졌다. 관심이 가는 과목만 공부하고, 나머지 시간은 도피적인 성향을 충족하며 보냈다. 아침 늦게까지 잠을 자고 밤늦은 시간까지 팝 음악을 듣고 밤낮없이 영화만 보기도 했다. 줄담배를 피웠고 건강에 치명적인 기름진 음식을 절제하지 못했다. 여자친구도 계속 바뀌었다. 나는 애정에 굶주리고 외로움에 젖어 있었다.

대학을 졸업할 무렵에는 그동안 쌓인 정서적 문제들이 눈덩이처럼 불어나 무너지기 일보 직전이었다. 이렇게 서로에게 무관심하고 갈등이 넘쳐나는 세상에서 살아가야 한다고 생각하니 끔찍했다. 이런 세상에서 제구실을 하며 살아갈 자신이 없었다. 좀 더 정확히 말하면 깊이 병들어 독성을 내뿜는 현대 문명에서 제대로 살아가는 사람은 아무도 없는 것 같았다.

무언가가 필요했다. 내 가슴속에서 더 커지고 깊어져만 가는 듯한 구멍을 메워줄 뭔가가 필요했다.

대학을 졸업한 후 이렇게 절박한 마음으로 나는 대학원에 가거나 일자리를 구하는 대신 장차 나의 스승이 될 송담 스님을 만나기 위해 한국으로 갔다.

송담 스님.

내가 아직 대학에 다닐 때 재미교포 불교 모임에서 그분에 대한 소문을 들은 적이 있다. 사람들은 10년 동안 묵언 수행을 한 그분이야말로 정말로 깨달으신 분이라고 했다.

깨달았다고?

요즘 세상에 말도 안 되는 이야기 같았다. 하지만 그분이 나를 무력하게 만들고 괴롭게 하는 삶의 문제에 답해줄 수 있을 거라는 얘기를 들었을 때 나는 그 말을 믿고 싶었다.

그러나 대학을 졸업하고 몇 달 후 송담 스님을 만나기 위해 처음 한국에 갔을 때만 해도 나는 승려가 될 생각이 전혀 없었다. 깨달음을 얻고자 노력해보겠다는 생각도 없었다.

나는 그저 건강하지 못한 내 정신을 치료할 방법을 찾고 있었을 뿐이다. 삶이 필연적으로 제기하는 존재와 관련된 질문, 그리고 정신적인 의문들에 대한 대답과 인생에서 피할 수 없는 내적 고통에 대처할 방법을 말이다.

마침내 송담 스님을 만났을 때 내가 물었다.

"스님, 스님은 10년간 묵언 수행을 하시고 깨달음을 얻은 분이라고 사람들이 그러는데, 그 묵언 수행을 통해 무엇을 깨닫게 되셨나요?"

스님이 대답하셨다.

"내가 알게 된 것을 말이나 개념으로 전달할 수는 없어. 내가 해줄 수 있는 건 깨달음을 얻도록 참선하는 법을 알려주는 것뿐이야. 그리고 진심을 다해 참선 수행을 한다면 자네 역시 깨달음을 얻게 될 거라는 건 약속할 수 있지."

송담 스님의 대답을 듣자 가슴 깊은 곳을 세게 얻어맞은 듯했다. 스님의 말씀은 지금 나의 불행하고 혼란스러운 마음 상태로는 내 존재의 본질을 알 수 없다는 뜻이었다. 그러니 내 인생에서 진정으로 해야 할 일이 무엇인지 알 수 없을 거라는 얘기였다. 또한 내 마음을 조절하는 법을 배우지 않고는 깊은 내적 고통에서 결코 벗어나지 못할 거라는 말이었다.

그 순간 내게 필요한 건 참선이라는 생각이 분명하게 들었다. 나에겐 어지러운 마음을 깨끗이 씻고 차분하게 진정시키며 투명하게 만들어 줄 구체적인 방법이 필요했다. 무엇보다 완전한 자기 변혁의 길이 필요했다. 인간의 의식에 대해 깨달음을 얻는 길 말이다.

그 길을 걷는 것이 내 인생을 걸고 해보고 싶은 일이라는 생각이 들었다. 그래서 출가하여 그의 제자가 되기로 결심했다.

내가 이 책을 쓰게 된 이유는 다소 평범하지 않은 인생을 살면서 배운 것들이 다른 사람들에게 조금이나마 도움이 되었으면 하는 바람에서다.

부디 이 책을 통해 사람들이 나만큼 오래 걸리지 않고, 나보다는 쉽게 참선을 배워 그 혜택을 누렸으면 좋겠다. 그리고 다음 세대가 나보다 더 멀리 나아갔으면 하는 마음도 있다.

참선을 하기 위해 꼭 불교 신자가 될 필요는 없다. 당신이 누구인지 혹은 무엇을 믿는지는 중요하지 않다. 참선이 시간이 남을 때 앉아서 하는 일종의 '명상법'이 아니라는 사실만 기억하면 된다. 참선은 당신이 어디서 무엇을 하든 당신의 생각과 감정, 말과 행동을 관리하고, 정신적 고통에서 빠르게 회복하도록 돕는 완전한 자기 변혁의 길이다.

송담 스님은 이렇게 말씀하셨다.

"진정한 참선은 일상생활을 벗어나서 하는 것이 아니라, 일상생활 속에서 하는 것이다."

다른 말로 하면 참선은 '영적'이거나 '이상주의적'인 어떤 것이 아니다. 지금 여기, 바로 이 순간 우리가 하는 것들을 관리하는 것이다. 그런 의미에서 참선은 꽤나 실용적이다.

참선이 '평범한 일상'과 동떨어진 어떤 것이라고 믿었던 적도 있다. 그때는 세상이 나와 다른 방향으로 흘러가고 있으며 나와 세상이 만나는 지점은 없을 거라고 생각했다. 송담 스님을 만나기 위해 처음 한국행 비행기에 탔을 때 나는 순전히 개인적 탐색의 여정을 시작한 것이며, 앞으로 보고 듣게 될 것들은 오로지 나에게만 흥미로울 것이라고 생각했다. 그리고 이후 오랫동안 내가 하려고 노력했던 것들 또한 소위 '현실 세계'와 무관하다고 생각했다.

그런데 송담 스님이 내게 당신의 가르침을 오늘을 살아가는 많은 사람들과 나누라고 말씀하셨다. 그 당부를 따르기 위해 지난 7년간 나는 이전 20년 동안보다 훨씬 더 많은 사람들을 만난 것 같다. 미국과 한국뿐 아니라, 캐나다·프랑스·스위스·호주·중국·홍콩·일본·인도·파키스탄·싱가포르·인도네시아·사우디아라비아 등 세계 각지 사람들과 만나 대화를 나누었다. 나를 찾아온 사람들의 종교는 기독교도, 이슬람교도, 유대교도, 힌두교도 등을 망라했고 직장인, 주부, 퇴직자, 교수, 과학자, 의사, 외교관, 사회복지사 등 다채로운 직업에 종사했으며 초등학생에서 대학생, 대학원생에 이르기까지 연령대도 다양했다. 그뿐만 아니라 교도소 수감자도 있었고 세계적인 지도자도 있었다. 그들을 통해 나는 참선이 단지 불교 신자나 스님들뿐만 아니라, 말 그대로 이 세상 모든 사람들에게 얼마나 유용한지 알게 되었다. 고통에서 벗어나 더 행복한 삶을 살고 더 나은 사람이 되고자 하는 모든 이들에게 말이다.

참선에 관한 선불교의 가르침이 그들의 삶을 변화시킬 거라 주장했지만 정작 변한 것은 나였다. 나는 새로 만난 친구들의 지혜와 진정성, 배려에 겸허해질 수 있었다. 그들에게 정말 감사하다. 결국 이런 소통을 통해 변화한 것은 내 삶이었다.

내가 처음 이러한 이른바 구도의 여정을 시작했을 때 내 스승은 한국에 있는 단 한 분, 송담 스님뿐이었다. 하지만 이제는 전 세계에 수천 명의 스승을 둔 느낌이다. 성급한 청년이었던 나는 우리 문명이 되돌릴 수 없는 대재앙을 향해 가고 있는 건 아닐까 두려웠고, 어쩌면 우리 모두가 그 대가를 치르게 될 거라고 생각했다. 그러나 이제 나는 우리가 이 상황을 바꿀 수 있다고, 전 세계 모든 사람들에게 삶을 변화시킬 능력이 있다고 믿게 되었다.

그러나 망가진 것을 고치고 일 처리하는 방식을 바로잡는 것만으로는 충분하지 않다. 우리는 행동 방식을 바꾸는 법을 배워야 한다.

이 책의 목적은 우리의 삶에 참선을 포함시키는 방법을 나눔으로써 우리 한 사람 한 사람이 자기 혁신과 자기 진화의 혜택을 누리도록 돕는 데 있다.

나는 참선과 같이 스스로를 제어하고 자아를 탐구하는 방법이 지금 우리 문명의 생존에 반드시 필요하다고 믿는다. 절대적 빈곤에 가까운 지금의 내면 상태로부터 벗어날 방법을 함께 찾아야 한다.

쾌락과 소유에 대한 끝없는 믿음과 갈증.
가진 것이 없으면 자신이 아무것도 아니라고 전제하는 가슴 아픈 현실.

나는 우리에게 몸과 마음 안에서 기쁨과 만족을 찾을 방법이 필요하다고 믿는다. 그러지 않으면 자연계에 남은 것들을 모조리 찢어발기고 허비하고 말 것이다. 우리 앞을 가로막는 것이 있으면 다른 사람이든 다른 생물이든 다 멸종시키고 말 게 분명하다.

우리가 스스로의 변화를 제어하고, 애초에 우리가 만들어진 목적에 맞게 살아가기 위해서는 참선과 같이 자기 자신을 알아가고 스스로를 사랑하는 훈련이 필요하다. 우리가 정말로 원하는 그런 사람이 되려면 말이다.

하지만 내 주장이 진짜인지 아닌지 알려면 각자 직접 시도해보는 것밖에 달리 방법이 없다. 그러니 참선을 배워 각자의 생활 속에서 조금씩이라도 시도해보고, 그럴 만한 가치가 있는지 스스로 판단해볼 것을 제안한다.

30년 전 송담 스님을 처음 뵈었을 때 느끼고 지난 몇 년 동안 전 세계 사람들을 만나며 다시 알게 된 사실은 우리가 성장하고 변화할 수 있는 잠재력은 생각보다 훨씬 더 크다는 것이다.

이 책은 당신이 좋아하고 즐기는 것들을 포기하라고 말하지 않는다. 가진 것을 모두 던져버리고 머리 깎고 절로 들어가라고도 하지 않는다.

그러나 참선을 하면 할수록 해로운 습관과 불필요한 소유물을 던져버리고 싶어지는 자신을 발견하게 될 것이다. 한때 당신을 흥분시켰던 것들이 이제는 유치하고 심지어 지루해 보일 수도 있다. 말하는 것보다는 침묵 속에서 기쁨을 느끼기 시작할 것이다. 무언가를 좇기보다 고요히 있는 편을 선호하게 될 것이다.

이 모든 것은 당신 하기에 달렸다. 참선의 목적 중 하나는 진정한 마음, 당신 안에 묻혀 있던 지혜를 발견하는 것이다. 그런 일이 일어나기 시작하면 당신의 마음이 당신 스스로를 가르치기 시작할 것이다. 당신의 마음이 당신을 안내할 것이다. 그리고 당신은 그 마음을 기꺼이 따르고 싶어질 것이다.

그러니 부디 과거에 한 일이나 하지 못한 일, 혹은 당신에게 일어났던 일로 스스로를 판단하지 마라. 거울에 비친 자기 모습을 외면하거나 미래에 대해 절망하지 마라.

삶은 아직 끝나지 않았다. 걸어야 할 걸음들이 남아 있고 살아야 할 날들과 시간이 남아 있다. 앞으로 다가올 순간들은 아마도 모든 예상과 달리 당신을 신나게 하고 영감도 불어넣을 것이다.

당신은 여전히 살아 있다. 살아 있다는 것이 비록 늘 좋지만은 않겠지만, 그렇다고 끝내기엔 너무 이르다.

이제 송담 스님의 멋진 가르침을 전하며 끝을 맺으려 한다.

"살면서 부처를 죽이는 것보다 훨씬 더 큰 죄는 스스로를 포기하는 것이다."

그러니 포기하지 마라.

테오도르 준 박

Theodore J. Park

이 책을 읽는 법

참선 수행은 평생에 걸친 여행에 첫발을 내딛는 것과 같다. 이 여정은 개인적인 고통을 해소하는 법을 배우는 것으로 시작해 개인의 성장과 발전을 자극하는 것으로 나아가 인간의 의식을 일깨우고 변혁을 일으키는 것으로 끝이 난다. 이 책은 이 발전 과정에 따라 5개의 부로 이루어졌다.

1부 '모든 일은 어떻게 시작되었는가'는 내가 어떻게 승려가 되었는지 궁금해하는 이들을 위해 쓴 글이다.

2부 '활구 참선법'은 참선을 빠르게 배워 일상에 적용할 수 있게 도와줄 참선의 기본에 대해 설명한다.

3부 '참선의 치유력'은 참선 수행을 통해 현대사회에서 가장 흔한 정신적 고통과 고뇌를 해소하는 방법에 대해 이야기한다. 특히 만성적 화와 불안, 우울과 외로움 등을 중심으로 다룰 것이다.

4부 '참선이 가진 탈바꿈의 힘'에서는 참선 수행을 통해 어떻게 개인적 위기와 변화의 시기를 헤쳐 나갈 수 있는지 살펴본다. 우리 대부분은 더 이상 기존의 방식으로는 살 수 없다고 느끼는 인생의 전환점을 만나게 된다. 4부에서 참선 수행 안에서 인생의 외적 변화와 내적 발전이 어떻게 서로 엮여 이전에는 상상조차 할 수 없었던 새로운 미래를 만들어가게 되는지 이야기한다.

5부 '참선과 미래'는 결론 부분으로 더 건강하고 더 행복한 미래를 여는 데 참선이 할 수 있는 역할에 대해 이야기한다. 요컨대 참선과 같은 자기 제어의 노력이 전 세계에 폭넓게 확산되어 이미 심각한 지경에 이른 자기 파괴적인 경향에 제동을 걸고 우리의 지혜와 사랑, 창의력을 가장 높은 수준으로 일깨울 필요가 있음을 말한다. 그때 비로소 진정으로 평화롭고 비폭력적인 평등 사회가 만들어질 수 있기 때문이다.

이 책은 순서대로 읽는 것이 좋다. 각 장은 앞 장에서 언급한 정보를 토대로 전개되기 때문에 뛰어넘는 부분 없이 순서대로 읽기를 권한다.

내가 알기로는 한국의 전통적인 참선을 실천하는 방법과 여러 가지 이로움이 오늘날 독자들을 위해 현대적인 맥락에서 체계적으로 소개된 적은 아직까지 없다. 이 책에 담긴 정보는 대부분 처음 소개되는 것이다. 인내심을 갖고 이 책을 끝까지 읽는다면 참선의 가르침과 수행이 주는 엄청난 혜택을 누리게 될 것이다.

1부
모든 일은 어떻게
시작되었는가

프롤로그

"자고로 선승은 남의 관심을 끌려고 해서는 안 되며, 자신을 드러내지 말고 조용히 수행해야 한다."

송담 스님이 늘 강조하시던 말씀이다. 나는 항상 그분의 말씀을 따르려고 노력했다. 그래서 송담 스님의 스승이 세우고, 이제는 그분이 직접 이끌고 계신 절에서 20년이 넘도록 숨어 살았다.

그런데 7년 전, 한국의 한 TV 방송국에서 교육 특강 프로그램을 진행해달라는 연락이 왔다. 사실 그런 연락이 처음은 아니었다. 내가 처음 출가했을 때부터 여러 매체에서 그와 비슷한 제안이나 인터뷰 요청이 계속 있었다.

내가 훌륭한 승려라서 그런 관심을 받았다고 생각하지는 않는다. 나는 지극히 평범한 승려였다. 다만 이 세상의 많은 사람들이 그렇듯이, 나 또한 지금보다 더 나은 사람이 되길 바랄 뿐이었다. 그럼에도 한국의 승려로서 흔치 않은 배경을 가진 것은 분명한 사실이었다. 특히 내가 승려 생활을 시작한 1990년대만 해도 외국에서 살다가 출가를 목적으로 한국에 오는 사람이 매우 드물었고, 그런 승려들은 누구나 인터뷰 요청을 받았다. 하지만 나는 20년 넘게 그런 요청을 거절해왔다.

이런 이유로 당시 방송국에서 연락이 왔을 때도 역시나 정중히 거절했다. 그러고는 송담 스님에게 그 일에 대해 말씀드렸다. 오래전부터 그렇게 보고를 드려왔기 때문이다.

"어째서 거절했느냐?"

송담 스님이 다소 걱정스러운 목소리로 물으셨다. 나는 깜짝 놀랐다. 전에는 스님이 한 번도 그런 식으로 반응하신 적이 없었기 때문이다.

"수행하는 데 좋지 않을 거라 생각했습니다."

"음, 다음번에 또 그런 요청이 오면 받아들이도록 해. 많은 사람들에게 도움이 될 거여."

나는 어리둥절했다. 스님이 이렇게 말씀하시는 게 처음이었다.

TV 방송국의 요청이 또 있었지만, 스승의 지시에도 불구하고 역시 거절했다. 이제껏 겉으로 드러나는 사회적 명성과 영향력을 철저히 무시해온 송담 스님이 나나 다른 제자가 사람들 앞에 나서길 원한다는 사실이 믿기지 않았다.

'나를 시험하시는 건가?'

송담 스님이 정말로 그런 일을 원하신다고는 도저히 생각할 수가 없었다.

그다음에 송담 스님을 암자에서 뵈었을 때 나는 방송국의 요청이 또 있었지만 다시 거절했다고 말씀드렸다. 솔직히 내가 유혹을 물리쳤다는 이야기를 들으시면 스님이 흐뭇해하실 거라고 생각했다. 하지만 스님은 얕은 한숨을 내쉬셨다.

나는 스님이 왜 언짢아하시는지 의아해하며 그분의 얼굴을 바라보았다. 스님은 그때 이미 80대 중반이셨지만 안경 너머의 눈은 내가 그분을 처음 만났던 날과 똑같이 맑고 빛났다. 스님은 지금까지 그러셨던 것처럼 여전히 예리하셨고, 나는 지금까지 그랬던 것처럼 그분이 자랑스러웠다. 하지만 스님의 얼굴은 조금 지쳐 보이기도 했다. 스님은 거의 40년 동안 우리 절을 이끌어 오셨다.

"왜 그랬지?"

스님이 온화하면서도 약간 소년 같은 목소리로 물으셨다. 묵언 수행을 끝내고 다시 말씀을 시작하신 지 수십 년의 세월이 흘렀지만, 스님에겐 여전히 침묵의 특색이 남아 있었다. 스님이 말씀하실 때조차도 마치 아무 말씀도 하지 않는 것 같았고, 침묵을 지키실 때는 모든 것을 가르쳐주시는 것처럼 느껴졌다. 펜과 사전 그리고 공책과 벼루와 붓이 놓여 있는 송담 스님의 고요한 방에서 그분의 목소리는 마치 침묵의 한 부분과도 같았다.

햇살이 스님 옆의 넓은 창문을 통해 말없이 들어와 그분이 앉아 계신 낮은 탁자 표면과 모서리 그리고 그분의 얼굴과 어깨 측면을 금빛으로 물들였다. 침묵이 공기 중에 감돌았고, 그것은 불멸의 정갈한 한 음절처럼 방 안을 가득 채웠다. 스님 앞에 영원히 앉아 있을 수 있을 것 같았다. 스님의 달콤한 향기에 사로잡혀 있기란 언제나 그렇게 쉬운 일이었다.

하지만 그날은 스님이 내게 질문을 하셨고, 나는 그 질문에 뭐라고 답해야 할지 알지 못했다. 나는 한숨을 내쉬고는 대답했다.

"그렇게 하는 것이 좋은 일이 아니라고 생각했습니다. 죄송합니다."

"네가 외국인들에게 참선을 가르치지 않으면 누가 하겠냐?"

스님이 말씀하셨다.

나는 아무런 대답도 하지 않았다. 그러나 조금 긴장이 되기 시작했다. 변화가 찾아오고 있었다. 나는 그렇게 느꼈다. 하지만 그 이유를 알고 싶지 않았다. 모든 것이 예전처럼 유지되기만을 바랐다. 송담 스님은 나의 위대한 스승이시고, 나는 그분의 충성스러운 제자다. 그 외의 것은 신경 쓰고 싶지 않았다. 그걸로 끝이길 바랐다.

"세상이 우리나라의 전통 활구 참선법을 배울 준비가 되었어. 그냥 네가 배운 그대로 알려주면 되는 거여. 특별히 어렵게 생각할 건 없어."

"그러면 제가 외국인을 가르치면 될까요?"

"학생들에게도 참선을 가르치도록 해. 우리나라 학생들이 네게 배우면 영어를 공부하는 데도 큰 도움이 될 거여."

나는 웃음이 났다.

"스님, 저는 이제 그렇게 젊지 않습니다. 그리고 요즘에는 한국에 영어를 잘하는 사람이 아주 많아요. 학생들이 오히려 저를 불편해할지도 몰라요."

스님은 빙그레 웃으시더니 말씀하셨다.

"글쎄, 내가 모든 것을 잘 아는 것은 아니지만 분명히 잘될 거여. 나는 다 늙어버려서 어린 학생들과 어울리며 직접 가르쳐주기가 어렵단 말이여. 그러나 미국에서 자라고 교육받은 너라면 우리나라 학생들하고 잘 맞을 거여. 어쩌면 가장 적임자일지도 모르지."

나는 말없이 고개를 끄덕였지만 마음이 편치 않았다.

일주일쯤 뒤 방송국에서 어쩌면 마지막일지도 모를 연락이 왔다. 이번엔 현대사회에서의 참선 수행에 관한 1년짜리 영어 프로그램을 진행해달라는 요청이었다. 처음 시도하는 유형의 프로그램인 데다, 카메라 앞에 서본 적이 없는 나를 섭외한다는 것은 그들로서도 엄청난 모험이었을 것이다. 나는 그 제안을 받아들이고 그해 말에 녹화를 시작한다는 계약서에 서명했다.

그 후 몇 달 동안 참선에 관한 강연 요청을 모두 받아들였다. 처음에는 한국에 살면서 불교나 한국 문화에 관심을 갖게 된 외국인들에게 영어로 강연을 했다. 영어 실력을 쌓고 싶어 하는 한국인들도 나이와 상관없이 강연에 참석했다. 얼마 후 한국 대학생 몇 명이 찾아와 자기네 학교의 불교학생회 지도 법사를 맡아달라고 요청했다.

마음속으로는 거절하고 싶었다. 한국의 젊은이들과 그들이 겪는 일들을 이해할 자신이 없었기 때문이다. 그들이 나를 받아들일지에 대해서도 확신이 없었다. 하지만 스승의 말씀이니 거절할 수가 없었다.

두려워했던 날이 다가왔다. 이제 한국의 젊은이들과 소통할 방법을 찾아 나서야 했다. 절에서 대학교까지 2시간 남짓 전철을 타고 가는 동안 내 머릿속은 완전히 백지장 같았다. 막연히 학생들에게 참선을 가르친다는 생각만 있었다. 나는 그들의 삶이 어떤지 전혀 알지 못했다.

학교생활을 재미있어 할까? 혹시 방황하고 불안해하고 있을까? 아니면 절에서 본 청년들처럼 독실한 부모 밑에서 자란 젊은이들일까?

나는 학생회관 건물을 향해 걸어가며 생각했다. 그리고 나무들이 줄

지어 늘어선 길을 따라 터벅터벅 걸어가면서 마치 관광객처럼 주변을 두리번거렸다. 이렇게 많은 젊은이들을 본 것이 실로 오랜만이었다. 짧게 깎은 머리에 귀를 뚫은 말쑥하고 다부진 체격의 젊은이들이 민소매 셔츠에 반바지 차림으로 농구를 하고 있었다. 여학생들은 몸에 딱 붙는 청바지나 스커트 차림으로 여럿이 함께 걸어가며 아주 큰 소리로 웃었다.

마침내 불교학생회 동아리방에 도착했다. 안에서 깔깔거리며 웃는 소리가 들렸다. 내가 지금 뭘 하려는 거지? 나는 한숨을 내쉬었다. 하지만 체념하듯 고개를 한 번 저은 뒤 문을 열고 들어갔다.

들어가자마자 양말이 바닥에 쩍 들러붙었다. 접착제라도 발라놓은 듯했다. 그리고 산패한 냄새가 희미하게 코끝을 스쳤다. 술이 바닥에 말라붙어 나는 냄새였다. 하마터면 웃음을 터뜨릴 뻔했다. 그렇다, 내가 대학에 돌아온 것이 분명했다.

작은 동아리방에는 내가 예상했던 것보다 많은 학생들이 모여 있었다. 모두들 나를 환영하려고 일부러 와서 기다리고 있었던 것이다. 그들은 단정한 옷차림으로 두 손을 모으고 서서 다정하면서도 수줍어하는 표정으로 나를 향해 미소를 지었다. 주름이나 잡티 하나 없는 얼굴엔 청춘의 불확실성이 가득했다.

'어린아이들이구나!'

'우리가 무슨 이야기를 나눌 수 있을까?'

나는 속으로 이렇게 생각했다. 그러고는 둥글게 둘러앉아 학생들에게 자기소개를 해달라고 부탁했다. 학생들은 돌아가며 순서대로 자신의 이름, 전공, 학번을 말했다. 그 모습이 마치 자신의 이름과 계급, 군

번을 말하는 군인들 같았다. 그리고 학생들은 내가 직접적으로 질문하기 전에는 먼저 말을 하지 않았다.

'이 학생들과 대화를 시작하는 가장 좋은 방법은 무엇일까?'

이런 생각을 하다 문득 이들의 나이가 내가 송담 스님을 만나려고 처음 한국에 왔을 때와 비슷할 거라는 생각이 들었다. 그렇다면 그 시절에 내가 겪었던 고민을 이들도 하고 있지 않을까? 그들도 나와 똑같은 의문을 품고 있지 않을까? 저 해맑은 얼굴 뒤로 나와 똑같은 불확실성과 혼란으로 괴로워하고 있지 않을까? 이들도 내가 그랬던 것처럼 의미 있는 삶을 살고 싶은 마음이 간절하지 않을까? 만약에 그렇다면 나에게 도움이 되었던 참선이 이들에게도 똑같이 도움이 되지 않을까?

그러나 염려되는 것도 있었다. 내가 처음 한국에 왔을 때 많은 사람들, 특히 젊은이들이 선불교를 일종의 미신쯤으로 여기면서 매우 보수적이고 비과학적이며 비합리적인 것으로 생각하는 모습에 깜짝 놀랐다. 가장 충격적이었던 것은 현대사회와는 어울리지 않는 구세대의 전유물이자 구닥다리 종교쯤으로 인식하는 점이었다.

이런 모습은 내가 기대했던 것과 너무 달라서 마음이 혼란스러웠다. 미국에 있을 때는 선불교가 진보적이고 자유주의적이며 대단히 논리적일 뿐 아니라, 최신 과학 이론이나 관찰 결과와도 일치한다고 배웠다. 그보다 더 중요한 건 참선이 젊은이들에게 가장 잘 맞는 자기 수련 방식을 제공한다고 알고 있었다.

미국의 경우 제2차 세계대전이 끝나고 냉전시대에 접어들었을 당시 사회적·문화적 규범들이 지금의 기준으로 보면 극도로 보수적이었다.

미국 시민들은 중산층 이상의 백인 남성들에게만 권한을 부여하고 다른 인종과 여성, 동성애자, 비기독교인들 그리고 이른바 '노동 계층'에 속하는 사람들을 소외시키는 규범에 따라야 했다.

그러다 1950년대 들어 이런 경향에 불만을 품은 중산층 지식인과 대학생들이 행동에 나섰다. 이들은 위선적이고 강압적인 사회 기준과 관행에 저항했다. 나중에 '비트 운동Beat Movement'이라고 불리게 되는 이 저항 운동을 통해 사람들은 당시 퇴폐적이고 부도덕하다고 생각되던 방식으로 생활 방식과 행동들을 실험하기 시작했다. 재미있는 건 그들이 보다 흥미롭고 진정성 있게 살아가는 법을 찾기 위해 일본의 선불교를 지침으로 삼았다는 사실이다.

그렇게 해서 깨달음에 관한 선불교의 가르침이 미국 젊은이들의 문화에 스며들었고, 이런 까닭에 미국에서 선불교는 젊음, 저항 그리고 관행을 따르지 않는 개인주의와 연결되었다.

1960년대가 되자 비트 운동이 히피 운동으로 발전했고, 일본의 승려들이 미국으로 건너와 젊은이들에게 참선을 가르치기 시작했다. 당시 참선을 접한 최초의 미국인들 중에는 불교를 '의식의 확장' 수단으로 받아들인 이들이 많았다. 이렇게 해서 선불교의 가르침은 '자기 초월' 수단의 하나로 당시 유행했던 '인간 잠재력 계발 운동'과도 연결되었으며, 심리학자들은 참선의 '치료 효과'를 밝혀내기도 했다.

그 후 1970년대 초엔 이른바 '젠 센터' 혹은 '선원'들이 캘리포니아 북부에 처음 세워지면서 이 지역이 미국 불교의 중심지가 되었다. 그리고 이 젠 센터에 컴퓨터 업계 젊은 기업가들의 첫 세대가 다니기 시작했다. 스티브 잡스를 비롯한 IT 업계의 선구자들이 기존 체계와 패러다

임에서 벗어나는 법을 찾기 위해 불교 가르침과 수행법에 의지했던 것이다. 이렇게 해서 선불교는 다시 첨단 과학이나 기술 혁신과 연결되었다.

이런 까닭에 미국에서 자란 나는 한국에 왔을 때 당연히 선불교가 인습을 타파하고 반권위주의에 진보적이고 자유주의적이며 혁신적이고 창의적일 거라 기대했다. 게다가 역동적이고 무엇보다 젊은이들을 위한 것이라고 예상했다. 그러나 한국에서 승려로 살면서 한국 사람들이 참선을 바라보는 방식이 서구 사람들과 많이 다르다는 것을 알게 되었다.

미국에서 선불교를 찾는 사람들은 언제나 젊은이들이다. 그들은 자신의 삶을 획기적으로 변화시키고자 하는 사람들이 참선을 배운다고 생각한다. 미국에서 참선을 처음 접하고 한국에서 30년 가까이 참선 수행을 한 나는 참선이 정말로 젊은이들, 그러니까 나이와 상관없이 마음이 젊은 사람들을 위한 것이라고 생각한다. 하루하루 의미 없는 일정에 맞춰 살기보다 인생의 가능성을 탐구하고 대담하게 상상력을 발휘하며 진정한 삶을 살고 싶은 그런 사람들을 위한 것이라고 말이다.

이들에게는 참선이 자유, 원래 살고자 했던 그런 삶을 살 수 있는 자유에 이르는 길이 될 수 있을 것이다.

1

그가 깨달았다고 한다

1987년 겨울, 나는 밤을 가르며 날아가는 비행기의 이코노미석에 앉아 있었다. 그해 초에 대학을 졸업하고 여러 달이 흘렀지만 나는 내가 무엇을 하며 살고 싶은지 알지 못했다. 아무런 대책 없이 송담 스님을 직접 만나보겠다는 일념 하나로 한국행 비행기에 올랐다. 왜 그렇게 하는지 그 이유조차 확실치 않은 채로 순전히 본능에 따라 움직이고 있었다.

내가 아는 것은 그저 뭔가 다른 일을 하며 살고 싶다는 것뿐이었다. 앞으로 40년 동안 회사 사무실에 앉아 일하는 것 말고 남은 일생 동안 돈과 명예 그리고 권력을 좇는 것 말고 뭔가 다른 일을 하고 싶었다.

아주 오래전부터 느껴온 마음을 한없이 저미는 듯한 공허함을 채워줄 무언가를 찾고 있었다.

내 마음은 두려움 반, 기대 반이었다. 2년 전쯤 송담 스님에 대해 처음 소문을 들었을 때부터 꼭 한 번 그분을 만나고 싶었다. 나보다 윗세대인 재미교포 불교 신자들이 말하길 송담 스님은 청렴하고 강직한 분이라고 했다. 돈이나 명성, 권력에 관심이 없는 분이라고 했다. 모든 사람을 차별 없이 사랑하는 살아 있는 보살이라고 했다. 어떤 분은 송담 스님을 개인적으로 안다며, 그분이 10년간 묵언 수행을 했고 깨달음을 얻으신 분이라고도 말했다. 아마도 이 세상에서 깨달음을 얻은 단 한 사람일 거라고.

깨달음이라니, 나는 그게 가능하기나 한 일인지 궁금했다.

비행기는 한국인 가족들로 가득했고, 어린아이들을 제외하고는 내가 가장 어린 것 같았다. 기내의 불빛이 꺼졌지만 등받이를 뒤로 젖혀도 잠을 이룰 수가 없었다. 공기가 답답하고 건조했다. 글을 쓰면서 시간을 보내야겠다고 생각하며 머리 위 조명을 켜고 일기장을 꺼냈다.

그런데 쓸 말이 아무것도 없었다. 오랫동안 바라온 여정이었지만 막상 한국행 비행기에 앉아 있으니 무슨 말을 적어야 할지 몰랐다. 나 자신에게조차 쓸 말이 없었다.

나는 송담 스님에 대해 다시 생각해보았다. 나는 그분의 사진조차도 본 적이 없었다. 그분에게 무엇을 기대해야 할지도 몰랐다. 어쩌면 가짜이거나 이상한 사람일 수도 있었다.

나는 아무 생각 없이 불쑥 이렇게 적었다.

'송담 스님을 만났는데 만약 그가 진짜 깨달은 사람이라면 나는 그를 따를 용기가 있을까?'

비행기 안에서 나는 잠을 이루지도 글을 쓰지도 못했다. 좁은 좌석에 불편하게 몸을 구겨 넣은 채 이유는 알 수 없지만 곧 내 인생이 이전과는 많이 달라질 것 같은 예감이 들었다. 송담 스님이 어떤 분이든 내 인생을 바꿔놓을 것만 같았다. 아니, 그분이 그렇게 해주시길 바랐다.

　그동안 내가 얼마나 깊은 내적 갈등을 겪어왔는지 내 주변 사람들조차 잘 알지 못했다. 나는 가장 친한 친구들에게만 이런 마음을 털어놓았다. 대학에 진학해서는 학점에만 신경 쓰고 세상물정은 모르는 아시아계 학생의 이미지를 떨쳐내고 싶었다. 재미있고 재미를 추구하는 사람으로 인식되고 싶었다.

　그러다 보니 대학을 졸업할 때까지 나는 어떤 의미에서 외면과 내면이 다른 이중적인 삶을 살고 있었다. 외적으로는 유학생 신분으로 미국에 왔다가 이민자로 정착한 한국인 부모 밑에서 자란 모범적인 아들이었다.

　부모님은 미국에서 만나 결혼하셨다. 1950년대 말에서 1960년대 초의 한국 유학생들이 대부분 그랬듯 원래 두 분도 학업을 마치는 대로 한국으로 돌아갈 생각이었다. 하지만 막 전쟁이 끝나 폐허가 된 한국으로 돌아가는 것이 쉬운 일만은 아니었다. 앞서 많은 이민자들이 그러했듯 두 분도 미국에서 새롭게 출발할 수 있을 거라고 믿었다. 그래서 나와 남동생은 모두 뉴욕에서 태어났다.

　대부분의 아시아계 아이들처럼 우리 형제도 열심히 공부해 좋은 성적을 받고 가능하면 명문대에 진학해야 한다고 배웠다. 나는 수줍음이 많고 사교적이지 못했지만 학업 성적이 좋았던 덕분에 고등학교를 졸업할 무렵 미국의 최상위권 대학 몇 곳에서 합격 통지를 받았다. 부모님의 꿈이 마침내 이루어진 것이다. 나 또한 세상이 전부 내 것이 된 것 같았다. 어디든 갈 수 있고 무엇이든 할 수 있을 것만 같았다. 나는 자유였다.

하지만 내 마음속 보이지 않는 곳에서는 다른 이야기를 하고 있었다. 나는 오랫동안 인간의 본성과 의미에 대한 질문에 시달려왔다. 이를테면 어린 시절 나는 내가 왜 다른 사람이나 어떤 물건이 아닌 나로 태어났는지 궁금했다.

왜 나는 저기가 아니고 여기 이런 환경에 살고 있을까?
왜 미국인들은 대부분 풍요롭게 사는데 세상에는 가난한 사람들이 이렇게 많을까?
왜 세상은 이토록 불평등하고 불공평한 걸까?

초등학교 5학년 때 학교에서 인종차별적 놀림을 받은 적이 있었다. 그날 매우 화가 난 채로 브롱크스의 집으로 돌아와 어머니에게 왜 한국인의 외모를 가진 우리가 미국에 살아야 하느냐고 따져 물었다. 그러자 어머니는 자신이 어렸을 때 한국에 전쟁이 나서 나라 전체가 거의 파괴되었기 때문에 고국으로는 돌아갈 수가 없고, 이제 우리의 희망은 미국에 있다고 말씀하셨다.

한 국가가 전쟁으로 무너질 수 있다는 사실이 내게는 충격이었다. 어떻게 나라 전체가 파괴될 수 있을까? 어린 시절 전쟁에 대해 들어보았고 전쟁영화를 보았으며 친구들과 전쟁 관련 게임도 해봤지만, 그것이 내 인생에 어떤 영향을 미쳤으리라고는 전혀 생각하지 못했다. 마음이 어지러웠다. 처음으로 이 세상의 모든 것이 영원하지는 않다는 생각을 했다. 비록 그것이 아무리 크고 강한 것이라 할지라도 말이다.

내가 열두 살이 되던 해, 부모님은 뉴욕 북부의 작은 교외 마을인 어빙턴에 집을 구입하셨다. 마침내 우리 가족이 브롱크스의 작은 아파트에서 벗어날 수 있게 된 것이다. 어빙턴은 허드슨 강가의 커다란 두 마을 사이에 위치해 있었는데 전원적이고 한가로운 곳이었다. 마을 중심부의 예스러운 작은 도로에 식품점과 약국이 두세 곳 있었고 마을 한가운데를 남북으로 가로지르는 '브로드웨이'라는 넓은 도로 양옆으로 산책로가 있었으며 아름다운 나무들이 평화롭게 줄지어 있었다. 우리 집이 있는 거리의 이름은 '카유가'였는데 한 세기 전 그 지역이 숲으로 둘러싸여 있었을 때 그곳에 거주했던 원주민 부족들 중 하나의 이름을 딴 것이다.

초등학교, 중학교 그리고 고등학교가 반경 2킬로미터 내에 있었는데, 모두 규모는 작지만 높은 평가를 받는 곳이었다. 우리 형제는 안전한 환경에서 학교를 다니며 차질 없이 대학 입시를 준비할 수 있었다. 아버지는 기차로 45분 거리인 맨해튼의 사무실까지 편안하게 출퇴근을 했고, 어머니는 그 집으로 이사한 뒤부터 집을 꾸미고 정원도 가꾸었다.

우리 가족은 우리가 믿을 수 없을 정도로 운이 좋았다는 것을 알고 있었다. 동전 한 푼 쓰는 데도 노심초사했고 낡은 옷이나 장신구를 함부로 버리지 않았으며 버스비를 아끼려 몇 블록씩 걸어 다녔고 특별한 날에만 외식을 했던 어린 시절이 어쨌든 보상을 받았으니 말이다. 예전 아파트보다 훨씬 넓은 그 집으로 이사 간 날부터 우리 가족은 늘 감사해했다.

그런데 솔직히 마냥 좋기만 한 것은 아니었다. 조금 당혹스럽기도 했다. 어째서 우리였을까? 왜 우리 가족은 그렇게 운이 좋았던 걸까?

물론 우리 부모님은 이민자로서 열심히 일하고 많은 것을 인내하셨다. 하지만 내가 보아온 한국인 이민자 가정 대부분이 그랬다. 그렇지만 그들 모두가 꿈을 이룬 건 아니었다. 지금도 매년 가족들이 모이면 의구심이 들곤 한다.

한 치 앞을 내다볼 수 없을 만큼 혼란스럽고 때로는 가혹하기까지한 이 세상에서 우리 가족은 어떻게 이런 안전한 보금자리를 마련할 수 있었을까?

2

이방인

나는 늘 아웃사이더였다. 심지어 태어나고 자란 미국에서도 비현실적인 꿈과 터무니없는 시각을 가진 특이한 존재였다. 나 자신은 물론이고 삶과 세상이 늘 불편했다. 인간 존재의 목적과 본성에 관한 질문들 때문에 머릿속이 항상 터질 것 같았다.

괴로움은 시간이 갈수록 더해갔다. 가족과 친구들이 내게 준 모든 것에 감사하긴 했지만 도통 삶을 즐길 수가 없었다. 모든 것이 어디서 오는지, 그것들이 왜 존재하는지, 이 세상의 목적은 무엇인지 궁금했다. 나의 질문은 끝이 없었다.

우리는 인간으로 살면서 무엇을 해야 할까?

인간의 한계는 어디까지일까?

인간은 정말 피와 살로 이루어진 물질적 존재에 불과할까?

그렇지 않다면 우리에게 그 이상의 것이 있을까?

육신이 죽은 뒤 우리에게는 무슨 일이 일어날까?

그냥 영원히 사라지는 것일까?

우리 몸이 태어나기 전부터 존재했던 어떤 것이 있을까?

인간은 정말로 어떤 존재일까?

인생에 대해 많이 보고 배울수록 세상은 공허하고 실체가 없으며 냉혹하게 느껴졌다. 나는 학교에서 배우는 역사에 몸서리쳤다. '노예제', '대학살', '핵전쟁' 같은 단어들이 아무렇지 않게 오르내렸다. 나는 인류를 비관적으로 보기 시작했다.

처음에는 왜 세상이 이런 식으로 돌아가고, 사람들은 왜 이런 식으로 행동하는지에 대한 답을 찾기 위해 과학을 들여다보았다. 과학이 모든 것을 설명해줄 수 있을 것 같았기 때문이다.

열다섯 살인가 열여섯 살 무렵에는 과학자나 의사가 되고 싶다는 꿈도 생겼다. 하지만 1년도 채 지나지 않아 과학의 권위에 의문을 갖기 시작했다. 과학적 설명에는 분명 한계가 있는 것 같았고 무언가 회피하는 것처럼 느껴졌다.

과학은 그저 사물들이 어떻게 결합하는지에 대해서만 말해주었다. 그러니 어떤 것의 본질에 대해 물어보면, 예를 들어 물질이나 에너지 혹은 정신이 정확히 무엇이냐고 물어보면 빙빙 돌려서 하는 대답만 들을 수 있었다. 정신은 질료와 에너지로 이루어져 있고 질료는 '물질'이며 에너지는 '만질 수 없는 물질'로서 질료를 움직이게 한다. 따라서 모든 것은 일종의 '물질'이다.

그런데 이런 설명을 듣고 난 뒤 질료가 뭐냐고 되묻는다면 제대로

우리는 인간으로 살면서 무엇을 해야 할까?

인간의 한계는 어디까지일까?

인간은 정말 피와 살로 이루어진 물질적 존재에 불과할까?

그렇지 않다면 우리에게 그 이상의 것이 있을까?

육신이 죽은 뒤 우리에게는 무슨 일이 일어날까?

그냥 영원히 사라지는 것일까?

우리 몸이 태어나기 전부터 존재했던 어떤 것이 있을까?

인간은 정말로 어떤 존재일까?

된 답변을 들을 수 없다. 세상에 아주 다양한 종류의 물질이 있다는 얘기만 듣게 될 것이었다.

질료, 에너지, 정신 등등.

나는 뭔가에 속고 있다는 느낌이 들었다.

결국 과학자들은 우주에서 일어나는 물리적 변화를 정확하게 설명하고 싶어 할 뿐이라는 걸 알게 되었다. 그들은 궁극적인 의미와 관련된 의문에는 관심이 없었다. 나는 사물이 어떻게 작동하는지 뿐만 아니라 왜 그렇게 작동하는지도 알고 싶었다.

우리는 왜 존재하는가? 이 모든 것의 이유가 무엇인가? 그중에서도 가장 끈질기게 알고 싶었던 건 각각의 사물이 본질적으로 무엇이냐는 것이었다.

나는 이 무의미한 우주에서 살아가며 느끼는 절망적이고 저주받은 것 같은 자의식으로부터 나를 구원해줄 무언가를 간절히 바랐다. 그래서 종교로 방향을 돌렸다. 나는 종교 교리나 창조 이야기에는 관심이 없었고, 고대의 선지자와 신비론자, 현자와 성인들의 주장에 매혹되었다. 세계의 종교 전통들은 하나같이 이 모든 허무無, nothingness에서 의미를 발견한 사람들에 대해 이야기했다. 암흑 속에서 한 줄기 빛을 발견하고 죽음을 초월한 삶을 얻었다고 하는 이런 사람들은 우리에게도 우리의 인생에도 '성스럽다'고 일컬을 만한 어떤 것이 있다고 주장했다. 나는 그것이 진실일지 궁금했다. 교육받은 대다수의 현대인들은 이런 이야기를 '미신'이라고 부르는데, 어떻게 그것이 진실이 될 수 있을까?

고등학교를 졸업하자 나는 떠나고 싶은 욕망으로 터질 것 같았다. 이미 오랫동안 이런 감정을 느껴왔고, 이제 마침내 내가 품어온 질문에 대한 답을 찾을 수 있는 자유를 얻은 것이다. 대학에 처음 지원할 때는 의학 전문 대학원에 진학해 의사가 될 생각이었다. 하지만 더 이상 과학이나 의학 분야의 직업에 흥미를 느끼지 못했다. 결국 비교종교학을 공부하기로 결정했다.

그 무렵 나는 툭하면 아버지와 다투었다. 돌이켜 생각해보면 내 아버지는 그 세대의 다른 한국인 아버지들에 비해 존경스러울 만큼 자제력을 발휘하셨다. 나는 그때도 그렇고 앞으로도 아버지와 다른 가족들에게 스트레스와 걱정만 안겨줄 터였다. 하지만 나는 너무도 혼란스러웠고 해답에 목말라 있었다.

3

마침내 대학교

대학에 들어가 보니 그곳은 완전히 신세계였다. 그전까지 내가 알고 있던 학교들과는 전혀 달랐다. 신입생 등록 기간에 나는 술통에 빠져 죽을 것처럼 맥주를 마셨다. 그리고 첫 학기가 시작된 후에야 사람들이 대학이라는 곳에 인간의 정신을 위한 놀이터를 만들어놓았구나, 하는 생각이 들었다.

교내에는 박물관처럼 큰 도서관들이 있었는데 책이 무척 많아서 학생들이 '무더기the stacks'라고 부르던 끝없는 책장들 사이에서 길을 잃을 정도였다. 과학 센터는 렌즈 부분이 위를 바라보게 놓아둔 거대한 필름 카메라 같은 모양이었다. 교내와 인근 도시에 있는 건물들도 내가 아는 유일한 도시인 맨해튼의 고층 빌딩들보다 훨씬 낮았다. 거리에서 하늘을 올려다볼 수 있어서 정말 좋았다.

돌이켜보면 인생에서 즐거움을 느낀 것은 그때가 처음이었던 것 같다. 내가 흥미로워하는 것에 대해 이야기하면 즐겁게 들어주는 똑똑하고 재미있는 괴짜 친구들이 주변에 많았다. 교수님들은 모두 천재처럼 보였다. 변호사나 히피 같은 모습의 교수님들은 통찰력과 지식과 생기가 넘쳤으며 강단에 서서 마치 무대 위의 배우처럼 화려한 몸짓으로 재치 있게 지식을 전달했다. 나는 교수님들이 이야기하는 방식을 흉내 내보기도 하고 그 이야기들을 끊임없이 되새겨보았다. 나도 그분들처럼 되고 싶었다.

호기심 많고 명석하고 지적이고 진지한 태도를 가진 사람들에 둘러싸여 지내는 것은 무엇과도 비교할 수 없는 즐거운 경험이었다. 해답을 갈망하고 넘치는 상상력에 휘청거리며 모든 가능성에 마음을 활짝 열어둔 채 젊음이 가진 순수함과 자기도취로 언젠가 세상을 위해 뭔가 멋지고 의미 있는 일을 하고 싶어 하는 젊은이들이라면 특히 그럴 것이다.

나는 살면서 처음으로 눈에 보이지 않고 딱 꼬집어 말할 수도 없는 아이디어들이 내게 활력을 줄 수 있으며 아드레날린이 분비될 때처럼 거칠게 심장을 뛰게 하고 체온을 높일 수 있다는 걸 알게 되었다. 술에 취하듯 대화에 취할 수 있었다. 어떤 이론이나 주장에 완전히 매료될 수도 있었다. 반대로 마치 적이라도 되는 양 싫어하기도 쉬웠다.

"그래서 넌 요즘 뭐에 꽂혀 있어?"

신입생 기숙사에 들어간 첫날인가 둘째 날, 크고 마른 체구에 팔다리가 긴 학생 하나가 한 손에 럼주 병을 든 채 특이한 지방 악센트로 내게 물었다. 나는 그가 어느 지역 출신인지 짐작조차 가지 않았다. 아마도 중서부? 아니면 캘리포니아?

"뭐, 뭐라고?"

나는 말을 더듬었다. 아직 수줍음을 많이 탔고 낯선 사람과 함께 있는 것이 불편했다.

"수학이나 문학, 철학? 아니면 아프리카 토템 미술?"

그는 웃음이 가득하지만 무척이나 진지한 눈빛으로 계속 물었다. 마치 사상가처럼 말이다.

"아프리카 뭐라고?"

나는 그 친구가 한 말을 제대로 알아듣지 못해 되물었다. 그런 다음 웅얼거리듯 말했다.

"선禪, 사실 나는 선에 관심이 있어."

"뭐? 선불교의 그 선 말이야?"

그 친구의 눈이 반짝였다. 그러더니 금세 더 흥분하고 신이 난 목소리로 외쳤다.

"말도 안 돼, 설마 농담은 아니겠지? 멋지군, 친구! 그런데 선이 뭐 하는 거지?"

"선이 뭔지 몰라?"

"당연히 책에서 읽어본 적은 있지. 하지만 진짜 전문가한테서 제대로 들어보고 싶다는 거야, 내 말은."

마치 이상한 꿈속에 있는 기분이었다. 그전까지 내가 만나본 열여덟 살 사내아이들은 대부분 스포츠나 여자애들, 아니면 파티 또는 로큰롤 밴드에 관해 이야기하고 싶어 했지, 이해하기 힘든 동양의 종교에는 관심이 없었다.

"글쎄."

나는 잠시 뜸을 들였다. 사실 그때까지만 해도 잘 알지도 못하는 누군가에게 선에 관해 설명해본 적이 한 번도 없었다. 그러나 그 순간 가슴속에서 뭔가가 점점 커지고 뜨거워지는 것을 느꼈다. 나는 지금껏 경험해보지 못한 방식으로, 흡사 목소리를 잃었다가 되찾은 사람처럼 이야기하기 시작했다.

"그게 말이지, 공식적으로는 선불교라고 하는데 사실 진정한 선은 종교도 아니고 철학도 아니야. 삶의 한 방식이지. 우리가 현실을 직접적으로, 있는 그대로, 솔직하게 경험할 수 있다는 믿음을 전제로 세상과 마주하고 진정한 자기 자신을 표현하는 방식 말이야. 그러니까 개념이나 말로 설명할 필요 없다는 거, 이게 중요해."

내 목소리가 점점 커지는 게 느껴졌다.

"참선은 지적 능력이나 인지 능력으로 하는 게 아니야. 그냥 직관으로 뚫고 나가는 거야. 그게 진정한 지식이고 피부 깊숙이 느끼는 진짜 경험이지. 내 말이 무슨 뜻인지 알겠어? 지금 이 순간 진정한 삶과 진정한 죽음을 경험하는 거야. 언어나 철학을 통해서가 아니라 자신의 온몸과 마음으로 모든 것을 태워버리는 불꽃같은 깨달음을 경험하는 거지."

그 순간 내 마음에도 불꽃이 타오르는 걸 느낄 수 있었다. 난생처음 나에게 소중한 어떤 것에 관해 내 또래와 이야기를 나눌 기회가 생기자 마치 기다렸다는 듯 불이 붙었다. 그 불꽃은 친구의 두 눈에 반사되어 뜨겁게 이글거렸다.

"너, 서양 문학도 잘 알아? 왜냐하면 네가 하는 말이 꼭 낭만주의 시인들이 하는 말 같거든."

그 친구가 물었다.

"뭐, 바이런 같다는 거야?"

"그래, 맞아, 바이런! 그 정신 나간 자식, 안 그래? 그 작자는 선사가 될 수도 있었어! 만약 일본에서 태어났다면 말이야."

"그래, 맞는 말이야. 네 말이 무슨 뜻인지 알겠어. 그런데 너는 뭐에 꽂혀 있는데? 문학?"

"아니, 수학하고 이론물리학."

"맙소사. 양자물리학 말이야?"

"맞아, 그것도."

"좋아, 그렇다면 나도 슈뢰딩거의 고양이에 관해 묻고 싶어…."

"빌어먹을 고양이 얘기는 집어치우고, 우리 한잔할까? 아니면 마리화나 피울래?"

"아니, 나는 됐어."

"하긴 그렇겠다. 너희 아시아 애들은 모범적인 소수 민족이니까."

"장난해? 너 재수 없는 인종 차별주의자야?"

나는 술을 마시기도 전에 벌써 취한 사람처럼 소리를 지르다시피 말했다.

"그래, 친구. 난 인종 차별하는 유대인 수학자야."

결국 그게 어떤 모습이든 처음으로 내가 나다워질 수 있다고 느낀 곳은 바로 우리가 대학이라고 부르는, 마법처럼 멋지지만 잠시 잠깐 머물다 가는 그곳이었다.

나는 여전히 방황했고 공허하고 우울하다고 느끼는 시간이 많았지만 맥주 얼룩이 남아 있고 담배 연기가 자욱한 데다 지저분하기 짝이 없는 기숙사 방에는 언제나 웃을 준비가 된 친구들이 있었다. 지금도 그 시절의 추억을 떠올리면 아련한 기쁨이 느껴진다.

나의 학부 전공은 공식적으로 비교종교학이었다. 덕분에 나는 전 세계에서 가장 규모가 큰 종교 전통에 관한 입문 강의를 들을 수 있었다. 하지만 우리 가족이 불교를 믿었으니 나는 어렸을 때부터 접해온 불교가 편하기도 하고 현실적으로 느껴졌다. 그래서 불교학에 집중하게 되었다.

나는 불교학 중에서도 거의 일본 선불교Zen Buddhism만 집중적으로 파고들기 시작했다. 일본 선불교는 정신적 경험을 담백하게 시적으로 표현하는 것으로 유명했다. 나는 우아하고 품위 있는 문체와 강철처럼 단순하고 간결한 표현의 독특한 결합에 매료되었다. 마치 시를 벼려서 만든 칼날이 환상을 가르고 진실을 꿰뚫는 듯했다.

그 무렵 나는 작가가 되고 싶다는 꿈을 꾸기 시작한 터라 일본 선승들의 문학적 재기가 부러웠다. 그중에서도 남다른 철학적 견해와 과감히 기존의 틀을 깬 산문체로 세계적 명성을 얻은 13세기 선승 도원 선사에게 반해버렸다.

도원 선사는 사실상 문법을 지키지 않을 때가 많았고 필요하다면 전통적으로 내려오는 형식도 무시했다. 그래서 도원 선사의 글을 보면 쉽게 얼이 빠지곤 했다. 격식을 차리지 않으면서도 우아함과 세련미로 의식과 현실, 진실과 망상 사이의 역설적 관계를 탐구하는 그의 글은 그 깊이와 수준이 머리를 빙빙 돌게 할 지경이었다.

하지만 내게 도원 신시는 문학적 천재성을 넘어 진정한 구도자이자 진리를 추구한 사람으로 느껴졌다. 이 문제에 관한 한 도원 선사는 솔직하고 단순하기까지 했다. 그에 따르면 부처님의 가르침을 머리로만 이해하는 것은 아무 의미가 없을 뿐만 아니라 대단히 부끄러운 일이었다. 참선의 목적이 진지하지 못하다는 증거이기 때문이다. 도원 선사는 부처님의 깨달음을 직접 경험해봐야 한다고 강조했다. 그리고 그것이 누구에게나 가능한 일이며 더 나아가 누구나 그렇게 해야 한다고 했다. 스스로를 존중하는 인간에게는 깨달음을 얻는 것이야말로 가장 가치 있는 일이라고 했다.

도원 선사뿐 아니라 중국, 한국, 일본의 불교 역사에서 깨달음을 얻은 모든 선사들은 우리가 홀로 참선 수행을 하고 깨달음을 얻는 것은 불가능하며 진정한 선지식善知識에게 훈련을 받아야 한다고 말했다.

나는 대학 3학년 때 이런 가르침을 접하고 살아 있는 선지식 중에 깨달음을 얻은 분을 찾으려고 노력했다. 그래서 한국계 미국인 불교 신자들에게 어떤 분을 만나면 좋을지 물어보고 다녔다.

그때 '송담 스님'이란 이름을 처음 들었다.

고등학교 때부터 나는 가끔씩 숭산 스님을 찾아가 가르침을 받곤 했는데, 그분은 미국에 한국 불교를 알린 대표적인 한국인 스님이다. 내가 대학에 다닐 무렵엔 이미 미국과 캐나다뿐 아니라 다른 여러 나라에도 다수의 선원을 설립하셨다. 숭산 스님은 평생에 걸쳐 유럽 전역과 라틴아메리카, 그리고 아프리카까지 돌며 선원을 세우셨다. 2004년 열반하실 때까지 한국 불교사에서 불교를 가장 널리 전파하신 분일 것이다.

내가 숭산 스님을 알게 되었을 때 이미 그분 밑에서 계를 받고 스님이 된 서양인 제자들이 많았다. 숭산 스님은 북미 지역에서 가장 영향력 있는 불교 스승으로 꼽혔다. 그분은 내가 한국에 가서 선지식을 만나고 싶다고 하자, 그렇다면 송담 스님을 만나야 한다고 말씀하셨다.

그러나 숭산 스님은 내가 무척이나 궁금해했는데도 송담 스님에 대해 더 이상은 이야기해주시지 않았다. 지금 생각해보면 내 판단에 영향을 미치고 싶지 않으셨던 것 같다. 그러고는 내가 송담 스님에 관해 물을 때마다 어깨를 으쓱하며 서툰 영어로 짤막하게만 대답하셨다.

"아, 그 양반 훌륭하시지, 진정한 선사고. 널 잘 가르쳐줄 게다."

교포 불교 신자들 중에 송담 스님에 대해 아는 사람이 몇 명 더 있었다. 평생 독실한 불교 신자로 살아온 내 친할머니가 송담 스님을 만나본 적이 있었다. 할머니는 송담 스님이 절대 한곳에 오래 머무는 법이 없다고 하셨다. 실제로 송담 스님을 기차역에서 만난 적이 있는데, 그때 청소부 복장을 하고 계셨고 할머니가 그분을 자세히 보려고 뒤를 돌아봤을 땐 이미 사라지고 안 보이셨다고 했다. 베일에 싸인 송담 스님에 관해 내가 얻어낼 수 있는 정보라고는 그런 막연한 이야기와 풍문이 다였다. 송담 스님은 깨달음을 얻기 위해 무려 10년간 묵언 수행을 하신 분이라고 했다.

10년!

당시의 나로서는 10년은 고사하고 입을 다문 채 10시간도 버티지 못했을 것이다. 그분의 이야기를 듣는 동안 전기가 통하는 것 같은 전율을 느꼈다. 만나보기는커녕 사진조차 본 적 없는 사람에게 매료된 것이다. 그분을 만나야 했다.

나는 대학을 졸업할 날만 손꼽아 기다렸다. 그래야 모든 의무에서 벗어나 그분을 직접 만날 수 있을 테니까.

이때까지만 해도 송담 스님이 내 인생에 어떤 영향을 미칠지 예상한 사람은 나를 포함해 아무도 없었다. 내가 승려가 될 거라고는 누구도 상상하지 못했다. 어쨌거나 겉으론 나도 술을 마시고, 담배를 피우고 데이트를 하고 유치한 행동으로 시간을 보내는 지극히 평범한 젊은이였다. 수도승에 어울릴 만한 사람은 절대 아니었다. 게다가 당시 미국에서는 대학을 졸업한 젊은이들이 대학원에 진학하거나 취업에 나서기 전에 1, 2년쯤 여행을 하거나, 뭔가 흥미로운 일을 하는 것이 일종의 유행이었다.

그래서 내가 한국으로 날아가 오랫동안 품어온 질문과 끈질긴 마음의 고통에 대한 해답을 찾기로 계획했을 때 주위 사람들 모두 가볍게 생각했다. 모두들 내가 실존적 위기를 극복하고 돌아와 미국에서 평범한 어른의 삶을 시작하기를 바랐다. 그러니까 대학원에 진학하고 직장을 구하고 결혼을 하고 아이도 낳을 것이라 기대했다.

4

만나기 어려운 분

다른 나라의 공항에 내렸을 때 가장 먼저 알아차리는 건 바로 냄새다. 나라마다 고유한 냄새가 있다. 내가 김포국제공항에 처음 내린 순간을 떠올릴 때 가장 먼저 기억나는 것도 바로 냄새다. 입출국을 위한 통로와 입국장, 휴게실로 이루어진 넓고 쾌적한 공항에서 한국 음식 냄새가 났다. 새삼 이곳이 미국이 아니라는 사실이 떠올랐다. 그때는 실감이 나지 않았지만 내가 정말로 미국을 떠나 한국에 와버린 것이다.

그날은 1987년 12월 15일이었다. 한국에서 처음으로 대통령 직선제가 치러지는, 역사적인 날을 하루 앞두고 있었다. 하지만 나는 한국의 역사나 문화에 대해 잘 몰랐기 때문에 당시에는 그 선거가 어떤 의미를 지니는지 이해하지 못했다.

그때 친척들 중 누가 공항으로 마중 나왔었는지 정확히 기억나지는 않지만 누군가가 나를 서울에 있는 외할머니 댁으로 데려다주었다.

다음 날 아침 외할머니는 투표하러 잠시 외출을 하셨다. 나라 전체가 새로운 시작을 앞두고 있었다. 나는 간이 센 한국 음식에 적응하고 시차로 인한 피로를 회복하려고 노력하고 있었다.

외할머니 댁에 머물면서도 마음이 급했다. 그래서 한 시간 반쯤 걸린다는 송담 스님이 계신 절에 빨리 데려다 달라고 외할머니를 졸랐다. 그러나 당시 나는 외할머니의 실망감을 짐작조차 하지 못했다. 외할머니는 내 어머니와 삼촌, 이모들에게는 매우 엄격하고 완강한 분이셨지만 내 부탁은 기꺼이 들어주셨다. 외할머니에게 나는 사랑하는 손자인 동시에 외국에서 태어나 감당이 안 되는 존재이기도 했을 것이다.

선거 다음 날 나는 할머니와 외삼촌 그리고 외숙모와 함께 송담 스님이 계신다는 절에 도착했다. 그곳은 내가 기대했던 모습은 아니었다. 절은 작은 상점이 많고 공장들이 군데군데 들어선 도회지에 자리 잡고 있었다. 공장 굴뚝에서 뿜어져 나오는 매연에 오염이 된 공기에서는 악취가 났다. 일주문 앞거리는 질주하는 차들과 경적 소리, 사람들이 시끌벅적 떠드는 소리로 소란스러웠다.

절은 언덕에 위치해 있었는데 건물은 세 동뿐이었다. 법당은 콘크리트와 유리로 된 현대식 건물이었으나 칙칙하고 우중충해 보였고 그 양옆으로 한국 전통 양식의 건물이 있었다. 기둥과 처마는 밝은색으로 칠해져 있었는데 지붕에 기와를 얹은 형태였다. 그 소박한 건물들 주변은 딱히 구획이 정해지지 않은 모래와 흙만 있는 주차장처럼 보였다.

나는 친척 어른들과 법당 1층에 있는 종무소로 들어갔다. 쭉 깔려 있는 낮은 책상들 뒤로 근엄해 보이는 스님 두 분이 앉아 있었다. 그중 30대 초반으로 보이는 안경을 쓴 스님이 영어를 조금 할 줄 알았다. 그들은 내가 온다는 것을 이미 알고 있었다. 내가 1년 전쯤 신도로서 절에 머물고 싶으니 허락해달라는 편지를 송담 스님에게 보낸 적이 있는데, 두 스님이 그 편지를 읽은 모양이었다.

안경을 쓴 스님이 작은 카세트 녹음기를 틀자 웬 노인의 목소리가 흘러나왔다. 마치 고함을 지르면서 불평하듯 말하는 것 같았는데 그 말투가 희한하게도 재미있는 노랫가락 같기도 했다. 목소리는 날카로웠고 어조는 급박했다.

그 무렵 나는 한국말 한두 단어 정도는 알아들었지만 그 카세트 녹음기에서 나오는 말은 전혀 이해하지 못했다.

"송담 스님이에요?"

나는 어눌한 한국말로 물었다.

"노, 그분의 스승이신 전강 스님입니다."

안경 쓴 스님이 웃는 얼굴로 한국어와 영어를 섞어 말했다.

"그럼 송담 스님은요? 송담 스님 여기에 있어요? 만날 수 있어요?"

나는 조급한 마음에 숨이 넘어갈 것처럼 물었다.

"노. 낫 리브 히어. 리브 파 어웨이."

스님은 영어로 열심히 설명하다 답답했는지 친척들에게 송담 스님이 여기에 살지 않는다고 한국어로 설명했다.

송담 스님이 어디에 계신지, 찾아뵈어도 되는지 물었지만 그 스님은 대답하지 않았다. 이야기해주고 싶지 않거나 해줄 수 없었던 것 같다. 스님은 또 다른 카세트테이프를 꺼내 녹음기에 넣고 재생 버튼을 눌렀다.

이번에 들리는 목소리는 상당히 차분하고 냉담한 듯하면서도 약간

카랑카랑했다. 나는 이번에도 단어 몇 개만 겨우 알아들을 뿐 거의 알아듣지 못했다.

"이 사람은 누구예요?"

내가 물었다.

"송담 스님!"

그 스님은 마치 내게 송담 스님의 목소리도 못 알아듣는 멍청이냐고 묻는 듯 목소리를 높였다.

"알아들어요?"

나는 고개를 저었다.

그러자 그 스님은 웃으며 옆에 있던 다른 스님을 쳐다봤다. 나는 그때 그 스님이 또 다른 스님에게 한 말을 지금도 기억한다.

"큰일났다야!"

맞는 말이었다. 그때 나는 송담 스님의 가르침을 받는 것이 얼마나 어려운 일인지 상상조차 하지 못했다.

"하지만 송담 스님이 영어를 하시잖아요, 맞죠?"

나는 애원하듯 물었다. 전에 어디선가 송담 스님의 영어 실력이 유창하다고 들은 적이 있었다.

"노. 낫 띵크 소. 히 돈트 스피크 잉글리쉬."

스님은 안쓰럽다는 표정을 지으며 다시 영어로 대답했다.

"프리띠 굿, 버뜨 메이비 낫 소 머치."

그랬다. 송담 스님과 대화를 하려면 우선 한국말부터 배워야 했다.

"야, 너 진짜 큰일났다야!"

장난치는 것을 좋아하는 외숙모는 스님이 한 말을 따라 하며 깔깔

웃더니 내 옆구리를 쿡 찔렀다.

마음이 무겁게 가라앉기 시작했다. 이것은 내가 상상하던 모습이 아니었다. 사실 뭔가를 구체적으로 상상한 것은 아니었지만 그날 송담 스님을 만날 거라 기대했기 때문에 무척 실망했다.

"그래서 송담 스님, 언제 와요?"

내가 이렇게 묻자, 스님은 달력에 표시된 날짜를 손으로 가리켰다. 내 마음은 더 깊이 가라앉았다. 송담 스님은 앞으로 3주 뒤에나 오실 예정이었다. 나는 또다시 기다려야 할 처지였다.

"제가 묵을 방이 있을까요?"

스님은 웃으며 고개를 저었다. 그 스님이 옆에 있던 스님에게 내가 한 말을 전하자 옆에 있던 스님도 함께 웃었다. 묵을 방이 있느냐고 물어봤을 뿐인데 그런 사소한 질문이 바보처럼 들리는 모양이었다.

"스테이 히어, 컷 헤어."

스님이 말했다.

여기 있으려면 승려가 되어야 한다는 뜻일까? 나는 외숙모가 인내심을 갖고 설명해주고 나서야 그 스님이 한 말을 이해했다. 절에 머물기 위해서는 삭발을 해야 한다는 뜻이었다. 그러나 나는 삭발을 하고 싶지 않았다. 머리카락을 다시 기르려면 오랜 시간이 걸릴 테고, 게다가 나는 승려가 될 생각은 추호도 없었다. 그저 송담 스님을 만나 참선을 배우고 싶었을 뿐이다. 내가 외숙모를 바라보는 동안, 스님은 내 얼굴에서 뭔가를 발견한 듯 나를 유심히 쳐다보았다. 스님이 물었다.

"그게 뭔가요?"

스님이 가리킨 건 내 귀걸이였다. 나는 어리둥절한 표정으로 그를 바라보았다.

'어떻게 귀걸이를 모를 수가 있지?'

나는 속으로 그렇게 생각했다.

이제 두 스님 모두 내 귀걸이를 뚫어져라 바라보았다. 나는 친절하게도 머리카락을 살짝 들어 귀걸이가 잘 보이게 했다. 그렇다고 스님들이 완전히 충격을 받은 건 아니었다. 스님들도 미국 문화에 대해 어느 정도 알고 있었다. 다만 남자가 귀걸이를 한 모습을 실제로 보는 건 처음인 듯했다.

"나중엔 빼세요."

스님이 말했다.

나는 이미 그래야 할 거라고 생각했다.

그렇게 절에 간 첫날은 송담 스님도 안 계시고 영어도 안 통하고 머리카락도 잘라야 하고 귀걸이도 빼야 하는 상황이었다. 나는 계획대로 되는 일은 아무것도 없으니 가능한 한 마음을 열고 기다리는 수밖에 없다고 생각했다. 다른 건 몰라도 이 모든 경험에는 흥미로운 데가 있었다.

절에서 무엇을 제공해주는지 잘 몰랐던 친척들은 내게 속옷과 티셔츠, 그리고 긴 내의가 들어 있는 여행 가방을 건네주었다. 하지만 필요한 것이 있으면 절에서 다 챙겨줄 거라는 스님들의 말에 나는 여행 가방을 외삼촌에게 돌려드리고 친척들을 배웅했다.

나는 법당 아래 사무실 앞에서 가족들이 탄 검은색 자동차가 먼지와 모래가 가득한 공터를 가로질러 멀어져 가는 모습을 지켜보았다. 그러고 나니 이제 완전히 혼자라는 생각에 가슴이 덜컥 내려앉았다. 낯선 나라에 주변에도 온통 낯선 사람들뿐이었다.

멍한 상태로 지갑과 여권을 스님들에게 맡기고 법복을 받았다. 나중에 안 일이지만 첫 주에 내가 지낸 곳은 공양간 옆에 있는 작은 방이었다. 나는 무척 추운 옥외 화장실의 커다란 세면대에서 몸을 씻었다. 식사는 하루에 세 번 내가 머무는 작은 방으로 가져다주었다. 스님들은 내가 머리카락을 자르지 않고 귀걸이도 갖고 있도록 허락해주었다.

시간이 지나서야 그것이 새로운 행자(수도승이 되고자 하는 사람)를 받는 기본 절차임을 알았다. 절에 들어오자마자 삭발을 하는 것은 아니었다. 첫 일주일은 유예 기간이었다. 그 기간 동안 새로운 환경에 적응해보고 다른 스님들과 따로 생활하면서 자신의 결심을 한 번 더 생각해보는 것이다. 지금까지 해온 사회생활과 그때까지 알았던 모든 것을 뒤로할 준비가 정말로 되었는지 다시 한 번 점검하는 기간이었다.

하지만 그때 나는 승려가 될 생각이 조금도 없었기 때문에 그런 고민은 전혀 없었다. 그저 한국이라는 나라와 사찰 문화가 궁금했고 무엇보다 송담 스님을 만나보고 싶었다.

첫 주에 나는 매일 새벽 3시에 일어나 아침 예불에 참석했다. 그러고나서 아침 공양 준비를 도왔다. 공양간에서 나이 많은 여자 어른들을 도와 물건을 나르고 설거지를 했다.

그 시기는 마침 한국 선불교의 동안거 기간이었다. 안거安居란 한국 선불교에서 여름 3개월과 겨울 3개월 동안 출가한 승려들이 한곳에 모여 외출을 금하고 수행하는 제도이다. 오전 6시를 몇 분 남겨둔 시각,

스님들의 아침 식사가 담긴 그릇들과 냄비 그리고 주전자가 긴 탁자 위에 가지런히 올려졌다. 노보살들은 공양간 반대편 끝으로 물러나 선반과 기둥 뒤편에 거의 숨다시피 했다. 나는 앞으로 무슨 일이 벌어질지 궁금해하며 그분들을 따라 움직였다.

그러다 어느 순간 갑자기 그들이 나타났다. 한국의 선승들이었다. 여기저기 천 조각을 덧댄 겨울 법복을 입은 30여 명의 스님들이 서성이는데, 몸집은 작아도 강단 있어 보였다. 30대쯤으로 보이는 그들은 대부분 면도를 하지 않아서 꽤나 덥수룩해 보였다. 그때 나는 아무것도 모르고 미숙했음에도 그들의 얼굴이 보통 사람들과 다르다는 것을 알 수 있었다. 눈이 맑게 빛나고 피부에서는 윤이 났다. 차분하면서도 왠지 들떠 있는 것 같았다. 그들은 이 발에서 저 발로 체중을 옮기는가 하면 놀라운 유연성을 보여주며 특이하고 신비로운 자세로 몸을 풀었다. 그러는 동안에도 표정에는 변화가 없었다. 뭔가 초연한 분위기였다. 그들 중 말을 하는 사람은 아무도 없었다.

출가자들.
구도자들.
깨달음을 좇는 사람들.

그들 모두가 낯설었지만 카리스마가 느껴졌다. 나와 눈이 마주치자 스님들은 미소를 짓고 서로 눈길을 교환했다. 그러고는 이내 우리에게 신경 쓰지 않고 하던 동작을 계속했다.

누군가 큰 종을 대여섯 번 울렸다. 귀가 아플 정도의 종소리가 마치

가위로 자른 듯 사찰의 고요한 침묵을 갈라놓았다. 스님들은 쟁반과 냄비를 챙기더니 절의 다른 공간으로 유유히 사라졌다.

5

무명초

절에서 일주일을 보낸 어느 날 아침 스님들이 삭발하는 날이라면서 나를 선방으로 데려갔다. 아름답게 빛나는 마루가 깔린 커다란 방 안에 물이 담긴 금속 대야들이 여러 줄로 가지런히 놓여 있었다. 삭발하려는 스님들이 웃옷을 벗고 티셔츠 차림으로 대야 앞에 웅크리고 앉았다. 머리를 깎아줄 스님들이 안전 덮개를 벗겨낸 일회용 플라스틱 면도기를 손에 들고 기다리다가 스님들의 머리에 조금씩 자란 머리카락을 말끔히 밀어냈다.

빈자리를 찾아가려는데 한 스님이 손짓을 하며 나를 불렀다. 나는 그 스님이 선방에서 가장 나이가 많은 분이라는 것을 알 수 있었다. 당시에는 스님들의 평균 나이가 20대 중반부터 30대 초반으로 꽤 어렸다. 나이가 40대 이상인 스님들은 어른으로 대접받았고 사찰에서 큰 권한을 행사했다.

나중에 나의 큰 사형이 될 이 스님은 당시 나이가 40대 중반밖에 되지 않았는데도 마치 노인처럼 행동했다. 그는 이곳저곳을 떠돌며 거친 생활을 한 탓에 피부가 주름지고 상했지만 무척 미남이었다. 그의 얼굴에는 그동안 겪은 풍상과 잠 못 이룬 밤들의 흔적이 고스란히 남아 있었다. 그러나 시선은 무서울 정도로 흔들림이 없었으며 서늘한 두 눈이 고요하고 푸르스름한 빛으로 반짝였다. 그 모습은 선승들에게서 볼 수 있는 가장 두드러진 신체적 특징 중 하나였다. 오랫동안 참선 수행을 한 사람은 눈의 흰자위가 푸르스름하게 변하는 것 같았다. 파란 하늘보다는 푸른 호수에 가까운 색이었다. 그의 정수리 부분은 부처님처럼 뾰족하게 솟아 있었다. 목 근육이 발달했고 가슴은 넓었으며 목소리는 나지막하고 꾸밈이 없었으며 다정했다. 그 스님은 나를 마치 손자 대하듯 했다.

내가 머리에 비누칠을 하자 스님이 가위로 차분히 머리카락을 잘라냈다. 대야에 담긴 물 위에 내 검은 머리카락이 비누거품과 함께 떠다니는 모습이 비현실적으로 느껴졌다. 머리카락을 민 내 모습을 비춰보고 싶었지만 그러기엔 물이 너무 탁했다.

"이건 무명초야. 무명초가 뭔지 알아?"

들릴 듯 말 듯 속삭이던 그의 말을 지금도 기억한다.

"아니요."

나는 고분고분하게 대답했다.

그가 빙그레 웃자 다른 스님들이 일제히 동작을 멈추고 우리 두 사람에게 시선을 집중했다. 스님은 주위를 한 번 둘러보며 말을 이어나갔다. 이제 스님은 나에게만 이야기하는 게 아니었다. 그는 다른 사람들의 관심을 즐기고 있었다.

"무명초는 아주 나쁜 거야."

스님은 마치 어린아이에게 설명하듯이 말했다.

"무명無明의 풀이지. 잡초야. 우린 이 잡초를 잘라내야 해."

스님은 이렇게 이야기하면서 숙련된 손길로 나의 머리카락을 매끄럽게 밀고는 면도날에 모인 머리카락 뭉치들을 물속에 털어냈다. 스님은 계속 이야기했지만 나는 그가 하는 말을 알아들을 수가 없었다.

스님이 면도기를 내 머리에 대고 뒤로 죽 당길 때마다 마치 사포로 미는 것처럼 긁는 소리가 선명하게 났다. 두피가 드러나자 따갑고 방 안이 따뜻한데도 한기가 느껴졌다.

"머리를 깎았으니 이제 도를 닦을 수 있는 거야. 큰스님이 되어 미국에 정법을 전할 수 있어. 미국에서 왔지, 응?"

삭발을 마친 스님이 애정 어린 목소리로 장난스럽게 말했다.

내가 고개를 들자 다른 스님들이 빙그레 미소를 짓기도 하고 껄껄 웃기도 하면서 호기심 가득한 눈빛으로 나를 바라보고 있었다. 나는 고개를 돌려 내 머리를 깎아준 스님을 쳐다보았다. 스님도 할아버지 같은 친절한 눈빛으로 나를 바라보았다. 새삼스럽게 내가 이곳에서 얼마나 이질적인 존재인지, 이곳 또한 나에게 얼마나 이질적인 곳인지 깨달으며 다시 한 번 놀라워했다.

내가 더 놀란 것은 송담 스님을 만나기 위해 그렇게까지 한 나 자신이었다. 나는 그분을 뵙기 위해 2년을 기다렸고 한국까지 먼 길을 날아왔으며 내 모든 소지품을 낯선 이에게 맡겨두었다. 아끼는 귀걸이도 뺐다. 말 한마디 알아듣기 힘든 스님들과 기꺼이 함께 지냈다. 아직 시차 적응도 안 된 상황에서 동이 트기도 전에 일어나 하루를 일찍 마무리하는 사찰 생활에 적응하려고 애썼다.

햄버거와 피자 그리고 맥주도 없이 나무뿌리나 풀처럼 보이는 음식들을 먹으니, 하루에 500그램씩 체중이 줄었다. 그리고 이제는 소중한 머리카락마저 없어졌다. 도대체 무엇이 나를 여기까지 오게 한 걸까? 송담 스님을 만나는 것이 나에게 왜 이토록 큰 의미인 걸까?

어쩌면 송담 스님은 사기꾼일 수도 있었다. 애초에 기대했던 것과 들어맞는 것이 하나도 없지 않은가. 심지어 절에 대해 들었던 이야기들도 전부 사실과 달랐다. 그런데 나는 왜 이렇게까지 하는 것일까? 나는 꽤 멀리까지 왔다. 그런데 앞서도 말했지만 이곳은 흥미로운 데가 있었다.

나는 대야를 들고 밖으로 나갔다. 나이 든 스님의 투박한 모습에 순간 나는 정말로 산사山寺에 와 있는 듯한 느낌이 들었다. 문밖을 나서자 기대했던 대로 겨울 공기가 차갑고 맑게 느껴졌다. 그 공기를 즐기려고 숨을 깊이 들이마시는 순간 맙소사, 토할 뻔했다. 절이 산중이 아니라 작은 공업 도시에 있다는 사실을 그새 잊고 있었던 것이다. 그곳의 공기에서는 늘 지나치게 타버린 커피와 담뱃재 냄새가 났다. 조용한 산사에 대한 환상은 그것으로 끝이 났다.

절 아래쪽 도로에서 자동차 경적 소리와 사람들의 고함소리가 들렸다. 나는 물을 버리고 대야를 씻은 다음 다시 선방에 가져다 놓았다. 그리고 화장실로 뛰어갔다.

이제 머리를 깎은 내 모습이 어떻게 보일까? 스님처럼 보일까? 나는 세면대 위 거울 앞으로 다가가 거울에 비친 내 모습을 바라보았다.

그건 분명 나였지만 내가 아니었다. 내 눈썹과 눈, 광대뼈와 코, 입과

턱을 알아볼 수 있었다. 하지만 얼굴을 둘러싼 모든 것이 달라져 있었다. 그전까지는 관자놀이나 이마 너머의 두피를 유심히 본 적이 없었다. 마치 매끈한 돌멩이에 내 얼굴을 겹쳐놓은 것 같았다.

그리고 생각했다.

'그러니까 이게 진짜 내 모습이란 말이지.'

6
출가자들

그날부터 나는 혼자 쓰던 조그만 방에서 나와 스님들과 함께 지내기 시작했다. 생활 환경이 바뀌면서 그와 동시에 정신적·육체적 불편함도 한층 더 심해졌다. 이제 나는 진짜 행자처럼 스님들의 하루 일과를 똑같이 따라해야 했다.

그것은 무엇보다 매일 아침 7시에 열리는 행정 회의에 참석해야 한다는 것을 의미했다. 그 회의에 참석하면 내내 무릎을 꿇고 앉아 있어야 했다. 문제는 내가 주로 의자에 앉아 생활하며 자랐기 때문에 1분 이상 무릎을 꿇고 있으면 다리가 저려왔다는 것이다. 5분이 지나면 하체에 감각이 없어지기 시작했다. 10분이 지나면 고통스러웠다. 하지만 회의는 보통 30분씩 진행되었고, 1시간을 넘길 때도 있었다.

이곳 스님들은 꽤나 논쟁적이었다. 아침마다 뭔가에 대해 언쟁을 벌이는 날이 많았다. 스님들이 불쾌한 감정을 드러내고 서로를 비난하는 소리를 듣는 것이 내게는 독특한 형태의 고문과 같았다. 몸의 통증은 점점 심해지는데 그들이 주고받는 얘기는 전혀 이해할 수 없었다. 회의가 끝날 때쯤이면 내 옷은 땀으로 흠뻑 젖었고 뻣뻣해진 다리를 펴고 감각을 되찾는 데 족히 5분은 걸렸다.

반가부좌 자세는 그나마 견디기 수월했다. 다리가 저려오기까지 5분 정도는 견딜 수 있었다. 그런데 그 자세로 앉아 식사를 해야 했다. 나는 하루 세 번, 스님들과 함께 한국 불교의 전통 식사법인 '발우 공양'을 했다. 반가부좌 자세로 음식을 먹는 것 자체도 불편했지만 나는 그 자리에 모인 사람들 중 가장 늦게 수행을 시작한 사람으로서 다른 스님들을 위해 물을 따라주고, 공양이 끝날 무렵엔 사용한 식기를 닦는 등 소소한 일들을 하느라 3분에 한 번꼴로 자리에서 일어나야 했다.

반쯤 마비가 된 듯 감각이 없는 다리로 일어나 그런 일들을 할 수 있다는 사실이 매번 놀라웠다. 커다란 원 모양을 그리며 둘러앉아 반가부좌 자세를 하고 있는 스님들의 모습은 매우 자연스럽고 상당한 위엄이 느껴졌다. 힘없이 다리를 절뚝거리며 식사 시중을 들던 나는 그 모습이 부러웠다.

그때 절에서 내 나이가 가장 어렸는데, 그런 까닭인지 말없이 발우 공양을 하면서 나를 지켜보는 스님들의 눈빛에는 애정과 흐뭇함, 호기심이 뒤섞여 있었다.

스님들과 함께 생활한다는 건 정말로 특별한 경험이었다. 마치 도원 선사의 선방에 있는 느낌이었다. 카리스마 넘치는 이곳 선승들에겐 길들여지지 않은, 투박한 분위기가 있었다. 수염을 깎지 않고 피부가 거친 그들은 마치 소매가 넓고 불룩한 누빔 옷을 입은 사무라이처럼 보였다.

그때 나는 공양간 일을 계속하면서 스님들이 생활하는 방과 복도도 청소해야 했다. 그러고 나서 저녁이 되면 7시에서 9시까지 참선을 했다.

영어를 할 줄 아는 분이 아무도 없었기 때문에 나는 스님들이 어떤 종류의 참선법을 활용하는지 알 수가 없었다. 스님들은 내게 절 경내에 스피커를 통해 방송되는 송담 스님의 법문을 들어보라고 했다. 하지만 나는 정말이지 스님의 말씀을 한두 마디 이상 알아들을 수가 없었다.

저녁 참선이 끝나면 절의 사무를 담당하는 스님들을 위해 따로 마련된 선방 바닥에 요를 줄줄이 깔고 스님들과 함께 잠을 잤다. 그 선방은 내가 절에 온 첫날 들어갔던 종무소 뒤편에 있었다.

그 당시 내 생활은 마치 꿈을 꾸는 것 같았다. 여전히 시차 적응이 안 되어 반쯤 잠든 상태로 돌아다녔고 설거지물이 튄 겉옷뿐 아니라 속옷도 땀에 흠뻑 젖어 있었다. 몸의 마디마디가 다 쑤시고 어떻게 된 일인지 한기와 열기를 동시에 느꼈다.

설거지를 하고 노새처럼 상자와 자루를 옮기면서도 종종 공상에 잠겼다. 마치 영화에 나오는 회상 장면들처럼 과거의 추억들이 머릿속에 펼쳐졌다.

불과 일주일 전만 해도 나는 맨해튼 시내를 돌아다니고 대학 친구들과 어울려 놀면서 미래를 고민했다. 그런데 지금은 이렇게 움직일 때마다 모서리와 손잡이에 걸리고 끼이는 헐렁하고 우스꽝스러운 옷을 입고 머리를 삭발한 채, 육체적으로 힘들 뿐 아니라 너무나 낯설고 이상해서 마치 환영을 보는 것만 같은 그런 일상의 활동들을 해나가고 있었다. 그러면서도 매일 밤 손에 잡힐 듯 잡히지 않는 송담 스님을 만날 날만을 손꼽아 기다렸다.

시간이 흐르면서 나는 절에서 생활하는 스님들이 두 부류로 나뉘며 그들의 일과와 의무가 서로 다르다는 사실을 알게 되었다. 한 무리는 안거 때마다 선원을 찾아 정진하는 선승들로 선원의 본채에서 지냈다.

또 다른 무리는 선방 살림을 관리하며 정진하는 스님들로 1년 내내 이 절에서 지내는 송담 스님의 제자들이었다. 사무 담당 스님들에겐 각 자 사찰을 유지하고 관리하는 데 필요한 구체적인 임무가 있었다. 그러 다 보니 그들의 일과는 선방에서 지내는 스님들에 비해 유동적이었다. 참선을 하다가도 언제든 다른 일을 처리하기 위해 불려나갈 수 있었다. 그러나 그들도 일하지 않을 때는 늘 참선을 해야 했다.

1987년의 그 잊지 못할 겨울 동안 나는 송담 스님의 제자인 이 스님 들과 함께 생활하고 일했다. 그리고 몇 년 뒤 나도 그들처럼 송담 스님 의 제자가 되었다.

돌아보면 당시 한국은 6개월 정도밖에 남지 않은 서울올림픽을 향해 열심히 달려가고 있었다. 한국인들은 처음으로 자신들의 가치를 증명 하고 이른바 '선진국' 대열에 합류하려는 의지가 매우 강했다.

가난했던 과거에서 벗어나기 위해 국가 전체가 정신없이 앞만 보고 내달리는 통에 많은 사람들의 삶이 억압당하고 산산이 부서지기도 했 다. 하지만 그들의 울음소리는 소란에 덮여 잘 들리지 않았다. 한국인 들은 올림픽이 열리기 6개월 전부터 미리 환호를 연습하고 있는 것 같았다. 나는 그들의 마음속 고통을 조금은 느낄 수 있었고, 그들의 눈에서 그것을 읽을 수 있었다. 한국계 사람이면 누구나 아는 힘든 시간이어서 끝나기만을 바라는 그 한없이 절박한 갈망이 느껴졌다.

송담 스님이 계신 절도 마찬가지였다. 대부분 열심히 일하고 인상 깊을 정도로 검소하게 생활했다. 그 당시 이곳 스님들과 신도들은 군대의 규율과 기업의 효율성으로 통제되는 새로운 종류의 절을 세우려는 듯 보였다. 시주금과 절 운영기금 사용 내역이 정확하고 투명하게 장부에 기록되었고 공양간 스님들과 자원봉사자들은 팀을 이루어 체계적으로 일했다. 방송실에서는 송담 스님의 법문을 녹음하고 복사본을 만들어 전국 사찰 곳곳의 스님들과 신도들에게 보냈다.

송담 스님의 제자들은 성격이 불같아서 웃기도 잘하고 화도 잘 냈다. 대부분의 스님들이 군사독재 시절에 군대에 다녀온 탓에 나는 그들로부터 그 시절 군대에 대해 무섭고도 가슴 미어지는 이야기들을 들었다. 일방적인 구타가 일상적으로 행해진 것은 물론이고, 계급이 낮고 가정 형편이 어려운 군인들이 임상 경험이 부족한 의대생들의 실습용으로 불필요한 외과 시술을 강제로 받았다는 이야기도 있었다.

나로서는 절대 이해하지 못할 아픔을 간직한 스님들은 민주주의를 신뢰하고 열망했다. 그러나 안타깝게도 민주주의 사회에서 살아본 경험이 없었다. 오히려 정반대의 경험만 있었을 뿐이다. 그러다 보니 제대할 무렵엔 이미 폭력에 무감각해져 있고, 권위에 절대적으로 복종하는 것이 미덕이며 협박과 괴롭힘이 통솔력을 발휘하는 가장 효과적인 수단이라고 믿게 되었다.

처음으로 더듬거리며 한국어로 스님들과 대화를 시도했을 때 나는 그들에게서 폭력적인 기운이 끊임없이 뿜어져 나오는 것을 느낄 수 있었다. 그때는 나도 너무 어렸던지라 그들의 공격적인 겉모습 뒤에 두려움과 절망으로 채워진 깊고 어두운 우물이 있으며 모든 폭력적인 행동이 거기서 비롯되었다는 사실을 알기까지는 그 후로도 몇 년이 더 걸렸다.

그렇다고 그들이 망가진 사람들은 아니었다. 그들에게도 꿈이 있었다. 바로 전설적인 선사인 송담 스님의 사찰에서 깨달음을 얻는 것이었다. 그 시절 송담 스님의 제자들은 자기들도 스승처럼 깨달음을 얻을 수 있다고 굳게 믿었다. 어린아이 같은 순수함으로 그렇게 믿었다. 어린아이 같은 서러움으로 깨달음이 자신들을 고통으로부터 해방시켜줄 거라고 믿었다.

수양과 인내, 어쩌면 고행보다도 수도승의 특징을 가장 잘 보여주는 것이 바로 이처럼 눈에 보이지 않는 것을 믿을 수 있는 능력인지도 모르겠다. 그들에겐 부처님과 선지식들에 관한 동화 같은 옛이야기에 어린아이처럼 감동하고 흥미로워하는 능력이 있었다. 모든 것을 포기하고 이제껏 한 번도 만나본 적이 없는 이런 전설적인 인물들의 발자취를 따르려는 용기 혹은 무모함이 있었다.

만약 가슴속에 아이가 살고 있지 않다면 종교에 등장하는 이야기들을 절대 믿지 못했을 것이다. 더 높은 수준의 의식 세계에 도달하고 다른 차원의 존재를 경험했다는 이야기, 초자연적인 힘을 키우고 고통과 두려움, 슬픔을 초월하는 능력에 대한 이야기들을 쉽게 믿지 못했을 것이다.

스님들은 어린아이처럼, 때로는 바보처럼 그런 이야기와 가르침을 그대로 믿고 불교와 관련된 다양한 종교적 수행에 무모하게 몸을 던졌다. 특히 사무 담당 스님들은 해야 할 일이 너무 많은데도 불구하고 밤에도 잠을 안 자고 좌선을 하려고 애쓰다가 방석 위에서 쓰러지다시피 했다. 또 밖에서 자동차 소음과 사람들의 싸우는 소리가 들려도 침묵을 유지하며 수행을 하려다 보니 억눌린 생각과 감정들로 터져버리기 일보 직전이었다. 육체적으로 늘 지쳐 있는 상태에서 단식까지 시도하는 경우도 있었다. 기절하지 않는 것이 신기할 정도였다.

스님들은 자신의 육체적·정신적 한계에 수차례 부딪쳤고, 그럴 때마다 송담 스님은 해내신 것을 왜 자기들은 못하는지 답답해하며 자책했다.

스님들이 수행과 노동을 함께하며 살아가려고 애쓰는 모습을 보면서 여러 가지 감정과 생각이 교차했다. 나는 그들의 의지와 열정, 끊임없는 에너지 그리고 송담 스님을 향한 극도의 충성심을 존경했다.

그 시절 절에서 보내는 하루는 무척이나 길었다. 칠흑같이 어두운 하늘 아래 시작되는 새벽 예불부터 해가 뜨고 중천을 지나 오염된 도시 위로 석양빛을 물들이고 다시 어둠이 찾아와 절의 모든 불빛이 사라질 때까지 엄청난 노동과 치열한 좌선을 계속하는 굉장한 여정이었다. 기적과 같은 자기 변화를 위해 위대한 스승 밑에서 이처럼 하루도 거르지 않고 자신을 불태우는 데에는 분명 아름답고 유혹적인 면이 있었다. 우리 중에 그 기적을 실제로 본 사람은 아무도 없었지만, 모두가 가능한 일이라고 간절히 믿고 싶어 했다. 하지만 다른 한편으로는 승부욕 같은 것이 느껴지기도 했다. 스님들은 언제나 서로를 뛰어넘으려고 했다.

때는 1980년대 후반이었고, 스님들은 이미 성인이었다. 그들은 정서적으로 불안해 보였고, 종잡을 수 없이 거친 면도 있었다. 하지만 남자다움을 과시하려는 모습 뒤로 불안과 외로움, 슬픔, 상처 그리고 두려움이라는 연약한 속마음을 느낄 수가 있었다. 나는 비록 대학을 갓 졸업하고 아무것도 모르는 처지였지만, 그때 이미 이 우울한 젊은이들이 단지 사랑받고 싶고 존중받고 싶어서 그러는 것이라고 생각했다.

나와 그 스님들 사이에 공통점이 있었다면 우리 모두 이 세상이나 자기 자신을 마음에 들어하지 않아 했다는 점일 것이다. 우리는 모두 스스로에게 만족하지 못해 뭔가 달라지려고 노력하고 있었다. 어쩌면 우리가 각자의 목표에 덧씌운 종교적 요소와 영적 표현들을 거두고 보면 스님이든 나 같은 일시적인 행자든 전부 자신의 능력을 증명해 보이려고 애쓰는 젊은이들이었다.

7

친견

절의 스님들과 신도들은 송담 스님을 '살아 있는 부처'라고 칭하며 존경했다. 사실 송담 스님이 오실 날이 점점 가까워질수록, 그리고 절에서 지내는 시간이 길어질수록 혹시 내가 광신도 집단에 발을 잘못 들여놓은 것은 아닌지 걱정이 되기 시작했다. 그러면서도 이토록 많은 사람들로 하여금 깊이 헌신하도록 이끄는 송담 스님이 대체 어떤 분인지 한없이 궁금했다. 스님과 신도들은 항상 그분에 대해 말하고 그분의 업적에 대해 이야기하거나 풍문들을 주고받았다. 그러나 답답하게도 나는 그들이 하는 이야기를 알아들을 수가 없었다.

하루는 한 스님이 송담 스님에 대해 무척이나 궁금해하는 내가 안쓰러웠는지 지갑에서 작은 사진 한 장을 꺼내 보여주었다. 나는 그 사진을 받아들고는 열심히 살펴보았다. 나이를 가늠할 수 없는 작은 체구의 스님이 아래를 내려다보고 있는 사진이었다. 무척 확고하고 완고해 보이는 표정 말고는 그 사진을 통해 그분이 어떤 사람인지 알아내기란 거의 불가능했다. 내가 넋을 놓고 들여다보는 것이 조금 거슬렸는지 스님은 내 손에 들린 사진을 낚아채서는 재빨리 주머니 속에 다시 넣었다. 아마도 그가 가장 아끼는 소지품 중 하나인 것 같았다.

모두가 무한한 헌신으로 한 사람을 따르는 곳에서 한동안 지내다 보면, 특히 매일 지칠 때까지 일하며 육체적 피로와 정신적 혼란을 견디는 생활을 몇 주간 계속하고 나면 비록 만나본 적도 없는 사람일지라도 그 사람을 믿고 싶어진다.

송담 스님을 뵙기 전 며칠간은 객관적인 태도를 유지하기가 대단히 힘들었다. 또한 사이비 종교집단 같은 절 분위기 때문에 애를 먹었다. 하지만 한편으로는 그분에게는 이토록 많은 사람들에게 영감을 불어넣는 뭔가가 분명히 있다는 것을 인정해야 했다. 절에 있는 사람들이 할 수 있는 것이라고는 그분에 대해 이야기하고 그분이 다시 오실 날을 목 빠지게 기다리는 것뿐이었다.

그런데 이 절과 사람들에게 모습을 보이는 날이 극히 적었음에도 불구하고 어떻게 사람들에게 그런 열의를 계속 불러일으킬 수 있는 걸까? 송담 스님은 내게 끝없는 미스터리였다. 그분을 기다리며 보낸 3주가 내 인생에서 가장 길게 느껴진 것은 말할 것도 없었다.

1988년 1월 첫 번째 일요일 저녁, 마침내 나는 송담 스님을 만났다. 그날 수천 명의 사람들이 송담 스님의 법문을 듣기 위해 절로 모여들었다. 선원의 모든 방과 복도가 좌선하는 신도들로 가득했다. 내가 평생 보아온 스님들을 다 합친 것보다 훨씬 더 많은 스님들이 가사 자락을 좌우로 휘날리며 앉을 자리를 찾거나 송담 스님이 잘 보이는 위치를 찾으려고 애썼다. 건물과 건물 사이, 모래로 뒤덮인 공터까지도 추운 날씨에 대비해 옷을 껴입은 신도들로 가득했다. 기도를 하는지 아니면 알 수 없는 슬픔을 품고 있어서 그러는지 눈을 꼭 감은 채 두 손을 가슴에 합장하고 있었다.

'그분은 대체 어떤 사람일까?'

나는 이제는 나만의 만트라(기도할 때 외우는 주문이나 진언)가 되어버린 그 질문을 다시 생각했다. 어떻게 잘 알려지지도 않은 한 사람이 이렇게 많은 사람들을 움직일 수 있을까? 더욱이 그때는 트위터나 인스타그램은 물론이고 인터넷과 이메일도 없었다. 전화는 유선전화가 대부분이었고, 문서를 전송하는 가장 빠른 방법은 팩스였다.

절에는 공개적으로 걸어놓은 송담 스님의 사진이나 어떤 기록물도 없었다. 한국에서 참선을 하는 사람들 사이에서 송담 스님은 '진실로 깨달은 선지식'이라는 소문만 무성했다.

그날도 나는 줄곧 해소되지 못한 호기심을 가득 안은 채 후원에서 끝없이 밀려드는 빈 그릇들을 닦고 양동이와 자루를 나르고 바닥을 쓸고 닦느라 정신이 없었다. 공양간에서 해야 할 저녁 일을 다 끝내고 나서야 넓은 방으로 안내를 받았다. 거기에도 신도들이 가득했다.

방석을 하나 깔고 앉았다. 내 승복은 설거지를 할 때 튄 물로 젖어 있었다. 신도들이 순서대로 스님 방에 불려 들어가는 것을 지켜보며 몇 시간을 기다렸다.

마침내 나만 남게 되었다. 내가 막 방석에서 일어서려는데 갑자기 송담 스님이 방에서 나오셨다. 얼음처럼 차가운 분위기에 자그마하고 말쑥한 모습이었다. 그는 나에게 들어오라고 손짓을 하더니 순식간에 다시 방으로 들어가셨다. 얼굴을 제대로 파악할 겨를도 없었다. 얼굴 대부분을 가릴 만큼 커다란 안경을 쓰고 있었으며 그 안경이 진한 빛깔의 굵은 플라스틱 테였다는 것밖에 보지 못했다.

한국 사찰 예절에 따라 나는 시선을 아래로 향한 채 방으로 들어갔다. 한국 불교에서 연장자를 대할 때 하는 인사법에 따라 삼배를 한 뒤 무릎을 꿇고 앉았다. 그런 다음에도 눈길은 여전히 아래를 내려다보고 있었다. 나는 속으로 생각했다.

'자, 이제는 저분을 쳐다봐도 돼. 저분을 만나려고 대학 시절부터 지금까지 2년을 기다렸잖아.'

나는 처음으로 고개를 들어 송담 스님의 얼굴을 바라보았다. 그는 우아했다. 배우 같은 광대뼈에 높고 지적인 이마를 갖고 있었다. 진하고 뚜렷한 눈썹, 잘생긴 코, 입술을 꾹 다문 모습이 왠지 근엄하면서도 기대에 찬 표정이었다. 두 눈은 턱없이 큰 안경에 가려져 거의 알아볼 수 없었다. 하지만 조용히 나를 지켜보는 그분의 시선을 느낄 수 있었다.

나는 송담 스님의 얼굴을 똑바로 쳐다보았다. 그의 두 눈을 보고 싶었고, 저 빛나는 얼굴 뒤에 무엇이 있는지 알고 싶었다. 그러다 문득 이런 생각이 들었다.

'이 사람은 진짜 깨달음을 얻었구나! 깨달음은 허구가 아니야!'

바로 그때 송담 스님이 말씀하시기 시작했다. 그의 음성과 말들이 마치 희미하게 들리는 음악처럼 뒤에서 공명을 일으키는 것 같았다. 희한하게도 나는 그날 그가 하는 모든 말을 알아들을 수 있었다. 그가 사용하는 단어 하나하나가 뇌에 입력되어 믿기 힘들 정도로 명료하게 이해

되었다.

나는 몸 전체와 가슴속에서 느껴지는 그의 거대한 존재감에 온통 사로잡혔다. 깨어 있고 살아 있는 그의 빛나는 정신이 방 전체를 가득 채우고 있는 게 느껴졌다. 나는 그와 마주 앉아 있는 것이 아니라 그의 내면에, 그의 의식 속에 앉아 있는 기분이었다. 거미줄을 통과하는 햇살처럼 그의 의식이 나를 관통하여 빛나는 느낌이었다.

나는 마음속으로 이건 말도 안 되는 일이라고 생각했다. 송담 스님이 부드럽게 발음하는 한국말을 대부분 이해할 수 있어서 그런 것만은 아니었다. 지금 이 순간도 오직 그의 빛이라고밖에 설명할 수 없는 그 무엇에 완전히 압도되었음에도 불구하고 나는 스님이 하는 말이 어떤 의미인지를 적극적으로 생각할 수 있었다. 어찌된 일인지 나의 뇌가 아주 많은 감각과 생각, 느낌들을 동시에 처리하고 있었다. 그것은 그전에도, 그리고 그 이후에도 전혀 경험해보지 못한 방식이었다.

그날 스님은 내게 이렇게 말씀하셨다.

"만약 참선이 깊은 산속 공기 맑은 곳에 세워진 조용한 선방에 앉아서 하는 것이라고 생각한다면 잘못 찾아왔네. 내가 가르치는 불법佛法은 설거지하고 바닥을 쓸고 닦고 손빨래하고 못질하고 삽질하는 것이야. 산신령처럼 평화롭고 조용하게 앉아 있는 것이 아니라."

나는 생전 처음 뭔가에 집중하듯 스님의 얼굴에서 눈을 떼지 않았다. 살면서 그렇게 온전히 집중해보긴 처음이었다. 스님은 마치 지금 우리가 위기 상황에 처해 있기라도 한 듯 고요하지만 매우 진지하게 말씀하셨다.

"자네가 여기에 온 것은 우연이 아니라네. 자네처럼 이렇게 어린 나이에 여기에 찾아왔다는 것은 우리가 과거 여러 생에서 깊은 인연을 맺었기 때문이겠지."

나는 뭐라고 대답해야 할지 몰랐다. 한꺼번에 너무나 많은 일이 벌어지고 있어서 전생이란 말에 의문을 가져볼 겨를조차 없었다.

"여기서 우리와 함께 지내는 동안 한번 열심히 해보도록 해. 한국 음식도 언어도 익숙하지 않을 거여. 모든 것이 다르겠지. 하지만 자네가 잘 해낼 거라 생각하네."

송담 스님이 말씀을 멈추셨다.

나는 친견이 끝났다는 것을 알아차렸다. 내가 일어서자 그분도 일어나서 내게로 다가오셨다. 나는 스님이 내 등을 토닥여줄 거라 생각했지만 그분은 중간에 걸음을 멈추고는 나를 가만히 올려다보실 뿐이었다. 나를 만나 흐뭇하지만 내가 안쓰럽기도 한 것 같았다.

스님의 존재가 위로가 되기도 했지만 막상 그렇게 가까이 서 있으니 그분이 얼마나 전통적인 한국인이며 얼마나 비범한 사람인지 알 것 같았다. 스님과 나 사이에 공통점이라고는 전혀 없는 것처럼 느껴졌다.

이제 그만 가봐야 한다는 걸 알았다. 스님은 사실상 나를 배웅하고 있었다. 그런데 놀랍게도 스님을 만나고 채 한 시간도 지나기 전에 내 마음에는 이미 그분을 향한 엄청난 사랑이 솟구치고 있었다.

송담 스님을 뵐 때마다 늘 그렇지만 이후 30여 년이 지난 지금도 그분 곁을 떠나고 싶지 않았다. 스님과 헤어져야 한다고 생각하니 가슴에서 찌릿한 통증이 느껴졌다. 송담 스님의 시자가 나를 내보내려고 했을

때 그분의 얼굴을 한 번 더 보려고 고개를 돌리니 스님이 말없이 나를
바라보고 계셨다.

8
소통

　송담 스님을 처음 뵙고 난 후 나는 6개월 더 '임시 행자'로 절에서 지냈다. 그리고 한 달에 한 번 법문을 하러 절에 오실 때마다 스님을 만났다. 스님의 지시로 사무 담당 스님들은 내가 아침마다 한국어 공부를 할 수 있도록 시간을 허락해주었다. 그래서 나는 공양간 옆에 있는 빈 방에서 한국어를 공부하기 시작했다.

　나와 동생이 어렸을 때 부모님은 우리가 한국어를 배우기를 바라셨다. 하지만 미국에서 자라고 생활할 때는 그럴 마음이 생기지 않았다. 나와 동생은 그냥 미국인으로 받아들여지기를 원했다. 하지만 이제는 한국어를 공부해야 할 이유가 생겼다. 송담 스님의 가르침을 받고 싶었고 그분에 대해서도 더 알고 싶었다.

　나는 말 그대로 송담 스님에게 홀딱 반했다. 그것 말고는 달리 표현할 방법이 없었다. 머릿속은 줄곧 스님 생각뿐이었고 다음 달이 되어 스님을 다시 만나게 되기만을 고대했다. 스님 또한 엄청난 애정으로 나를 대해주셨다. 스님이 오시는 날이면 대기실에서 차례를 기다리는 신자들이 많았음에도 불구하고 스님은 나에게 긴 시간을 허락해주셨다.

나는 한국어를 유창하게 구사하여 송담 스님과 편하게 대화를 나누고 그분의 법문을 잘 이해할 수 있기를 바랐다. 만남 초기에 우리가 시도한 대화는 영락없는 코미디였다. 우리는 각자 두꺼운 한영사전과 영한사전을 들고 마주 앉았다. 스님은 심지어 오래된 영어 문법책도 몇 권 가져와 옆에 두셨다. 하지만 그 책들을 정말로 사용하시진 않았다. 스님은 무슨 얘기를 하신 다음에는 반드시 내가 이해했는지를 확인하셨다. 내가 이해하지 못했다고 하면 적절한 단어를 찾을 때까지 사전을 휙휙 넘긴 다음 내게 건네주셨다. 그러면 나는 스님이 선택한 그 단어를 바탕으로 스님이 내게 하시고자 하는 말씀을 추측했다.

내가 말할 차례가 되면 한국 언어 예절에 비춰볼 때 처참한 수준의 일이 벌어지곤 했다. 반말과 존댓말의 개념을 잘 몰랐던 나는 마치 초등학생을 대하듯 스님에게 반말로 이야기하는가 하면 나 자신을 지칭할 때는 왕이라도 되는 것처럼 존칭을 사용하곤 했다. 내가 이따금 반말과 존댓말을 뒤죽박죽으로 섞어서 말하면 스님은 나를 지긋이 바라보셨다. 대놓고 웃지는 않으셨지만 두 눈엔 웃음기가 가득했고 꼭 다문 입술을 보면 웃음을 참고 계신 게 분명했다.

"스님, 오늘이 너 늦었어요. 왜?"

"응, 오늘 좀 늦었네. 교통 조금 막혔어. 날 기다렸어?"

"네, 스님, 나 많이 기다리셨어요. 스님, 너 밥 먹으셨어요?"

"응. 나 밥 먹고 왔지. 너는?"

"나도 점심은 잡수셨어요."

스님이 웃음을 참느라 마치 비디오의 정지 버튼을 누른 것처럼 표정과 몸이 굳어지던 모습이 지금도 생생하게 기억난다. 그때 누가 툭 건드리기만 해도 스님은 바늘에 찔린 풍선마냥 빵 터지고 말았을 것이다.

하지만 그렇게 몇 개 안 되는 단어들로 손짓 발짓을 하고 눈빛을 주고받는 것만으로도 얼마나 많은 교감을 나눌 수 있는지 안다면 깜짝 놀랄 것이다. 스님의 지혜와 직관은 내가 보았던 모든 것을 뛰어넘었다.

나와 스님이 나눈 아주 중요한 대화 중에는 언어를 거의 사용하지 않은 경우도 있었다. 두 번째인가 세 번째로 송담 스님을 만났을 때 내가 절을 하고 무릎을 꿇고 앉으려고 하자 스님은 아무런 설명도 없이 조용히 손가락으로 나를 가리키셨다. 그러더니 그 손가락으로 당신 자신을 가리키며 반가부좌 자세로 앉으셨다.

그때 나는 멀뚱히 스님을 바라보며 생각했다.

스님이 왜 나를 가리킨 다음 스님 자신을 가리키는 걸까? 우리가 깊은 인연이 있다는 뜻일까? 묻고 싶은 것이 있으면 뭐든 물어보라고 말씀하시는 걸까?

스님은 다시 일어나 반가부좌 자세로 앉으시더니 자신의 허벅지를 손으로 툭툭 치셨다. 나는 또다시 스님을 멀뚱히 쳐다봤다. 스님이 다시 한 번 자신의 허벅지를 좀 더 세게 손으로 툭툭 치셨다. 왜 나더러 스님의 다리를 보라고 하시는 걸까?

그 순간 등골에서 전율이 흘렀다. 스님이 내게 참선하는 법을 가르쳐주려는 것이었다! 나를 직접 가르치시려는 것이었다!

나는 재빨리 반가부좌 자세를 했다. 스님이 손의 위치를 보여주셨다. 나도 그대로 따라 했다. 스님이 입을 벌리고 나를 향해 혀를 내미셨다.

아, 이게 뭐지? 나는 소리 없이 웃었지만, 스님의 눈빛은 무척 진지했다. 그래서 나도 좀 더 진지한 표정을 지었다.

그러자 스님은 입을 벌린 채로 고개를 뒤로 젖혀 천장을 올려다보셨다. 스님의 맞은편에 앉은 내게 스님의 입안이 또렷이 보였다. 스님은 일부러 천천히 조심스럽게 혀를 접어 혀끝을 입천장에 갖다 댔다. 이제 스님은 입을 다물고 다시 나를 정면으로 바라보셨다.

이번엔 내가 스님이 하신 동작을 그대로 따라 했다. 스님은 이런 식으로 천천히 변함없는 집중력으로 내게 참선하는 법을 차근차근 몸짓으로 보여주셨다.

"이뭣고?"

스님이 말씀하셨다.

"이모꼬."

나도 스님을 따라 그렇게 말했다.

"이뭣고. 이…것이…무엇인가?"

"이뭣코. 이…고시…."

"무엇인가?"

내가 더듬거리자 스님이 대신 말씀하셨다.

"무오신가?"

"이것이 무엇인가?"

"이 고시… 이것이 무오신가?"

나는 계속 스님이 하신 문장을 따라 했다.

"이뭣고?"

"이…뭣…고? 이뭣고?"

나는 스님의 어조와 발음을 정확히 따라하려고 노력했다.

스님은 일부러 과장해서 숨을 크게 들이쉰 다음 숨을 참고 나를 바라보셨다. 나도 숨을 크게 들이쉬고 숨을 멈추었다. 스님이 손가락을 들어 당신이 하는 것을 가만히 잘 보라고 신호를 보내셨다.

"이뭣… 고오오오오."

스님은 숨을 아주 길게 내쉬면서 이렇게 말씀하셨다.

숨을 그렇게 길게 내쉬는 모습은 생전 처음 봤다. 송담 스님은 호흡을 능수능란하게 조절하실 수 있구나, 하는 생각이 들었다. 또한 송담 스님이 무엇을 원하는지도 이해했다. 스님은 내가 숨을 내쉴 때마다 마음속으로 "이뭣고?"라고 말하길 원하시는 것이었다.

"이…무…엇… 고오오오오."

나는 스님을 흉내 냈다.

"윗… 이스… 디스?"

스님은 영어로 아주 천천히 조심스럽게 말씀하셨다. 그런 다음 한 손을 당신의 가슴에 대고 가볍게 두드리셨다.

나는 스님이 무슨 말씀을 하시는지 완벽하게 이해했다. 숨을 내쉴 때마다 '내 몸 안에 있는 진짜 나는 무엇인가?' 하고 스스로에게 물어보라는 말씀이었다.

나는 미국에서 여러 종류의 명상을 시도해봤지만 송담 스님이 가르쳐주시는 것은 완전히 새로운 것이었다. 스님의 말씀은 지금 이 순간 바로 여기서 내 몸과 마음 안에 있는 진정한 '나', 경험의 주체를 찾으라는 뜻이었다.

"이뭣고?"

스님이 매우 차분하게 다시 발음하셨다.

"이뭣고?"

나도 따라 말했다.

"이뭣고오오오오?"

스님이 큰 소리로 다시 반복하셨다.

"이뭣고오오오오?"

"항상."

스님이 말씀하셨다.

항상 그렇게 해. 나는 속으로 이렇게 이해하고, 고개를 끄덕여 내가 스님의 말씀을 알아듣고 있다는 걸 알려드렸다.

"열심히."

나는 또 한 번 고개를 끄덕였다.

"옳제."

석 달쯤 지나자 나는 송담 스님과 조금 더 조리 있는 대화를 나눌 수 있게 되었다. 나의 한국어 실력은 여전히 엉망이었지만 한국에서 생활하다 보니 듣기 능력은 빠르게 향상되었다.

그 무렵부터 송담 스님은 내게 출가하라고 권유하기 시작했다. 그건 나를 혼란스럽게 하는 동시에 흥분되는 일이었다. 나중에 전해 듣기로 송담 스님은 그전까지는 누군가에게 출가하라고 권유한 적이 한 번도 없었다고 한다. 나는 무척이나 기분이 좋았지만 몹시 주저되는 것도 사실이었다.

"네 얼굴형 한번 봐봐. 거울에서 본 적이 있제? 생각나제?"

"내 얼굴 이상해요?"

"아니, 안 이상혀."

스님이 웃으셨다. 그런 다음 어린아이를 안심시키듯 다정하게 말씀
하셨다.

"잘생겼지, 너 잘생겼지. 근데 네 얼굴형이 길쭉하잖여, 안 그려?"

"제 얼굴 길어요."

"이렇게 생긴 사람은 항시 외로와. 항시 외롭단 말여."

"외…로… 뭐요? 스님, 그게 뭐요?"

"외…롭…다. 한번 찾아봐."

사전을 찾아보았다. 외롭다. 스님은 내가 항상 외롭다고 말씀하고 계
셨다. 사실이었다. 나는 고개를 끄덕였다.

송담 스님은 잠시 내 눈을 들여다보셨고, 우리는 서로를 바라보았다.
마치 그분을 오래전부터 알고 있었던 것 같은 기분이 들었다.

스님이 계속 말씀하셨다.

"현실적인 조건만 보면 너는 좋은 직업을 얻고 결혼도 하고 돈도 많
이 벌 수 있을 거여. 누가 봐도 성공했다고 말할 정도로 말이제. 하지만
네 마음은 늘 외로움을 느끼것지. 이 세상에 늘 혼자라는 기분이 들 거
여. 소외감과 고독감, 공허감을 느끼는 거제. 하지만 머리를 깎고 출가
해서 참선을 배운다면 찾고자 하는 답을 스스로 구할 수 있을 거여. 깨
달음도 얻을 수 있지."

가슴으로는 스님의 말씀이 대부분 옳다는 것을 잘 알았다. 저 밖에

는 나를 만족시킬 수 있는 것이 없었다. 내 마음은 늘 공허했고 삶은 늘 무의미하게 느껴졌다. 그러다 송담 스님을 만났고 그의 빛이 나를 따뜻하게 해주었다. 하지만 나는 여전히 허무감 속에 우주의 무한한 공허감 속에 살고 있었다. 그렇다고 종교 단체에 들어가는 건….

"스님, 저 스님 안 하고 싶어요."

나는 솔직하게 대답했다.

"네가 몇 살이제?"

"스물두 살이요."

스님이 빙긋이 웃으셨다.

"네가 지금은 어리지만, 항상 이렇지는 않을 거여. 우주의 모든 것이 무상하지. 너도 그걸 안다는 걸 내가 알지."

추운 겨울이 한 달 지나고 새달로 접어들었다. 나는 여전히 아침마다 한국어를 공부하고 낮과 저녁에는 임시 행자로서 정해진 일과를 따랐다. 이제 다른 스님들도 송담 스님이 나에게 특별한 관심을 기울이고 계시다는 걸 알았다.

어느 날 한 스님이 내게 송담 스님의 법문 녹취록을 건네주었다. 드디어 스님의 가르침을 좀 더 종합적으로 배울 기회가 생긴 것이다. 나는 스님의 법문을 영어로 옮겨보기로 마음먹었다. 꼬박 몇 주가 걸려 번역한 법문을 다음번 스님과의 만남 때 가지고 갔다.

"스님 한국말이 조금 이상해요."

영어로 번역한 법문을 스님에게 보여드리며 내가 말했다.

"내 말이 이상하다고? 어째서 그런 말을 하나?"

"서울말 하는 사람 같지가 않아요."

스님은 나를 가만히 쳐다보시더니 중얼거리듯 시자를 향해 말씀하셨다.

"지금 이게 뭔 말인지 알아들어?"

이제는 스님과 시자 두 분이 동시에 나를 바라보았다. 나는 마음을 가라앉히고 조금 덜 복잡한 문장으로 말하려고 노력했다. 말을 입 밖으로 내어놓으려면 정신을 집중하고 머릿속에서 문장을 조립해야 했다.

"서울. 이해해… 이해…하…세…요?"

"응. 서울. 우리나라 서울, 맞제. 알제."

"서울말. 안 같아. 안 같아요… 진짜 한국말… 안 같아요."

"내가 하는 말이 한국말이 아니라고?"

스님은 고개를 들어 집중하는 눈빛으로 벽을 바라보더니 곧 웃음을 터뜨렸다.

"응, 네 말이 맞아!"

시자가 어리둥절한 표정으로 송담 스님을 쳐다보았다.

"우리가 표준어 안 쓴다고."

송담 스님이 계속 웃으며 말씀하셨다.

"우리 가끔씩 사투리 쓰잖냐. 네 말이 맞아. 서울말이 아냐. 전라도 말이여. 내가 그럴 때가 있제."

"스님 말이 특별해요. 제가 번역은 스님 특별한 것을 안 없앴어요. 스님 말, 스님 기침 소리 다 번역 안에 있어요. 아무것도 하나도 안 버렸어요."

이렇게 한국말로 뭔가를 설명하는 것은 내게 무척이나 힘든 일이었다.

송담 스님이 나를 보셨고 나도 스님을 바라보았다. 내가 하려는 말을 스님이 파악하려고 하시는 걸 알 수 있었다. 스님은 내가 번역한 법문을 읽으셨다.

"뭔 말 하려는지 알겠다. 이것 좀 봐봐."

송담 스님이 시자를 향해 말씀하셨다.

"이게 내 말인데 말이여. 내가 법상에서 한 말을 고대로 받아쓰고 번역한 모양이네. 기침하는 소리, 더듬는 거 하나도 안 빼먹고 다 옮겨버렸네."

이번엔 송담 스님이 나를 바라보며 말씀하셨다.

"근데 말이여. 어째서 그런 거까지 다 하나씩 옮기고 그려? 그런 것 좀 고치고 잘 다듬고 그래야지."

"아뇨."

나는 단박에 반박했다.

"아니라고?"

"안 고치면 완벽해요. 고치면 안 완벽해요."

송담 스님은 나를 한참 바라보셨다. 나는 스님이 내 말을 이해하시길 기다렸다. 스님이 이해하실 거라는 걸 알았다. 내가 스님의 법문을 읽고 또 읽고 그분의 말씀이 다 들릴 때까지 녹음테이프를 들으며 법문을 읽은 다음에 스님의 한 마디 한 마디, 음절 하나하나, 잠시 멈춘 부분과 망설인 부분, 헛기침과 불필요한 반복까지 그대로 옮긴 이유를 이해하실 거라고 믿었다. 그때 갑자기 스님이 손뼉을 치셨다.

"니가 뭔 말 하려는지 알겠다. 예술이제? 너 지금 예술을 말하는 거제?"

"네, 스님은 예술가예요."

나는 흥분해서 영어로 먼저 말하고는 고개를 끄덕였다.

"그림이란 말 알제? 그림 말이여, 예쁜 그림. 보통 사람은 그림을 잘 그리고 싶을 것 같으면 아주 좋은 종이 같은 걸 잘 구해가지고 거기에다 최고로 좋은 재료를 갖고 그림을 그리고 싶을 거잖냐, 안 그려? 근데 우리나라 전통 예술에는 돈도 없이 아무 데서나 먹고 아무 데서나 잠자고 막 돌아댕긴단 말이여. 그림 그리고 싶으면 신문지나 뭐 쓰다 버린 봉투 같은 그런 데에다 막 그리기도 하고. 사실 그게 진짜 예술이여. 네가 그런 번역을 하려고 했다, 그런 거제?"

나는 스님이 하시는 말씀을 거의 알아듣지 못했지만 스님의 미소와 눈빛으로 스님이 나의 의도를 이해하셨다는 걸 알 수 있었다. 나는 고개를 세차게 끄덕였다. 머리가 떨어져 나갈 것 같았다.

한 달에 한 번 우리가 만날 때마다 스님은 내게 왜 스님이 되기 싫은지 물으셨다. 무엇에 그토록 연연해서 그러냐고 물으시면 나는 잘 모르겠다고 대답했다. 하지만 사실 나는 알고 있었다. 나는 모든 것에 집착하고 미련을 두고 있었다. 내게는 이 세상이 공허하고 의미 없어 보였지만, 그래도 그것이 내가 아는 유일한 세상이었고 그 안에는 아름다움과 놀라운 광경이 있었다. 게다가 내 나이 겨우 스물두 살이었다.

"인생이 무상한 줄 알제?"

"네, 스님."

"너도 늙고 죽을 줄 알제?"

"네, 스님."

"도 닦으면 깨달을 수 있는 것도 알제?"

"네, 스님."

"모를 것 같으면 모르겠는데 다 알면서도 뭐가 그렇게 좋아 저 바깥에 그리 머물고 있냔 말이여."

"잘 몰라요, 스님. 그냥 더 놀고 싶어요."

"놀아? 더 놀고 싶다고?"

"네, 스님."

이제 송담 스님이 내가 스님이 되길 바라신다는 걸 절에서 함께 지내는 많은 이들이 알게 되었다. 나는 부담을 느꼈고 혼란스러웠다.

그때 중년의 평신도 여성 한 명이 영어를 조금 할 줄 알았다. 그녀는 내가 힘들어한다는 걸 알고 도움을 주고 싶어 했다.

"내가 아는 사람이 있는데, 보통 분이 아냐. 좀 특별해. 남들이 못 보는 걸 환히 다 꿰뚫어 볼 줄 아는 분이지. 전생도 후생도…."

함께 차를 마실 때 그녀가 방바닥을 응시하며 무덤덤하게 말했다.

나는 흥미를 느끼며 여신도를 바라보았지만, 그녀는 더 이상은 아무 말도 하지 않았다. 나는 웃음이 나오려는 것을 참았다. 그녀가 한 가지 모험을 구상하고 있다는 걸 알 수 있었다. 나도 그 모험에 끼고 싶었다. 매일같이 반복되는 절에서의 일상이 점점 지루해지고 있던 참이었다. 봄이 왔고, 절의 담장 밖 나무에는 새순이 돋아나고 있었다. 뭔가 재미있는 일이 필요했다.

나는 작은 휴대용 사전을 꺼내 'fortune-teller'가 한국말로 무엇인지 찾아보았다.

"점쟁이예요?"

내가 물었다.

"어머, 점쟁이라니! 내가 무슨 무당에 대해서 얘기하는 줄 아나봐? 그분은 정말 대단한 사람이야. 보통 분이 아니라고."

그녀가 기분 나쁘다는 듯이 말했다.

"이름은?"

"사생처사四生處士."

'네 번의 생을 보는 사람'이라는 뜻으로, 만나는 모든 사람에게 네 번의 생을 볼 수 있다고 주장했기 때문에 그렇게 불린다고 했다. 현생과 전생뿐 아니라 전생 이전의 생과, 현생 이후의 생까지 볼 수 있다고 했다. 그 사람 말에 따르면 송담 스님은 이 시대의 위대한 선사이며 송담 스님을 따르려고 모인 제자들은 겉으로는 평범해 보이지만 과거에 좋은 업보를 많이 쌓고 '도道'를 닦아 곧 스스로 깨달음을 얻게 될 걸출한 수행자들이었다.

이게 사실일 수 있을까? 나는 수없이 자문해보았다. 인간이 시간과 공간의 경계를 넘어 꿰뚫어보는 능력을 개발할 수 있다고? 그 '사생처사'라는 사람이 내 미래의 운명에 관한 의문도 밝혀줄 수 있을까?

"만나고 싶어요."

내가 말했다.

불교 선원에는 15일에 한 번씩 '삭발일'이라고 불리는 일종의 휴일 같은 것이 있다. 음력으로 한 달에 두 번, 즉 초승달이 뜨는 날과 보름

달이 뜨는 날이다. 그날에는 스님들이 서로의 머리를 깎아주고 빨래도 한다. 이날 참선 일정은 자율에 맡긴다. 원한다면 외출도 할 수 있었다. 다만 저녁 7시까지는 절에 돌아와 참선을 해야 했다.

일반적으로 행자는 특별히 지시를 받은 경우 외에는 절 밖으로 나갈 수 없었다. 하지만 나는 정식 행자가 아니었기에 규칙을 엄격하게 적용받지 않았다. 어떤 구실을 댔는지 지금은 기억나지 않지만 나는 다음 삭발일에 그 여신도와 함께 절 밖으로 나가 사생처사라는 분을 만나보기로 했다.

절에 들어온 뒤로 처음 하는 절 밖 외출이라 무척 신이 났다. 평범한 옷차림의 사람들과 가게 유리창에 붙은 광고와 극장 외벽에 걸린 영화 포스터를 보는 것만으로도 즐거웠다. 몇 달 만에 음악도 들었다. 그렇게 오랫동안 팝 음악을 듣지 않고 지낸 게 처음이었다. 나는 그때 음악 감상을 삼가는 것 또한 단식의 한 형태라는 것을 알게 되었다.

사람들이 나를 유심히 쳐다보는 것이 느껴졌다. 곧 그들이 나를 스님으로 생각한다는 걸 알 수 있었다. 어쨌거나 내 겉모습은 내가 머무는 절의 다른 스님들과 똑같았다. 그러다가 내가 영어로 말하는 것을 들으면 모두 깜짝 놀라곤 했다. 당시만 해도 한국에서 외국인 스님을 보기가 힘들었다.

사생처사가 사는 곳은 커다란 아파트 단지 내 작은 아파트였다. 키가 작고 마른, 머리가 벗어진 중년의 남자가 문을 열어주었다. 그는 안경을 쓰고 있었고, 피부색이 어찌나 하얀지 마치 표백을 한 것 같았다. 옷은 반소매 버튼다운 셔츠에 짙은 색 바지 차림이었다. 내가 안으로 들어가자 나를 쳐다보는 그의 눈빛이 이상하게 번득이는 게 느껴졌다. 그가 사투리를 너무 심하게 써서 나는 그가 하는 말을 전혀 알아듣지 못했다. 나와 함께 간 여신도가 그의 말을 일일이 표준어 또는 영어로 통역을 해줘야 했다.

사생처사는 우리를 자신의 개인 법당으로 안내했다. 한가운데에 법단을 차려놓고 다음 세상에서 부처가 된다는 금빛 미륵보살상을 모신 조그만 방이었다. 미륵보살상 밑에는 황동 촛대와 청동 향로, 불경, 염주 그리고 목탁이 있었다. 간단히 말하자면 불교 승려를 위한 방이었다.

'왜 이 남자는 승려 행세를 하는 거지?'

'이 여신도가 혹시 나를 미친 사람한테 데려온 건 아닐까?'

나는 속으로 생각했다. 그리고 긴장이 되기 시작했다.

사생처사는 미륵보살상 밑에 권위적인 모습으로 가부좌를 하고 앉았다. 우리가 그의 맞은편 방석에 앉자 그는 무릎에 손바닥을 얹고는 내가 누구이며 이곳을 찾아온 사정이 무엇인지에 대한 여신도의 설명을 유심히 들었다.

그것이 그가 들어야 할 전부인 듯했다. 왜냐하면 그가 예고도 없이 믿을 수 없는 이야기들을 쏟아냈기 때문이다. 그것도 내 얼굴에 대고 손가락을 흔들며 고함을 지르다시피 하면서 말이다. 꼭 야단을 맞는 기분이었다.

그에겐 독특한 면이 있었다. 안경 뒤쪽의 눈빛은 전혀 흔들림이 없고 빛이 났다. 그의 눈동자가 내 마음을 꿰뚫어보는 것 같았다. 솔직히 그가 정신 나간 사람인지 사기꾼인지, 아니면 진짜 초능력을 가졌는지

나로서는 알 수 없었다. 당시 나는 그가 세 가지 다일지 모른다고 생각했다.

그에 따르면 나는 인간으로 현신하기 전까지 보살들이 모여 있는 일종의 극락세계에 살았다. 나는 상당히 높은 경지에 이른 영혼이었고 이미 몇 세기 전에 지상에 태어나 전 세계에 법을 전할 사명을 부여받았다. 그리고 지금 송담 스님은 내가 계를 받고, 참선을 하고 깨달음을 얻어 당신의 주장자를 나에게 넘겨줄 수 있기를 애타게 기다리고 계신다고 했다.

이토록 찬란한 예언을 듣고 있자니 얼굴이 붉어지고 심장이 미친 듯이 뛰었다. 이 정신 나간 남자가 하는 말이 내 마음속을 꿰뚫어 보았다. 바로 그 순간까지도 의식하지 못했지만 그것이 내가 늘 꿈꿔왔던 것이었다. 그가 한 말은 나의 비밀스럽고 부끄럽고 자기도취적인 열망과 정확히 일치했다.

특별한 사람이 되고 싶었다. 보잘것없는 애벌레에서 아름다운 나비로 탈바꿈하고 싶었다. 모든 사람들을 깜짝 놀라게 할 아주 특별한 일을 하고 싶었다. 내가 단지 미국 유명 대학을 졸업한 평범하고 수줍음 많은 아시아계 미국인에 불과하지 않다는 것을 증명하고 싶었다. 사실 내가 송담 스님과 비슷하다고 너무나 간절히 믿고 싶었다.

인생이라는 그릇에 다 담길 수 없을 정도로 놀랍고 큰 사람.
인내와 통찰, 창의성과 독창성 등 초인적 기질을 발휘할 수 있는 사람.

정말이지 그렇게 놀랍고 훌륭한 선사인 송담 스님과 내가 운명적으로 연결되어 있으며 언젠가는 내가 변화를 가져올 멋진 사람으로 성장해 스님과 나란히 서게 될 것이고 우리가 함께 이 세상을 변화시킬 수 있다고 믿고 싶었다.

그런 내게 사생처사의 이야기는 마치 어린아이에게 마약을 주는 것과 같은 꼴이었다. 그가 하는 말이 어이없다는 것을 머리로는 알았지만 이미 늦어버렸다. 내 마음은 지난 몇 달간 송담 스님이 보여준 지속적인 관심에 과도하게 흥분되어 있는 상태라 그가 내뱉는 터무니없고 흔해 빠진 예언이 현실로 이루어지면 내가 나만의 전설을 가진 스타가 될 거라는 생각만으로도 벌써 황홀경에 빠져버렸다.

세상에서 가장 멋지고 유명한 영화배우가 수많은 사람들 속에서 당신을 알아보고 성큼성큼 다가와 거부할 수 없을 정도로 반짝이는 두 눈을 당신에게 고정하고 자기가 찾던 사람이 바로 당신이라고 말한다고 상상해보라. 도저히 믿을 수 없어 뒷걸음을 치면서도 당신의 가슴은 이미 그에게로 향하고 있을 것이다. 마치 불길로 날아드는 불나방처럼.

이제 내가 원하는 것은 내 운명에 관한 그 믿기 힘든 이야기가 사실인지 아닌지 확인하는 것뿐이었다. 당시 나는 무당과 점쟁이 또는 사주와 관상 같은 문화에 대해 잘 몰랐다. 내가 경험하는 모든 사건들이 그저 놀랍고 신기할 따름이었다. 그들이 사람들이 듣고 싶어 하는 이야기를 할 수도 있다는 생각을 못했다. 그 뒤로 몇 년을 그랬다.

최근 그 사생처사가 얼마 전에 세상을 떠났다는 얘기를 전해 들었다. 지금까지도 나는 그가 정말로 어떤 사람이었는지 알지 못한다. 그는 순진하고 어리석은 젊은이에게 사기를 친 걸까? 아니면 정말로 내 안에서 뭔가를 본 것일까? 지금까지 그가 나를 포함하여 여러 사람들에게 예언한 것 중에 실제로 이루어진 것은 하나도 없다. 그러나 나는 그 사람을 함부로 판단하고 싶지는 않다.

사생처사를 만나고 돌아온 후 나는 송담 스님과의 면담을 간절히 기다렸다. 마침내 스님이 오시는 날이 되자 나는 그 여신도와 함께 스님을 뵈러 갔다. 사생처사와 있었던 일을 모두 목격한 그녀가 내 말의 증인이 되어주길 바랐던 것이다.

세 사람이 송담 스님의 방에 모여 앉았다. 나는 그 여신도와 함께 사생처사를 만난 이야기를 머뭇머뭇 털어놓았다. 송담 스님은 평소처럼 특유의 알 수 없는 표정으로 이따금 미소를 지으며 조용히 고개를 끄덕이기만 하셨다.

마침내 스님이 내게 말했다.

"근데 이런 얘기를 왜 나한테 하는 거여?"

"사실이에요? 거짓말이에요?"

나는 형편없이 무뚝뚝한 말투로 되물었다.

"내가 점쟁이가 아니니까, 그런데 뭐라고 했제? 사생처사?"

나는 열심히 고개를 끄덕이며 스님이 어서 대답하기만 기다렸다.

"사생처사가 한 말이 일일이 다 맞는 건지 안 맞는 건지 확실하게 말할 수는 없어. 내 말 알아듣제? 내가 점쟁이가 아니니까 그런 걸 모른다, 이 말이여."

처음으로 스님과 함께 있는 것이 말할 수 없이 불편해졌다. 석연치 않은 뭔가가 있었다. 진실되게 나를 바라보시며 간단하고 정확하게 말씀하시던 스님이 갑자기 적절한 표현을 고르시고 마치 변호사처럼 모든 것에 단서와 조건을 달면서 말씀하셨다. 무슨 대답을 하시든 간에 책임을 지지 않으시려는 것 같았다.

"하지만 사생처사 말이 사실이냐 아니냐, 그 여부에 대해서 나는 확실하게 말할 수가 없겠으나…, 나도 그렇게 생각한다."

스님이 이렇게 말씀하셨다.

심장이 마구 뛰고 어깨가 오그라드는 것 같았다. 스님의 말씀은 내가 듣고 싶었던 말과 정확히 일치했다. 그것은 내가 듣게 될까봐 두려워한 말이기도 했다. 나는 스님의 말씀을 믿고 싶은 한편, 그것을 믿는 것이 두려웠다. 스님이 하시는 말씀을 들으려고 애를 쓸수록 머릿속에서 여러 가지 생각이 미친 듯이 날뛰었다.

"내 말 듣고 있제? 보통 인연이 아니니까 네가 이렇게 어린 나이에 저 먼 미국에서 여기까지 찾아올 수가 있었겠지. 나는 그렇게 생각해. 반드시 까닭이 있다, 그 말이여. 네가 앞으로 머리를 깎고 중이 되어 10년을 열심히 도를 닦아서 크게 깨달으면 세상에 얼마나 많은 사람들을 도와줄 수가 있겠냐, 내 말이 그런 겨."

이건 옳지 않아. 머릿속에서 그렇게 얘기하는 소리가 들렸다. 불협화음을 이루는 여러 소리들로 머릿속이 터질 것 같았다.

너는 할 수 있어! 이 운명을 완수할 수 있다고!
나는 못 해, 이건 미친 짓이야!

나는 학창 시절로 다시 돌아가 중요한 시험이라도 치르는 것처럼 정신을 집중하려고 했다. 스스로에게 질문을 하는 동안 머릿속이 완전히 마비가 된 기분이었다. 그 예언이 사실이라고 상상해보자. 입장을 바꿔서도 생각해보자.

나는 송담 선사다. 나는 깨달음을 얻었고, 어떤 사람이 깨달음을 얻을 능력이 있는지 판단하는 힘도 갖고 있다. 어느 날 외국에서 젊은이 한 명이 찾아온다. 그 젊은이가 자신의 미래에 관한 예언을 듣고 와서 나의 의견을 구한다.

이제 어떻게 할 것인가? 어떻게 해야 할까? 나는 내 머리와 가슴이 내게 답을 주기만 기다렸다.

이윽고 답이 도착했다. 내가 만약 송담 스님이라면 그 예언이 사실이든 아니든 그 젊은이에게 이렇게 말할 터였다.

"아니, 그건 사실이 아니다."

나라면 혼란스러워하는 그 젊은이에게 이렇게 말할 것이다.

"그 예언에 대해서는 잊어라. 네가 참선에 대해 진지하다면 내게 와라. 너를 흔쾌히 가르쳐주겠다. 하지만 네가 진지하지 않다면 더 이상 내 시간을 낭비하게 하지 마라. 둘 중 어느 쪽이든 그런 어리석은 점쟁이를 찾아가 답을 구하지 마라. 당당하게 스스로 결정을 내려라. 깨달음을 얻고 싶은 것이냐, 아니냐?"

하지만 스님은 그렇게 말씀하시지 않았다. 내가 송담 스님을 알게 된 후 처음으로 스님이 나에게 솔직하지 못했다는 생각이 들었다. 정말이었다. 그러니 이건 잘못된 거라고 마음을 정했다.

"안 맞는 것 같아요."

내가 중얼거리듯 말했다.

"내가?"

"나는 송담 스님 같은 사람이 아니에요. 스님은 너무, 음… 훌륭해요. 저는 평범한 재미교포예요."

스님은 한숨을 쉰 다음 내 눈을 똑바로 들여다보며 말씀하셨다.

"물론 내가 그렇게 대단한 사람은 아니지만 네가 도 닦기에는 나보다 훨씬 조건이 좋아. 나보다 훨씬 크게 될 거여."

오케이, 됐어. 나는 이제 스님 말씀을 충분히 들었다고 생각했다. 어떻게 같은 순간에 예전보다 더 영감을 받는 동시에 예전보다 더 실망할 수 있는지 신기한 일이었다.

내 머리와 가슴에선 서로 대립하는 생각과 감정들이 끊임없이 맴돌았다.

믿고 싶다, 믿고 싶지 않다, 믿고 싶다, 믿고 싶지 않다.

"미안해요, 스님. 제가 갈게요."

"뭐라고? 간다고?"

안경 너머 스님의 눈이 커졌다.

"네, 스님."

"뭐, 조금 더 있다 가제. 뭘, 이렇게 갑작스럽게…."

"미안해요, 스님."

송담 스님은 내게 한 달 정도 더 머무르라고 설득하셨고, 나는 그 말씀을 따랐다. 한 달이 지나 7월이 되자 나는 승복을 벗고 절에서 나왔다. 하지만 한국과 송담 스님을 떠날 마음의 준비가 안 된 상태였다. 스님과 약간 거리를 두고 상황을 명확히 볼 필요가 있었다. 마침 대학 친구 몇 명이 한국에 와 있어서 나는 신촌의 하숙집에 방을 하나 얻은 다음 얼마간 그곳에서 지내며 친구들과 시간을 보내기로 했다. 친구들도 모두 한국계 미국인이라 우리는 연세대학교 한국어학당에 다녔다.

그 후 몇 달 동안 주중에는 어학당에 가고, 주말이면 친구들을 만나 술 마시고 춤추러 다녔다. 하지만 매달 초 송담 스님이 법회 참석차 서울에 있는 개인 암자에 오실 때면 스님을 뵈러 갔다.

선원의 엄격한 분위기에서 벗어난 데다 승복도 입지 않고 있으니 스님은 나를 마치 손자처럼 대해주셨다. 가끔 수수께끼를 내기도 하고 영어로 욕하는 법을 가르쳐달라고도 하셨다. 스님은 정식으로 계를 받은 출가 수행자들에겐 대체로 진지하고 엄하기까지 하셨지만 아직 일반인인 데다 어린 나에겐 짓궂은 유머 감각을 보여주셨다.

"너 수수께끼 알아? 좋아해?"

"네, 스님, 좋아해요."

"어떤 물건이 있는디 아무리 먹어도 배부르지 않어. 근데 너무 많이 먹으면 죽어. 그게 뭔지 알어?"

나는 잠시 생각해보았다. 아무리 많이 먹어도 늘 더 먹고 싶다. 하지만 너무 많이 먹으면 죽는다. 답이 무엇인지 알 것 같았다. 시간이었다. 시간은 아무리 흘러도 결코 충분하지 않다. 하지만 시간이 너무 많이 흐르면 우리는 결국 죽는다.

"알아요, 스님. 시간이에요."

"시간? 시간을 어떻게 먹어? 나이야. 나이는 아무리 먹어도 배부른 법이 없는디 너무 많이 먹으면 죽는 게 틀림이 없단 말이여."

"아, 알아요, 스님. 시간이에요."

"시간을 어떻게 먹냔 말이여. 나이여. 나이 먹는 거제."

이따금 나는 스님이 무슨 말씀을 하시는지 알지만 스님은 내가 안다는 걸 모르는 때가 있었다. 하지만 지금 생각해보면 스님은 아마도 내가 무슨 말을 하려고 했는지 아시는데, 그때는 스님이 아신다는 걸 내가 알지 못했던 것 같다. 그것은 스님과 나의 기묘한 춤 같은 것이었다. 우리는 서로 완벽하게 맞기도 하고 전혀 맞지 않기도 했다. 어느 때는 우리 두 사람의 뇌를 연결하는 일종의 데이터 케이블 같은 것이 있어서 굳이 말을 하지 않아도 정보가 공유되는 듯한 느낌이 들었다. 또 어느 때는 우리가 바다를 사이에 두고 양쪽 해변에서 서로에게 큰 소리로 외치는 것 같았다.

어느 순간, 내가 한국에 꽤 오래 머물렀다는 생각이 들었다. 절에서 보낸 6개월에 지금껏 신촌에서 보낸 시간까지 더하면 1년 넘게 한국에 머물렀다는 게 놀라웠다. 대학을 졸업한 지 벌써 2년이었다.

나는 신촌에서 사는 것이 좋았다. 지금도 신촌을 지나가면 약간 고향에 온 것 같은 기분이 든다. 서울올림픽이 한창이던 1988년 여름 처음 하숙집에 들어갔을 때, 연세대학교 주변에서는 어딜 가나 전경들이 대학생들의 시위를 진압하느라 살포한 최루가스 냄새가 진동했다. 대통령 직선제를 치르고 새로운 정권이 시작되었지만, 시위는 계속되었다. 아침에 지하철역 안으로 내려가면 숨을 쉬기가 힘들 정도였다. 양복 차림의 남자들은 손수건으로 코와 입을 막고 출근했다. 나는 눈을 뜨기가 힘들었다. 부어오르고 찡그린 눈 주위로 눈물이 흘러내렸다. 대학생들이 어떻게 그렇게 가까이서 최루가스를 견디는지 신기할 정도였다.

신촌에서 지내는 동안 나는 우리 하숙집에 사는 연세대학교 학생 네다섯 명과 조금씩 친해졌다. 그러던 어느 날 그들이 내 방으로 찾아와 맥주 한잔하자고 청했다. 그들과 함께 술을 마시며 나는 한국 사람이지만 미국에서 태어나고 자랐다고 알려주었다. 우리는 각자 어떻게 자랐는지, 어떻게 공부하고 데이트했는지에 관해 서로 많은 이야기를 나누었다. 취기가 올랐을 때 그들이 내게 한국 대학생들이 무엇 때문에 시위를 하는지 아느냐고 물었다. 나는 그들의 얼굴을 주의 깊게 바라보았다. 그들이 나를 시험하거나 비난하려는 것이 아님을 알 수 있었다. 그래서 나는 솔직하게 잘 모른다고 대답했다.

학생들이 한국의 정치 상황에 관해 길고 자세하게 설명해주었지만 나는 제대로 이해할 수 없었다. 그러다 한 학생이 '광주 사건'이라는 단어를 언급했다.

나는 그 단어가 무슨 뜻인지 알지 못했지만 왠지 마음이 끌려 그게 무엇을 의미하냐고 물었다. 알고 보니 그 젊은이들 중 한 명이 그 현장에 있었다. 그 사건으로 그의 가족 중 한 명이 죽었다고 했다. 이 이야기를 하던 그의 눈에 맺힌 눈물을, 그의 얼굴에 드러난 황폐한 표정을 나는 결코 잊지 못할 것이다. 그 자부심 강하고 똑똑한 젊은이가 우리 눈앞에서 슬픔과 분노 속으로 녹아들었다. 나는 그가 무슨 말을 하는지 세세히 알아듣지는 못했지만, 그가 사랑하는 사람들이 흉기에 찔리고 두들겨 맞는 장면을 눈앞에서 보았다는 것을 알 수 있었다.

하숙집 친구들과의 짧았던 우정을 되돌아보면 인터넷도 없고 신문과 TV 방송국들이 엄격한 검열을 받던 시절임에도 학생들이 무척 많은 정보를 서로 주고받은 것에 놀라고 깊은 인상을 받았던 기억이 난다. 그들을 보고 있으면 미국 남부의 흑인 탄압은 물론, 베트남에서 미군이 저지른 만행에 관한 정보들을 파헤쳤던 1960년대의 미국 대학생들이 떠올랐다. 그러나 하숙집 친구들은 사회를 전복하기보다는 사회의 일원이 되고 싶어 했다.

그날 이후 나는 하숙집 친구들과 몇 차례 더 시간을 함께 보냈고, 우리는 상대방이 하는 말을 잘 알아듣지는 못했지만 농담도 주고받고 서로를 웃길 정도가 되었다. 내가 그들을 통해 한국사회를 더 깊이 이해하게 되었다고 말하지는 못하겠다. 하지만 한국과 좀 더 연결되어 있다는 느낌이 든 것은 사실이다.

올림픽이 끝나고 몇 달이 흘러 겨울이 지나고 이듬해 봄이 되었다. 점차 시위가 줄어들고 있었다. 한국사회에 일어나는 깊고 고통스러운 변화를 피부로 느끼지 못하는 나 같은 방문객은 공기의 질로 그런 변화를 감지했다. 지하철역 안은 물론이고 신촌 로터리에서 내가 강의를 듣던 연세대학교 정문으로 이어지는, 상점과 식당들이 늘어선 거리에서도 숨을 쉬기가 훨씬 더 편해졌다.

어느 날 문득 돌아갈 때가 되었다는 생각이 들었다. 나는 여기에 속한 사람이 아니었다.

"스님, 이름 주세요."

다음번 송담 스님과 만났을 때 내가 말했다.

"이름?"

스님은 다시 한 번 짓궂은 표정으로 나를 바라보셨다.

"너 불명佛名을 말하는 거제? 그래, 내가 하나 지어주지."

시자가 붓과 종이를 가져왔다. 스님은 방바닥에 깨끗한 종이 한 장을 펼쳐놓고 빠르고 능숙한 손놀림으로 정교하게 그림을 그리기 시작했다. 이건 내가 상상했던 것보다 훨씬 더 복잡한 작업이었다. 스님이 어찌나 빠르게 그림을 그리시는지 나로서는 믿기 힘들 정도였다. 일말의 망설임도 고민도 없이 붓질이 이어졌다. 불과 5분 만에 선불교의 전설적 창시자 달마 대사의 아름다운 초상화가 완성되었다. 스님은 그림 한쪽 여백에 위에서 아래로 한문을 써 내려갔다. 흠잡을 데 없는 솜씨였다.

마지막으로 스님이 뭔가 꺼내셨는데, 내 눈에는 돌로 만든 체스 말처럼 보였지만 사실 낙관이었다. 스님은 방금 한문을 써 내려간 쪽에 붉은색으로 낙관을 찍으셨다. 마침내 스님이 그림 오른편 위쪽에 적힌 한자 두 개를 가리키셨다.

"환還. 산山. 이것이 네 불명이야. 돌아올 환 자. 뫼 산 자. 산으로 돌아오라. 그런 뜻이야."

나는 침을 꿀꺽 삼켰다. 스님에게 돌아와 계를 받고 제자가 되라는 뜻이었다.

심장이 빠르게 뛰기 시작했다. 새로운 이름에 대해 복잡하고 혼란스러운 감정이 들었다. 한편으로는 엄청나게 기분이 좋고 흥분되었다. 송담 스님이 나를 제자로 원하신다니! 그러나 다른 한편으로는 너무나 부담스럽고 난처했다. 나는 스님이 되고 싶지 않았다!

스님의 성격에는 꺼내놓은 칼날처럼 매우 날카로운 면이 있었다. 나에게 무척이나 온화하고 친절하셨음에도 나는 그분이 가차 없이 냉정해질 수도 있다고 느꼈다. 내가 승려가 되지 않으면 스님은 내게서 등을 돌리실 거라고 생각했다. 스님은 전적으로 참선의 길에 헌신하지 않는 사람에게 시간을 내주지 않으실 터였다.

"네게 왜 이런 불명을 지어주었느냐면, 너 같은 사람은 분명히 바깥에서 만족하지 못혀. 아무리 돈을 잘 벌고 아무리 예쁜 마누라를 얻어도 항상 마음속으로는 허전하고 외롭단 말이여. 근데 머리를 싹 깎아버리고 10년 동안 열심히 참선을 허면 깨달을 수 있지. 그래서 '산으로 돌아오라'고 한 거여. 빨리 돌아와."

나는 할 말을 잃었다. 감동하기도 하고 당황스럽기도 했다. 나는 머리를 깊이 숙여 절을 올렸다.

그러나 당시 나는 스님이 될 마음이 없었다. 게다가 한국에서 사는 데도 피로를 느끼고 있었다. 한국이 문제가 아니었다. 한국에서 사는 건 지금도 좋고 그때도 좋았다. 다만 외국인으로 산다는 것이 문제였다. 당시에도 서울에는 외국인들이 많았다. 주로 미국과 캐나다에서 온 사람들이었다. 우리가 다니는 식당, 클럽 그리고 가게들은 정해져 있었고, 대부분 한국 사람들은 잘 오지 않는 곳이었다. 마치 우리만의 투명한 벽을 치고 그 안에서 사는 것 같았다.

그런 식으로 살면 개인적으로 삶이 나아지고 있다는 느낌이 들지 않는다. 거처도 임시, 일자리도 임시다. 나의 경우 고등학생들에게 영어 과외를 하며 세계 각지에서 온 사람들과 일시적인 우정을 맺었다. 그렇게 사는 것은 우주 공간에 둥둥 떠 있는 것 같은 느낌이 든다. 시간이 좀 지나면 힘들게 일하지 않고 대부분의 시간을 빈둥대도 이상하게 진이 빠지고 우울해진다. 제대로 살고 있지 않은 느낌이 든다.

결국 미국으로 돌아갈 때가 된 것이다. 그래서 마지막 작별 인사를 하려고 송담 스님이 계신 곳으로 찾아갔다. 스님은 소파에 앉아서 내게 옆에 와서 앉으라고 손짓하셨다. 내가 옆에 가서 앉자 스님은 처음으로 내 무릎에 한 손을 얹으셨다.

스님이 슬픈 눈빛으로 말씀하셨다.

"작년에 말이여, 그때 왜 나갔어? 우리 절에 무슨 부족한 점이 있었던 거여?"

"아뇨, 스님. 제가 바보예요."

"네가 무슨 바보냐."

"저 스님한테 편지 썼어요."

나는 스님에게 편지를 드렸다. 여러 장 분량의 글이었다.

그때를 되돌아보면 내가 쓴 글이 너무 뒤죽박죽이라 스님이 이해를 못하셨을 것 같다. 내 딴에는 스님이 내게 어떤 의미인지 표현하려고 애를 썼었다. 스님은 의례적이고 무표정한 모습으로 내 편지를 읽으셨다. 보통 때 같으면 이건 무슨 뜻이고 저건 무슨 뜻이냐고 물으시거나 잘못 쓴 것을 친절하게 고쳐주셨을 것이다.

"네가 우리나라 말 참 빨리 배우는디, 참 잘하고 있는디, 근디 그렇게 말하는 게 아니구, 이렇게 하는 겨…."

이렇게 말이다. 하지만 그날은 작별 인사를 하는 날이었다. 스님은 내가 쓴 편지의 내용을 정말로 이해하지는 못하신 것 같았지만, 내가 거기에 쏟아놓은 감정들을 자기만의 방식으로 흡수하시는 것 같았다.

스님의 천재 같은 두뇌와 시인의 영혼으로 내가 고른 단어들을 주의 깊게 가늠하시고, 그 어린아이 같은 글씨를 내가 얼마나 힘들여 썼을지도 짐작하실 거라고 생각했다. 스님은 내 진심이 무엇인지도 아실 거라고 믿었다.

마침내 스님이 편지의 마지막 줄을 가리키며 물으셨다.

"이게 뭔 말이여? 내가 소년이라구? 어린애라구?"

"아뇨. 어… 우리가… 소년이 되면… 친구예요."

사실 그런 뜻이 아니었다. 이놈의 언어 장벽이 나를 죽이는 기분이었다.

"내가 소년 같다고? 그래, 소년이제."

스님이 웃으시며 말씀하셨다.

나는 그런 뜻이 아니라고 항변하려 했다. 편지에서 내가 하려던 말은 만약 우리가 같은 시대 같은 나라에서 같은 나이의 어린 학생으로 만났다면 친구가 될 수도 있었을 거라는 의미였다.

"근디."

스님이 내 쪽으로 몸을 돌려, 편지에 적힌 '친구'라는 단어 위에 손가락을 얹으셨다.

"이 말이 네가 날 보고 친구라고 생각한다, 그 말이제."

그렇게 스님이 내 말을 이해하셨다, 어쨌거나 대략은. 나는 고개를 끄덕였다.

"네가 나한테 한 말 중에 이게 제일 맘에 들어. 날 친구라고 생각혀."

"땡큐, 스님."

나는 영어로 중얼거렸다.

"그리고 네가 나한테 꼭 지켜야 할 약속이 있어."

"약속이요?"

나는 스님의 눈을 들여다보았다. 긴장이 되었다. 내게 또 승려가 되라고 말씀하시려는 걸까?

"그려."

스님은 내 눈을 가만히 응시하셨고, 당신의 부탁이 얼마나 진지한지 내가 알 수 있도록 잠시 말을 멈추셨다.

"어디 가든… 무슨 일을 하든… 육체적으로나 정신적으로 혹은 경제적으로 문제가 생긴다면 딴 데 가지 말고 나한테 와야 해, 알것제?"

머릿속이 새하얘졌다. 아무것도 느끼거나 생각할 수 없었다. 그저 고개만 끄덕였다.

스님이 내 쪽으로 고개를 내밀어 당신의 얼굴을 내 얼굴 앞에 바싹 대셨다.

"어서 빨리 갔다 와. 우리 같이 도 닦자."

나는 엄청난 충격에 정신을 못 차렸다. 넋이 나간 채 자리에서 일어나 스님에게 절을 했다. 그런 다음 문 쪽으로 걸어갔다. 작별 인사를 하려고 뒤를 돌아보았지만 스님은 손을 들어 올린 채 고개를 흔드셨다. 아무 말도 하지 마라. 마치 이렇게 말씀하시는 것 같았다. 나는 다시 몸을 돌려 밖으로 걸어 나갔다.

깨달음을 얻은 선사는 작별 인사를 하지 않는 모양이다.

9

환산還山, 산으로 돌아오라

"야, 이거 완전 미친 소리다! 말도 안 돼!"

"그치?"

나는 가장 친한 친구 제이슨과 함께 맨해튼 로어 이스트사이드의 한 바에 앉아 있었다. 때는 가을이었다. 제이슨은 얼마 전 자기 사업을 시작했고, 나는 막 한국에서 돌아온 참이었다. 예전처럼 우리는 내일 당장 금지되기라도 할 것처럼 담배를 피우고 술을 마셔댔다.

이상하게도 송담 스님이 계신 절에 있을 때는 담배 생각이 전혀 안 났다. 그런데 절에서 나오자마자 다시 예전의 습관으로 돌아갔다. 나는 낡은 리바이스 501 청바지에 분홍색 버튼다운 셔츠 차림이었다. 귀걸이도 다시 했다. 머리카락도 완전히 새로 자랐다. 겉모습만 봐서는 예전과 달라진 것이 전혀 없었다.

"그래서 그분이 너에게 스님이 되라고 했다고? 완전 미친 소리네."

제이슨은 지난 2년간 내가 한국에서 겪은 일들을 전해 듣고 천천히 곱씹어보는 눈치였다. 내가 뉴욕으로 돌아온 지 얼마 되지 않은 때였다.

"그분은 내가 당신의 제자가 되길 바라셨어."

내가 담배를 한 모금 빨면서 잇새로 중얼거렸다. 당시 나는 담배를 하루에 한 갑씩 피웠다. 대학 시절에 생긴 버릇이었다.

"그래서 지금 그럴까 하고 생각 중이야?"

제이슨이 눈을 가늘게 뜨고 흐릿한 불빛 사이로 나를 바라보았다. 요란한 인디 밴드 음악과 담배 연기가 늪지대의 안개처럼 공기 중을 떠돌았다.

뉴욕에서 공공장소 내 흡연이 금지되기 전의 일이다. 그 바는 미국인들이 '다이브(dive, '싸구려 술집'이라는 뜻)'라고 부르는 곳이었다. 비좁고 붐비고 시끄럽고 지저분하고 술값이 쌌다. 말하자면 그곳은 뉴욕의 길 잃은 영혼들이 주로 모이는 장소였다.

"생각해보고 있어."

이 말은 제이슨보다 나 자신에게 하는 말이었다.

내가 이런 이야기를 제이슨과 나눈 데는 이유가 있었다. 제이슨도 나처럼 한국계 미국인이었다. 나이는 나보다 한 살 많고 특출한 미남이었다. 광대뼈가 도드라지고 아래턱의 윤곽이 뚜렷했으며 피트니스 모델처럼 탄탄한 가슴과 날씬한 허리를 갖고 있었다. 제이슨은 낭만적인 삶을 꿈꾸고 있었고 누구나 그 꿈을 이룰 수 있다고 믿었지만, 현실적이고 야망도 있었다. 돈을 많이 벌고 싶어 했으며 사회 상황을 읽는 데도 능숙했다. 요컨대 인생관이 나와 비슷해 내가 어떤 행동을 하면 그 이유를 잘 이해하면서도 꽤 현실적이어서 어떤 일이 추구할 가치가 없고 어떤 일이 속임수인지 잘 알았다. 그래서 나는 내가 한국에서 겪은 일들에 대한 제이슨의 생각을 듣고 싶었다.

"내가 너를 미쳤다고 생각하는지가 궁금한 거지?"

제이슨은 혼잣말하듯 내뱉고 맥주 한 모금을 홀짝였다.

"맞아."

"글쎄, 넌 항상 미쳐 있었어. 너도 잘 알잖아."

제이슨이 말했다.

나는 기다렸다. 제이슨이 그렇게 말할 줄 알았다.

"그런데 아니야, 친구. 난 네가 미쳤다고 생각하지 않아. 네가 염려하는 그런 식으로는. 네 눈을 보니 세뇌되었거나 머릿속이 엉망이 된 건 아닌 것 같아. 네가 겪은 일들이 진짜라는 생각이 들어."

그가 담배 연기를 내뿜으며 말했다.

"정말? 네가 그렇게 말할 줄은 몰랐는데."

"넌 네가 본 것이 무엇인지 알잖아."

"그렇지 않아. 나도 내가 무엇을 본 건지 잘 모르겠어."

제이슨은 내 말을 이해했다. 우리는 잠시 허접한 음악을 들었다.

"넌 그 사람이 깨달음을 얻었다고 생각하는 거야? 진짜 그랬다면 더 미친 소리네."

제이슨이 중얼거렸다.

"깨달았다는 게 대체 뭘 의미하는 건데?"

"모르겠어. 하지만 그분에겐 뭔가가 있어."

"그게 뭐라고 생각하는데?"

"그냥 뭔가, 콕 집어 뭐라고 말하지는 못하겠어. 이를테면… 우리는 여전히 환각에 빠져 사는데, 그분은 더 이상 그렇지 않은 것 같아. 그분은 깨어 있어."

"더럽게 심오하네."

제이슨이 못마땅한 듯 말했다.

"됐어, 이 자식아."

"너 확실히 변했어."

"정말? 어디가?"

나는 진심으로 놀랐다.

제이슨이 진지한 표정으로 나를 쳐다보며 말했다.

"그게 말이지, 너에겐 원래 그런 면이 늘 있었는데 그걸 표출할 곳이 없었거든. 그래서 솔직히 전에는 고통스러워 보였어. 그런데 지금은 뭐라고 말해야 할지 모르겠지만 괴로움을 조금 덜어낸 것처럼 보여. 가려운 곳을 긁은 것 같다고 해야 할까. 그러니 친구, 난 네가 뭔가를 보긴 봤다고 생각해."

우리는 건배하고 맥주 한 모금을 삼켰다. 그런 다음 다시 사람들을 구경했다. 젊고 길 잃은 젊은이들에게 맨해튼의 지저분하고 음침한 바에서 시간을 보내는 것보다 더 섹시한 일은 없었다. 그러나 이곳에 한참 있으면 마음은 좀 스산해졌다.

"너도 알잖아. 사람이라면 깨달음을 얻을 수 있다는 걸."

송담 스님이 이렇게 말씀하셨지. 나는 생각에 빠져 제이슨이 나를 물끄러미 쳐다보고 있는 것도 몰랐다.

"너 정말 미쳤구나!"

제이슨이 말했다.

나는 웃으며 제이슨을 돌아보았다. 제이슨은 종종 그렇게 내 마음을 읽었다. 아니면 내가 속이 훤히 들여다보이는 사람이어서 그랬는지도 모르겠다. 그러고 보면 나는 내 생각과 감정을 드러내지 않고 숨기는 법을 여태 배우지 못했다.

"뭐가?"

내가 무슨 뜻인지 모르는 척하면서 장난쳤다.

"말도 안 돼!"

제이슨이 이렇게 외치더니, 두 손을 과장되게 들어 올리며 말했다.

"너 지금 그렇게 할 생각을 하고 있잖아!"

"맞아, 그런 것 같아."

나는 빙긋이 웃으며 고개를 끄덕이고는 나무 탁자를 내려다보았다. 갑자기 조금 슬퍼졌다.

제이슨도 고개를 흔들더니 시선을 떨구었다. 그러고는 좀 더 염려스러운 목소리로 말했다.

"네가 무슨 생각을 하는지 알아. 이해도 돼, 정말이야. 나라면 절대 못하겠지만 네가 그런 길을 생각한다는 건 좋아. 네가 그런 방식으로 너의 인생을 살려고 한다는 게 말이야. 그게 진짜 예술가들의 삶이고, 네가 정말로 되고 싶은 것이 바로 그거라는 걸 알아."

"그래서?"

나는 제이슨이 이야기를 계속하길 원했다.

"하지만 세상이 돌아가는 방식이 그렇지가 않아. 전혀 다르지. 좋아, 나머지 세상 따위 어떻게 돌아가든 관심 없다는 얘기는 하지 마."

"나는 정말 그런 데 관심 없어. 난 불교 신자도 아니고, 종교에 관심도 없어. 오로지 그분 때문이야. 내가 그분에게서 본 것."

"그래, 그래, 이해해."

제이슨이 나를 달래려는 듯 양손을 들어 올렸다. 조금 취하기 시작한 것 같았다. 우리 둘 다 그랬다.

"이해한다는 거 알아, 제이슨. 그래서 내가 너랑 이야기하고 있는 거잖아."

"너 반 고흐 좋아하지. 이번 일도 비슷한 것 같아. 그 사람 이름이 뭐라고?"

"송담 스님."

"좋아, 이름은 중요하지 않아. 내 생각에 너에게 그 사람은 반 고흐 같은 존재야. 너의 반 고흐인 거지."

"네 말이 맞을 수도 있어. 하지만 내가 본 건 사실이야."

"내 말을 좀 들어봐."

제이슨의 목소리가 부드러워졌다. 나에 대한 걱정과 애정이 느껴졌다.

"이 세상은 손에 쥔 게 없으면 아무것도 할 수 없어. 네가 이런 이야기를 듣고 싶어 하지 않는다는 것도 알아. 하지만 그게 사실이야. 뭘 하든 돈이 있어야 해. 그러니 가서 학위를 받든 책을 쓰든 뭐든 해. 자금을 준비하라고. 그런 다음에 그에게 가. 아니면 그가 너를 찾아오게 하든가, 제길. 왜 네가 그 먼 한국까지 가야 하는 건데? 그 사람이 단지 너를 아끼기 때문에 곁에 두고 싶어 한다고 생각해?"

제이슨의 마지막 말이 찌르듯 아팠다. 사실 나는 송담 스님이 내게서 뭔가를 보았기 때문에 나를 아끼고 당신의 제자가 되길 원하신다고 믿었다. 그게 사실이라고 믿고 싶은 마음이 아주 컸다.

"제발 생각 좀 해봐! 거긴 한국이야! 한국 사람들이 하버드라고 하면 어떤 반응을 보이는지 너도 알잖아! 너를 곁에 두면 그 사람의 자랑거리가 될 거라는 생각 안 들어? 그 사람이야 네가 탐날 수밖에! 그 사람은 네 가족에게나 여기 우리에게 무슨 일이 일어나든 신경 안 써!"

"알았으니까 그만해, 제이슨."

나는 기분이 나빠지기 시작했다. 송담 스님의 제자가 되기 전인데도 그분에 대한 비판을 들으면 바로 분노가 일었다.

"사실을 얘기하는 거야, 친구."

제이슨이 말을 계속 이어갔다.

"그 사람한테 큰 절과 많은 추종자들이 있다고 했지. 흠, 그게 저절로 그렇게 됐다고 생각해? 설마 그가 깨달음을 얻었고, 누구나 깨달음을 얻은 사람을 좋아하기 때문에 그 모든 걸 이루었다고 생각하는 거야? 아냐, 절대 그렇지 않아. 나는 그가 어떤 사람인지 몰라. 하지만 그 사람은 나처럼 게임을 어떻게 하는지 아는 사람이야. 돈을 알고 비즈니스를 아는 사람이라고."

"그렇지 않아! 그분은 지금까지 내가 만나 본 사람들 중에 돈에 관심이 없는 유일한 분이야. 다른 사람들이 자신에 대해 어떻게 생각하는지도 관심 없고. 넌 그분을 만나보지 않았잖아, 제이슨. 그런 분을 만난다는 게 어떤 건지 넌 몰라!"

"깨달음 같은 거 아무도 신경 안 써! 너나 신경 쓰지. 내가 평생 만나 온 사람 중에 깨달음에 관심이 있는 사람은 너밖에 없어. 다른 사람들은 깨달음에 관심 없어. 영성에도 관심 없고. 심지어 예술에도 관심 없어, 진짜야."

제이슨이 소리치다시피 말했다.

나는 제이슨을 노려보았다. 기분이 정말로 상했다.

"너 참 순진하구나. 사람들은 그냥 깨달음과 예술, 영성에 관심이 있다고 말하는 걸 좋아하는 거야. 자기들이 깨달음을 얻었네, 영적이네, 아니면 예술을 사랑하네, 뭐 이렇게 떠드는 걸 좋아하는 거지, 정말로 그렇게 하려는 게 아니야. 상황이 안 좋아지면 돈과 안위를 택할걸. 너와 함께 생활했다는 그 승려들? 20, 30년 있으면 그들도 그렇게 될 거야. 지금 돈을 모아놓지 않으면 쉰 살, 예순 살 돼서 주위 사람들로부터 돈을 우려내려고 할걸."

제이슨이 고개를 저으며 말했다. 나에게 연민과 애정, 놀라움이 뒤섞인 감정을 느끼는 듯했다.

"뭐라고, 네가 미래를 보기라도 해?"

내가 쓸쓸하게 내뱉었다.

"너 참 어리석구나. 미래를 내다볼 필요도 없어. 사회가 돌아가는 방식이 그래! 먹고살기 위해 할 수 있는 일이 없으면 쪼들리게 돼. 그러면 주변 사람들에게 빌붙는 수밖에. 종교는 순수하지 않아. 그건 네가 직접 한 얘기잖아. 깨달음을 중시하는 척하고, 영적인 척 행동하겠지. 하지만 실제로는 달리 할 수 있는 게 없기 때문에 그렇게 하는 것뿐이야. 그게 진짜라고 생각하는 바보는 너밖에 없을 거야. 그건 진짜가 아니라고."

제이슨이 답답함이 가득한 목소리로 말했다.

"그건 진짜야. 내가 본 건 진짜였다고."

"아마도 그랬겠지. 하지만 내가 이 한 가지는 장담할 수 있어. 그 사람은 너랑 달라. 그 사람이 우리 나이 때 어땠는지는 잘 모르지만, 절을 운영하는 방식이나, 너를 대하는 방식에 비춰 보면 세상 돌아가는 이치를 잘 아는 사람이 분명해. 그러니 입 다물고 내가 하는 얘기 잘 들어봐. 그는 어떻게 하면 다른 사람들을 자신이 원하는 대로 행동하게 만들 수 있는지 알고 있고, 계산된 위험을 감수할 줄도 알아. 나처럼 말이야. 너랑은 다르지. 너는 내가 아는 사람 중에 남을 상대로 게임을 하지 않는 유일한 사람이야. 내가 널 좋아하는 것도 그 때문이고. 난 단지 네가 이용당하거나 기만당하거나 골탕 먹는 모습을 보고 싶지 않을 뿐이야."

제이슨이 한숨을 내쉬며 말했다.

나는 제이슨을 향해 웃으며 술잔을 들었다. 제이슨도 웃으며 잔을 들어 내 잔에 부딪쳤다.

"원 샷."

내가 말했다.

우리는 둘 다 술잔을 깨끗이 비웠다. 내가 냅킨으로 입을 닦는데, 제이슨이 다시 말했다.

"타협해. 그냥 조금만 타협해봐. 일단 뭐라도 해봐. 그런 다음에 너 하고 싶은 대로 해. 나도 그러고 있잖아. 네가 그런 거 좋아하지 않는다는 거 알아. 하지만 그게 현명한 방법이야."

"그래서 박사 학위를 따거나 로스쿨에 가라는 뜻이야?"

"맞아. 그리고 돈을 좀 모아야 해. 그러니까 너에게 필요한 건 두 가지야. 어떤 분야에 대한 전문 지식과 돈이 있어야 해. 그렇게 많은 돈이 필요한 건 아니야. 상황이 잘 안 풀릴 경우 다시 시작할 수 있을 정도면 돼."

그 정도 조건을 갖추려면 시간이 얼마나 걸릴지 계산해보았다.

"야, 그러려면 서른 살도 넘겠는데! 나이가 너무 많잖아!"

내가 절망적으로 손을 내저으며 말했다.

"서른 살이나 됐는데 할 수 있는 일이 아무것도 없는 것보단 낫지!"

제이슨이 받아쳤다.

대학 친구들 중에는 로스쿨에 가기로 결정한 친구들이 많았다. 그때는 그것이 일종의 유행이었다. 장기적으로 어떤 일을 하며 살지 결정하는 동안 법학 학위를 따는 것이다. 나도 내가 한평생 무엇을 하고 싶은지 알지 못했다. 그래서 로스쿨 입학시험을 준비하며 시내의 한 로펌에서 법률 사무 보조원으로 일해보기로 했다.

어빙턴의 부모님 집에서 출퇴근을 했는데, 당시 아버지가 일본 도쿄의 한 은행에서 근무하셔서 어머니도 일본에 계시고, 집엔 나와 남동생만 있었다.

기묘하게도 이제는 내가 어린 시절 보았던 아버지의 하루 일과대로 생활하고 있었다. 하지만 나는 아버지처럼 단련되지 못한 상태였다. 밤마다 비디오를 보고, 아침에 늦게 일어나 간신히 샤워하고, 머리에 1980년대에 유행했던 젤을 바르고 슈트를 걸치고 아버지가 늘 타고 다니던 기차를 타려고 달려갔다. 그랜드 센트럴 역에 내려 몇 블록 걸어가면 로펌이었다.

아침 출근 시간에 기차에 탄 사람들은 자녀가 있을 법한 중년 세대가 대부분이고 30대로 보이는 몇몇이 있었지만 내 또래는 거의 없었다. 나는 이 지역에서 자랐는데도 기차에서 아는 사람을 만난 적이 거의 없었다. 고등학교 친구들은 모두 조그만 고향 마을을 떠난 것 같았다. 맨해튼으로 가는 기차가 교외의 밝은 기차역들을 벗어나 도시의 음울한 기차역들로 천천히 옮겨가는 동안, 해는 점점 더 하늘 높이 떠오르고, 나는 점점 더 의기소침해졌다.

내가 이 세상 어디에도 어울리지 않는다는 느낌이 들었다. 나에게 무슨 문제가 있는 것 같았다. 내 머리나 가슴에 있어야 할 중요한 하드웨어 부품 하나가 빠진 것 같았다.

왜 나는 세상을 있는 그대로 받아들이기가 이토록 힘든 것일까? 왜 나는 그냥 남들처럼 살지 못할까? 인생의 소소한 기쁨들에 감사하며, 피할 수 없는 짐들은 기꺼이 짊어지고, 때때로 발생하는 불편함과 충격을 견디면서 말이다. 세상의 무의미함과 만사의 덧없음을 무심히 넘기면 좋으련만 왜 나는 더 의미 있게 살아갈 방법이 있다고 그토록 확신했을까?

머릿속으로 늘 송담 스님을 생각했다. 그분 곁은 언제나 숲처럼 고요했다. 공기도 잠잠해지고 시원해지는 기분이었다. 그분은 진짜 평화를 발견한 것 같았다. 진리 속에 머무는 것 같았다.

스님이 인생을 걸고 내린 결정들이 나의 뇌리에서 계속 맴돌았다. 그걸 생각하면 전부 나를 향해 손가락질하는 것 같아 몸이 움츠러들었다. 그분은 타협하지 않았다. 스님은 자신의 스승을 만나 깨달음이 존재한다는 것을 알았을 때 옳다고 믿는 대로 행하는 데 주저함이 없었다. 부모의 반대에도 불구하고 승려가 되었고 묵언 수행을 시작했다. 꼬박 10년을 완전한 절대 침묵 속에서 살기로 선택했다. 그리고 언제나 자신이 믿는 대로 행하셨다. 그것이 무엇이든 간에.

그것이 바로 내가 살고 싶은 삶이었다. 나 자신과 이 세상을 향해 남들이 강요하는 가치가 아니라 나만의 가치, 내가 생각하고 선택한 가치에 따라 살아가고 있다고, 다른 누군가의 비전이 아니라 나만의 비전을 따르고 있다고 말하고 싶었다. 나는 내가 옳다고 믿는 대로 행동하고 내가 믿는 대로 행동하고 있다는 것을 아는 한 남들이 무슨 생각을 하든 신경 쓰지 않는다고 말하고 싶었다.

무엇보다도 나는 솔직한 삶을 살고 싶었다. 진정한 삶. 그게 왜 그토록 힘들었을까?

혹시라도 내가 스님이 되도록 밀어붙인 외부 요인이 있었다면, 그건 그 빌어먹을 로펌이었다. 그전까지는 삶이 무의미하다고 걱정만 했다면, 월요일부터 금요일까지 아침마다 파란색 또는 회색 재킷으로 변호사가 되고 싶은 사람처럼 차려입고 색깔 없는 사무실로 터벅터벅 걸어 들어가 아주 작은 속삭임으로 '쉬이이이' 소리를 내는 색깔 없는 형광 불빛 아래 컴퓨터가 놓인 책상 앞에 앉아 살균된 무취의 공기를 들이쉬면 일말의 의심도 없이 이것이 완벽하게 무의미한 삶이라는 확신이 들었다. 물론 그렇게 우아하고 깔끔해 보이는 사무실이 한 영혼을 완벽하게 절망에 빠뜨릴 거라 생각하지 않는 사람도 있을 것이다.

이 로펌은 쉽게 들어갈 수 있는 곳이 아니었고, 내가 거기서 부당한 대우를 받은 것도 아니었다. 대개 변호사들은 상냥한 태도로 나를 무시했다. '법률 사무 보조원'은 법률 사무소의 '노예'를 고상하게 표현한 것이었다. 거기에 나 같은 사람이 열 명쯤 있었다. 모두 공손하고 말쑥한 차림에 단정했으며 교육을 잘 받은 사람들이었다. 하지만 기본적으로 잘 꾸며놓은 비서였다. 우리가 거기 있었던 이유는 그 당시 '법률 사무 보조원' 이력을 원서에 적어 넣어 '로펌의 노예'로 생활한 적이 있음을 알리면 로스쿨 입학 가능성이 높아졌기 때문이다.

우리의 업무는 매일 우편으로 밀려들어오는 법률 관련 서류들을 받아서 순서대로 모으고 복사하여 파일로 정리하는 것이었다. 이따금 공문서를 입수하거나 법률 서류를 제출하느라 다운타운이나 맨해튼 북쪽 외곽인 웨스트체스터 카운티에도 가야 했다. 간혹 소속 변호사가 다른 법률 사무소에 이런저런 서류를 요청하는 편지의 초안을 작성하라는 지시를 받기도 했다. 그것이 보조원 업무 중 가장 신나게 하는 일이었다. 하지만 우리가 가장 많이 하는 일은 녹음한 진술을 글로 옮기는 작업이었다.

키보드 옆에는 줄이 두 개 달린, 초콜릿 상자만 한 녹음기가 있었다. 하나는 이어폰 줄이고 다른 하나는 책상 아래 있는 페달과 연결되는 줄이었다. 발로 그 페달을 누르면 녹음기가 작동하고 녹음된 내용을 이어폰을 통해 들을 수 있었다. 발을 떼면 재생이 중단되었다. 그 지긋지긋한 페달을 3, 4초 누르고 있으면 문장 한두 개를 들을 수 있었다. 그러면 발을 떼고 방금 들은 문장을 재빨리 단어 하나 빼놓지 않고 그대로 타이핑을 했다. 그런 다음 다시 페달을 누르고 녹음된 내용을 듣고 다시 발을 떼고 타이핑하기를 수없이 반복했다.

살면서 시간이 그렇게 느리게 흘러가는 곳은 거기가 처음이었다. 마치 로펌 사무실이 흉측한 중력의 우물 맨 밑바닥에 있어서 어떤 빛줄기나 전파도 빠져나가지 못하는 것 같았다. 벽에 걸린 시계를 한 번 본 다음 꽤나 길게 열심히 일을 한 것 같은데 다시 시계를 올려다보면 정말이지 1분이 채 지나지 않았을 때가 많았다. 반대로 약 15년 뒤 선방에 살 때는 시간이 쏜살같이 흘렀다. 가부좌 자세로 방석에 앉아 하루 10시간 이상 힘들게 땀을 흘려도 시간 가는 줄 몰랐다.

지옥은 다름 아닌 시간이 멈춘 곳이다.

매일 아침 수천 년 같은 시간을 보내고서야 겨우 점심시간이 찾아왔다. 12시 정각이 되면 나는 화장실이 급한 사람처럼 사무실 밖으로 튀어나갔다. 실제로 다른 법률 사무 보조원 한 명이 내게 위장에 무슨 문제라도 있냐고 묻기도 했다. 그렇게 밖으로 나가서는 두세 블록 걸어가 피자 두어 조각과 탄산음료를 샀다. 어느 광장에 있는 멋없는 조각상 옆 벤치에 혼자 앉아 맨해튼의 다른 좀비들과 생명체들이 지나가는 모습을 바라보며 점심을 먹었다.

뉴욕은 구경거리가 무궁무진하다. 끝없이 이어지는 놀이기구 같다. 어느 요일, 어느 시간에 어느 거리를 가든 말로 설명할 수 없는 뭔가를 목격할 수 있다. 어릿광대가 자기 오토바이를 향해 피아노를 미는가 하면 독일인 노숙자가 식당에서 일하는 중국인 이민자들에게 미군이 불법적으로 라틴아메리카 지역의 마약 공급에 관여하고 있다고 설교했다. 모피코트를 걸친 키 큰 여자가 염소를 산책시키고, 파란 슈트를 입은 젊은 여성이 무선전화기로 부하 직원에게 큰 소리로 명령을 내렸다. 세계의 중심이자 태양계의 중심인 뉴욕은 체커 판처럼 거칠고 무자비하게 설계되었다. 제정신이 아닌 것 같으면서도 저항할 수 없을 만큼 유혹적이고 거대하며 단호하고 영원하며 처절했다.

6개월쯤 뒤 나는 파크 애비뉴의 그 멋진 로펌에 사직서를 냈다. 그러지 않으면 내 발로 정신병원에 걸어 들어가야 할 것만 같았다.

"그래서 정말 다시 그 절에 갈 생각인 거야?"

세바스찬이 특유의 근엄한 눈빛으로 물었다.

"응, 생각 중이야."

나는 초밥을 한 입 베어 물며 대답했다.

세바스찬은 내가 대학에서 만난 가장 똑똑한 친구다. 그는 텍사스에서 자란 한국계 미국인으로 남들보다 2년 빠른 열여섯 살에 하버드에 입학했다. 세바스찬은 나보다 한 살 어렸지만 나보다 1년 먼저 졸업했다. 2년 일찍 졸업한 후엔 곧바로 하버드 대학원 이론물리학 석사 과정에 진학해 조교 자격으로 자기 또래의 물리학과 신입생들을 가르쳤다. 우리가 다시 만났을 때는 하버드 대학원 박사 과정에 있었다. 곧 논문을 완성하고 스물다섯 살이 되기 전에 이론물리학 박사 학위를 받을 예정이었다. 세바스찬은 지식에 대한 욕구가 엄청났고 모든 것을 흥미로워했다.

대학 때 세바스찬이 한 학기 동안 독학으로 한국어를 공부하는 모습을 본 적이 있다. 학기 초만 해도 "안녕하세요, 어떻게 지내세요?"라는 말도 잘 못했는데, 학기가 끝날 때쯤에는 한국에서 온 교환학생들과 잡담을 주고받을 정도가 되었다. 세바스찬은 학점을 꽉 채워 강의를 들으면서 조교로 일하고 연극반 활동까지 했다. 세바스찬 옆에 있으면 그의 두뇌가 윙윙 돌아가는 소리가 들릴 정도였다.

우리는 어퍼 웨스트사이드의 조용하고 세련된 일식당에서 함께 저녁을 먹고 있었다. 세바스찬은 원래 하버드 대학교가 있는 케임브리지에서 지냈는데, AT&T에서 면접을 보려고 맨해튼에 왔다. 좀 더 정확히 말하면 AT&T가 세바스찬을 면접할 기회를 얻은 것이며, 세바스찬이 그들을 선택해주길 바라고 있었다. 세계에서 가장 크고 가장 앞서가는 통신회사인 AT&T가 모자를 벗어 두 손에 공손히 들고 세바스찬을 기다리고 있는 셈이었다. 나는 언젠가 세바스찬이 뭔가를 발명해 세상을 바꿀 거라 기대했다.

"그러니까 너는 송담 스님이 정말로 깨달은 사람이라고 생각하는 거야? 대체 어떤 사람인데?"

세바스찬이 생각에 잠긴 듯 중얼거렸다.

"그분은 르네상스맨이야, 셉. 그렇게 다재다능한 사람은 처음이야. 서예, 선화禪畵, 단소, 조각, 건축, 요리. 이런 것 말고도 손으로 하는 일이면 무엇이든 다 할 수 있어. 내 말은 그가 스스로 터득해서 해낸다는 거야. 학교에 가거나 다른 사람으로부터 뭔가 새롭게 배워서 그렇게 하는 게 아니라는 게 신기하지. 항상 스스로 방법을 찾아내고 결국은 능히 해낸다니까. 그것도 아주 훌륭하게."

나는 이렇게 대답하고 사케를 한 모금 마셨다.

"세상에 가르칠 수 있는 건 없고 그저 배울 수만 있다고 생각하는 사람이군."

세바스찬이 내가 한 말을 간단히 정리했다.

"맞아. 그리고 굉장히 직관적이야. 텔레파시가 있다고나 할까."

"그분이 10년 동안 묵언 수행을 했다고 했지?"

"맞아, 10년을 꼬박. 사실상 20대 시절을 전부 그렇게 보낸 거야. 인생의 가장 찬란한 시절을 말이야."

"놀라운 이야기네. 하지만 그게 깨달음과 무슨 상관이 있어? 솔직히 우리는 똑똑하고 골 때리고 재능 있는 사람들을 많이 알잖아. 그분은 정확히 어떤 점이 뛰어난 건데?"

문제의 핵심을 곧장 파고드는 것이 세바스찬의 특징이었다.

"좋아, 셉. 이런 거야, 예를 들어 그분이 너를 바라보면 그분은 정말로 너를 보고 있는 거야."

내가 그의 질문에 답하기 시작했다.

세바스찬은 내가 한 말을 곰곰이 생각해보더니 이렇게 말했다.

"무슨 말인지 잘 모르겠어."

"내 말은 누군가 너를 바라볼 때 그 사람의 눈을 봐봐. 그들은 진짜로 너를 보고 있는 게 아니야. 그냥 힐끔 살필 뿐이지. 자기 말을 잘 듣고 있는지, 집중하고 있는지 등을 확인하는 거야. 하지만 그들이 뭔가 중요한 이야기를 할 때 그들의 눈을 보면 마치 화면을 올려다보고 있는 것 같아. 사람들은 사실 늘 자기 머릿속에 있는 화면을 보거든. 그 화면 위로 온갖 이미지와 목소리들이 끊임없이 흘러가니까."

세바스찬은 내가 한 말의 의미를 찬찬히 처리하는 듯 눈을 가늘게 뜨고 생각했다.

"우리에겐 감각기관이 있고 그 너머에 세상이 있어. 우리의 감각기

관이 경험한 세상에 관한 정보를 우리 뇌에 전달해야 하는데 커튼이나 그물망처럼 중간에 가로막는 것이 있어. 바로 우리가 의식하지 못하는 정신활동이야. 뇌로 전달되는 지각 정보를 왜곡하고 양을 줄이는 거지. 그러니까 우리가 자기 자신이라고 생각하는 어떤 모습, 자기 성격이라고 생각하는 것, 그런 것들이 정보의 진입을 막는 거야. 문득 스치고 지나가는 생각과 감정도 그렇고. 만약에 이렇게 임의로 일어나는 정신 활동의 장막이나 베일을 걷어버리면 어떻게 될까? 싹 태워버린다면?"

"중간에 걸러지지 않은 직접 지각을 이야기하는 거구나. 우리가 도달할 수 있는 가장 객관적 경험에 가까운 것."

세바스찬의 눈이 반짝였다.

"그게 너의 기본 상태가 되는 거야."

"제기랄! 빌어먹게도 놀라운 이야기네! 그러니까 넌 그분이 그걸 이루었다고 생각해?"

세바스찬이 웃음을 터뜨렸다.

"잘 모르겠어. 하지만 내가 분명히 아는 건 다른 사람에게선 그런 눈빛을 한 번도 본 적이 없다는 거야. 아무리 똑똑하고 아무리 창의적인 사람이라 해도. 그분이 너를 보면 그분과 너 사이에는 어떤 베일도 잡음도 없어. 그냥 공기뿐이야. 깨끗이 비어 있어. 그분이 너에게 말하면 정말로 너에게 말하는 거야. 그분이 머릿속에 갖고 있는 너에 대한 이미지가 아니라. 사람들이 그분을 만나면 모두 깜짝 놀라는 이유가 바로 그래서야. 한번 생각해봐. 지금껏 누군가가 너를 정말로 봐준 적이 있어? 누군가가 정말로 너에게 말을 걸어준 적이 있어? 다른 누군가를 하나의 온전한 사람으로 만나본 적 있어? 우리는 늘 우리가 생각하는 그 사람의 이미지를 보고, 이미지에 얘기하지 않아? 늘 세상과 단절되어 자기 머릿속에 갇혀 살지 않아?"

"네가 말하는 그런 일이 인간의 능력으로 가능한지 잘 모르겠어."

세바스찬이 말했다.

"셉, 너는 인간이 자기 존재의 본질을 이해할 수 있다고 믿지 않는 거야?"

"나에 대해 잘 알잖아, 친구. 그러니까 나는 그 사이에 끼었잖아. 그…"

세바스찬이 슬픈 표정으로 고개를 저었다.

"데카르트식 회의론과 파스칼식 두려움 사이."

내가 세바스찬 대신 말했다.

'데카르트식 회의론과 파스칼식 두려움 사이'란 우리가 곧잘 써먹던 표현이다. 세바스찬은 쉽게 우울해지는 경향이 있었다. 그와 친구가 된 뒤 공짜처럼 보이는 모든 선물들이 그렇듯이 특별한 재능에도 가격표가 함께 딸려온다는 것을 알게 되었다. 세바스찬을 보며 천재들은 절망이라는 대가를 치른다고 생각했다.

'데카르트식 회의론'은 우주에 진리가 존재하겠지만 인간에게 과연 그 진리를 이해할 능력이 있는지 의심스럽다고 보는 철학적 입장이다. 그러므로 그것은 인간의 능력으로 뭔가를 확실하게 알 수 있다는 것에 대해 회의적이다.

한편 '파스칼식 두려움'은 사물의 본질을 이해하는 인간의 능력에 대해서는 긍정적으로 확신하지만 우리가 살고 있는 이 우주가 완전히 무의미하다고 간주하는 철학적 입장이다. 달리 말하면 '파스칼식 두려움'은 인간의 의식이 이해해야 할 목적이나 양식, 질서도 없는 거대한 무

無, 공허감에서 헤어나지 못할 가능성을 두려워하는 것이다. 따라서 절대 존재하지 않을 의미를 찾으려는 우리의 의식 자체가 고통인 것이다.

그런데 데카르트식 회의론이니 파스칼식 두려움이니 하는 것들이 공식적인 철학 용어는 아니다. 그러니 구글에 검색해보지는 마시라. 그것은 세바스찬이 그의 탁월한 두뇌로 만들어낸 그럴듯한 표현일 뿐이다.

식사를 마치고 세바스찬과 나는 걸어서 허드슨강까지 갔다. 밤이 되니, 검은 하늘 아래 희미하게 빛나는 검은 강물이 음산하면서도 아름다웠다. 이따금 작은 배들이 경고등 불빛을 비추며 미끄러지듯 지나가면 검은 잉크 같은 강물 위로 별들이 천천히 쏟아져 내리는 것 같았다.

"혹시 너 자신이 이 우주에서 한 마리 개미 같다는 느낌 든 적 있어, 셉?"

내가 물었다.

"항상 그렇지."

"한국에서 하숙집에 살 때 가끔 방바닥에서 개미를 발견하곤 했거든. 개미가 방바닥을 가로질러 열심히 가는 모습을 보니까 그런 생각이 들더라고. 저 작은 더듬이로 얼마나 멀리까지 감지할 수 있을까? 저 작은 개미의 지각 범위가 얼마나 될까? 아마도 어느 방향으로든 0.5밀리미터쯤? 그 개미는 자기가 내 작은 방바닥에 있다는 걸 몰라. 경계가 보이지 않는 끝없는 평원에 있다고 생각하겠지. 나라는 이 거대한 존재가 자신을 발견하고 확 밟아야 하나 말아야 하나 생각하며 뚫어져라 쳐다보고 있다는 것도 모르고."

"그래서 너는 우리는 얼마나 다를까 하고 생각했어?"

"맞아. 과학자들, 철학자들, 종교 구도자들은 우리가 우주의 역사를 이해할 수 있다고, 만물이 어디서 와서 어디로 가는지, 지금 그렇게 존재하는 이유는 무엇인지 다 알 수 있다고 생각하지. 하지만 우리의 삶이 얼마나 짧은지, 우리 인간이 얼마나 최근에 생겨났는지를 우주적 관점에서 생각해보면 우리는 1초도 안 되는 짧은 시간 동안 잠시 머물다가 사라지는 거야. 그러니 우리가 기껏 이해하는 게 얼마나 되겠어? 우리는 우주를 보며 계속 기어가는 거대한 벌레 같은 것이라고 생각할지도 몰라. 그래서 앞으로 몇십억 년을 더 그렇게 계속 기어가다가 쓰러져서 죽을 거라고 말이지. 하지만 우리 인간이 상상조차 못하는 변화가 기다리고 있을지도 몰라. 개미 같은 인간들이 죽어서 없어지고 한참 뒤에, 벌레인 줄 알았던 우주도 쓰러지겠지. 하지만 알고 보니 우주는 그냥 벌레가 아니라 애벌레였던 거야. 그래서 애벌레는 죽지 않고 나비가 되어 날아가. 어쩌면 우리는 모든 것을 거꾸로 보고 있는지도 몰라. 우리는 우주의 죽음을 예측하지만 사실은 더 위대한 탄생이 기다리고 있는지도 모르지."

"우주가 나비가 된다, 그거 마음에 드네."

세바스찬이 빙긋이 웃으며 말했다.

나는 계속 이야기했다.

"공간적인 측면으로 보면 우리가 가진 관측 도구들을 이용하더라도 우리가 정말로 볼 수 있는 게 얼마나 되겠어? 우리는 우주가 차갑고 거대한 빈 공간이고 거기에 별과 은하수들이 있는 거라고, 그게 다라고 생각하지. 하지만 우리가 우주 전체라고 생각하는 것이 사실은 어떤 거대한 존재의 부엌 정도밖에 안 되고, 진짜 자연은 우리가 상상조차 못하는 어느 방을 둘러싼 벽 너머에 있는지도 몰라. 빈 공간과 별들로 이루어진 이 우주의 벽 너머에는 우리가 아는 이 부엌 바닥 같은 우주와 비슷한 점이 전혀 없는 산과 강과 나무와 하늘로 이루어진 더 거대한 현실, 더 위대한 자연이 존재할지도 모른다고. 공간적으로도 시간적으로도, 개미와도 같은 우리는 더 위대한 현실을 판단하기에 충분치 않은 능력으로 우리 주변을 보고 있는 건 아닐까."

"우리의 데이터 표본이 너무 작긴 해. 그에 대해서는 나도 동의해."

세바스찬이 말했다.

"맞아. 사람들은 우리가 어디 있는지 볼 수 있다고 생각해. 개미가 무한 평면 위에 있다고 확신하는 것처럼 말이야. 하지만 자기가 있는 곳을 제대로 볼 수 있는 생명체는 없을 거야. 아무도 빅 픽처Big Picture를 보지 못하는 거지."

우리는 걸음을 멈추고 벤치에 앉았다. 강변의 긴 보도 주변에는 아무도 없었다. 어퍼 웨스트사이드의 이 구역은 상대적으로 조용했고, 멀리서 차 소리가 나도 물결치는 소리를 들을 수 있었다. 나는 이야기를 이어갔다.

"종교학에는 '하나의 산이냐, 여러 산이냐?' 하는 논쟁이 있어. 모든 종교가 한 가지 진리를 가리킬까? 불교의 구도자, 기독교 구도자, 무슬림 구도자는 같은 산을 다른 측면에서 오르고 있는 걸까? 그들은 자기들이 다른 산에 있다고 생각할까? 하지만 결국 같은 산봉우리에 도달하게 될까?"

"아니면 종교마다 다른 진리의 산봉우리가 있는 걸까? 종교들은 어쩌면 서로 무관한 여러 산봉우리의 진리와 경험들을 이야기하는지도 모르지."

세바스찬이 은유를 끝맺었다.

"너는 어떻게 생각하는데?"

내가 물었다.

"산봉우리도 많고 진리도 많다고 생각해. 과학적 진리, 종교적 진리, 예술적 진리…. 너는 산이 오직 하나뿐이라고 생각해?"

"모르겠어."

"네 생각에 송담 스님은 아실 것 같아?"

"그분이 다른 사람들보다 더듬이가 조금 더 긴 개미인지, 아니면 방 전체와 그 너머까지 보는 개미인지 잘 모르겠어. 불교에서는 우리의 이 작은 개미 같은 정신과 육체로도 존재하는 모든 것을 알 수 있다고 말하거든. 그건 꽤나 대담한 주장인데, 난 그게 사실인지 잘 모르겠어. 하지만 인간이 지각과 의식의 범위를 확장하는 건 가능하다고 생각해. 정신을 확장하는 것 말이야."

나는 강물을 바라보며 말했지만, 세바스찬이 나를 바라보는 것을 느낄 수 있었다. 그의 진지한 시선이 느껴졌다. 우리는 몇 분 동안 강물 소리에 귀를 기울였다.

"그러니까 넌 그쪽으로 가려는 거야, 그치?"

세바스찬이 결론을 짓듯 말했다.

"그것 말고 달리 무슨 길이 있겠어?"

내가 한숨을 내쉬었다.

"빌어먹을 법률 사무 보조원 노릇 말고도 직업은 많지."

"이건 패러다임의 문제야, 셉. 패러다임. 나는 우리 사회의 삶의 패러다임을 받아들이지 못해. 일자리를 구하고 돈을 벌고 돈을 쓰고 결혼하고 아이를 낳고 죽음을 맞이하는 것. 왜 그러고 살아야 하는지도 모른 채 말이지. 내게는 그게 인생을 살아가는 어리석고 따분한 공식이라고 느껴져."

내가 불평하듯 말했다.

"책을 쓸 수도 있을 텐데."

"무엇에 관해?"

"음… 좋아. 이제 네 문제가 뭔지 알겠네."

그가 중얼거렸다.

우리는 함께 웃음을 터뜨렸다.

"좋아, 친구. 절에 가. 송담 스님에게 가. 가서 우리의 데카르트식 회의론과 파스칼식 두려움에 대한 해답을 찾으면 꼭 알려줘. 나도 알고 싶으니까."

세바스찬이 어둠 속에서 내 어깨에 손을 얹고는 약간 슬픈 눈으로 나를 바라보았다.

1990년 5월, 나는 다시 한국으로 돌아왔다. 공항에서 곧장 서울에 있는 송담 스님의 거처로 향했다. 스님은 내가 승려로서의 삶을 시작하기 전에 며칠 휴식을 취하길 바라셨다. 하지만 나는 바로 시작하고 싶었다. 스님이 승복 몇 벌을 주시고 내 머리를 직접 깎아주시며 말씀하셨다.

"걱정하지 마라.
대중이 밥 먹으면 같이 밥 먹고,
대중이 잠자면 같이 자고,
일하면 같이 일하고,
참선하면 같이 참선하면 된다."

"걱정하지 마라. 대중이 밥 먹으면 같이 밥 먹고, 대중이 잠자면 같이 자고, 일하면 같이 일하고, 참선하면 같이 참선하면 된다."

나는 지금도 스님의 이 말씀을 기억한다.
다음 날 아침, 나는 2년 반 전 스님을 처음 만났던 절로 갔다.

10

수계

절에 다시 돌아와 보니 대규모 재건축 공사가 한창 진행 중이었다. 행자도 여러 명 있었다. 나는 절에서 '가장 아랫사람'인 그 행자들 밑에서 매일 새벽 3시부터 밤 9시나 10시까지 절을 운영하는 데 필요한 행정 업무와 육체노동에 함께 매달렸다. 태어나서 처음으로 커다란 망치를 휘두르고 기둥과 널판에 톱질을 하고 못을 박았다. 구덩이를 파고 시멘트를 섞고 드릴을 사용해 일했다.

내 도반들은 군대에 있을 때 그런 일을 해본 적이 있다고 했다. 그러나 절에서 하는 모든 행사에 의무적으로 참석하고 쉼 없이 주어지는 여러 가지 임무도 해내야 했으니 우리 모두는 몹시 힘들었다. 전부 육체적으로 기진맥진한 상태였다. 발우 공양을 할 때면 손이 너무 떨려서 젓가락질을 제대로 못할 정도라 하는 수 없이 밥과 국과 반찬을 한 그릇에 넣고 비빈 다음 숟가락으로 떠먹어야 했다. 예불과 재사齋祀에 참석하거나, 그 밖에 앉을 기회가 생기기만 하면 우리는 방석에 똑바로 앉은 채로 잠이 들곤 했다.

그 시절 9, 10명의 행자들이 들어왔다가 나간 듯하다. 그들은 승려가 되기를 꿈꾸며 절에 들어왔지만, 하루 이틀 정도 초주검이 되도록 노동에 시달리다가 서둘러 떠나갔다.

내 경우 한국어 실력이 여전히 형편없었으니 그날그날의 일정을 완벽하게 이해할 수가 없었다. 그래서 일이 주어지면 그냥 하는 수밖에 없었다. 그렇게 따라가기에도 바빴다. 급기야 한자를 전혀 모르는 내게 『반야심경』과 『천수경』을 외우라는 지시가 떨어졌다. 나는 무슨 뜻인지도 모른 채 소리 나는 대로 한자음을 외웠다. 제대로 알아듣지 못하고 말도 잘 못하는 상태에서 다른 행자들과 속도를 맞추기란 거의 불가능했지만 할 수 있는 한 최선을 다했다. 겨울이 되자 10~12명의 행자 중 3명만 남았다.

마침내 우리가 사미계를 받게 될 거라는 소식을 들었다. 믿기지 않았지만, 한편으로 자부심이 느껴졌다. 이제 곧 고난을 끝내고 스님이 될 터였다.

사미계 수계식을 얼마 앞두고 송담 스님을 만났다. 스님은 내게 혹시 새로운 불명을 원하느냐고 물으셨다. 환산은 내가 승려가 아닌 일반 불교 신자로서 받은 이름이었다. 그래서 스님은 내가 승려로서 다른 이름을 받고 싶어 할 거라 생각하신 모양이다. 하지만 나는 '환산'이라는 이름에 좋은 가르침이 담겨 있다고 느꼈다. 나는 '환산'을 더 이상 스님이 되기 위해 '산으로 돌아오라'는 뜻으로 해석하지 않았다. 이제는 그 이름을 '너 자신의 본성으로 돌아가라'는 의미로 이해했다. 나 자신의 의식과 존재의 근원으로 돌아가라는 의미로 받아들였다. 정식으로 계를 받고 난 뒤로는 '환산'이라는 이름을 들을 때마다 그러한 명령으로 들렸다.

진짜 네 모습으로 돌아가라.
진정한 네 자신으로 돌아가라.
진정한 인간이 되어라.
깨달음을 얻어라.

아직도 나는 이 명령들 중 어느 하나도 성공하지 못했다. 하지만 여전히 노력 중이다.

동안거 시작 날짜에 맞춰 열린 사미계 수계식에서 나를 포함한 세 명의 행자들은 춥고 붐비는 법당 안에서 무릎을 꿇고 앉아 있었다. 우리 앞에는 송담 스님이 법문을 하기 위해 공식 의례복인 가사장삼을 입으시고 법상에 앉아 계셨다.

그때 스님과 눈이 마주쳐 서로의 눈을 가만히 응시했던 기억이 난다. 스님의 눈빛은 말로 표현하기 힘들 정도로 진지했다. 그렇게 진지한 눈빛은 처음이었다. 예전에 나에게 대체 무엇 때문에 승려가 되지 못하는 거냐고 물으시며 나를 꼼짝 못 하게 하시던 그 눈빛보다도 더 진지했다.

수계식에서는 스님이 나와 다른 두 행자는 물론이고, 스님에게서 계를 받은 모든 행자들에게 대단히 중요하고 성스럽기까지 한 책임을 맡기고 계시다는 것을 느낄 수 있었다. 우리는 깨달음에 도달하기 위해 할 수 있는 모든 일을 하고, 그런 다음에는 다른 사람들도 그렇게 하도록 도우라는 명령을 받고 있었다. 우리는 이를 위해 여생 동안 싸우고 노력해야 했다. 절대 포기하거나 물러서면 안 되었다. 자기 자신의 깨달음과 인류 전체의 깨달음을 위해 계속 밀고 나아가야 했다.

그제야 비로소 스님이 된다는 것이 진정 무엇을 의미하는지 처음으로 그 온전한 무게를 느낄 수 있었다. 우리는 봉사하는 삶을 살라고 부름 받은 것이었다. 살아 있는 모든 존재에게 봉사하고 끝없는 고통에서 벗어나려고 애쓰는 이들을 도와야 했다. 참선을 하여 우리의 번뇌(망상)를 극복해야 했다. 그 번뇌 때문에 우리는 심각하게 파괴적이고 스스로를 해치는 습관에 사로잡혀 우리 자신뿐 아니라, 이 가련하고 연약한 지구의 생태계를 구성하는 거의 모든 형태의 생물에게 고통을 안겨주었다. 우리는 깨달음을 얻어 다른 사람들을 돕고 이 세상을 구하는 데 기여할 힘을 가져야 했다.

끈질기게 뚫어져라 바라보시는 스님의 눈길에서 나는 스님이 우리가 그런 신성한 소명을 감당할 수 있을지 가늠하고 계시다는 것을 느낄 수 있었다. 앞으로 수십 년 동안 진지한 자세로 소명에 임할지, 아니면 게으르고 탐욕스러우며 정직하지 못하고 교활한 성직자가 되어 다른 사람들이 힘들게 번 돈을 우려먹는 법복 입은 기생충이 될지를 판단하고 계셨던 것이다.

나는 그날 송담 스님의 눈빛에 담겨 있던 절박함에 가까운 엄격함을 한시도 잊은 적이 없다. 얼음처럼 차갑지만 하얗게 불타오르던 그 눈빛. 그것은 스님이 가슴에 꼭꼭 숨겨둔 간절한 애원이 담긴 불꽃이었다.

용기를 내, 너희는 할 수 있어! 일어나서 진짜 인간이 돼! 이기심과 두려움, 탐욕의 진흙탕 속에서 뒹구는 것을 그만해! 세상이 불타고 있는 것이 안 보여? 나를 도와 그 불을 함께 *끄자*!

수계식 말미에 스님이 무릎 꿇고 앉아 두 손을 가슴에 대고 있는 우리 행자들에게 물으셨다.

"이 계율을 잘 지키겠는가?"

이 신성한 계율을 잘 지키겠는가?

너희 인생과 정신, 몸과 마음, 영혼을 다해 참선 수행을 하겠는가?

이번 생에서 깨달음을 얻겠는가?

모든 중생을 끝없는 고통의 바다로부터 구해내겠는가?

"능지!"

우리 행자들이 대답했다. 능지란 계율을 능히 잘 지키겠다는 뜻이다.

"이 계율을 잘 지키겠는가?"

"능지!"

"이 계율을 잘 지키겠는가?"

"능지!"

그러고 나자 우리는 더 이상 행자가 아니었다. 우리는 스님이 되었다. 나는 환산 스님이 되었다.

11

어미 사자와 새끼 사자

그때는 뭔가 끝이 난 것처럼 느껴졌다. 하지만 나의 새로운 인생은 이제 겨우 시작 단계였다. 그럼에도 내게는 몇 가지 오래된 문제가 있었다. 그중 하나는 아직도 한국어가 유창하지 못하다는 것이었다.

행자 시절엔 한국어 공부나 책을 읽는 것이 허락되지 않았다. 이것은 전통적인 선방의 규칙에 따른 것이었다. 선불교에서는 학문적 연구가 아니라 참선을 직접 실천함으로써 깨달음을 얻을 수 있다고 가르친다. 실제로 이론과 관념, 사상 그리고 언어적 표현은 대개 삶 자체와 우리 각자의 본질을 직접적으로 경험하는 깨달음에 방해가 된다고 여겨진다. 이런 연유로 오늘날까지도 선방에서는 모든 독서, 심지어 불경을 읽는 것까지도 엄격히 금지되어 있다.

하지만 계를 받은 뒤에는 공부가 허락되었다. 그래서 하루는 신촌에 있는 연세대학교에 가서 한국어 교재를 구입했다. 그런 다음 여기에 처음 왔을 때처럼 다시 혼자 한국어 공부를 하기 시작했다.

그 시절 우리 절의 스님들은 유난히 엄격하게 훈련받았다. 당시 스님들 사이에 유행한 말이 있다.

"중은 지가 알아서 모든 것을 해야지! 누가 해주겠어? 지가 알아서 다 배워야지!"

아무것도 모르고, 뭍에 올라온 물고기처럼 겉도는 나까지 포함해 우리는 전부 스님으로서 알아야 할 모든 것을 스스로 배워야 했다. 불교 교리와 절의 규칙은 물론 불경을 소리 내어 읽고 각종 의례를 진행하는 법도 마찬가지였다.

참선도 예외가 아니었다. 참선할 때의 바른 자세와 호흡법, 정신을 집중하는 법은 이해하거나 적용하기가 결코 쉽지 않은데도 불구하고 가르쳐주는 사람이 없었다. 우리는 송담 스님의 법문을 녹음한 카세트 테이프를 듣고 서로 상의하며 시행착오를 거치면서 스스로 배워나갔다. 선배 스님이 가르쳐준 것은 발우 공양 의식, 목탁 치는 법, 가사 입는 법이 전부였다. 나머지는 사찰이 원활히 운영되도록 끊임없이 일을 하던 중 짬이 나는 대로 알아서 배웠다.

스님이 된 후 3년 동안 나는 송담 스님의 법문도 잘 이해하지 못했다. 스님이 사전에도 나오지 않는 전문적인 불교 용어와 지방에서 주로 쓰는 관용적 표현들을 많이 사용하셨기 때문이다. 당시 나에겐 한국의 불교 용어와 구어적 표현을 빠르게 배울 수 있는 시간이나 자원이 허락되지 않았다. 그래서 혼자 터득할 수 있는 것들을 배우며 스님에 대한 순수한 믿음과 헌신으로 버텼다. 그 시절을 돌아보면 스스로 이해하거나 가르침을 받은 것이 그렇게 적은데도 버텨낸 것이 기적 같다.

그렇다고 내가 필요로 했던 것들을 선배 스님들이 고의로 무시했다는 뜻은 아니다. 사실 그들도 나와 똑같은 처지였다. 내 말은 30년 전의 절 문화 자체가 더 효율적인 교육 시스템을 도입하는 것은 고사하고 적극적으로 도움을 주는 것도 상상하기 어려웠다는 얘기다.

그중에서도 나의 스승인 송담 스님이 가장 엄격했다. 스님의 교육법을 나는 '어미 사자' 방식이라고 부른다. 스님이 법문하실 때 자주 언급하신 선불교의 유명한 비유에 따르면 어미 사자는 새끼들을 일부러 절벽에서 떨어뜨린다. 그런 다음 다시 절벽 위로 기어 올라온 새끼만 키운다. 송담 스님은 우리가 그런 자세와 마음가짐으로 참선 수행을 해야한다고 가르치셨다. 절벽 위로 기어 올라가려는 아기 사자의 절박함과 같은 필사적인 마음으로 수행해야 한다는 것이다.

계를 받는 날 송담 스님을 뵈었다. 그때 나는 당연히 스님이 나를 손자처럼 대해주시던 시절은 이미 지나갔다는 걸 알았다. 이제 나는 스님의 제자였다. 당시 스물다섯 살이었던 나는 스님 앞에 무릎을 꿇고 앉아 자못 진지한 표정을 지으며 스님의 극도로 준엄한 모습을 따라 하려고 노력했다. 스님은 따뜻하면서도 진지한 눈길로 나를 바라보셨다. 스님은 언제나 내 속을 꿰뚫어보셨다. 내 안에서 무엇을 보시는지 몰라도 재미와 감동을 느끼시는 것 같았다.

스님이 희미하게 미소 지으며 매우 온화한 표정으로 말씀하셨다.

"자식이나 학생을 엄격히 키운다는 것이 무슨 뜻인지 알아? 어떤 사람들은 학생에게 필요한 것을 전부 알아서 챙겨주는 것을 엄격하게 키우는 법이라고 생각해. 가능한 한 많은 관심을 주는 것 말이여. 또 어떤 사람들은 학생을 매우 거칠게 대하는 것이 엄격하게 키우는 법이라고 생각해. 사소한 잘못도 호되게 꾸짖고 큰 소리로 야단치고 세게 밀어붙이는 것 말이여. 하지만 내 생각은 달라. 나는 엄격한 교육이란 스스로 헤쳐 나가도록 내버려두는 것이라고 생각해. 무슨 잘못을 해도 꾸짖으면 안 돼. 반대로 뭘 잘해도 칭찬하면 안 되고. 그냥 하고 싶은 대로 하게 내버려둬야 해. 겉으로 볼 때는 무관심하고 학생을 무시하는 것 같아도 그렇지 않아. 무슨 말인지 이해해?"

나는 고개를 숙였다. 스님이 무슨 말씀을 하시려는지 알 것 같았다. 앞으로 오랫동안 스님을 개인적으로 만나지 못할 거라는 말씀이셨다. 그리고 스님의 도움을 기대하면 안 된다는 이야기였다. 나는 이제 혼자였다. 하지만 절로 다시 돌아오기 전에도 그렇게 될 거라는 걸 알고 있었다. 나는 이제 혼자 힘으로 절벽 위로 기어 올라와야 했다.

그 시절을 돌이켜보면 '어미 사자' 교육법에는 몇 가지 뚜렷한 장점이 있다는 생각이 든다. 만약 그 방식을 견뎌낼 수 있다면 말이다. 우선 매우 독립적이게 되고 스스로 동기부여를 하게 된다. 배우거나 알아야 할 뭔가가 있어도 남에게 도움을 구하지 않게 된다. 스스로 조사하고 요령이나 지식을 얻는 데 필요한 것이 있으면 책이든 장비든 직접 찾아서 손에 넣게 된다. 예를 들어 한국 전통 불교식 염불에 경험이 전혀 없고 타고난 재능도 없었던 나는 소형 녹음기를 하나 구입해 선배 스님의 염불 소리를 몰래 녹음한 다음 꽤 비슷하게 흉내 낼 때까지 녹음 테이프를 계속 들으며 연습했다. 끝없이 반복되는 실수들을 고쳐줄 선생님이 없었기 때문에 그렇게 되기까지 몇 년이 걸렸다.

처음 5년 동안은 어디를 가든 사전과 단어장을 가지고 다니며 실수를 할 때마다 그 자리에서 바로 정확한 단어를 찾아보고 단어장에 옮겨 적었다. 그리고 매일 밤 그 단어장을 다시 보며 복습했다. 카드 모양의 단어장이 나중엔 수천 장으로 늘어났다. 송담 스님이 하시는 말씀을 진정으로 이해할 수 있고 정서적 뉘앙스와 함축된 의미까지 파악할 수 있다고 느끼기까지는 5년이 넘게 걸렸다. 처음 5년 동안은 내가 참선을 올바르게 하고 있는지조차 확신이 없었다. 하지만 그 시절 내가 했던 일 중 가장 중요한 것은 현대적인 교육 시스템 안에서 훈련받은 머리를 갖고 극도로 전통적인 종교 환경에서 생활할 때 자연스럽게 생겨나는 수많은 의문들에 대한 답을 구하는 것이었다.

우리가 육체적 죽음을 맞은 뒤에도 우리의 일부분은 정말로 다시 태어나는가? 나는 이런 주장을 입증 혹은 반증하는 증거를 찾기 위해 임사 체험을 다룬 책과 사람들이 전생의 기억이라고 하는 것들에 대해 학문적으로 연구한 책들을 읽었다. 깨달음을 얻은 현자와 신비주의자들은 정말로 다른 사람의 마음을 읽거나 미래를 볼 수 있을까? 이런 의문에 대해서는 이른바 초심리학 현상이라고 하는 것에 관한 책들을 읽었다. 기도가 정말 효험이 있을까? 이에 대해서는 하버드 의대에서 진행한 연구가 있다. 나는 종교와 관련해 미신처럼 들리거나 왠지 불편하게 느껴지는 주장이 있으면 모조리 관련 자료를 찾아보았다. 그렇게 하다 보니 지난 150년 동안 수집되고 정리되었으나 일반 대중은 잘 알지 못하는 비주류 과학 자료와 이론이 엄청나게 많다는 사실을 알게 되었다.

그 당시엔 인터넷이 없었다. 필요한 정보를 얻으려면 영어로 된 책을 구입해야 했고, 그런 책을 구입하려면 1시간 반 동안 지하철을 타고 서울 시내에 위치한 교보문고에 가야 했다. 내가 찾는 책이 한국의 서점에 없으면 미국에 직접 주문해야 했다. 그렇게 하면 책을 받아 보기까지 약 6주가 걸렸다.

그렇긴 해도 이렇게 천천히 나아감으로써 나는 이따금 들으면 말이 안 되는 것 같은 종교적 신화와 이야기와 주장들은 물론이고 절에서 접하는 낯선 문화와 종교적 관습에 관한 개인적인 의구심과 의문들을 대부분 해결할 수 있었다.

이렇게 나를 혼란스럽게 만들거나 당혹스럽게 만들었던 모든 것에 대한 개인적인 연구는 20여 년간 계속되었는데, 그것이 내가 최근 6년간 많은 강연을 준비하고 3년간 강의 형태의 프로그램을 진행하는 데 필요한 지식의 기반이 되었다.

그러나 이런 방식의 독학은 너무도 비효율적이었다. '어미 사자' 방식을 공동체 환경에 적용할 경우 아주 실질적인 단점들이 있다. 일단 속도가 너무 느리다. 누군가 가르쳐주면 쉽게 배울 수 있는 것을 나는 혼자서 이해하느라 많은 시간을 허비했다.

당시 송담 스님의 제자들이라면 공양간이나 종무소처럼 절 운영에 필요한 모든 부분을 감독하는 동시에 참선 전문가가 되어야 했다. 둘 다 결코 쉬운 일이 아니었다. 게다가 한국 불교의 문화와 예절, 의식에 관한 모든 것을 체계적 지원 없이 혼자서 배워야 한다는 것, 더군다나 비슷한 짐을 짊어진 스무 명의 다른 스님들과 작은 공간에서 화목하게 지내며 그렇게 해야 한다는 것은 곧 서로 상충하는 책임과 의무로 인해 당혹감과 혼란스러움을 느끼게 되는 것을 의미했다. 다른 말로 표현하면 더 생산적으로 사용할 수 있는 많은 시간과 에너지를 낭비하고 고민하게 한다는 뜻이었다.

그러므로 내 스승이신 송담 스님처럼 똑똑하거나 재능이 뛰어나거나 의지가 굳건하지 못한 나의 개인적 경험에 비춰 볼 때 앞으로는 좀 더 온화한 버전의 '어미 사자' 방식을 활용하면 좋겠다고 조심스럽게 제안하고 싶다.

물론 깨달음을 구하는 사람이라면 절벽을 기어올라 다시 어미를 만나려는 새끼 사자의 절박한 심정으로 참선해야 한다는 데는 의심의 여지가 없다. 그러나 현실적으로 단 한 명이 아니라 여러 명의 구도자를 대규모로 훈련할 때는 선승들, 특히 새로 계를 받은 신참 승려들에게 교육적·심리적·경제적 지원을 체계적으로 제공하는 것이 더 효율적이고 효과적일 것이다.

우리는 소통과 정보 전달이 한없이 쉬워진 새로운 시대에 살고 있다. 절의 종교적 분위기를 훼손하거나 운영을 방해하지 않고도 보다 효율적인 교육 방법과 시스템을 도입하는 것이 어렵지 않을 수 있다. 현대적인 교육 기법을 들이는 편이 오히려 종교적 분위기를 강화하고 운영의 효율성을 높일 것이다. 많은 종교적 관행과 선불교의 가르침이 현대 사회를 살아가는 사람들에게 도움이 될 수 있는 것처럼 말이다. 지식의 상호 교류가 가능한 시절이 왔다.

12

우리가 참선을 해야 하는 이유

계를 받은 뒤 2, 3년 동안 나는 송담 스님과 별다른 대화를 나누지 못했다. 그러던 중 어느 겨울에 송담 스님이 월례 법회를 주재하러 절에 오셨다. 법회를 마친 뒤 스님은 으레 그러셨듯이 시자와 총무 스님을 대동하고 절 구석구석을 둘러보셨다.

사미, 그러니까 초짜 스님이 된 나는 어느 선배 스님 밑에서 시청각 장비 운영을 돕는 소임을 맡았다. 그 시절 방송실이라고 불리던 그 작은 공간은 녹음 장비들로 꽉 차 있었다. 책상만 한 녹음기들과 고속 카세트테이프 복사기, 앰프, 이퀄라이저, 모니터, 릴 테이프 더미, 카세트테이프, 케이스 등이 벽마다 빽빽이 쌓여 있었다.

디지털 녹음이 막 시작될 무렵이었고, 기기 소형화는 실현되기 전이었다. 하루에 수백 명의 수행자가 머물기도 하는 선원의 시청각 방송 및 녹음 장치가 경비실만 한 작은 공간에 다 들어가 있었다. 그러다 보니 바닥이라고 할 만한 공간이 거의 없었다. 뭔가를 쓰러뜨리지 않고는 몸을 숙이거나 돌릴 수조차 없었다. 나는 늘 장비에 부딪히고 눌렸다.

송담 스님이 오신 그날도 나는 스님의 법문 녹음을 마친 뒤 무릎을 꿇고 엎드린 채 마룻바닥으로 지나가는 색색의 스피커 케이블과 전선 다발을 파악하려고 애쓰고 있었다. 전선마다 꼼꼼하게 이름표가 붙어 있었지만, 나로서는 당연히 그게 무슨 뜻인지 이해할 수 없었다.

솔직히 나는 내가 무엇을 하고 있는지 몰랐다. 전자공학 쪽은 아는 것이 전혀 없었던 데다 매일매일 해내야 할 일들이 폭풍처럼 밀려들었다. 한국어는 물론이고 전통 불교 염불도 아직 더 배워야 했고 기도하고 재 지내는 법, 그런 의식에 사용되는 도구 사용법과 사찰 예절도 배워야 했다. 게다가 그 많은 것 중에 하필 오디오와 전자 영상 장비 작동법도 배워야 했다. 그 시절에는 모든 스님들이 매일 상당한 양의 울력을 했고, 우리 사미들은 청소 업무까지 해야 했다. 그리고 이 모든 소임을 해내면서 각자 어떻게든 참선할 시간을 찾아야 했다.

사실 송담 스님은 그렇게 여러 가지 일을 동시에 해내는 와중에 참선하는 법도 배워야 한다고 가르치고 계셨던 것이다.

이론적으로는 일상생활에서 참선을 한다는 것이 매력적이고 효율성이 높아 보일 수 있다. 일상생활 속에서 참선법을 제대로만 익힌다면 우리는 모든 일을 잘해낼 수 있을 것이다. 돈을 벌고 잘 놀고 더 건강해지고 더 현명해지고 더 열정적인 사람이 되고 더 행복한 사람이 될 수 있을 뿐만 아니라 깨달음까지도 얻을 수 있다. 참선으로 모든 세속적인 혜택과 정신적인 혜택까지도 챙길 수 있는 것이다.

하지만 현실적으로 일상생활에서 참선을 하려다 보면 제대로 훈련되지 않은 사람의 경우 좌절감만 맛볼 것이 뻔하다. 다른 활동을 하면서 참선도 함께하는 법을 이론적으로 이해하는 것은 어렵지 않다. 하지만 그것을 실제로 적용하려면 구체적인 계획이 필요하다. 처음에 기본적인 참선법의 기반을 세운 후 그 위에 구체적 계획을 세워야 더 복잡한 신체적·언어적·정신적 활동 중에도 참선을 할 수 있게 된다.

그러나 그 당시 나는 제대로 훈련되어 있지 않았다. 방송실에 쭈그려 앉은 채로 손에 쥔 전선 다발을 우두커니 바라보며 속으로 '내가 지금 여기서 대체 뭘 하고 있는 거지?' 하는 생각을 했다.

장비가 웅웅거리는 소음과 남아 있는 방문객들이 내는 소란스러운 소리에 둘러싸여 상념에 잠겨 있던 나는 안개처럼 목덜미를 타고 흐르는 서늘한 느낌을 간신히 알아차렸다. 본능적으로 뒤를 돌아보니 앙증맞은 두 발이 시야에 들어왔다. 올려다보니 송담 스님이셨다! 스님이 내 뒤에 슬그머니 와 계셨다!

언제부터 거기에 계셨던 걸까? 내가 영어로 투덜대는 소리를 들으셨을까? 놀란 마음에 비틀거리며 일어섰다. 커다란 안경을 쓴 스님이 옅은 미소를 띠며 나를 올려다보셨다. 여기는 군대가 아니었다. 하지만 나는 군대에 가본 적이 없음에도 불구하고 이유는 알 수 없지만 차려 자세로 똑바로 섰다.

사미계를 받은 날 이후 스님을 가까이서 다시 뵌 게 그때가 처음이었다. 수계식 이후 스님은 나를 혼란 속에 던져놓고 아무렇지도 않게 당신 일에 집중하셨다. 제자들이 실수도 하면서 자기만의 관점과 수행 방식을 개발할 수 있도록 멀리서 지켜보는 것이 스님의 지도 방식이었다. 그때 나는 한국어 실력이 향상되어 도반 스님이나 신도들과 일상적인 대화를 나눌 수 있었는데, 이제 힘들게 갈고닦은 유창한 한국어 실력을 스님에게도 보여드리고 싶었다.

"건강해?"

스님은 이렇게 물으시며 내 얼굴을 살피셨다.

"네! 저는… 음… 그게….."

"이제 좀 익숙해졌어?"

"네! 저는… 음… 어….."

"뭐 필요한 거 있어?"

"아뇨! 저는… 음… 저는 좋아요!"

그제야 스님이 활짝 웃으셨다.

다소 긴장이 풀린 나는 스님과 눈을 맞추고 미소를 지었다. 그 당시 한국에서 연장자와 시선을 맞추는 것은 전통 예절에 어긋난다는 것을 알았지만, 송담 스님이 워낙 조용한 목소리로 말씀하셨기 때문에 나는 절에서 수년을 지내고도 스님의 말씀을 이해하려면 그분 입술의 움직임을 보아야 했다. 그렇게 나도 모르게 스님과 이야기할 때면 항상 스님의 얼굴을 바라보는 습관이 들어버렸다.

그제야 스님 뒤편 출입구에 서 있는 시자와 총무 스님이 보였다. 그분들은 우리에게 공간을 내어준 채 멀리 떨어져서 지켜보고 있었다. 보아하니 사찰을 둘러보시던 송담 스님이 우연히 나를 알아보시고는 안부를 확인하는 게 좋겠다고 판단하신 것 같았다. 그때 스님은 마치 내가 다른 별에서 우주선을 타고 오기라도 한 것처럼 내 얼굴을 빤히 쳐다보셨다.

'도대체 어떻게 해서 네가 나를 찾아 여기까지 오게 된 게냐?'

입 밖으로 말씀하시진 않았지만, 스님의 고요하지만 꿰뚫는 듯한 눈길 너머에 이런 질문이 맴돌고 있는 것 같았다. 나에게 송담 스님이 놀라운 존재였다면, 송담 스님에게 나는 외계인 같았을 것이다. 처음부터 끝까지 그 공동체 안에서 나는 이유도 모른 채 소들 무리에 끼어들었다가 눌러 살기로 결심한 얼룩말 같은 존재였다. 다른 소들은 나를 어떻게 대해야 할지 알지 못했고, 나 또한 그들을 어떻게 대해야 할지 알지 못했으며, 목동처럼 우리를 이끄는 송담 스님조차 가끔은 나를 보기만 해도 놀라움과 당혹감에 머리를 긁적이셨다.

하지만 그날은 스님이 내게 뭔가 하실 말씀이 있는 게 분명해 보였다. 스님의 맑고 잔잔한 얼굴과 차분하고 안정된 눈빛 뒤로, 왠지 고요한 수면 아래로 흐르는 물결 같이 희미한 감정의 흐름을 보았던 것 같다. 흐뭇함과 애정, 염려와 연민. 그리고 약간의 슬픔까지도 엿보인 것은 아무래도 스님이 내 불안한 마음을 들여다보셔서 그런 게 아닐까 싶다. 아마도 스님은 내가 얼마나 주체를 못하고 기진맥진해 있는지 알아채셨을 것이다.

스님이 시선을 옆쪽으로 돌려 높이 쌓인 금속 재질의 검은색 이퀄라이저와 앰프, 스위치보드 등을 보시더니 작고 매끄러운 손으로 구멍 뚫린 철제 선반 가장자리를 쓱 만지며 말씀하셨다.

"현대사회는 정말 놀랍지, 그렇지 않아?"

"네?"

예상치 못한 질문에 나는 당황했다.

"요즘 같은 시대에는 원하는 것은 무엇이든 배울 수 있어. 하늘의 별들에 대해 배우고 싶으면 천문학을 공부하면 돼. 문화와 역사를 배우고 싶으면 대학에서 그것들을 공부할 수 있지. 건물 짓는 법을 배우고 싶으면 건축과 건설을 공부하면 되고, 직업을 구하고 싶으면 경제학, 법학, 의학을 공부하면 돼. 원하는 것은 거의 다 배울 수 있어."

대체 무슨 말씀을 하시려는 걸까?

"하지만 아무도 가르쳐주지 않는 것이 하나 있지!"

스님이 오른쪽 검지를 들어 올리셨다. 작고 단단한 송곳 같았다.

"이 한 가지는 아무도 가르쳐주지 않아. 우리 인생과 떼려야 뗄 수 없는 관계인데도 아무도 가르쳐주지 않아. 우리 사회가 제대로 기능하려면 그것이 꼭 필요한데도 가르쳐주는 사람이 없어. 우리 모두가 알아야 하지만 학교에서도 회사에서도 은행에서도 연구기관에서도 비영리 단체에서도 병원에서도 가르쳐주지 않는 것이 하나 있어. 이토록 중요한 그 하나가 무엇인지 알아?"

"잘 모르겠습니다."

"'속상할 때 어떻게 해야 하는가?' 이것에 대해서는 아무도 답을 가르쳐주지 않아."

너무 간단해서 하마터면 웃음이 터질 뻔했다.

"속상할 때나 화가 날 때나 슬플 때나 두려울 때 그리고 마음이 아플 때는 어떻게 해야 해?"

그제야 나는 활짝 웃었다. 스님을 뵈어서 정말 행복했다.

"참선이여. 참선은 진짜 인간이 되는 길이지. 진정한 인간의 삶을 사는 방식이기도 하고, 또 우리가 마음을 다스리고 단속하는 방법이지. 속상할 때 마음을 어떻게 다스려야 하는지 알고 싶어도 이 세상의 어느 대학에서도 가르쳐주지 못해. 선불교의 선원으로 와야만 되는 거여.”

　스님은 이렇게 말씀하시고 회심의 미소를 지으셨다.

　나는 고개를 숙여 스님께 합장했다. 가슴이 뜨거워졌다.

“여기에 잘 왔다.”

　스님이 말씀하셨다.

13

내면의 불행

최근 7년 넘게 세계 각지의 다양한 사람들과 많은 대화를 나누면서 한없이 멋져 보이는 사람들이 저마다 마음속에 묵직한 불행과 슬픔을 품고 있다는 사실에 깜짝 놀라곤 했다. 세련되고 지적이며 성격까지 너 그러워서 내 친구라면 너무나 자랑스러울 것 같은 사람들이 자신의 솔직한 심정에 대해 말할 때면 내적 혼란을 주체하지 못했다. 그래서 내면의 이야기를 할 때면 눈을 멀겋게 뜨고 움찔해하는 것을 확연히 볼 수 있었다.

개인적으로나 직업적으로 가장 중요하게 여기는 목표들을 달성했는데도 불구하고 사람들이 불행하다니 어떻게 된 일일까? 단지 그들이 너무 형편없는 사람들이라서 그런 걸까? 인생에 거는 기대가 너무 커서일까? 아니면 자기들이 가진 것을 너무 당연하게 여겨서일까? 그렇다면 우리는 그 사람들이나 우리 스스로에게 가진 것에 감사하라고 꾸짖어야 할까?

그것도 아니라면 우리 내면, 혹은 외부에서 보이지 않는 어떤 힘이 작용해서 성공과 안락함이 주는 기쁨과 만족감을 꺼뜨려 없애기라도 하는 걸까?

송담 스님으로부터 사람들에게 참선을 전하라는 말씀을 듣고, 나는 일단 서울에 있는 몇몇 포교원의 국제 법회에서 서구 출신의 사람들을 가르치기 시작했다. 얼마 되지 않아 공립 학교와 문화 회관 같은 여러 현대적인 단체에서 초청을 받기 시작했다. 그때부터 매주 청년들을 위한 주간 참선 프로그램을 운영했다. 여기엔 주한 외국인과 한국인이 함께 참여했는데, 내가 그 CEO를 만난 것도 이 참선 프로그램을 통해서였다.

"스님, 다른 사람들에게서는 절대 듣지 못할 이야기를 하나 들려드릴게요."

그는 60대 초반의 CEO로 고급스러움이 묻어나는 어두운 색 양복을 입고 있었다. 몸이 늘씬하고 탄탄한 것이, 딱 봐도 운동을 하는 사람이었다. 멀리서 보면 40대로 볼 수도 있었다.

하지만 가까이서 보면 탄력이 떨어진 얇고 건조한 볼과 깊은 팔자주름이 보였다. 눈 주위가 잿빛으로 움푹 꺼져 있고 멋스럽게 자른 머리칼은 관자놀이 부분이 하얗게 세어 있었다.

나는 고개를 돌려 그를 보았고, 계속 말해보라는 뜻으로 그가 있는 쪽으로 몸을 기울였다. 다른 때 같았으면 그 사람이 내게서 뭘 원하는지 몰라 긴장했을 것이다. 하지만 최근 대학을 졸업하고 회사원이 된 그의 딸이 참선 청년 법회에 나온다는 것을 알고 있었다. 그녀는 내게 참선 수행과 가르침이 곧잘 불안해지는 마음을 달래는 데 많은 도움이 된다고 했다.

나는 이 남자가 딸에게 일어난 변화들을 긍정적으로 생각하고 있으며, 나의 노력을 지원하고 싶어 한다는 걸 알았다. 그는 존경심과 동지애가 섞인 묘한 태도로 나에게 다가왔다.

"그게 뭔데요?"

나는 정말로 궁금해서 물었다.

"저 같은 사람들, 그러니까 한국사회에 대해 스님이 아셔야 할 게 있습니다."

그는 나직한 소리로 말하며 주변으로 시선을 돌려 듣고 있는 사람이 없다는 것을 확인했다.

"그게 뭔데요?"

내가 다시 물었다.

"우리나라에는 저 같은 사람을 부러워하는 사람들이 더러 있어요. 그런 사람들은 우리가 원하는 일은 무엇이든 다 할 수 있다고 생각하거든요. 어떤 면에서는 맞는 얘기일 수 있죠."

그는 내 눈을 바라보며 내가 자기를 어떻게 판단하고 있는지 가늠하려 했다.

그러나 나는 그를 판단하거나 그와 협력할 생각이 전혀 없었다. 그는 가만히 나를 바라보았고, 나도 몇 초간 그를 바라보았다.

그제야 안심이 되었는지 그가 말을 이었다.

"그런데요, 스님. 사실 제가 아는 사람들은 모두 끔찍할 정도로 불행해요. 스님이 보시면 애처롭다고 하실 정도로요. 물론 한국사회에서 그들을 동정할 수 있는 사람은 아무도 없어요. 하지만 제 주변 사람들이 얼마나 불행한지 알면 다들 충격을 받을 거예요."

나야말로 충격을 받았다. 그가 들려준 이야기 때문은 아니었다. 나는 이미 다른 나라 사람들의 눈에 행복하기만 할 것 같은 미국 사람들의 불행을 목격한 바 있다. 그래서 겉으로 보이는 것과 마음속으로 느끼는 것이 완전히 다르다는 게 어떤 건지 알고 있었다.

내가 충격을 받은 이유는 그 남자가 내게 그런 고백을 하리라고는 전혀 예상치 못했기 때문이다.

어쨌든 그는 솔직했다. 한국사회에서 그만한 지위를 가진 사람들 중에 이렇게 자기 속내를 터놓고 얘기할 사람은 거의 없을 것이다. 특히나 잘 알지도 못하는 사람에게는 더욱더. 그는 대체 언제부터 나를 믿기로 마음먹은 걸까? 처음 만났을 때만 해도 그는 다소 거들먹거리는 모습이었다. 내가 자기 딸의 업무연수를 담당하는 관리자 중 하나라도 되는 것처럼 말이다.

"왜 그렇게 불행하세요?"

내가 물었다.

그러자 그는 쑥스러운 듯 침을 좀 삼키더니 애써 미소를 지어 보였다.

"뭐, 이런 겁니다, 스님. 부와 명예를 얻어도 시간이 좀 지나면 그냥 멍해져요. 감각이 없어지는 거죠. 이해하세요? 처음에는 재미있어요. 좋은 음식을 먹고 좋은 옷을 입고 좋은 곳에도 가고 그런 걸 다 하죠. 저도 그런 거 다 해봤어요."

그는 다시 한 번 듣고 있는 사람이 없는지 주위를 둘러보았다.

"그런데 생각이 있는 사람이라면 그런 것들이 곧 재미가 없어져요. 모든 것이 그냥 지루해집니다. 같은 일을 계속 반복하는 건 지루하잖아요. 그런 종류의 지루함을 스님이 이해하실 수 있을지 모르겠지만요."

그가 하던 이야기를 멈추고 고개를 저었다. 그러고는 다시 나를 바라보았다. 그는 이제껏 꽁꽁 숨겨왔던 자신의 진짜 모습을 보여주었다. 그의 두 눈에 오랜 세월 참아온 눈물이 맺혔다. 하지만 그 눈은 거친 면도 있었다. 당장이라도 고함을 지를 것처럼 보이기도 했다. 그는 애써 미소를 지으려고 했지만 입 모양이 찡그린 표정에 가깝게 일그러졌다.

"믿기 어렵다는 거 압니다, 스님. 그런데 사는 게 지옥이에요. 아무것도 느낄 수가 없어요. 마치 죽은 사람 같아요. 그게 얼마나 끔찍한지는 아무도 모를 거예요, 스님. 이렇게 무감각한 상태가 지속되는 건 지옥이에요. 저와 제 친구들 모두가 그렇게 느끼고 살아요. 겉으로는 안 그런 척하지만요. 체면 때문에 웃으면서 행복한 척 연기하는 거예요. 다 쇼예요. 다른 사람들이 우리를 부러워하길 바라거든요. 혹시나 사람들이 우리를 비웃을까봐 걱정되기도 하고요. 그런데 속으로는 살아 있다는 느낌이 전혀 안 들어요!"

그가 한숨을 쉬며 고개를 떨구었다.

"아무것도 느끼지 못한다는 건 지옥입니다, 스님."

여기까지 말하고 그는 돌아서서 스스로 냉정을 되찾으려 노력했다. 나는 무슨 말을 해야 할지 몰랐다. 이 모든 상황이 믿기지 않았다. 평소에 그는 매우 확고한 자신감을 풍기는 사람이었다.

그는 점잖으면서도 씁쓸한 웃음을 지으며 고개를 저었다. 얼굴에 쑥스러운 기색이 역력했다. 내게 털어놓은 이야기 때문에 그런 건 아니었다. 그는 분명 거울에 비친 한 남자의 터무니없이 모순된 모습에 당혹스러워하고 있었다. 나는 그가 스스로에게 어떤 질문을 던지고 있을지 알 것 같았다.

나처럼 똑똑한 사람이 어쩌면 이리도 어리석을 수 있을까?
나처럼 유능한 사람이 어쩌면 이렇게 속수무책일 수 있을까?
어떤 문제든 다 해결하고 어떤 팀이든 이끌어내고 무슨 일이든 성공할 수 있는 나 같은 사람이 스스로를 행복하게 만드는 일에는 어떻게 이토록 무능할 수 있을까?

"저도 송담 스님의 법문을 듣고 있습니다."
그가 말했다.
놀란 내 표정을 보고 그가 슬며시 웃으며 자초지종을 설명했다.
"제 어머니가 불자시거든요. 제가 어렸을 때 어머니가 저를 절에 데려가시곤 했지요."
그가 슬프고 지친, 그러면서도 다정한 눈길로 나를 바라보며 말했다.
"제가 불교와 인연이 있는 것에 감사해요. 저를 미치지 않게 해주는 건 참선뿐이거든요. 제 친구들을 보면 안타까워요. 친구들에게 참선을 하라고 하면 저를 비웃을 거예요. 그 친구들은 몰라요. 그런데 전 알거든요. 삶의 공허함을 채워주는 건 참선뿐이에요."
"감사합니다."
난 엉뚱하게도 이렇게 말해버렸다. 달리 뭐라고 말해야 할지 몰랐다. 이 남자의 이야기를 들으니 어린 시절에 들었던 또 다른 이야기가 생각났다. 아주 오래전에 있었던 일이다. 내가 송담 스님을 만나기 전, 그러니까 참선에 대해 배우기 전, 심지어 대학에 들어가기 전의 일이다.

"학교에서는 절대 알려주지 않을 이야기를 내가 해주마."

내가 열여섯 살이 되던 해 미국 어빙턴에서 대학수학능력시험SAT을 준비하고 있을 때였다. 친한 친구 집에 놀러 간 나는 햇빛이 잘 들고 바람이 잘 통하는 그 집 부엌에서 친구의 아버지를 만났다. 그는 탄탄한 근육질의 40대 남자로 막 조깅을 하고 돌아온 참이었다. 반소매 티셔츠의 가슴 부분이 땀에 젖어 있었고 짧은 갈색 머리는 헝클어져 있었다. 얼굴은 붉게 상기되고 두 눈은 평소보다 더 선명하게 반짝였다. 그는 오렌지주스를 컵에 따르고 있었다.

"좀 마실래?"

그가 내 쪽으로 주스 병을 내밀면서 말했다.

"괜찮아요, 감사합니다."

나는 미소를 지으며 자연스럽게 행동하려고 애썼다. 나에게 그는 미국인 남자의 전형을 보여주는 사람이었다. 그는 스스로 표현하길 '밑바닥 존재들'과 깡패들이 득실거리는 가난한 동네에서 자랐다고 했다. 스스로 학비를 벌어 공부했고 어렵게 의사가 되었다. 그러니 머리부터 발끝까지 자신이 일궈낸 성공에 대한 자부심으로 채워져 있는 것 같았다. 그는 서 있을 때 가슴을 앞으로 내밀고 고개는 꼿꼿이 세웠다. 말하는 방식이 직설적이라 자신이 생각한 바를 거르지 않고 그대로 표현했고 약간의 비속어를 섞는 건 보통이었다. 그러나 우리들, 그러니까 그의 딸과 아들의 친구들과 함께 있을 때는 점잖고 유쾌했다.

"너 공부도 열심히 하고, 늘 A만 받는다며? 그거 참 대단한 거야, 정말 그래. 네 부모님도 널 자랑스러워하실 거야. 나중에 뭐가 되고 싶니?"

그가 주스를 벌컥벌컥 마시면서 말했다.

"음, 사실은 의사가 되고 싶어요."

나는 부끄러워하며 조심스럽게 말했다. 그 말은 사실이었다. 그가 의사라서 그렇게 말한 게 아니었다. 그때 나는 과학에 흥미가 있었고, 그 시절 한국계 미국인 아이들은 하나같이 의사나 변호사 아니면 은행가가 되고 싶어 했다. 어느 누구도 이민 1세대인 부모님이 겪은 고생을 되풀이하고 싶어 하지 않았다. 우리는 모두 부와 명예를 좇아야 한다고 배웠다.

"정말? 그거 참 잘됐구나. 넌 틀림없이 해낼 수 있을 거야."

그는 이렇게 말하고는 건배하듯 나를 향해 유리잔을 살짝 들어 올렸다.

"고맙습니다."

"고맙긴."

그는 내게 윙크를 하고는 컵에 반쯤 남아 있던 주스를 한 번에 쭉 들이켰다. 그런 다음 팔뚝으로 입술을 쓱 훔쳤다.

"그런데 너에게 해주고 싶은 말이 있어."

그가 컵을 들고 있던 손의 검지를 들어 나를 가리키더니 강조의 표시로 살짝 흔들었다.

"하지만 내 말을 오해하면 안 된다. 절대 오해하면 안 돼."

"네, 알겠어요."

"그래, 좋아. 그런데 사실은 말이다, 네가 무슨 일을 하는지는 중요하지 않아. 결국엔 다 똑같거든."

나는 말없이 그가 한 말을 잠시 곱씹어보았다. 그는 생각에 잠긴 듯 잠시 싱크대를 바라보았다.

"무슨 말씀이신지 잘 모르겠어요."

"내 말은."

그가 숨을 한 번 들이쉬고 잠깐 참더니 다시 내쉰 후 말했다.

"네가 무슨 일을 하든 의사가 되든 변호사가 되든 록스타가 되든 제임스 본드가 되든 그건 중요하지 않다는 뜻이야. 무슨 일을 하든 염증을 느끼게 돼. 그냥 더 이상 즐겁지가 않아."

그가 그런 생각을 하고 있을 줄은 꿈에도 몰랐다. 깊이 생각해본 적은 없었지만 나는 당연히 그가 자기 일을 좋아한다고 생각했다.

"그래도 일을 그만둘 수는 없잖아, 그치?"

그가 계속 말했다.

"좋든 싫든 일은 계속해야 해. 그리고 말이다, 시간이 조금 지나면 다들 일하는 걸 좋아하지 않게 돼, 정말이야. 일하는 걸 좋아하는 사람은 아무도 없어."

난 무슨 말을 해야 할지 몰랐다. 다른 친구들의 부모님이 넋두리하듯 그렇게 말하는 걸 들어본 적은 있었다. 그리고 좀 더 생각해보면 그가 그런 식으로 느끼는 것이 그리 놀랍지도 않았다. 하지만 정말 그렇다면 모든 것에 무슨 의미가 있단 말인가? 좋아하지도 않는 일을 하면서 평생을 산다면?

"결국 다 돈 때문이야. 내 말이 안 좋게 들린다는 거 알아. 당연히 알지. 어쩌면 네 주변 사람들한테 벌써 들었을지도 모르고. 어쨌거나 이 세상에서는 돈이 있어야 해. 그래야 나중에 네 직업이 지겨워졌을 때 네가 원하는 걸 할 수 있거든."

그는 이렇게 말하며 유감스럽고 미안하다는 눈빛으로 나를 바라보았다.

"아저씨는 뭘 하고 싶으신데요?"

아주 잠깐이지만 그는 살짝 당황한 기색을 보였다. 내 뻔한 질문이 그에게는 뜻밖인 듯했다. 돌이켜 생각해보면 그는 자신이 뭘 원하는지 몰랐던 것 같다. 하지만 그는 어깨를 으쓱하더니 눈을 크게 뜨고 진지한 표정으로 나를 바라보았다.

"난 요트 타는 걸 좋아해."

그가 말했다.

나는 그가 했던 모든 말들을 생각하며 고개를 끄덕였다.

"요트 타본 적 있니?"

"아뇨."

"아주 좋아. 내가 언제 한번 데려갈게."

"좋아요."

세월이 흘러 그의 자식들, 그러니까 내 어릴 적 친구들이 나이가 들어 결혼을 하고 아이를 낳고, 내가 출가했을 무렵에 그가 세상을 떠났다는 소식을 들었다. 그의 장례식 날이 되어서야 사람들은 그가 자식들을 등록금이 비싼 대학에 보내기 위해 의사로 일하는 동안 얼마나 불행했는지를 알게 되었다.

그렇다면 한국사회에서 최상위층에 속하는 돈 많은 CEO가 그토록 무감각해지고 절망에 빠진 이유는 뭘까? 좋은 집에 살고 자기 소유의 요트까지 있는 성공한 미국인 의사가 꿈을 이룬 뒤에 자기 일에 염증을 느끼고 그토록 불행해진 이유는 뭘까? 구닥다리에 엄청나게 보수적인 종교의 가르침들이 사실인 걸까? 부와 명성은 본질적으로 악하거나 해로운 것이고, 그것을 피하려면 우리 모두 출가자가 되어야 하는 걸까? 우리 모두 절이나 교회에 가서 죄를 용서해달라고 기도하는 데 모든 시간을 바쳐야 할까?

그런데 여기서 고백할 것이 있다. 한국인 CEO와 미국인 의사가 경험했던 것과 똑같은 일이 절에서 승려로 지내던 내게도 일어났다. 앞에서 이야기했듯이 나는 한국어를 배우고 한국의 전통 사찰 문화에 적응하는 동시에 다른 많은 일을 해내느라 매우 힘든 시간을 보냈다. 하지만 정말 희한하게도 절에서 생활하는 것에 적응하고 나자 내면이 무감각해지고 열정이 사라지는 것을 경험하기 시작했다. 그러니 이 문제를 놓고 언어와 문화적 장벽을 탓할 수는 없었다.

이제 나는 대부분의 스님들이 말해주지 않을 이야기를 해보려 한다. 내가 아는 대부분의 스님이 권태와 무감각, 절망과 무의미함 그리고 좌절의 시기를 겪었다. 다른 말로 표현하면 나를 포함해 스님들 대부분이 선방 생활에 지치고 왜 계속 이렇게 살아야 하는지 의문을 가져본 적이 있다는 말이다. 사람들이 이런 사정을 알지 못하는 이유는 스님들이 이런 생각과 감정을 밖으로 드러내지 않기 때문이다. 하지만 스님들도 그런 감정을 느낀다.

한국인 CEO와 미국인 의사 그리고 선불교 승려였던 나에게 어떻게 이렇게 똑같은 우울과 절망, 허무한 감정이 생긴 걸까? 세 사람은 완전히 다른 일을 하고 완전히 다른 환경에서 살고 완전히 다른 목표를 추구했다. 그런데 어떻게 세 사람 다 똑같은 정신적 고통에 시달리게 되었을까?

14

불행으로부터 탈출

먼저 내게 일어난 일부터 얘기해보겠다. 절에 다시 돌아간 첫날부터 나는 전통적인 종교 문화의 한 측면을 받아들이는 게 힘들었다. 그것은 한국어나 한국 문화, 혹은 불교 자체와 아무 상관없는 것이었다. 나는 그것을 '종교의 연극theatre of religion'이라고 부르겠다.

여기서 '종교의 연극'이란 불교만이 아니라 거의 모든 종교 전통에서 볼 수 있는 것으로, 성직자든 평신도든 종교적 수행을 하는 사람들이 우리가 알 수 없는 것으로 분류된 것조차 다 아는 것처럼 행동하는 경향을 가리킨다. 이를테면 부처님이 원하는 것이 무엇인지, 예수님이 원하는 것이 무엇인지 다 아는 듯이 행동하는 것이다. 어떻게 수천 년 전 외국에 살았고 세계의 역사를 바꾼 종교의 위인들이 무엇을 원하는지 안다고 주장할 수가 있단 말인가? 대부분의 사람들은 자기가 내일 점심으로 무엇을 먹고 싶어 할지조차 모르는데 말이다.

현대인의 한 사람으로서 나는 늘 내가 아는 것과 알지 못하는 것, 그리고 내가 믿는 것의 차이를 아는 것이 중요하다고 생각했다. 예를 들어 끓는 물에 손을 넣으면 화상을 입는다는 것은 내가 일말의 의심 없이 아는 사실이다. 100퍼센트 확실하게 안다. 그러나 우리의 육체가 죽으면 그다음에 우리의 의식에 무슨 일이 일어나는지에 대해서는 확실히 모른다. 다만 육체가 죽은 뒤에도 우리 의식의 일부는 계속 존재할 거라고 믿는다. 하지만 끓는 물에 손을 넣으면 살이 화상을 입게 된다는 것만큼 확실히 아는 건 아니다. 이것이 우리가 정말로 아는 것과 정말로 알지는 못하는 것, 그리고 그냥 믿는 것의 차이다.

나는 정말로 아는 것과 알지 못하는 것, 그리고 그냥 믿는 것에 관해 가능한 한 정직한 것이 좋다고 늘 믿어왔다. 예를 들어 나는 내 스승이신 송담 스님이 깨달음을 얻었다고 믿는다. 그러나 송담 스님의 마음속을 들여다볼 수 없기 때문에 확실하게 알지는 못한다. 그저 그분이 깨달음을 얻었다고 믿을 뿐이다. 어느 정도나 믿느냐? 미국에서 갖고 있던 내 모든 것을 포기하고 평생을 걸 만큼 믿는다. 하지만 믿음은 그것이 아무리 열정적이고 강력해도 실제 아는 것과는 많이 다르다. 그래서 나는 승려로서 살고 가르친 오랜 세월 동안 내 스승님이 깨달음을 얻은 것을 안다고 혹은 스승님의 깨달음이 100퍼센트 완벽한 사실이라고 주장한 적이 없다. 그저 내가 그렇게 믿는다고 말할 뿐이다. 그리고 지금도 나는 그분이 깨달음을 얻었다고 믿는다.

나는 여전히 우리가 아는 것과 알지 못하는 것, 그리고 그냥 믿는 것에 대해 가능한 한 솔직한 태도가 대단히 중요하다고 생각한다. 사실 어쩌면 그것이 인생을 명확히 아는 데 가장 중요한 것일지도 모르겠다.

왜냐하면 그런 것에 솔직하지 않을 경우, 자기도 모르는 사이에 인생에서 길을 잃거나 심지어 정신을 놓아버릴 수도 있기 때문이다.

그런데 계를 받고 정식 스님으로서의 삶을 시작한 지 얼마 지나지 않아 모든 종교 수행자들이 나처럼 아는 것과 알지 못하는 것, 그냥 믿는 것의 차이를 인식하고 절대적으로 솔직해야 한다는 신념을 가진 건 아니라는 사실을 알게 되었다. 나는 도반 스님들과 신도 분들을 존경했지만, 그중 몇몇은 깨달음을 얻기 전에는 알 수 없는 것들을 안다고 말했고, 그때마다 나는 그들이 경솔하거나 정직하지 못하다는 느낌을 받곤 했다.

예를 들어 여신도가 와서 자기가 꾼 꿈의 의미나 자신의 전생을 물으면, 한 도반 스님이 엄청난 확신을 갖고 장황하게 풀이를 해주었다. 내가 보기에는 그 스님이 그냥 그럴듯한 이야기를 지어낸 다음, 자기가 만들어낸 그 이야기가 사실이라고 믿는 것 같았다.

'우리가 사기꾼인가?'

나는 자주 걱정을 했다.

처음에 나는 신도들로부터 세상을 떠난 친척이 어디서 다시 태어났을지 묻는 질문을 받으면 "저는 잘 모르겠습니다"라고 대답하며 거리를 두려고 노력했다. 내가 그러면 신도들은 나에게 무슨 문제라도 있는 것처럼 이상한 눈빛으로 쳐다보곤 했다. 그렇게 2, 3년쯤 지난 후부터는 내가 알 수 없는 것들에 관한 질문을 받으면 어떻게 대답해야 좋을지 확신이 서지 않았다. 내 문화적 신념을 강요하는 게 옳은 일인지에 대해서도 의문이 생겼다.

나는 지금 내가 속해 있는 문화를 따라야 한다고 스스로를 설득하려고 노력했다. 오래된 한국 불교문화에 대한 내 태도가 너무 오만하고 비판적이라고 스스로에게 말했다. 그래서 다음번에 여신도가 와서 이야기할 때는 접근법을 바꾸었다.

"스님, 어쩌면 저도 전생에 스님이었는지 몰라요. 그런데 열심히 수행을 안 해서 현생에서 이렇게 고생을 하나 봐요. 어떻게 생각하세요?"

"불교와 스님들에게 무척 깊은 인연을 느끼시는군요."

내가 말했다.

"네, 그래요. 정말 그래요!"

"그렇다면 보살님 말씀이 맞을 거예요. 보살님이 이곳에 오신 것이 우연이 아닌 거지요. 부처님 말씀에 따르면 이 세상에 우연히 일어나는 일은 없으니까요. 아마도 보살님은 저희와 깊은 인연이 있으신가 봐요…."

사실 이런 말을 할 때마다 나 자신이 역겨웠다. 하지만 더 나쁜 것은 시간이 지날수록 그런 행동에 익숙해졌다는 사실이다. 신도들에게 그들의 꿈과 행동이 무엇을 의미하는지 말해주고, 이것 혹은 저것을 하면 다음 생에 더 좋은 모습으로 태어나거나 좋은 업을 쌓게 될 거라고 안심시켜주는 것이 습관처럼 되어버렸다. 그러다 보니 어느 순간부터 내가 신도들을 속이고 있는 것인지, 아니면 나 자신을 속이고 있는 것인지도 알 수 없게 되었다. 더 나쁜 건 더 이상 내가 거짓말을 하거나 그럴듯한 이야기를 지어내고 있다는 느낌조차 들지 않았다는 것이다. 그냥 누구나 일상에서 나눌 수 있는 평범한 대화로 느껴졌다.

다른 스님들과 마찬가지로 내게도 새벽 예불을 이끌고 재사와 시다림을 지내는 순서가 돌아왔다. 그럴 때면 어김없이 흰 봉투에 담긴 다소간의 시주금을 받았다. 그런 날은 왠지 마음이 불편하고 수치스럽기까지 했다. 게다가 신도들이 스님을 보면 의례적으로 하는 큰절을 나도 받았는데, 그럴 때면 내가 가짜라는 느낌이 들었다.

'사람이 어째서 다른 사람 앞에 스스로를 낮춰야 하는가?'

그러면서도 나 또한 송담 스님이 절에 오셔서 사형 스님들과 함께 정식으로 인사를 드리러 가면 당연히 큰절을 올렸다.

나는 이 새로운 세계에 적응해야 한다고 스스로를 몇 번이고 타일렀다. 하지만 그럴 수가 없었다. 나는 전통적인 한국의 불교문화는 물론이고, 전반적인 한국 문화와도 잘 맞지 않았다. 주변 사람들은 부처님에 대해 마치 자기가 직접 본 것처럼 이야기했다. 고대의 선승들에 대해서도 직접 만나본 것처럼 묘사했다. 그때 나는 순수하고 진지한 청년이었기에 그런 것들을 그냥 웃어넘겨버릴 수가 없었다.

다 떠나서 내게는 대화를 나눌 상대가 없었다. 출가 생활 초반에는 특히 더 그랬다. 내가 절에서 가장 어린 스님이었을 때는 나보다 나이 많은 사형 스님들과 소통을 해보려고 노력했다. 공감할 수 있는 이야기들을 토대로 서로를 이해할 수 있는 연결고리를 만들어보려고 했다. 하지만 살아온 배경이 너무나 달랐다. 세상에 대한 인식과 경험 자체가 완전히 달랐다. 그러니 각자 그런 인식과 경험을 바탕으로 내리는 결론이 다른 것은 말할 것도 없었다. 때로는 각자의 의견이나 행동 방식이 서로를 불쾌하게 만들거나 반감을 갖게 했다. 결국 우리는 서로에게 조심하며 거리를 두게 되었다.

다만 우리가 진심으로 뜻을 같이할 수 있는 것이 하나 있었는데, 그것은 바로 송담 스님에 대한 믿음이었다. 우리는 하나같이 스님을 우상으로 섬겼다.

하지만 송담 스님은 한 달에 한 번만 절에 오셨다. 나는 온종일 도반 스님들에게 둘러싸여 있었지만 사실상 혼자였다. 외로움을 나약함의 증거로 여기는 사찰 문화에서 나는 늘 외로웠다.

그냥 외롭기만 한 것이 아니라 점점 지쳐가고 있었다. 마치 다른 사람들은 전부 마른땅 위를 힘차게 걸어가는데, 나만 홀로 강물을 거슬러 올라가는 기분이었다. 사지가 무겁게 느껴졌다. 여기서 생활하는 건 내가 선택한 일임을 잘 알면서도 뭔가 불공평한 상황에 놓인 것 같은 기분이 들었다. 이런 감정이 육체적 피로와 좌절감에서 비롯된 것임을 알았지만 떨쳐낼 수가 없었다. 억울함과 불안, 실망이 뒤섞인 감정이 내 안에서 커져가는 것을 막을 수가 없었다.

그럼에도 내가 버틸 수 있었던 유일한 이유는 송담 스님에게 매료되어 있었기 때문이다. 오로지 그분만 생각했다. 그 시절에 스님은 우리 모두에게 신비한 존재였다. 하지만 스님과 얼굴을 마주할 일이 거의 없었다. 송담 스님은 우리가 각자 알아서 참선 수행을 해야 한다는 확고한 신념을 가지고 계셨다. 나는 그분에 대해 가능한 한 많은 것을 알려고 노력했다. 그래서 겨우 20퍼센트 정도만 알아들을 수 있었던 송담 스님의 법문을 듣고 또 들었다. 다시 기적처럼 기운이 충전되기를 소망하면서. 하지만 놀랍게도 효과가 없었다.

인정하고 싶지 않았지만 스님으로 사는 데 싫증이 나기 시작했다. 종교적 삶이 위선적이고 기만적이라는 느낌이 들기 시작했다.

결국 승려가 된 지 5년째 되던 해에 나는 송담 스님과의 친견을 요청했다. 엄밀히 말해서 송담 스님의 제자라면 누구나 친견을 요청할 수 있었다. 하지만 자기만의 깨달음을 점검하는 차원에서 스님의 고견을 듣고자 하는 것이 아니라면 각자의 문제는 알아서 해결해야 한다는 것이 우리가 암묵적으로 이해하고 있는 바이기도 했다. 우리는 송담 스님의 훈련 방법이 어미 사자가 새끼 사자를 훈련시키는 것과 같다는 것을 잘 알았다.

그 당시 나는 절벽 아래로 떨어질까봐 걱정하는 새끼 사자와 같았다. 나도 모르게 나를 여기까지 오게 만든 바로 그 사람으로부터 도움을 받고 싶었다. 그래서 다음번 법회를 위해 송담 스님이 절에 오셨을 때 면담을 요청했다.

막상 송담 스님 앞에 무릎을 꿇고 앉으니 어디서부터 시작해야 할지 몰라 고개를 들 수가 없었다. 내면에서 일어나는 여러 감정과 의구심이 나를 뒤흔들고 있었지만 딱히 문제라고 꼬집어 말할 것은 없었다. 절은 늘 그래 왔던 것처럼 잘 돌아가고 있었고, 나는 따라가기만 하면 되었다.

'뭐가 문제였지?'

나는 거기 앉아 생각을 정리하려고 애썼다. 스님은 묵묵히 기다리셨다. 결국 나는 솔직하게 말했다.

"스님, 저 힘들어요."

스님이 걱정스러운 눈빛으로 물으셨다.

"어디 아프냐?"

"아니요."

"그럼 누구랑 사이가 안 좋아?"

'사실 이 절의 모든 사람들과 소통이 안 돼요'라고 말하고 싶었지만 "아니요"라고 대답했다.

"무슨 문제라도 있어?"

스님이 계속 물으셨다.

"아니요."

나는 또다시 이렇게 대답한 뒤 어찌할 바를 몰랐다. 좀 더 자세히 설명해보려고 했다.

"문화 차이인 것 같아요."

"문화 차이? 그게 정확히 무슨 뜻이지?"

"여기서 사는 게 힘들어요."

그러자 가슴속에 슬픔이 차오르는 것이 느껴졌다. 나는 눈을 불안하게 깜빡거렸다.

그 슬픔이 얼마나 깊었던지 나조차 놀랄 정도였다. 이 모든 감정이 다 어디서 오는 거지? 그전까지는 내가 그 정도로 우울한지 몰랐다. 당시 나는 절망적일 정도로 어찌할 바를 몰랐고 불행했다.

"알았다."

스님은 거의 알아채지 못할 정도로 고개를 끄덕이고는 나의 괴로움을 이해한다는 듯 염려하는 표정으로 입술을 다물었다.

그러더니 뜬금없는 질문을 던지셨다.

"매일 목욕해?"

"네? 아, 아니요. 저는 샤워를 합니다. 매일요."

나는 다시 쩔쩔매며 대답했다.

"그리고 매일 이를 닦아?"

"네."

"몇 번이나 닦지?"

"보통 두 번이요. 세 번 닦을 때도 있고요."

"그렇게나 자주? 우리 때는 양치를 그렇게 많이 안 했어."

스님이 말씀하셨다. 그러고는 그것이 무척 중요한 문제인 것처럼 걱정스러운 표정으로 손가락을 들어 올리며 덧붙이셨다.

"너무 자주 양치하지 마! 자주 양치하는 것이 꼭 좋은 건 아니야. 그리고 잇몸을 조심해야 해. 한번 잇몸이 내려앉으면 다시 회복되지 않아."

"알겠습니다. 조심하겠습니다."

나는 서른이 넘은 나이에 양치질에 관한 조언을 듣고 있었다. 그 후 오랫동안 한국에서 살았지만 그 순간을 떠올리면 아직도 웃음이 나온다. 송담 스님 세대의 사람들은 청년들에게 가장과 같은 역할을 기대하는 문화에서 살아왔다. 그러니 아직 깨닫지 못한 우리가 어린애처럼 보였을 수도 있다.

"우리 때는 말이야. 그때만 해도 머릿니가 큰 골칫거리였어. 머리카락에서 이를 훑어내는 특별한 빗도 있었지. 너는 머릿니를 본 적도 없을 것 같은데, 맞지?"

스님은 위를 쳐다보시다가 저 멀리 눈길을 돌리며 골똘히 생각에 잠기셨다.

"네."

스님을 안 지 얼마 되지 않은 이때도 나는 잠자코 기다리면 스님이

요점을 말씀하실 거라는 것을 알았다. 송담 스님은 늘 조용하셨고 중요한 이야기를 해야 할 때를 제외하고는 좀처럼 입을 열지 않으셨다. 그래서 나는 스님을 바라보며 기다렸다. 그렇게 하는 것이 지루했던 적은 한 번도 없었다. 말을 하거나 움직일 때조차 그렇게 고요한 의식을 보여준다는 것은 정말 대단한 일이다. 스님 옆에 앉아 있는 것은 잔물결조차 없는 호수 옆에 있는 것과 같았다. 그분 옆에 있으면 머리가 맑아지고, 초조했던 마음이 차분히 가라앉았다.

"우리 때는 목욕도 그렇게 자주 안 했어. 그런데 요즘 사람들은 목욕을 정말 자주 하지. 몸을 깨끗하게 유지하려고 정말 노력을 많이 해."

스님은 매우 나직한 목소리로 계속 말씀하셨다. 그런 다음 나를 바라보셨다.

"하지만 마음을 깨끗하게 유지하려는 노력은 하지 않아. 마음보다는 몸을 깨끗하게 유지하는 데 더 많은 공을 들이지."

나는 고개를 끄덕이고는 공손하게 웃으며 스님 말씀을 기다렸다.

"뭐 하나 물어보자."

나를 응시하는 스님의 눈빛에 몸이 앞으로 숙여졌다.

"시궁창을 따라 걷던 한 남자가 어떤 이유에서인지 발을 헛디뎌 시궁창에 빠졌다고 생각해봐. 내 말 알아듣겠어?"

"네."

나는 웃으며 고개를 끄덕였다. 스님은 아직도 종종 내가 비행기를 타고 미국에서 막 도착한 사람인 듯 나를 대하셨다.

"그러니까 남자가 시궁창에 빠졌어. 불쌍하지, 응? 그래서 네가 가서 그 남자를 끌어내려고 하니까, 그 남자가 도움을 거절해! 그 시궁창에 허리를 쭉 펴고 앉아서 조금 더 있고 싶다고 말해."

스님은 마치 장난치는 어린아이처럼 웃으셨다.

나도 스님을 따라 웃었다.

"한번 말해봐. 그 남자가 정신적으로 건강한 거야?"

스님은 자못 진지한 척 장난기 어린 눈빛을 반짝이며 물으셨다.

이번에는 정말로 웃음이 터져 나왔다.

스님은 내 반응을 살피시고는 무척 즐거워하시며 말씀을 이어가셨다.

"정신적으로 비정상이라고 말해야 맞제?"

"네, 정상이라고 말하기는 힘들 것 같습니다."

나는 바보처럼 활짝 웃으며 대답했다.

"그런데 어리석은 사람들은 시궁창보다도 훨씬 더 더러운 정신 상태에 빠지거든. 그런 감정들이 시궁창보다 더 더럽고 고약한데 말이야. 우리가 정말로 시궁창에 빠진다면 옷이나 피부 같은 껍데기만 더러워지겠지. 옷은 빨면 되고 몸은 씻으면 해결되잖아. 하지만 우리가 탐욕과 화, 망상에 빠지면 내면이 더러워지고 병이 생긴단 말이여. 마음만 그런 것이 아니라 몸까지도 그렇게 돼."

나는 스님의 말씀을 외우려고 애쓰며 고개를 끄덕였다.

"우리는 건강을 위해 몸을 깨끗이 유지해야 한다는 걸 알면서 왜 마음에 대해서는 그러지 않을까?"

나는 얼굴이 화끈거렸다. 파도처럼 밀려드는 창피함과 뉘우침으로 몸이 저릿저릿했다.

씻지 않은 피부에 때가 쌓이는 것처럼 내 마음속에 부정적인 감정들이 쌓이도록 내버려두었음을 깨달았다. 그리고 이제까지 내가 다른 사람들에게 속거나 부당한 대우를 받고 있는 것처럼 행동해왔다는 것을 알아차렸다. 실제로 내가 부당한 대우를 받은 것은 없었다. 단지 내가 머리와 가슴을 깨끗이 하는 일을 게을리하거나 제대로 하지 못해서 그런 생각을 한 것이었다. 그동안 절에 와서 내내 불교 공부를 했는데도 그랬다. 나는 초조해하고 짜증스러워하며 독선적이고 불만을 조금도 참지 못하는 모습으로 스님 앞에 앉아 있었다. 스님 말씀이 옳았다. 사회에 그런 사람이 있으면 몸에서 나는 불쾌한 냄새보다도 더 거북스럽다.

자, 그러면 한국인 CEO와 미국인 의사 그리고 나의 공통점은 무엇이었을까? 셋 다 자신의 불행을 직업 탓으로 돌렸다는 점이다. 물론 그 CEO와 의사는 참선을 체계적으로 훈련받은 적이 없는 데 반해, 나는 참선 수행을 계속해왔다. 그럼에도 불구하고 제멋대로 날뛰는 내 마음을 경계하지 않고 주변 사람들의 행동을 비판하느라 시간을 낭비했다. 그 결과 그 CEO와 의사처럼 세상이 내 마음에 들지 않는다고 불평했다.

우리 세 사람 모두 세상이 우리를 위해 끊임없이 흥미롭고 항상 충만해 있어야 하는데 그렇지 않다고 원망했다. 우리 셋 다, 특히 나는 참선 수행을 하는 승려였음에도 불구하고, 참선 같은 자정自淨 훈련으로 부정적인 생각과 감정을 씻어내지 않으면 그것들이 우리 마음에 들러붙어 자기도취, 이기심 그리고 자기 연민이라는 역겨운 막을 형성해 오로지 좌절된 욕망에만 집착하게 만든다는 생각을 하지 못했다. 탐욕과 이기심, 자기중심적인 마음은 우리를 외롭게 만들고, 궁극적으로는 비참한 상태로 몰아간다.

그 CEO와 의사가 누렸던 것과 같은 부와 지위, 영향력이 우리 대부분이 누리고 싶어 하는 실질적 혜택을 가져다준다는 것은 의문의 여지가 없는 사실이다. 그러나 아름다운 디자이너 슈트나 드레스를 입어도 땀과 세균으로부터 피부를 보호할 수 없는 것처럼 부와 명성 혹은 권력을 가졌어도 수시로 떠오르는 갖은 생각과 감정이 유발하는 고통과 괴로움으로부터 스스로를 보호하지 못한다.

내 경우에는 절의 엄격한 일정과 종교 예식, 기도가 안정적이고 절제된 생활을 이끌어가는 데 도움이 되었을 것이다. 하지만 그런 외적인 관행은 나의 내면에서 저절로 일어나는 부정적인 생각과 감정들로부터 나를 보호하는 데는 아무런 도움을 주지 못했다. 오직 참선과 같이 내면을 정화하는 훈련만이 부정적인 생각과 감정들로부터 스스로를 보호할 수 있다.

자기 몸과 마음을 적절히 조절하는 법을 알지 못한다면 돈이 많든 적든 직업적으로 성공을 했든 못했든 세상에 무감각해질 것이다. 그러면 우울해지고, 결국은 희망을 잃게 된다. 그리고 그렇게 되는 동안 계속해서 세상을 원망한다. 그것은 우리를 더럽히는 오염된 공기와 먼지를 탓하기만 하고 목욕할 생각은 전혀 안 하는 것과 마찬가지다. 한 가지 차이가 있다면, 우리의 정신을 병들게 하고 마음을 더럽히는 것은 외부의 오염 물질이 아니라, 우리 스스로 쌓아놓은 생각과 감정으로 이루어진 내면의 먼지다.

마음을 건강하고 깨끗하게 유지하는 것은 우리가 경험해본 가장 어려운 일일 테지만, 우리가 무시해버릴 수 없는 도전이기도 하다. 앞에서도 말했듯이 절에 몸담고 있는 수도자이든 평신도이든 내가 아는 모든 불교 수행자들이 우울과 불안, 분노와 무감각 그리고 절망의 시기를 겪었다. 우리가 보잘것없거나 불성실한 수행자라서가 아니다. 열심히 운동하고 바람직한 식생활을 실천해도 몸이 병들 수 있듯이 종교적 가르침이나 수행에 아무리 열심히 헌신해도 마음이 병들 수 있다.

중요한 건 몸과 마음이 이따금 병이 드느냐 안 드느냐가 아니다. 살다 보면 가끔씩 병이 날 수 있다. 중요한 건 병이 들거나 삶의 방향을 잃거나 혹은 자기파괴적이고 부정적인 태도에 사로잡혀 있다는 것을 깨달았을 때 어떻게 하느냐다. 당연히 정답은 언제나 자신의 몸과 마음 상태에 책임지면서 참선을 통해 건강하고 맑고 건전한 판단력을 회복하는 것이다.

이 이야기를 마치면서 수행자로서 가장 힘들었던 그때 송담 스님이 내게 해주신 말씀을 나누고 싶다. 스님은 이렇게 말씀하셨다.

"기둥 같은 신심을 세우고 어서 돌아오라."

기둥 같은 신심을 세우라는 말이 무슨 뜻일까? 불교 신자가 되라는 뜻일까? 아니다. 이 말은 자기 안에 믿음을 심으라는 뜻이다. 자기 안에 믿음의 기둥을 만들라는 뜻이다.

우리는 인간이고 모든 인간은 완벽하지 못하다. 하지만 더 성장할 수 있는 잠재력과 함께 선하고 다정한 사람이 될 수 있는 엄청난, 어쩌면 무한한 역량을 가졌다.

내 말을 믿지 않아도 된다. 인터넷을 찾아보거나 가까운 서점에 들어가 보면 알 것이다. 절망과 파멸을 극복하고 스스로를 더 훌륭하게 변화시킨 보통 사람들의 이야기가 놀랄 만큼 많다.

적절한 자기 조절 방법을 배우고, 열심히, 정직하게, 용기를 갖고 실천하면 자신의 진정한 모습을 회복할 수 있다는 사실을 믿어보자. 자신의 가장 멋진 모습이 될 수 있다. 그러기 위해 우리는 자기 자신에게 돌아가는 법만 배우면 된다.

2부

활구 참선법

15

편안하고 즐거운 곳에 들어가는 미묘한 문

수십 년 전에 한 가족이 절에 와서 송담 스님을 친견했다. 그중에 초등학교에 다니는 아이가 송담 스님에게 이렇게 물었다.

"깨달으면 어떤 기분이에요?"

어린아이에게 깨달음을 어떻게 설명할 수 있을까? 송담 스님은 잠시 생각하셨다. 그리고 이렇게 답하셨다.

> "깨달음을 얻으면 마음이 하늘처럼 맑고 깨끗하고 한없이 행복하단다."

아마도 이것이 송담 스님이 처음이자 마지막으로 깨달음이라는 경험을 다른 사람에게 설명하신 말씀이 아닐까 싶다. 스님은 우리 인간이 완전히 깨어 정신이 맑고 명민한 상태에 이를 수 있으며 모든 정신적 고통으로부터 해방되어 이루 말할 수 없는 행복을 경험할 수 있다는

"깨달음을 얻으면 마음이 하늘처럼
맑고 깨끗하고 한없이 행복하단다."

것을 초등학생 아이가 이해할 수 있도록 가능한 한 쉽게 말씀하셨다.

하지만 불행히도 대부분의 인간은 본래의 행복하고 명민한 상태가 아닌 끝없이 이어지는 통제 불능의 생각과 감정, 머릿속의 이미지와 소음에 덮이고 완전히 가려진 채로 세상을 살아간다. 저항하기 힘들 정도로 넘쳐나는 머릿속의 생각들을 통제하거나 그냥 흘려보내지 못할 경우 그 결과가 심각하다.

먼저 우리를 둘러싼 세상을 있는 그대로 보지 못한다. 정리되지 않은 생각과 감정들로 인해 주변 사물은 물론 사람들에 대해서도 너무나 왜곡된 인식을 갖게 되고, 결국엔 망상에 빠진다. 그러면 다른 사람을 대할 때 실수를 범하게 되고 고통스럽고 파괴적인 결과를 낳는 그릇된 행동을 계획하게 된다.

그러면 자기가 정말 어떤 사람인지 이해하지 못하게 된다. 자기가 되고 싶은 모습이나 되어야 하는 모습, 혹은 반대로 그렇게 될까봐 두려운 모습에 감정적으로 너무나 집착한 나머지 지금 이 순간 자기가 어떤 모습인지는 알지 못한다. 하지만 자기가 어떤 사람인지 모른다면 인생에서 무엇을 해야 할지 어떻게 알겠는가?

마치 이 정도로는 부족하다는 듯 끊임없이 이어지는 머릿속 생각들은 우리를 끝없는 불안과 혼란 상태로 밀어 넣어 고통스럽게 만든다. 우리는 머릿속에 떠오른 이미지가 마치 실제 벌어진 일처럼 반응한다. 게다가 감정이 우울과 불안, 분노 그리고 외로움 등으로 계속해서 바뀌어 세상과 인간의 존재 자체를 암울하거나 위협적이고 부당하거나 비정하다고 여기게 된다.

그러나 진실은 우리의 마음이 너무나 통제가 안 되고, 머릿속은 온통 이런 주체할 수 없는 이미지와 소음들이 장악해서 우리가 지금 무엇을 하고 있는지, 혹은 세상이 어떻게 돌아가고 있는지 알지 못하는 것이다. 어느 날이든, 어느 순간이든 마음 상태가 계속해서 바뀌는 롤러코스터에 끌려 들어간 꼴이다.

참선의 목적은 이렇게 왜곡되고 망상으로 가득한 마음 상태를 몰아내고, 송담 스님이 어린아이에게 설명했던 맑고 행복한 본연의 상태를 회복하는 것이다. 불교에서는 우리 한 사람 한 사람이 이처럼 인식이 왜곡되지 않고 더없는 행복을 느끼는 상태가 되어야 한다고 말한다. 그리고 그것이 원래 우리 인간의 자연스러운 상태라고 보았다. 이러한 이유로 많은 선사들이 참선을 "내가 나를 깨닫는 길"이라고 불러왔다.

불교 가르침에 따르면 우리가 타고난 맑고 순수하고 행복한 마음은 마구잡이로 일어나는 정신 활동에 묻히고 가려져도, 심지어 육체적 죽음을 맞이한다 해도 절대 사라지거나 약해지거나 파괴되지 않는다. 이 주장이 놀라운 이유는 부처님과 다른 선사들의 가르침이 진실이라면 인간은 누구나 행복해질 수 있을 뿐만 아니라, 좋은 사람이 되어 가치 있는 삶을 살 수 있기 때문이다. 그 사람의 민족성, 성별, 부, 교육 수준, 전문성 혹은 개인적 성취, 개인적 매력, 심지어 건강과도 무관하다. 이것은 그동안 현대 교육과 모든 직업 교육 과정에서 우리가 배웠던 인간의 행복과 가치, 성취에 관한 그 어떤 가르침과도 다르다.

참선이 만들어내는 행복과 지혜를 모든 사람들이 보편적으로 이용할 수 있는 이유는 참선 자체가 아주 쉽게 시도해볼 수 있는 것이기 때

문이다. 참선은 말 그대로 언제 어디서나, 어떤 상황에서도 실천할 수
있다.

참선의 3요소

참선을 하기 위해 배워야 할 것은 세 가지뿐이다. 올바른 자세, 올바
른 호흡, 올바른 생각만 알면 된다.

올바른 자세

어떤 자세로도 참선이 가능하지만 이론적으로는 부처님이 깨달음을
얻을 때 사용했다고 알려진 가부좌 자세를 참선의 기본 자세라고 여긴
다. 부처님은 그 자세로 휴식을 취하고 깨달음이 가져다준 행복도 즐
기셨다고 한다. 이런 이유로 선불교에서는 그 자세를 '편안하고 즐거운
곳에 들어가는 미묘한 문安樂之妙門'이라고 부른다.

그러나 참선을 처음 시작하는 현대인에게는 이 자세가 어렵다. 신체
가 대단히 유연한 사람이 아니라면 처음부터 이 자세를 제대로 유지하
기가 쉽지는 않을 것이다.

: 초보자가 일상생활 속에서 할 수 있는 참선 자세

현대인들에게는 의자에 앉아 참선하는 법을 배우는 것이 확실히 유
리한 점이 있다. 육체적으로 힘이 덜 들 뿐만 아니라, 대부분의 현대인
들이 일상에서 그 자세로 가장 많은 시간을 보내기 때문이다. 이런 자
세로 참선을 배우면 학교나 직장, 심지어 대중교통 안에서도 참선을 할
수 있다. 달리 말하면 스트레스와 불안으로 괴로울 때 바로 그 시간 그

장소에서 곧장 참선을 적용할 수 있다.

- 먼저 의자에 앉아 있다면 상체를 등받이에 기대지 말고 의자 좌석 중앙에 엉덩이를 대고 허리를 곧게 편다.
- 두 발은 바닥에 붙이고 무릎이 직각이 되게 한 뒤, 다리를 골반 넓이로 벌린다.
- 그런 다음 몸이 의자가 된 듯 발목과 무릎, 무릎과 상체가 모두 수직이 되게 한다.
- 등을 곧게 펴고 앉은 뒤 양쪽 어깨를 귀까지 바짝 들어올렸다가 툭 떨어뜨린다.
- 이때 턱을 살짝 당겨 정수리가 천장을 향하게 하면 척추가 곧게 펴진다.
- 오른손을 펴서 손바닥 가장자리를 아랫배(단전)에 대고 그대로 편안하게 넓적다리 위로 내린 뒤, 그 위에 왼손을 얹고 양쪽 엄지를 맞대 둥근 무지개 모양을 만든다.
- 눈은 감지 말고 편안하게 뜬 상태로 정면을 바라보면 턱을 당겼기 때문에 시선이 전방 2, 3미터 바닥을 향할 것이다.
- 혀끝을 윗니 뒤쪽 입천장에 살짝 대고 몸의 긴장을 푼다.

단순해 보이지만 이 자세를 통해 스스로 근육을 통제하는 법을 배울 수 있다. 몸을 살피면서 바른 자세를 유지하기 위한 최소한의 근력만 유지하고, 나머지 부분에서는 불필요한 긴장을 모두 풀고 가장 편안한 자세를 취한다.

올바른 호흡

: 감정 치유를 위한 준비 호흡

자세가 편안하게 느껴질 정도로 자리가 잡히면 참선의 두 번째 요소인 호흡을 시작한다. 본 호흡에 앞서 준비 호흡부터 해보자. 숨을 들이마시고, 잠시 멈추었다가 입을 열면서 '후' 하고 몰아서 내쉰다. 한 번만 해도 몸의 느낌이 달라질 것이다. 다시 한 번 숨을 들이마시고, 잠시 멈추었다가 입을 열면서 '후' 하고 내쉰다.

다음은 준비 호흡의 두 번째 단계다. 이번에는 길고 고요하게 내쉰다. 들이마시고 멈췄다가 천천히 길게 내쉬면서 몸의 상쾌함을 느껴보자. 한 번 더 들이마시고 멈췄다가 천천히 길게 내쉰다.

특히 뭔가에 속상할 때 준비 호흡을 통해 감정을 치유할 수 있다. 하지만 이런 목적으로 준비 호흡을 한다면 서너 번 만에 끝낼 게 아니라 감정의 파도가 완전히 자신을 통과해 지나갈 때까지 가능한 여러 번 반복하는 것이 좋다.

속상할 때마다 준비 호흡 방식에 의식을 고정하고 각 과정, 즉 코로 들이쉬고, 잠시 숨을 참았다가 입으로 내쉬는 과정에 온전히 집중한다.

감정과 생각, 머릿속에 떠오르는 이미지와 소음들이 귓가를 스치는 바람처럼 흘러가게 한다.

이 모든 일들이 마음속에서 일어나는 동안에도 매끄럽고 침착하고 느긋한 호흡을 반복하는 데 전적으로 집중한다.

: 복식 호흡

준비 호흡을 통해 정서적으로 차분해지고 육체적으로 이완이 되었다면, 참선의 주된 호흡법인 복식 호흡에 들어간다. 복식 호흡은 '횡격막 호흡' '복부 호흡' '단전 호흡'이라고도 한다. 복식 호흡을 제대로 하면 숨을 들이쉴 때 기존에 가슴으로 호흡할 때보다 훨씬 많은 양의 산소가 폐에 전달되고, 숨을 내쉴 때는 훨씬 많은 양의 이산화탄소가 배출된다. 또한 맑고 안정적이고 차분하고 행복한 정신 상태가 된다. 이것은 참선뿐 아니라 모든 형태의 학습 활동과 상황 판단, 문제 해결, 의사 결정에도 도움이 된다.

동아시아의 거의 모든 심신 수련은 복식 호흡을 활용한다. 기공氣功, 무예, 서예와 그림, 음악 활동, 시, 다례 등 그 분야도 아주 다양하다. 복식 호흡은 건강과 장수, 성과에 중요한 역할을 하며, 그 중요성은 아무리 높이 평가해도 지나치지 않다.

하지만 현대사회의 참선 초보자들에게는 복식 호흡이 처음엔 이상하고 어색할 수도 있다. 해결 방법은 연습과 반복뿐이다. 온화한 인내심과 자비로운 자기 이해가 필요하다. 우리는 지금 목숨과 직결된 생물학적 기능을 조종하려는 것이다. 그러니 너무 갑자기 호흡법을 바꿔 뜻하지 않게 호흡 기제를 손상시키지 않도록 주의하면서 조심스럽게 시도해보자.

이 점을 명심하며 복식 호흡을 통해 심신의 균형을 이루고 심신에 활력을 불어넣는 법을 배워보자. 이제 코로 복식 호흡하는 법을 연습해보자.

- 먼저 약 2, 3초간 길고 부드럽게 코로 숨을 들이쉰다.
- 코로 숨을 들이쉴 때 마치 공기가 배에 채워지는 것처럼 아랫배를 부드럽게 내밀어보자. 이때 들이쉬는 공기가 배꼽에서 6센티미터쯤 아래 지점까지 쭉 내려간다고 상상해보자. 이 지점을 옆에서 보면, 아랫배 표면과 등 아래쪽, 혹은 엉치뼈의 중간이다. 한자로는 '단전丹田'이라고 하며, 피와 마찬가지로 온몸을 순환한다고 알려진 '기氣'라는 생명 에너지가 모이는 중요한 곳이다.
- 코로 숨을 들이쉬어 공기를 단전으로 보내면 마치 배 안에 들어 있는 작은 풍선에 천천히 공기가 차서 팽창하는 듯한 느낌이 들어야 한다.
- 배에 공기가 80퍼센트쯤 채워졌다고 느껴지면 그 상태로 2, 3초간 숨을 참는다.
- 이제 숨을 들이쉴 때보다 더 길게 코로 숨을 내쉰다. 이때 아랫배를 안으로 끌어당긴다. 날숨은 약 3, 4초 걸리는 게 적당하다.
- 숨을 내쉴 땐 배꼽을 척추 쪽으로 끌어당기며 아랫배에 들어 있는 풍선의 바람이 빠져나간다고 상상해보자.

올바른 생각

: "이뭣고?" 화두 들기

올바른 생각은 정신 집중을 뜻하며 전통 참선의 정수이자 핵심 요소이다. 사실 올바른 자세와 호흡도 정신 집중을 강화하기 위해 필요한 것이다. 자신의 생각을 제대로 통제하는 법을 배우는 것이 참선의 핵심이며, 올바른 자세와 호흡은 그 훈련을 돕는 역할을 한다.

- 참선할 때 바른 자세로 복식 호흡을 하면서 "이뭣고?"라고 <u>스스로</u>에게 질문한다. 숨을 들이마시고 잠시 멈췄다가 내쉬면서 "이뭣고?" 하면 된다.
- 이때 "이뭣고?"는 '내 몸을 움직이게 만드는 이것이 무엇인가?' '내가 어떤 생각을 떠올릴 때 내 안의 또는 내 의식 속의 무엇이 그 생각을 만드는가?' '생각을 만드는 이것은 무엇인가?'라는 뜻이다.
- 바른 자세를 잡고, 복식 호흡으로 숨을 들이마시고, 잠시 멈췄다가 내쉬며 "이뭣고?" 하는데, 이때 마지막 음절인 '고'를 숨이 다할 때까지 길게 끌어준다. 다시 한 번 숨을 들이마시고 잠시 멈췄다가 내쉬면서 "이뭣고?" 한다.
- 이때 음절은 중요하지 않다. 질문을 던지는 순간 얼마나 간절하고 진실한 마음인가가 중요하다. 자신의 의식을 깨워 살아 있는 질문이 되도록 해야 한다. 그래야 활구 참선活句參禪이 된다. 익숙해질 때까지 몇 번 소리 내서 연습해보자.

이렇듯 참선할 때 "이뭣고?" 하며 스스로에게 던지는 생사에 관한 본질적인 질문을 '화두話頭'라고 한다. 이때 화두를 던지는 이유는 알고 싶어도 알 수 없고, 보고 싶어도 볼 수 없는 내면의 '이것'에 대해 알고 싶고 보고 싶은 간절한 마음 상태를 만들기 위해서이다.

스스로에게 "이뭣고?"라고 질문함으로써 일으킨 마음 상태를 가리켜

'의심'이라고 하는데, 이것은 한국 선불교 참선의 독특한 면이자 정수이다. 곤란한 상황에서 이렇게 마음에 의심을 일으키면 그 즉시 부정적인 생각과 괴로운 감정이 사라지고 마음이 맑아진다.

시간이 날 때마다 규칙적으로 참선을 하며 의심을 일으키고 유지하는 훈련을 하면 무의식 속에 단단히 박혀 보이지 않았던 괴로운 기억과 감정도 태워버릴 수 있다. 그러면 자신감이 커지고 긍정적인 생각을 하게 되며 정신이 맑아질 뿐만 아니라, 심신의 활력도 강해져 심리적으로 치유가 된다.

16

나도 너희들과 똑같았어

7년 전, 처음으로 한국 대학의 불교 학생회 동아리방에 앉아 있었다. 학생들이 호기심 가득한 눈을 반짝이며 바라보았다. 이제는 나도 한국에 꽤 오래 살아서 사람들이 쳐다보면 무슨 생각을 하는지 대충 짐작이 간다.

미국에서 어린 시절을 보낸 사람, 모범적인 학창 시절을 보내고 성공적인 삶을 살았으나 알 수 없는 뭔가를 위해 모든 것을 과감히 포기한 사람으로 비쳤을 것이다.

내가 어떻게 송담 스님을 만났고 그 만남으로 내가 어떻게 달라졌으며, 어떻게 스님이 되었는지를 얘기하면, 학생들이 자신들의 인생 경험과는 거리가 먼 비현실적인 이야기라고 생각할까봐 걱정이 되기도 했다. 내 인생이 한 편의 영화 같다고 생각할 것 같았다. 그러면 내가 어떤 가르침을 공유해도 그들의 일상에 적용하기 힘들다고 여길 터였다.

그래서 나는 내 과거를 이야기하는 대신 학생들에게 물었다.

"너희들은 왜 이곳에 오게 된 거야?"

학생들은 말없이 바닥만 내려다보았다. 그래서 나는 내 옆에 앉은 남학생을 바라보며 좀 더 구체적으로 물었다.

"그러지 말고 말해봐. 너희들은 모두 공부하고 놀기에도 시간이 부족하잖아. 왜 이런 귀한 시간을 내서 여기에 오는 거야?"

옆에 앉은 남학생이 거의 들리지 않을 정도로 웅얼거리듯 말했다.

"내적 평화 때문이에요."

"뭐라고? 내적 평화라고 했니?"

나는 믿을 수 없다는 듯 과장된 표정으로 되물었다. 내가 기대했던 대로 학생들은 나의 그런 반응을 전형적인 미국인의 모습과 연결시키며 키득거렸다. 긴장이 좀 풀린 것 같았다.

"그럼, 너는 어때? 네가 여기에 오는 이유는 뭐야?"

이번에는 그 옆에 앉은 남학생에게 물었다.

"아, 저도 내적 평화 때문이에요."

그 남학생은 이렇게 대답한 뒤 내가 던진 이상한 질문에 어떻게 대처해야 할지 모르겠으니 도와달라는 눈빛으로 주변을 둘러보았다.

"그래, 좋아."

나는 할 수 있는 한 다정하게 고개를 끄덕이고는 그 옆에 앉은 여학생에게 물었다.

"그럼, 너는? 너도 내적 평화 때문이니?"

그녀는 약간 단호한 어조로 분명하게 말했다.

"저는 스트레스를 없애고 싶어서예요."

"맞아, 맞아. 한국은 스트레스가 많은 나라지."

내가 다음 학생에게로 시선을 옮기려고 할 때 그 여학생이 말을 덧붙였다.

"저는 스트레스가 너무 많아요."

"무엇 때문에 그렇게 스트레스를 받니?"

"제 미래 때문에요."

여학생은 이렇게 대답하고는 정말로 힘겹게 한숨을 내쉬었다. 그녀가 느끼는 정신적 피로의 수준에 나는 깜짝 놀랐다. 40대 이상 중장년층에게서나 볼 수 있는 좌절과 체념이 가득한 표정으로 어깨를 축 늘어뜨렸다.

"나이가 몇 살인지 물어봐도 될까?"

내가 조심스럽게 물었다. 그런 다음, 분위기를 가볍게 만들려고 다른 학생들에게 몸을 돌리고 찡긋 웃으며 말했다.

"이런 질문을 할 때는 조심해야 해. 잘못하면 큰일 나!"

학생들은 예의상 웃어주었지만 나는 문득 장난치고 노는 시간이 끝났다는 생각이 들었다. 학생들은 이제 이야기할 준비가 되었다. 내가 학생들을 파악하려고 애쓰는 동안 학생들도 나를 파악하려고 애를 썼다. 다행스럽게도 나와 솔직한 대화를 나눠도 괜찮겠다고 결정을 내린 것 같았다.

"몇 살인지 물어봐도 될까?"

난 좀 더 정중하게 물었다.

"스물다섯 살이에요."

여학생이 대답했다. 내 눈에는 그보다 훨씬 더 어려 보였다. 고등학생이라고 해도 믿을 정도였다. 우울하고 고뇌에 빠진 듯한 눈빛만 빼다면 말이다.

"왜 그렇게 스트레스를 받니?"

내가 물었다.

"인생이 아무런 의미가 없어서요."

여학생이 주저 없이 대답했다. 그녀는 좀 더 대담한 목소리로 덧붙였다.

"사실이 그렇잖아요, 안 그런가요?"

"내가 인생에는 의미가 있다고 말하면 내 말을 믿을 거니? 내 말이 너의 스트레스를 없애줄 수 있을까?"

"아니요."

여학생은 고개를 저으며 애처롭게 미소 지었다. 그러고는 고개를 숙였다.

나는 앉은 순서대로 학생들에게 계속 질문을 했고, 학생들의 대답은 비슷비슷했다. 그들이 이곳에 오는 이유는 지나친 스트레스와 불안감, 그리고 우울함 때문이었다. 한 남학생은 인생을 어떻게 살아야 할지 정말로 모르겠다며 지금의 거짓된 삶을 남들에게 들킬까봐 무섭다고 털어놓았다. 또 다른 여학생은 미래를 생각하면 절망감만 든다고 말했다. 그리고 모든 학생들이 하나같이 졸업 후의 취업을 걱정했다.

"스님, 스님이 저희 나이일 때는 이렇지 않았죠? 그렇죠?"

한 남학생이 수줍게 물었다.

나는 자신의 아픔과 나약함을 다른 사람에게 드러내 보이는 데는 용기가 필요하다고 생각한다. 처음 만난 사람에게는 특히 더 그렇다. 학생들이 나에게 수줍게 미소를 지었을 때 나는 가슴에서 학생들을 향한 애정이 차오르는 것을 느꼈다. 그리고 내가 그들 나이에 송담 스님을 처음 만나자마자 그분과 마음이 통하는 느낌을 경험했던 것처럼 내 마음이 그들의 마음과 연결되는 것을 느꼈다. 우리가 태어난 시기와 장소가 많이 달랐는데도 그랬다.

나는 질문한 남학생을 향해 살며시 웃으며 말했다.

"아니, 사실 나도 너희들과 똑같았어."

나이가 많든 적든 사람들이 이른바 '영적인 길'을 찾게 되는 이유는 비통함과 혼란, 소외감, 삶이 무의미해 보이는 데서 오는 절망감 등 내적 고통 때문이다. 대체로 우리 대부분은 다른 사람들 눈에 '정상'으로 보인다. 그러나 그 가운데 상당수는 내적 고통을 숨기기 위해 억지로 미소를 짓는다. 직장에 앉아 있지만 반복적인 업무가 너무 무의미하게 느껴져 미칠 것만 같다. 가족과 친구들이 있고 정기적으로 나가는 모임도 있지만 자신을 제대로 알거나 이해하는 사람은 아무도 없다고 느낀다. 어쨌든 이 많은 사람들 속에서도, 붐비는 도시에서도 우리는 외로움을 느낀다. 그렇게 자신의 불행에 대해 세상을 탓하다가 스스로를 비난하기를 반복한다.

"겉으로만 보면 나는 모범생에 효자였지. 너희들처럼 말이야. 하지만 내 마음속은 엉망이었어. 미래를 생각하면 한숨밖에 안 나왔거든. 결혼해서 아이 낳고 돈 버는 기계처럼 살다가 은퇴하고 기력이 바닥나 결국은 죽고 마는 그런 삶을 살고 싶지 않았어."

나는 고백했다.

내가 그들을 위해 할 일은 나도 그들과 똑같다는 것, 똑같은 시련과 어려움에 부딪혀봤다는 것을 알려주는 것뿐이었다. 그리고 더 중요하게는 그들이 나와 똑같다는 것, 그들도 인생을 변화시킬 수 있다는 것을 알게 하면 그만이었다.

"너희 그거 아니? 나 대학교 1학년 때 술을 얼마나 많이 마셨던지 깨어보니까 대학병원인 거야. 한쪽 팔은 일시적으로 마비가 된 채 말이야."

"대단하시네요."

"정말 대단했지. 며칠 동안 팔 신경이 마비 상태라 여친이 필기를 대신해줬으니까. 그런 일 아무나 하는 줄 알아?"

나는 이렇게 말하며 뭔가 잘못된 이야기를 하는 게 아니길, 내가 아직 잘 모르는 한국의 문화적 관례를 깨는 게 아니기만 바랐다.

"스님, 저는요. 매일 수면제를 먹어야만 잘 수 있어요. 완전 간식이 돼버렸어요."

잠자코 있던 한 여학생이 불쑥 대화에 끼어들었다.

"나도, 나도!"

누군가 여학생의 이야기를 거들자 모두가 웃음을 터뜨렸다.

"아, 다들 대단하구나. 내가 학교 다닐 때는 수면제 먹는 문화는 별로 없었어. 구식이라 불안하거나 속상하면 술만 퍼 마셨지."

"진짜 구식이시네요!"

나는 학생들에게 내가 스님 혹은 불교 수행자가 된 것은 사실 믿음에서 비롯된 행동이었다기보다 불안하고 답답한 마음에 무모하게 그랬던 것이라고 솔직하게 말했다. 기존 사회에서는 아무런 희망을 보지 못했고 행복이나 의미를 발견하리라는 희망이 없었으며 사회적 관습이나 기준, 가치, 관행에 성공적으로 적용하리라는 희망도 없었다고 말이다. 나는 그런 것들이 기껏해야 혼란스럽고 무의미할 뿐이며 최악의 경우 비인간적으로 느껴졌다. 결국 현대사회에서 나 자신과 내 삶을 사랑하는 법을 찾거나 배워나갈 수 있다는 그 어떤 가능성도 찾지 못했던 것이다.

"나는 너희에게 스님이 되라거나 이런 종교 혹은 저런 종교를 믿으라고 하고 싶지 않아."

나는 천천히 이야기를 계속 이어나갔다.

"내가 제안하고 싶은 건 약간의 시간이나 에너지를 써서 너희가 어떤 사람인지 발견해보라는 것뿐이야. 너희가 되어야 한다고 생각하는 사람 말고, 지금 너희의 진정한 모습을 발견해보라는 거지."

"어떻게 하면 그럴 수 있죠?"

한 학생이 물었다.

"참선해서 성불해야지."

불교에 대해 조금 아는 한 학생이 가르치듯 말했다.

"아냐, 아냐. 참선을 하나의 교리나 공식으로 만들면 안 돼. 물론 참선에도 구체적인 방법이 있긴 해. 하지만 진짜 참선의 핵심은 진실함과 진정성이야. 진심을 다하는 것 말이야."

내가 끼어들어 말했다.

"어떻게 하면 그럴 수 있죠?"

아까 같은 질문을 했던 안경 쓴 학생이 진지한 표정으로 다시 한 번 물었다.

"그게 말이지…."

나는 그의 질문에 당황해서 약간 머뭇거렸다.

"너희가 하고 싶어 하는 어떤 것을 생각해봐. 너희가 정말로 좋아하기 때문에 하는 것 있잖아. 목표를 달성하기 위해서도 아니고 다른 사람에게 깊은 인상을 남기고 싶어서도 아니고 너희 스스로를 발전시키고 싶어서도 아니고 그냥 하면 즐거우니까 하는 어떤 것 말이야. 술 마시고 게임하는 거 빼고!"

학생들은 예의상 웃어줬지만 그 웃음소리에서 불안해하는 기색이 느껴졌다.

"스님, 제가 뭘 좋아하는지 찾아내는 법을 모르겠어요. 아무도 그런 걸 가르쳐준 적이 없거든요. 저는 그냥 시험 잘 보려고 책 읽고 공부만 했거든요."

그 안경 쓴 학생이 이번엔 사뭇 진지하게 말했다.

나는 절로 고개를 끄덕였다. 그 학생의 솔직함에 슬퍼졌다.

"솔직한 대답이야. 지금은 너희가 무엇을 좋아하는지 모른다는 게 진실이지. 너희는 그냥 좋아하기 때문에 해본 일이 없잖아. 전부 경쟁하고 성취해야 하니까 했지."

학생들이 내 말에 고개를 끄덕이며 어색하게 서로의 얼굴을 쳐다봤다.

"내가 지금부터 하려는 얘기는 우리가 살면서 해볼 만한 가치가 있는 질문은 답이 정해져 있는 것이 아니라 아직 답을 찾지 못한 어떤 것이라는 거야. 그게 진짜 배움이고 진짜 공부지. 미지의 세계를 탐구하고 불가능한 질문을 던지는 것, 거기서부터 참선의 진짜 여정이 시작되는 거야. 사실은 거기서부터 진짜 삶이 시작되는 거지. 내가 처음 시작했을 때는 너희보다 훨씬 아는 게 적었어. 아는 게 없다는 것, 자기 자신에 대해서조차 아는 게 없다는 것은 나쁜 게 아니야. 전혀 부끄러워할 일도 아니고."

말을 계속 이어가는 동안 학생들을 향한 새로운 애정과 연민으로 가슴이 차오르는 것을 느꼈다.

"그냥 거기서부터 출발하면 되는 거야. 참선과 불교에서 진짜 중요하게 여기는 것도 바로 그거야. 어떻게 살아가야 할지를 배우기 시작하는 것 말이야."

이후 몇 주 동안 이 젊은 학생들과 더 많은 시간을 보낼수록 내가 가르칠 게 아무것도 없다는 생각이 들었다. 그들은 사실 나의 학생이 아니었고, 나도 그들의 스승이 아니었다. 우리는 그저 함께 모여 인생을 어떻게 살아가야 할지를 탐구하는 사이였다.

학생들과 함께 있을 때면 내가 아직 젊고 맨해튼에 있을 때, 허드슨 강변에서 세바스찬과 나눴던 대화가 자주 떠올랐다.

"셉, 너 혹시 우주의 작은 개미 같다고 느껴본 적 있어?"

"늘 그렇지."

그 후로 우리가 만날 기회가 생기면 세바스찬은 늘 묻곤 했다.

"환산 스님, 이제 데카르트식 회의론과 파스칼식 두려움은 해결했어?"

"아직, 계속 노력 중이야, 셉. 해결하면 네게 알려줄게."

나는 이렇게 대답하곤 했다.

17

참선은 종교가 아니다

학생들은 참선을 할 때면 여지없이 다리 통증을 호소했다. 그들이 참선을 하는 이유는 여전히 치유 목적인 것 같았다. 학생들은 참선을 자기 발견이나 자기 변혁의 길로 진지하게 받아들이지 못했다. 내가 그곳에 앉아 차를 우려내고 학생들과 미소를 주고받으며 든 생각은 딱 하나였다.

'내가 이 학생들을 다 아는 게 아니야. 난 사실 저들이 누구인지 잘 몰라.'

물론 학생들에 대해, 그리고 그들의 삶에 대해 몇 가지 아는 것이 있긴 했다. 하지만 그들이 마음속 깊이 느끼는 것들에 대해서는 아는 바가 없었다. 그때 약간 저릿한 슬픔과 함께 아마도 한 사람이 다른 한 사람을 진실로 안다는 것은 불가능할지도 모르겠다는 생각을 했다.

"내가 너희를 처음 만났을 때 여기에 왜 오느냐고 물었지. 그랬더니 너흰 스트레스도 좀 풀고 싶고 마음의 평화를 찾고 싶다고 대답했어.

그런데 그게 다야? 종교 모임에 참석하는 이유가 그게 전부야?"

나는 첫날 내게 인생이 무의미하다고 말했던 여학생을 바라보며 단도직입적으로 물었다.

"넌 종교에서 뭘 발견할 수 있을 거라고 기대해?"

여학생은 집중하듯 진지한 표정으로 잠시 생각에 잠겼다. 그러더니 다시 나를 쳐다보며 말했다.

"어떤 답 같은 거요."

"어떤 답? 그럼 질문은 뭔데?"

여학생은 어깨를 으쓱하더니 잘 모르겠다는 듯 고개를 저으며 조금 웃어 보였다.

나는 고개를 끄덕인 다음 그 여학생에게 할 말이 더 남아 있는지 확인하려고 잠시 기다렸다. 하지만 여학생은 물러나서 내가 말을 이어가길 기다렸다.

"음, 내가 너희 나이였을 때 던졌던 질문을 말해볼게."

나는 조금 극적인 어조로 말했다.

"그러니까 이런 거였어. '내가 왜 이렇게 살아야 하지?'"

학생들이 깔깔 웃으며 고개를 끄덕였다. 나는 웃음소리가 잦아들기를 기다렸다가 물었다.

"그런데 너희들은 종교가 이 질문에 답을 줄 수 있다고 생각해?"

학생들이 거의 본능적으로 고개를 저었다. 그러더니 믿지도 않으면서 모임에 참석하고 있는 명백한 자기모순을 깨닫고는 다시 웃기 시작했다.

"괜찮아. 요즘 젊은이들이 대부분 종교 집단이나 성직자를 신뢰하지 않는다는 걸 나도 알아. 너희가 왜 그렇게 느끼는지도 이해해. 각종 스캔들과 부정부패, 미신, 터무니없는 말과 행동 등등. 종교는 이제 확실히 문화적 화석이 되어버린 것 같아, 그렇지?"

나는 학생들을 안심시켰다. 그리고 다시 한 번 물었다.

"그래서 너희들은 종교가 사라져야 한다고 생각해?"

아무도 대답하지 않았다. 그건 '그렇다'는 뜻이었다.

"그럼 현대사회에서 정말로 종교가 사라질 거라고 생각해?"

이번에도 아무도 대답하지 않았다. 나는 매주 기특하게도 나에게 점점 많은 질문을 해온 한 남학생을 바라보았다.

그러자 그 남학생이 내게 물었다.

"스님은 어떤데요? 현대사회에서 종교가 사라질 거라고 생각하세요?"

"아니, 그렇지 않아."

나는 부드럽지만 조금의 망설임도 없이 대답했다.

"왜요?"

남학생이 놀라며 되물었다.

"나는 종교가 인간의 두 가지 기본 욕구에서 생긴다고 생각하거든. 하나는 건강한 욕구고 다른 하나는 건강하지 못한 욕구인데, 난 이 두 욕구가 변할 것 같지 않아."

학생들은 호기심 가득한 표정으로 내 이야기에 귀를 기울였다.

"건강한 욕구는 답을 얻고자 하는 욕구야. 인간은 단순히 육체적 생존만으로는 만족하지 못해. 음식을 먹고 대를 이을 아이를 만드는 것만으로는 충분하지 않아. 우리 인간에겐 의미가 필요해. '나는 누구인가?' '삶의 목적은 무엇인가?' '우리는 죽으면 어떻게 되는가?' '우리에겐 영혼이 있을까?' 이런 의문을 갖지. 종교는 부처님 같은 사람들이 밖에 나가 이런 의문들에 대한 답을 찾고 그 답을 찾는 본인만의 방법을 다른 사람들에게 가르치기 시작하면서 생겨났어. 이것이 바로 종교의 건강한 버전이야. 사람들이 인간 존재의 진실을 배우려고 노력하는 것 말이야."

"그럼 건강하지 못한 버전은요?"

그 남학생이 물었다.

"종교의 건강하지 못한 버전은 인간의 퇴행적이고 비생산적인 욕구에서 비롯돼. 현실로부터 도망치려는 욕구. 우리는 모두 언젠가는 부모님 곁을 떠나 자신만의 인생을 살아야 하잖아. 자신만의 주관을 갖고, 자신만의 결정을 내려야 하지. 하지만 그건 스트레스 받는 일이잖아. 내가 언제 옳고, 언제 그른지를 어떻게 알 수 있겠어? 우리는 실수할 수 있어. 상처받기도 하고. 심지어 죽을 수도 있어. 부모님 없이 살아가는 게 때론 두렵잖아. 그렇다고 정말로 부모님께 돌아가 다시 아기가 될 수도 없고 말이야, 안 그래? 그래서 우리 인간은 새로운 부모를 만들어내. 부처님, 하느님, 관세음보살 등 모든 것을 알고 무엇이든 할 수 있는 전능한 부모를 만드는 거야. 그런 다음 그들에게 경배하고, 우리가 무엇을 해야 하는지 물어. 이것이 종교의 건강하지 못한 버전이야. 마법의 주문과 요정이 등장하는 어린아이의 판타지 같은 것. 가혹한 현실로부터 도망쳐 그곳에 숨으려는 거야. 이런 버전의 종교에서는 내가 불교인이든 기독교인이든 혹은 다른 종교인이든 항상 내 관점이 옳고 나와 다른 생각을 하는 사람은 모두 잘못됐다고 생각해. 그리고 부처님이든 관세음보살이든 다른 누구든, 내가 만들어낸 새로운 부모님이 나

213

를 끔찍이 사랑하고 항상 보살펴주실 거라고 생각해. 영원히. 그러니까 나는 성장할 필요도, 내 인생에 책임을 질 필요도 없어."

나는 스스로에게 조금 놀랐다. 학생들에게 이렇게까지 솔직하게 터놓고 말할 줄은 몰랐다. 그런데 이 대화를 주도하며 내 마음대로 결론을 내릴 권리가 나에게 없다는 사실을 깨달았다. 학생들 스스로 믿고 싶은 것을 정하고 참선을 정말로 배우고 싶은지 결정하도록 내버려둬야 했다.

"그러면 불교는 그 둘 중 어떤 버전이에요? 건강한 버전이에요, 아니면 건강하지 못한 버전이에요?"

남학생이 주저하며 물었다.

"둘 다지."

나는 단호하게 대답했다. 그런 다음 부드럽게 덧붙였다.

"그냥 내 생각은 그래. 방금 말한 건 다 내 생각일 뿐이야. 난 모든 종교에는 좋은 면과 나쁜 면이 공존한다고 생각하거든."

학생들이 고개를 끄덕였다.

내가 할 수 있는 건 그저 내 스승의 가르침을 나누는 것 뿐이었다. 그것을 믿게 하려고 강요하거나 속임수를 쓰거나 사탕발림을 해서는 안 되었다. 나는 종교든 다른 무엇이든 학생들이 내 의견에 동의하게 만들려고 했던 모든 충동을 내려놓는 것이 내 의무임을 깨달았다. 내가 할 일은 그들과 이야기를 나누고, 내 솔직한 의견을 말하고, 내가 그들을 진심으로 대하고 있음을 알게 하는 것뿐이었다.

나는 한결 가벼워진 마음으로 이야기를 계속했다.

"우리는 모두 삶과 죽음을 직시하고, 쌍둥이와 같은 이 두 현실을 이해하려는 욕구와 그것으로부터 도망치고 싶은 욕구 사이에서 갈팡질 팡해. 첫 번째 욕구는 성장하고 발전해서 자신이 가진 잠재력을 최대로 발견해내려는 욕구이고, 두 번째 욕구는 계속 뒷걸음질 치면서 세상의 모순과 복잡한 현실을 회피하고 싶은 욕구인 거지. 이 두 번째 욕구가 부끄럽고 정직하지 못한 것으로 보일 수 있지만 꼭 그런 건 아니야. 그 냥 인간적인 거지. 우리 주변에도 상처받고 가슴 아파하는 사람들이 있 잖아. 고통에 빠지면 사람들은 판타지나 기도에 매달릴 때가 있어. 사 람들이 끔찍한 짓을 저지르는 것을 볼 때, 세상 돌아가는 모습에 겁이 나고 슬퍼질 때, 우리는 사람들이 정직하고 훌륭하고 용기 있고 친절할 수 있다고 믿을 방법을 찾아야 해. 우리가 그런 사람이 될 수 있다는 것 도 믿어야 하고. 건강하지 못한 종교는 우리에게 거짓말을 하고 비현실 적인 이야기를 들려주긴 하지만, 이 버전 역시 종종 우리를 달래주고 위로해주기도 해. 과장된 이야기를 하는 경향이 있긴 해도 그것 또한 우리가 더 나은 사람이 되도록 도와줄 수 있어."

학생들이 고개를 끄덕였다. 그들은 냉혹한 사회에서 살아간다는 것 이 어떤 의미인지 너무나 잘 알고 있었다.

"하지만 난 종교가 살아남거나 현대사회에서 의미를 가지려면 첫 번 째 버전에 더 가까워져야 한다고 생각해. 종교는 우리의 정신을 일깨우 는 탐구가 되어야 해. 우리가 누구이고 무엇인지, 우리가 정말 무엇을 할 수 있는지 깨닫게 해주는 것, 이 우주와 이 삶이 정말 무엇인지를 알 게 해주는 탐구 말이야. 남은 인생 동안, 앞으로 50, 60년을 돈과 명예 만 좇으면서 살고 싶어? 그게 재미있는 인생일까? 내가 정말 누구인지 알고 싶지 않아? 나에게 숨겨진 능력과 힘을 알고 싶지 않아? 더 이상 성장하지 않고 지금 이 상태로 계속 지내고 싶은 거야? 현대사회에서 종교는 인간의 의식을 진화시키고 일깨우는 열쇠가 될 수 있어. 참선도 사실은 이것과 관련이 있고. 참선은 종교가 아니야. 의식을 치르고, 모임에 가입하고, '나는 이걸 믿어요, 저걸 믿어요'라고 말하는 것이 종교라고 생각한다면 말이야. 참선은 인간의 정신을 일깨우는 길이야."

내가 학생들 앞에서 너무 흥분했는지도 모르겠다. 하지만 학생들은 진지한 표정으로 들어주었다.

"역사상 최고의 정신적 스승들은 그들이 보고, 경험하고, 깨달은 것들을 최대한 직접적으로 우리에게 알려주었어. 반면 최악의 스승들은 그들이 바라고 원하고 두려워하는 것들에 대한 환상적인 동화를 들려주었지. 같은 종교인데도 어떤 것은 인간에게 자유를 가져다주고, 또 어떤 것은 인간을 노예 상태로 만들 수도 있으니 이상하지? 마치 동전의 양면 같다고 해야 할까. 우리에게 정신이 존재함으로 인해 생긴 질문과 고통에 서로 다른 반응이 일어나니까 말이야."

학생들이 눈을 크게 뜨고 강렬한 눈빛으로 바라봤다.

"나는 그냥 솔직히 말하는 거야. 종교의 가르침에서 진정한 지혜를 발견하는 한편, 정말로 권력에 굶주려 제정신이 아닌 것 같은 종교 단체 내부의 정치적인 갈등을 보게 될 때 진정한 자유에 대해 느끼는 인간의 감정이 그만큼 서로 대립하는 면이 있다는 것을 보는 거야. 우리는 자유를 원해. 하지만 자유를 두려워하기도 하지. 자유를 거부하고 온전히 기댈 수 있는 뭔가를 찾고 싶어 해. 마치 엄마 품에 꼭 안기는 어린아이처럼 말이야."

몇몇 학생이 거의 무의식적으로 고개를 끄덕였다.

이제 내가 왜 이런 얘기를 하고 있는지 스스로에게 물어봐야 했다. 이런 생각들을 발전시킬 시간이 언제 있었던가? 그런 말들이 나도 모르게 내 입에서 튀어나오고 있었다. 나는 그제야 내가 절에서의 경험을 되돌아봤다는 것을 깨달았다. 어쩌면 내 마음에서 일어나고 있는 일들을 되돌아보고 있었는지도 모른다. 오늘날 한국사회를 살아가는 젊은이들과 이런 식으로 대화를 나누며 내가 변하고 있었고, 내게 일어난 그런 변화가 나로 하여금 세상을 다르게 바라보고 내 종교도 다른 시각에서 바라보게 만든 것 같았다.

"나는 종교적인 사람들이 기본적으로 두 부류라고 생각해."

나도 모르게 다시 이야기를 시작했다.

"이 두 부류의 사람들은 각기 다른 버전의 종교를 추구해. 첫 번째 부류는 구도자로 성장과 발전, 변혁을 추구해. 자유와 깨달음을 얻고자 하지. 진정한 거듭남과 정신의 일깨움을 위해 필요하다면 죽음도 불사할 용기와 의지를 가진 사람들이야. 두 번째 부류는 추종자로 누군가로부터 보호받고 누군가가 안심시켜주기를 원해. 안전과 안정을 추구하지. 자기가 무엇을 해야 하는지 뿐만 아니라 무엇을 생각하고 느껴야 하는지까지 말해줄 외부의 권력자를 찾고 싶어 해. 인간으로서 가진 고유의 자율성을 원치 않아. 오히려 부담스럽고 혼란스럽고 두렵다고 생각해. 평생 아이로 머물고 싶은 거야. 무슨 말인지 이해가 되니?"

학생들이 고개를 끄덕였다.

"이제 좀 난해한 이야기인데, 종교에 관심 있는 거의 모든 사람들은 내면에 이 두 부류의 성향을 모두 갖고 있어. 구도자로서의 면모와 추종자로서의 면모가 조금씩 다 있는 거지. 그래서 나는 우리가 종교를 진지하게 생각한다면 각자 어떤 부류의 사람이 되고 싶은지 결정해야 한다고 생각해. 우리는 어떤 사람이 될까? 구도자? 아니면 추종자?"

내가 처음 한국에 왔을 때만 해도 나는 구도자였다. 그것에 관한 한 확신이 있었다. 나는 송담 스님이 깨달음을 얻었다는 얘기만 듣고 그를 만나기 위해 모든 것을 포기하고 한국에 왔다. 그분이 나와 이 세상을 향해 뭐라고 얘기할지 듣고 싶었기 때문이다. 나는 정말로 진리에 이르는 길을 찾고 있었다.
하지만 그로부터 아주 많은 시간이 흘렀다. 이제 나는 어떤 사람인 가?

그 무렵 나는 약 10년째 송담 스님의 시자 소임을 맡고 있었다. 스승에게 집요할 정도로 충성하고 복종했다. 그분이 원하는 일이면 무엇이든 했다. 나는 여전히 구도자였을까? 아니면 송담 스님의 추종자에 불과했을까?
처음 절에 들어갔을 때 나는 적응을 못한다고, 중물이 들지 않는다고 자주 핀잔을 들었다. 하지만 이제는 더 이상 그런 소리를 듣지 않았다. 이건 좋은 일일까? 내가 어느새 의문을 제기해야 마땅할 그런 문화와 관리 체계를 받아들이고 완전히 적응한 것일까?
조금 있다가 여학생이 질문했다.
"스님, 스님은 서양 사람이잖아요. 그러니까 굉장히 현대적이고 과학적이고 논리적이고 그렇잖아요. 그런데 어떻게 스님이 되어야겠다고

218

결심하셨어요?"

나는 그 질문에 어떻게 대답해야 할지 몰라 잠시 뜸을 들였다.

"당연히 스님은 우리 같지 않으셨겠지. 스님은 특별한 인연이 있으셨던 거야."

남학생이 내 체면을 세워주려고 말했다.

"아, 그렇겠지, 당연하지."

여학생이 맞장구쳤다.

"그래, 난 너희들과는 많이 달랐어. 그런데 특별한 인연이 있어서 그런 건 아니야."

내가 말했다.

학생들이 다시 호기심을 갖고 흥미로운 눈빛으로 나를 바라보았다. 무슨 말을 해야 할지 몰랐다. 나도 한때는 그들과 같은 나이였기 때문에, 그 나이의 학생들이 어떻게 느끼는지 잘 알았다. 그렇다고 내가 그들과 같았다는 뜻은 아니다. 대학에 다닐 때 이런 모임이 있었더라도 나는 절대 참여하지 않았을 것이다. 그 시절에 나는 지극히 충동적이었고 이 학생들처럼 착실하지도 않았다. 이기적이라 오직 내 생각만 했다. 가족이든 지역사회든 아니면 조국이든 더 큰 집단의 이익을 위해 내 개인적 욕구를 희생하는 법을 알지 못했다. 항상 내 꿈과 내 욕구, 내 희망, 내 야심에 사로잡혀 있었다.

학생들을 보고 있으니 지난날 내가 학업에서 좋은 성적을 거두게 만든 요인이 나를 더 시시한 사람으로 만들었다는 생각이 들었다. 내가 출가 후에도 내 스승처럼 깨달음을 얻은 위대한 선지식이 될 수 없었던 이유도 바로 이 때문이라고 생각했다. 내가 보기에는 이 학생들이 젊은 시절의 나보다 훨씬 더 훌륭했다. 그래서 최소한 학생들이 나에게 배우는 만큼은 나도 이들에게서 배울 점이 있었다.

나는 질문에 답하지 않고 이렇게만 얘기했다.

"말하자면 길어. 난 특별하지 않았지만 특별한 한 사람을 만났어. 내 스승이신 송담 스님을. 그분은 특별했어."

"그렇다면 스님은 구도자가 아니라 추종자라는 뜻인가요?"

그 학생이 짓궂게 물었다.

"아니, 그건 말이지, 내가 처음엔 구도자였다는 뜻이야. 하지만 나는 곧 추종자가 되었어. 의식도 못하는 사이에. 그러니 내가 하는 이야기를 너무 심각하게 받아들이지는 말아줘."

나는 대답하고 미소를 지었다.

우리는 다 같이 웃었다. 하지만 그 학생이 용기를 내어 던진 중요한 질문에 농담처럼 대답한 것이 후회가 되었다. 사실 나는 그 이상의 답을 알지 못했다.

그래서 나중에 시간이 생기고 혼자였을 때 그 학생이 내게 했던 질문을 다시 생각해보았다. 나는 왜 종교에 가담했을까? 나는 왜 스님이 되었을까? 내 가슴에서 우러난 대답은 이랬다.

나는 종교에 귀의하지 않았다.
나는 참선할 시간을 더 많이 가지려고 수도승이 되었다.
참선은 종교가 아니다.

단지 똑똑해 보이려고 이렇게 말하는 게 아니다. 나는 그때나 지금이나 진실로 그렇게 믿는다.

더 정확히 말하면 참선은 정말로 구하는 것이지, 따르는 게 아니다. 참선은 자유를 얻기 위해 하는 것이다. 참선은 종교 교리를 무조건 믿고 복종하는 게 아니다.

만약 내가 청년 시절에 불교나 다른 종교의 가르침을 진심으로 믿을 수 있었다면 스님이 되지 않았을 것이다. 그저 종교 단체에 가입해 시키는 대로 하는 것에 충분히 만족했을 것이다.

하지만 나는 다른 사람들이 직접 경험한 것이 아니라 그들의 주장에 불과하다고 생각되는 것들을 무조건 믿을 수는 없었다. 신비주의자나 성자, 현자들의 주장을 곧이곧대로 믿을 수가 없었다. 세상에서 가장 사랑받고 신성시되는 글에 담긴 가르침도 마찬가지였다. 그 글들은 하나같이 믿을 수 없을 정도로 불가사의한 존재와 경험을 묘사하고 있으며 이따금 정말로 아름답고 감동적이어서 마음이 끌리기도 했지만 솔직히 무슨 이야기를 하는 것인지 이해할 수가 없었다.

그들이 사용하는 '진리', '영성', '성스러움', '진실', '마음' 같은 단어들이 구체적으로 어떤 대상이나 현상, 경험을 가리키는지 알 수가 없었다. 할 수 있는 일이라고는 내가 아는 지식으로 그것이 어떤 의미인지 추측하는 수밖에 없었다. 그들이 말하는 것은 전부 아주 제한된 내 인생 경험의 영역을 완전히 벗어나 있는 것 같았다.

나는 아주 어렸을 때부터 그랬다. 그것이 아무리 지적인 행위라 해도 의미를 추측한 다음 그것을 믿음이라 부르고 그런 믿음을 지닌 자신을 자랑스러워하고 마침내 그것이 진짜 앎인 것처럼 행동하는 것은 생각만 해도 견딜 수가 없었다. 그것은 좋게 봐야 어리석은 짓이고, 나쁘게 보면 정직하지 못한 행동이었다.

내가 선불교 승려가 된 이유는 종교적 가르침들을 증거 없이 믿고 따를 수 없어서였다. 내가 직접 경험해봄으로써 그 교리와 주장들을 확인해봐야 했다. 더 직접적으로 말하면 나는 말이나 글이 아닌 진짜 인생 경험을 원했다.

그래서 참선을 정확히 배우고 훈련해보기로 결정했다. 참선은 정말로 종교에 관한 것이 아니기 때문이다.

참선은 삶에 대한 일이다.

나는 지금도 이렇게 믿는다. 그래서 그때 그 학생들을 다시 만날 수 있다면 이렇게 말하고 싶다.

"너희가 종교를 따르고 싶다면 절이나 교회로 가라. 하지만 그림자 인생에 신물이 나고, 이리저리 배회하거나, 끝없이 미친 듯 일하고 공부하는 데 질렸다면, 순수한 열정이나 애정을 갖고 헌신하는 일이 없다면, 매일 도시의 유령처럼 여기저기에 끼워 맞춰 살고 있다면, 그러면 참선을 배워라. 제대로 살아보고 싶다면, 정말로 다시 살아보고 싶다면 있는 그곳에서 참선을 해라."

18

참선의 근본적인 목적

내가 그 학생들 나이였을 때는 그런 인생 경험을 원하는 내가 이상하다고 생각했다. 하지만 지난 몇 년 동안 현대판 구도자들과 많은 대화를 나누어본 결과, 어린 시절 내가 느꼈던 방식은 사실 꽤나 흔한 경험이고 보편적이기까지 한 것 같았다.

어쨌거나 그 시절 내가 확실히 안다고 주장할 수 있는 것이 무엇일지 찾으려고 인생 경험을 되짚어볼 때마다 도무지 생각나는 게 없었다. 나는 확실히 아는 게 아무것도 없었다. 우리가 살고 있는 공간처럼 보이는 이 '우주'는 과연 무엇인가? 그것은 무한한가, 유한한가? 거기엔 시작과 끝이 있는가? 우주는 하나뿐인가? 그리고 인간은 무엇인가? 나는 무엇인가? 어떤 목적을 가지고 태어났는가? 아니면 그냥 우연의 결과일 뿐인가?

그리고 사후에는 무슨 일이 일어나는가? 그것을 가늠하는 것은 정말이지 불가능했다. 무엇보다 죽은 나 자신을 상상하는 것부터 매우 어려웠다. 내가 아는 유일한 것, 기억할 수 있는 유일한 것은 살아 있는 육체가 경험한 것들이었다. 그 맥락을 벗어난 경험을 생각한다는 건 말 그대로 상상조차 할 수 없었다. 기껏해야 죽어가는 느낌은 어떨지 상상하는 정도였다. 죽음과 죽음 이후의 모든 일은 살아 있는 나의 경험과는 연결할 방법이 없는 종교적 비유나 상투적인 생각들만 불러일으켰다. 나에게는 사후 세계에 관해 추측할 수 있는 방법도 기반도 없었다.

그러나 만약 당시에 내기를 해야 했다면 죽음은 '존재하지 않는 것'이라는 데 걸었을 것이다. 육체의 죽음이 생각과 의식의 소멸을 불러온다고, 죽음은 경험이 아니라 경험의 부재라고 믿었을 것이다. 그 정도가 내가 안다고 생각한 것의 전부였다.

나는 존재한다.
그러나 그리 오래 존재하지는 않는다.

아마도 대부분의 사람들은 이런 질문들에 매달리는 시간이 나처럼 길지는 않을 것이다. 하지만 시간이 흐르면 많은 현대인들이 마음속 깊은 곳에서 인생에 관해 이와 비슷한 결론에 이르지 않을까.

나는 이곳에 그리 오래 머무르지 않는다.

이것은 그다지 유쾌한 생각은 아니다.
사실 우리 존재를 이런 식으로 생각한다는 건 두렵고 가슴 아픈 일이다. 우리 각자의 인생과 육신뿐 아니라 우리가 사랑하는 이들에 대해서도 그렇게 느낀다는 건 말이다.

오늘날 모든 현대인들이 종교 단체에 배타적인 것은 아니다. 사실 송담 스님을 만나기 전에 내가 그랬던 것처럼 많은 사람들이 인생에 관한 가장 큰 질문에 답을 얻고자 절이나 교회, 유대교 회당, 이슬람 사원, 힌두교 수행처, 명상 센터, 아니면 다른 전통 종교 단체들을 찾아다니고 있지 않은가.

대부분의 사람들이 받아들이기 힘들고, 불편하고 거북스럽다고 느끼는 것은 증거 비슷한 것도 없이 무턱대고 믿으라고 강요하는 방식이다.

나 역시 누군가 무턱대고 무엇인가를 믿으라고 강요한다면 유쾌하지 않을 것이다. 뭔가 아주 놀라운 주장을 믿으려면 적어도 한 번은 합리적인 설명을 들어봐야 한다. 많은 전통적인 종교 단체들이 그것도 제공하지 못한다는 건 나 역시도 받아들이기 힘들다. 더욱이 그런 단체는 대개 증거나 근거 대신 이미 오래전에 세상을 떠나 만나본 적도 없는 이들의 기적과 같은 영웅담만 들려준다는 사실이 나를 더 혼란스럽게 했다.

그렇다면 우리는 각자의 인생 경험으로는 범접할 수 없는 존재의 경험이나 영역에 대한 종교계의 주장을 무엇을 근거로 수용하거나 거부할 수 있을까?

대부분의 요즘 사람들은 이런 질문을 대놓고 하는 것이 불편할 수도 있다. 그렇다고 그들의 가슴속에 그런 질문이 전혀 없다는 뜻은 아니다. 나는 현대사회를 살아가는 성인이라면 누구나 내가 젊었을 때 던졌던 질문들을 언젠가는 스스로에게 던질 것이라고 확신한다. 그들은 아무 문제가 없는 것처럼 행동하려고 노력하겠지만 그렇다고 그 문제로 괴롭지 않다는 뜻은 아니다. 아주 현실적으로 보면 그저 조용히 감내하는 것 외에 달리 어떻게 해야 할지 알지 못하며 그 문제를 해결할 방법이 있다는 것조차 모를 뿐이다.

대학 졸업 후 인생에 대해 풀리지 않는 질문 때문에 마침내 송담 스님을 찾아갔을 때 스님은 내가 찾고 있는 그 거대한 해답이 평범한 의식으로는 접근할 수 없는 것이라고 말씀하셨다.

우주의 본질은 무엇인가?

인간이란 무엇인가?

삶의 목적은 무엇인가?

사후에는 우리에게 무슨 일이 일어나는가?

송담 스님과 역사 속의 다른 모든 선불교 스승들에 따르면 이런 질문의 답을 구하기 위해서는 '깨달아야' 한다. 그에 대한 해답, 즉 이 질문들이 묻는 진리와 실상은 설명될 수 없다. 다시 말해, 인간 존재를 진정으로 경험하기 위해서는 의식의 변혁이 필요하다.

나는 스님의 이 말씀이 이해가 되고 말이 된다고 생각했다. 문제는 우리가 이 교리를 믿느냐, 저 교리를 믿느냐가 아니었다. 훈련의 문제였다.

선불교의 참선법에 따르면 우리는 몸과 마음을 어떻게 수양해야 하는지 배운 적이 없기 때문에 우리 존재의 본질을 보지 못한다. 그러나 제대로 훈련을 받으면 그때는 저절로 볼 수 있게 된다.

선불교는 '말과 문자에 의존하지 않고 교리와 별개로 마음에서 마음으로 직접 체험에 의해서만 전해지는 것教外別傳'으로 잘 알려져 있다. 그래서 수행자들에게 '교리를 던져버리고 참선에 들라捨教入禪'고 말한다.

송담 스님 같은 선불교의 스승들은 종교의 진정한 목적이 단순히 그것을 묘사하고 설명하는 데 그치는 것이 아니라, 우리를 만물의 실체와 하나가 되게 이끌어주는 데 있다고 말한다. 우리 머릿속에 있는 정보와 우리가 안다고 생각하는 지식은 그런 획기적인 경험을 이끌어내는 데 방해가 된다고 여긴다.

우리가 마음속에 지니고 있을지 모르는 믿음이나 의견, 정보는 그것이 얼마나 정확하든 간에, 실재하는 것은 아니며 현실에 대한 심적 표상에 지나지 않는다. 그럼에도 우리가 그런 심적 표상에 주의와 관심을 기울여 수정을 계속하고 궁금해하다 보면 우리는 어쩔 수 없이 우리 안팎에 존재할 수 있는 모든 현실을 외면하게 된다. 심적 표상과 그것을 조종하는 데 필요한 지적 능력은 문제해결에 도움이 될 수 있겠지만 현실을 직관적으로 보는 데는 사실상 방해가 된다.

그래서 선불교에서는 지적 교양과 수사법보다 어린아이 같은 천진함과 순수성을 더 중요하게 생각한다. 그렇다고 순진함, 무지, 미숙함, 어리석음을 비판 없이 숭배해야 한다는 뜻은 아니다. 성실하게 참선을 하면 그동안 갖고 있던 오래된 전제들을 내려놓고 아이들이 그러는 것처럼, 우리가 어렸을 때 그랬던 것처럼, 모든 것을 마치 생전 처음 보듯 바라보는 법을 다시 배우게 된다는 뜻이다.

선불교의 이런 가르침은 널리 알려져 있으며, 비교적 간단하다. 하지만 실제로 적용하기가 쉬운 것은 아니다. 우리는 자기 의견을 고수하고 영리하게 보이는 것을 중요하게 생각하는 경향이 있다. 따라서 오랜 습관을 없애는 데는 시간이 걸린다.

하지만 이유도 모른 채 기계적으로 절차를 따르거나 맹목적으로 순종할 필요는 없다. 참선 수행은 살면서 나중에 막대한 부를 얻거나 죽은 다음에 극락에 가는 것과 같은 초자연적 보상을 받기 위해 복종하고 현재를 희생해야 하는 게 아니다. 무조건적인 믿음을 바탕으로 무언가를 믿으라고 요구하지 않는다.

참선 수행이 요구하는 건 새로운 종류의 운동을 시도해보라는 것뿐이다. 새로운 방식으로 자세를 유지하고 호흡하고 주의 집중을 하는 것이다. 모든 형태의 불교 명상은 실천하는 즉시 눈에 띄게 긍정적인 변화가 일어나기 때문에, 참선을 한 번 하고 나면 그것이 좋은지 안 좋은지를 몸과 마음, 머리로 단번에 알게 된다. 참선을 배우는 동안 그것이 정신적 스트레스에 실시간으로 대처하는 효과적인 전략인지 아닌지를 스스로 알게 된다.

참선이 마음을 정화하고 치유하여 일상생활이 보다 즐거운 경험이 되도록 하는 데 실제로 도움이 되는지 알게 되고, 마침내는 모든 사물의 실체와 그 속에서 우리가 차지하는 위치를 꿰뚫어보는 더 나은 통찰력을 얻게 해주는지 스스로 느끼게 된다. 결국엔 다른 사람에게 의지할 필요 없이 스스로 배워 각자의 인생 방향을 찾게 될 것이다.

19

자발적 수행자

내 본사는 나를 비롯한 송담 스님의 제자들이 출가할 당시에 기대했던 모습은 아니었다. 그곳엔 들어가 나무를 벨 만한 숲이 없었다. 물을 길어 올릴 우물도 없었다. 공기는 너무나도 오염되어 내가 왜 담배를 끊었는지 의문이 들 정도였다. 수돗물에서는 소독약 냄새가 났다. 그리고 조용한 날이 하루도 없었다. 밤에도 절 아래쪽 대로변에서 술 취한 사람들이 목청껏 고함을 지르며 싸우고 욕하는 소리가 들렸다.

행자 시절, 나는 다른 스님들과 함께 안거 기간 동안 절에서 지내는 30명 남짓의 스님과 200여 명의 신도들에게 음식을 제공하는 공양간 일을 도왔다. 공양간에는 목욕통만큼이나 큰 가마솥이 화염 방사기처럼 생긴 장작불 위에서 끓고 있어서 우리는 그것이 폭발하지 않을까 늘 걱정했다. 공양간 보살님들은 아이들이 들어가 숨을 수 있을 정도로 커다란 냄비에 국을 끓였다. 겨울에 김장을 할 때는 말 그대로 트럭 한 대 분량의 배추를 들여왔다. 모든 대중이 나와서 호스로 물을 뿌려 배추를 씻고 소금물에 배추를 절이느라 몸을 덜덜 떨며 함께 일했다.

그 후 몇 년간 절의 규모가 커지면서 참선하는 사람, 기도하는 사람, 절에 고용된 사람, 봉사하는 사람, 의식을 거행하는 사람의 수가 하루 400명이 넘었다.

그러다 보니 공양간은 마치 작은 군대처럼 운영되었다. 매일 어마어마한 양의 채식용 식재료를 내려놓고 나누고 씻고 조리하고 내놓고 다시 정리하느라 정신이 없었다. 우리 행자들은 땀과 설거지물로 범벅이 된 채 방문객과 봉사자들을 상대로 혹은 우리끼리 옥신각신하며 급한 일을 처리하느라 해질녘까지 바쁘게 뛰어다녔다. 공양간을 박박 문질러 말끔히 청소하고 문을 닫고 나면 스님들이 생활하는 대중 공간을 대걸레로 청소했다. 마지막으로 바닥을 닦은 걸레와 행자복을 빨고 우리 몸도 씻고 나면 겨우 한두 시간 정도 좌선할 시간이 있었는데, 그러다 보면 너무 피곤해서 방석에 앉아 꾸벅꾸벅 졸기 일쑤였다.

그 시절 우리 행자들은 '진짜 스님(사미계를 받은 정식 스님)'이 되어 참선할 시간이 생기기만을 간절히 바랄 때가 많았다.

그러나 막상 사미계를 받고 나자 나는 종무소에 배치되었다. 신참 스님들이 종무소에 배치된다는 것은 온종일 안내 데스크를 지켜야 한다는 뜻이었다. 끝없이 몰려오는 방문객들에게 신앙 상담을 해주고 의식儀式 일정을 잡아줄 뿐 아니라, 취객이나 잡상인이 경내에 들어오면 쫓아내고 물품 재고와 회계 장부를 관리하는 일도 했다. 나는 한국어를 할 줄 몰랐기 때문에 시청각 방송실에 배치되었다. 그곳에서 대부분의 시간을 또 단순 육체노동을 하며 보냈다.

일부 스님들은 벌써부터 짜증을 내기 시작했다. 매연과 콘크리트, 끊임없이 들려오는 자동차 소음으로 둘러싸인 절 주변 환경은 대부분의 젊은 출가자들이 선불교의 선방 생활과 연결시켜 떠올리는 모습, 예를 들면 구름에 파묻힌 산꼭대기, 에메랄드빛 소나무 숲, 수정처럼 맑은 시냇물 같은 이미지와 전혀 맞지 않았다. 그렇게 정신없는 도시 환경에서는 참선이 불가능하다며 '진정한 수행'을 위해 도시에서 벗어나 산으로 들어가고 싶다고 말하는 스님들도 있었다.

하지만 대부분의 스님들은 송담 스님의 지도 원칙에 따라 절에 계속 머물러야 한다고 믿었다. 나 또한 송담 스님이 지금 이 시대와 앞으로의 시대에 꼭 맞는 정신적 가르침을 주고 있다고 믿었다.

이미 그 시절에도 예전엔 지나갈 수 없던 산에 고속도로가 깔리고 그 길가에 편의점과 음식점, 숙박업소들이 생기면서 오래된 산중 사찰들이 주말 등산객들이 잠시 쉬었다 가는 휴게소처럼 되어가고 있었다. 절에 사는 스님들은 이런 변화를 못마땅해 하고 영역을 침해당한다고 느꼈다. 그 시절에도 이미 산속에 아늑하게 자리 잡는 것만으로는 고적함을 보장받기 어렵다는 것이 명백해지고 있었다. 바야흐로 세상은 언제 어디서나 누구와도 연락할 수 있는 시대로 접어들고 있었다. 이제 선원의 담장만으로는 바깥세상과 차단되지 못할 상황이었다.

이런 상황에서 송담 스님은 특정한 환경 조건을 필요로 하지 않는 참선법을 가르치셨다. 이 참선법의 강점은 조금만 훈련하면 언제 어디서나 참선을 실천할 수 있다는 것이다. 나는 이런 면에서 참선이 아주 이상적인 자기 수양법이라 전 세계에 공유되어야 한다고 생각한다.

하지만 어떤 방법을 훌륭하게 생각하는 것과 그것을 실제로 일상에 적용하는 것은 전혀 다른 문제다.

처음 출가할 때 나는 사회적 관습으로부터 벗어날 거라 생각했다. 하지만 실상은 비영리 중소기업에 취직한 것처럼 느껴졌다.

우리는 매일 새벽 3시에 일어나 부처님께 예불을 드렸다. 그런 다음 도량을 쓸고, 조리대를 닦고 상자와 자루들을 옮기고 식단표를 짜고 이야기를 나누고 농담을 하고 계획을 세우고 공상을 하고 다투고 설거지를 하며 하루를 보냈다.

수백 명이 함께 생활하다 보니 늘 드라마 같은 일들이 벌어졌다. 계파와 파벌이 생겼다가 흩어지고, 불만과 갈등과 음모가 난무했다. 우애가 생겼다가 사라지고, 마음에 상처를 받거나 자존심이 상하는 일도 있었다. 모두가 이해받기를 간절히 원하면서도 다른 사람을 이해할 준비는 되어 있지 않은 외로운 사람들이었다.

밤낮으로 같이 생활하다 보니 처음에는 같은 생각을 가진 사람들을 만났다는 생각에 기대감이 높았다가, 점차 서로의 단점을 발견하면서 기대감이 뚝 떨어졌다. 그러다 자신에게도 별난 점들이 있다는 것을 알게 되면 다른 사람들에 대한 기대감이 적정 수준을 회복했다. 종교적인 이유로 함께 모여 산다는 것 외에는 일반 사회에서의 생활과 별반 다르지 않았다.

하지만 큰 차이점이 하나 있었다. 그 시절 우리는 사소한 일로 말다툼을 하고 갈등과 반목을 거듭하며 어리석은 경쟁과 의미 없는 논쟁을 계속했지만 돈 때문에 싸우는 일은 없었다. 그 시절 우리 모두가 돈을 좋아하지 않았다는 이야기가 아니다. 다만 돈을 좇는 사람은 아무도 없었다.

송담 스님은 돈 너머의 무언가를 가리키셨다. 우리 중 아무도 그것이 무엇인지 정확히 알지 못했지만, 당시 우리 모두는 그것이 진짜라고 믿었다. 그래서 계속되는 언쟁과 원망, 우리의 약점과 불안감에도 불구하고 시스템은 원활하게 돌아갔다.

우리들은 점차 나아졌다.

하지만 자기 자신이 주위의 다른 스님들을 보며 우리가 실제로 나아지고 있고, 더 건강하고 덜 파괴적인 사람이 되어가고 있다는 사실을 알기는 놀랄 만큼 어려웠다. 왜냐하면 우리는 전설로 전해지는, 깨달음을 얻은 초인적인 선지식들과 우리를 비교했기 때문이다.

사실 우리는 그때 우리 각자의 모습을 신비로운 인물들과 비교할 게 아니라 우리가 절에 들어오기 전에 살았던 방식과 비교했어야 했다. 또한 우리는 깊은 인상을 남기는 업적을 이루어야 한다는 강박관념 때문에 더는 과거의 건강하지 못한 행동들을 하지 않는다는 사실을 알아차리지 못했다. 이를테면 몸에 해로운 음식을 먹거나 술을 마시는 것, 다른 사람에게 걷잡을 수 없이 화를 내는 행동 등을 말이다. 우리는 계속해서 거대하고 극적인 변화만 찾느라 작은 변화들이 쌓이는 것, 작지만 새롭고 긍정적인 행동을 하기 시작하고 과거의 해롭고 부정적인 습관이 점차 사라지는 것을 보지 못했다.

사실 우리 스님들이 출가하려고 처음 절에 왔을 때는 저마다 포부가

233

컸다. 그러나 한편으로 평범하게 세상을 살아가려는 시도가 실패했으니 상처 입고 불안하고 지친 상태이기도 했다. 그래서 지금까지 알고 있던 것과는 전혀 다른 일상에 순순히 끌려가거나 그런 생활을 열심히 받아들이려고 애썼다. 그리고 그것이 효과가 있는지 궁금해하며 지내다 보면 어느새 얼굴이 밝아지고 환하게 빛이 났다.

잘 운영되는 사찰의 공양간에서 며칠간 일해 볼 기회가 있다면 얼마 지나지 않아 신기한 광경을 목격하게 될 것이다. 이유는 알 수 없지만 그곳에서 가장 흔한 형태의 육체노동을 하다 보면 육체적으로나 정신적으로 오염된 부분이 사라진다. 눈에 보이지 않는 것을 믿으며 남을 위해 음식을 준비하는 일이 우리를 정화시킨다. 왠지 몰라도 공양간은 단순히 음식을 준비하는 부엌이 아니라 신성한 수련의 장이다.

스님이 된 우리들은 모두 그것을 볼 수 있었고, 그것을 사실로 알게 되었다. 우리에게 주어지는 일과 소임은 부담스러울 정도였지만, 결코 시간을 낭비하는 일은 아니었다. 어쨌거나 송담 스님의 시스템은 효과가 있었다.

하지만 동시에 우리는 모두 20, 30대의 꿈꾸는 철부지들이었다. 우리는 간절히 깨달음을 구하는 운수납자雲水衲子처럼 보이기를 원했다. 거친 밥을 먹으며 믿음으로 야위고 싶었고, 속세의 젊은이들이 물 빠진 청바지를 입을 때 닳아빠진 누더기 승복을 입고 싶어 했다. 경전의 구절을 내뱉으며 마치 다 알고 있다는 듯이 웃고 오묘한 미소를 짓고 싶어 했다. 자신을 시험하고 고난을 이겨내어 인생을 투쟁과 승리라는 영웅담으로 바꾸고 싶어 했다. 송담 스님이 젊은 시절 묵언 수행을 하실 때 모두에게 '묵언 수좌'라고 불렸던 것처럼 그런 멋진 이름을 갖길 원했다.

그러니 스님들이 산속 선방으로 가기를 바라는 것은 당연했다. 옛 사찰의 모습은 우리가 가진 과거 선지식들에 대한 낭만적인 환상과 완벽하게 맞아떨어졌다. 마음과 정신을 수양하던 전설적인 구도자들은 솔잎을 주식으로 먹으며 신심信心을 유지하고 산의 정기를 받아 살았다고 전해지니 말이다. 몇 년이 지나자 나 역시 산속 선방으로 가고 싶어졌다.

물론 머리로는 송담 스님이 무엇을 가르치려고 하는지 이해했다. 스님은 어느 곳에 있든 참선할 수 있는 능력을 가르치시고자 했다. 지루한 생업이 반복되고 끝없이 수정해나가며 발등에 떨어진 불 끄기 바쁘고 자신은 물론 타인에게도 끝없이 불만이 생기는 이 세상, 그 현실 속에서 참선할 수 있는 능력을 가르치려고 하셨다. 하지만 우리는 마음속으로 여전히 그 모든 것으로부터 벗어나기를 꿈꿨다.

> 송담 스님은 우리가 꿈꾸는 것은 진정한 자유가 아님을 알려주려고 노력하셨다. 스님은 어떤 목표에 자신의 삶을 헌신하기로 한 번 마음먹으면 절대 뒤돌아보지 않는 것이 진정한 자유라고 가르치셨다.

나는 그 가르침을 제대로 배우지 못했다. 때가 되어 선방에 들어가게 되었을 때, '이제야 정말로 참선을 할 수 있겠구나'라고 생각했다. 당연한 일이지만 나는 선방에서 스님이면 누구나 배우는 것들을 배웠다. 우리의 앞길을 가로막는 것은 세상이 아니라, 우리가 가진 지극히 인간적인 약점임을 그제야 알게 되었다. 우리의 습관적인 불친절과 무관심, 이기심, 허영심, 위선, 원망, 시기, 앙심, 혼란 등 우리가 숨기려고 애쓰는 모든 것이 문제였다.

그동안 선방에 앉아 참선을 해온 다른 모든 스님들처럼 나 또한 음식과 잠, 말수를 줄이는 실험을 했다. 가능한 한 오랫동안 좌선을 하려고 애쓰기도 했다. 이따금씩 내가 육체적으로 충분히 강인하지 못하거나 충분히 젊지 않거나 고귀하지 못하거나 용기가 부족하거나 그것이 정확히 무슨 의미인지는 알 수 없지만 '영적'이지 못한 게 아닌가 걱정될 때도 있었다. 하지만 내 개인적인 자질뿐만 아니라 접근법에도 문제가 있다는 느낌을 떨쳐버릴 수가 없었다. 잘못된 방향으로 가고 있는 것 같았다. 그게 아니라면 모든 것을 완전히 잘못 보고 있다는 느낌이 들었다. 뭔가 문제가 있었다. 하지만 무엇을 어떻게 바꿔야 할지 알지 못했다.

내가 아직 선방에서 이런 문제로 고민하고 있을 때, 송담 스님의 시자가 갑자기 사임하고 내가 새로운 시자로 임명되었다. 나는 그 기회를 활용해 송담 스님에게 올바른 참선 수행에 대한 고민을 털어놓았다.

"질문 하나 드려도 되겠습니까?"

스님은 거의 알아보기 힘들 정도로 고개를 살짝 한 번 끄덕이셨다. 이윽고 스님의 얼굴에 깊은 관심과 염려의 표정이 어렸다. 스님의 눈빛은 상대방으로 하여금 온전한 관심을 받고 있다고 느끼게 했다. 마치 태양이 나만을 비추는 듯한 느낌이었다.

"옛날에는 스님들이 소임을 맡을 때…."

나는 내 생각을 한국어로 표현하는 데 애를 먹었다.

"단순한 울력만 했습니다. 비질과 청소, 장작패기 같은 거요. 그런 단순한 일을 하면서 참선 수행을 하는 것이 더 쉽지 않았을까요?"

스님의 진지한 눈빛에서 스님은 이미 내가 무슨 말을 하려는지 다 이해하셨다는 걸 알 수 있었다. 하지만 스님은 내가 말을 마칠 때까지 기다려주셨다.

"지금과 같은 현대사회에서는 컴퓨터와 복잡한 장비들을 사용해야 합니다. 재정을 꾸려나가야 하고 대규모 조직도 관리해야 합니다. 거의 기업체에서 일하는 것과 같아요."

나는 잠시 말을 멈추었다. 내가 정말로 하고 싶은 이야기에 다다르자 심장이 더 빠르게 뛰었고, 통증이 전해져 오는 것을 느낄 수 있었다.

"스님! 이렇게 복잡한 세상에서 이런 복잡한 일들을 다하면서 깨달음을 얻는다는 것이 정말로 가능한 일일까요?"

송담 스님은 매우 진지한 표정으로 나를 바라보셨다. 스님의 얼굴이 절박함과 연민으로 은은하게 빛나기 시작했다. 마치 에너지를 모으고 계신 것처럼 보였다. 스님의 몸 주변으로 눈에 보이지 않는 소용돌이가 몰아치기 시작하는 듯했다. 스님과 얼굴을 마주하고 있으니, 마치 우리가 우주의 정중앙을 향해 뿌리를 내리며 땅속으로 가라앉는 것 같은 기분이 들었다.

스님이 몸을 앞으로 기울이시더니 조용하지만 단호한 어조로 말씀하셨다.

"틀림없어!"

가슴속에 꽁꽁 묶여 있던 긴장이 확 풀리는 것 같았다. 마치 곪아 있던 상처 부위를 과감히 도려내주신 것 같았다. 나는 얼굴이 붉어지고 눈이 뜨거워지는 것을 느꼈다. 하마터면 웃을 뻔했다. 스님은 늘 나에게 이런 식이셨다.

송담 스님은 다시 편안하게 앉으신 뒤 특유의 고요한 어투로 말씀을 이어가셨다.

"선방에서 수행하는 것엔 장단점이 있지. 큰 장점은 선방의 대중 스님들이 원하든 원치 않든 참선 수행 일과에 따라야 한다는 거여. 다른 사람들이 참선을 할 때 본인도 참선을 해야 하니까. 선방 제도가 모두를 이끌어주는 거제."

나는 고개를 끄덕였다.

"하지만 큰 단점은 그런 환경이 갖춰지지 않을 때는 참선을 하기가 어려워진다는 거여. 그래서 안거가 끝나거나 방선(放禪, 좌선을 하거나 공부하던 것을 쉬는 일) 시간이 되면 쉽게 흐트러진단 말이여. 혹은 스님들 사이에 어떤 충돌이 일어나거나 조치를 취해야 하는 위급상황이 생길 경우 수행에 방해가 돼. 외부 규칙과 일정에 너무 의지하면 혼자 방해물들을 헤쳐 나가며 참선하는 힘을 기르지 못하게 되는 거여."

"그런데!"

송담 스님은 손가락을 들어 보이시며 다시 말씀하셨다.

"일하면서 참선을 하려고 할 경우 처음에는 굉장히 어려울 거여. 당연하제. 처음에 혼란스럽고 어려움을 겪는 것은 아주 자연스러운 거여. 그러나 그렇게 일상생활 속에서 소임과 책임을 다하면서 참선하는 법을 배우면 처음부터 시끄럽고 소란스러운 가운데서 참선 훈련을 하게 된다는 장점이 있어. 외부 규칙과 상황에 의지하는 습관을 기르지 않게 된단 말이제. 물론 그게 쉬운 일은 아니여. 당연히 쉽지 않제."

자발적인 사람.
송담 스님은 자발적인 사람이 되어야 한다고 말씀하신 것이다.
자발적인 참선 수행자.

아마도 이때가 승려로서의 내 인생에서 가장 중요한 순간이었을 것
이다. 스님은 내가 당신의 가르침을 모두 소화할 수 있도록 잠시 말씀
을 멈추셨다. 그리고 계속 말씀을 이어나가셨다.

"하지만 네가 그 첫 번째 고비를 넘길 수 있다면, 주변의 소란스러움
에 개의치 않고 참선하는 법을 배울 수만 있다면, 그 후엔 참선이 다리
뻗고 떡 먹는 것만큼 쉬운 일이 될 거여."

스님은 이렇게 말씀하시고 살짝 웃으셨다.

"원한다면 선방에 앉아서든, 아니면 선방 밖에서든 네가 원한다면 언
제 어디서든─切處─切時 참선할 수 있는 거여. 어떤 식으로든 말이제."

스님은 힘주어 말씀하셨다.

"선방에 살더라도 깨달음을 얻고 싶다면 방선할 때도, 해제(解制, 안
거를 마침)할 때도 참선을 해야 혀. 안거 기간이 아니더라도 좌복에 앉
아 있지 않더라도 참선을 해야 되는 거여."

송담 스님은 당신 목소리의 리듬에 맞춰 몸을 좌우로 살짝 움직이며
말씀을 계속하셨다.

"밥 먹을 때도 일할 때도 남들이 이야기하고 있을 때도 참선을 하는
거여. 그저 입을 딱 다물고 참선하는 거여. 목욕할 때도, 심지어는 화장

자발적인 사람.
송담 스님은 자발적인 사람이 되어야 한다고 말씀하신 것이다.
자발적인 참선 수행자.

실에 갈 때도 말이야. 어찌되었든 일체처일체시 항시 참선하는 법을 알아야만 되는 겨. 별것 아니여. 그저 열심히 할 뿐이제. 그러면 공부가 저절로 되는 거여."

송담 스님의 말씀을 듣고, 나는 곧바로 선방에서 나와 다시 종무소에서 소임을 맡았다. 그 후로 절을 떠나던 날까지 그곳에 남아 있었다.

만약 열 명의 스님에게 올바른 참선법이 무엇이냐고 물으면 열 가지 이상의 서로 다른 답을 얻을 것이다. 스님들은 정신 수행에 대해 각자 자기만의 확고한 생각이 있다. 나는 마땅히 그래야 한다고 생각한다. 승가든 바깥세상이든 다양하고 풍성한 견해가 존재해야 더욱 풍요로워지는 것 같다. 그리고 숙련된 수행자라면 누구나 서로 대립되는 것처럼 보이는 두 가지 혹은 그보다 많은 수행법들이 모두 다 효과적일 수 있다는 것을 안다. 많은 문제들이 그렇듯 중요한 것은 무엇이 객관적으로 옳다고 여겨지느냐가 아니라, 무엇이 우리의 고유한 정신적 능력과 한계에 맞는가 하는 것이다.

나는 송담 스님이 가르치는 참선법을 따르기로 했다. 그것이 나에게 설득력이 있었기 때문이다. 그 말은 곧 앞으로 내가 산이나 숲속에서 참선하는 것에 대해 이야기할 일이 없을 거라는 의미였다. 또한 앞으로 내 품행이나 생활 방식이 과거 중국과 한국의 선승들 혹은 내가 우상처럼 따르는 송담 스님과도 전혀 다를 것임을 의미했다.

좋은 이유에서든 나쁜 이유에서든 나는 송담 스님의 가르침을 통해 21세기 도시 수행자가 되기로 했다.

20

정중선과 요중선
:21세기 도시 수행자들을 위한 참선법

21세기 도시 수행자가 되기로 결심한 뒤 나는 고대 선사들이 시도했다고 알려진 수행법을 그대로 따라 하려던 것을 멈추었다. 그 대신 일상에서 평범한 일들을 하면서 참선하는 법을 스스로 훈련하기 시작했다. 신기하게도 현대적인 일상에 참선을 접목한 이후 선불교 가르침에 더 가까워진 느낌이 들었다.

내 스승 송담 스님과 마찬가지로 옛날 선지식들은 방석에 앉았을 때뿐만 아니라 일상생활 중에도 늘 참선하는 법을 배워야 한다고 가르친다. 다른 말로 하면, 매 순간 스스로에게 "이뭣고?"라고 묻고 대의심大疑心을 일으켜야 한다는 것이다.

송담 스님 밑에서 가르침을 받는 동안 나와 도반 스님들은 우리와 송담 스님의 가장 확실한 차이점 한 가지를 알게 되었다. 그것은 살면서 하는 모든 일에 참선 기법을 적용하기로 한 스님의 결단력이다. 언제 어디서나, 무슨 일이 일어나든 구애받지 않고 참선하는 데 성공하신 점 말이다. 물론 누구라도 원한다면 산중 선방에 들어가 묵언 수행을 배울 수 있다. 하지만 전쟁이 일어나 사회의 모든 제도가 무너지고 세상이 무법천지가 될 때에도 참선을 할 수 있을까? 송담 스님은 그렇게 하셨다. 스님은 한국전쟁 중에도 스승인 전강 스님을 모시고 참선 수행을 이어갔다. 아마도 그래서 확신을 갖고 다음과 같이 말씀하신 것 같다.

> "참선 수행을 제대로 하려는 사람은 어떤 상황에 처하든 그 상황을 수행으로 삼는 법을 터득할 줄 알아야 한다."

물론 그게 쉬운 일은 아니다. 스님들을 포함해 모든 참선 수행자들이 애를 먹는 이유는 계속 주의가 산만해지기 때문이다. 마음속에서 일어나는 잡념과 감정들 그리고 정신을 흐트러뜨리는 외부의 자극들 때문에 집중력이 떨어진다. 얼마간 참선을 하다 보면, "이뭣고?"에 항상 집중하는 것이 과연 인간적으로 가능한 일인지 의구심이 생긴다. 그런 것은 송담 스님처럼 특별한 능력을 타고난 사람들만 해낼 수 있는 일이 아닐까 하고 말이다.

하지만 역사적으로 깨달은 모든 선지식들은 누구나 그렇게 할 수 있다고 주장해왔다. 송담 스님은 이때 딱 두 가지 조건이 필요하다고 말씀하신다. 먼저 올바른 방법을 알아야 하고, 다음으로는 매우 열심히 노력해야 한다. 이 두 가지 조건 중 어느 하나라도 충족되지 않으면 깨달음을 얻을 수 없다고 말씀하신다.

그러나 막상 해보면 올바른 방법을 배운다는 게 말처럼 쉽지가 않다. 물론 올바른 자세와 복식 호흡, "이뭣고?" 자체는 아주 단순하다. 하지만 이런 것들을 능숙하게 해낼 수 있도록 심신을 훈련하는 데는 시간이 걸린다. 따라서 인내심이 필요하다.

이 방법을 배우고 사용하기 시작할 때 인내심과 더불어 각자의 상황에 대해 솔직하고 지혜롭게 대처할 필요가 있다. 설령 전통 좌선이나 의자에 앉아서 하는 참선에 능숙해졌다 하더라도 선방에 살지 않는 이상 대부분의 사람들은 내내 그렇게 앉아 있을 수 없다. 모두들 바쁘기 때문이다. 그러니 참선을 일상생활에 포함시키고 싶다면 두 가지를 더 배워야 한다.

첫째, 앉아서 하는 방법 외에 다른 자세로 참선하는 법을 배워야 한다. 둘째, 움직이거나 일을 하고 있을 때조차도 "이뭣고?"에 계속 집중할 수 있도록 도와주는 일상생활 체계를 만들어야 한다.

다행히 이런 것들은 쉽게 배울 수 있다. 선불교에서는 참선에 두 가지 방식이 있다고 가르친다. 신체를 움직이지 않고 가만히 있을 때 하는 조용한 참선靜中禪과 움직이면서 하는 활동적인 참선搖中禪이다. 이 두 가지를 모두 활용하면 어떤 신체적 상황에서도 참선을 할 수 있다.

어떤 신체 상황에서도 참선을 할 수 있다는 것은 우리가 어디에 있든 스트레스에 대처하는 능력을 갖게 되어 정서적 충격에서 빨리 회복하고, 지치거나 실망했을 때 몸과 마음에 다시 기운을 불어넣을 수 있다는 의미다. 다시 말하면 어쩌다 늦잠을 자고 일어나 놀라더라도 바로 그 순간 감정을 차분히 가라앉히고 직장이나 약속 장소에 가려고 가능한 한 빨리 준비할 수 있다는 뜻이다. 나중에 상황이 다 정리되고 난 다음이 아니라 우리가 가야 할 곳에 서둘러 가는 바로 그 순간에도 참선을 할 수 있다는 뜻이다. 또한 배우자나 가족과 뜻하지 않은 언쟁을 벌이게 되더라도 바로 그 순간 스스로를 진정시킬 수 있다. 고대했던 승진에서 탈락했다거나 사랑하는 사람에게 이별 통보를 받는 등 안 좋은 소식을 듣더라도 가슴 아픈 그 순간에 바로 스스로를 다독이기 시작해 원망과 슬픔에 젖어 있는 시간을 줄일 수 있다. 참선이 실시간으로 괴로움에 대처하는 법이라고 말하는 것은 바로 이런 의미다. 괴로움이 가라앉을 때까지 기다렸다가 참선할 필요가 없다. 내가 알기로 여러 가지 명상법 중에 이런 장점을 가진 건 참선뿐이다.

일상생활에서 조용한 참선과 활동적인 참선을 실천하는 한국의 전통 선불교 방식은 간단하고 우아하며 효율적이다. 하지만 나와 내 도반 스님들이 그걸 배우기까지는 몇 년이 걸렸다. 그 방식 자체가 문제는 아니었다. 가장 어려운 부분은 우리 스스로가 선입견과 가정을 내려놓지 못했다는 점이다. 이것이 가장 큰 문제였다. 각자의 견해와 편견을 내려놓아야만 이 독특하고도 놀라운 참선법을 배우고자 하는 동기부여가 된다.

내가 있던 절에서는 대부분의 한국 불교 선원과 마찬가지로 안거 기간에 모두 새벽 3시에 일어나 3시 반에 아침 예불에 참석한다. 그리고 4시가 되면 모두 한 시간 동안 경내에 방송되는 송담 스님이나 그분의 스승인 전강 스님의 말씀이 녹음된 법문을 들으며 말없이 좌선을 한다. 이것이 끝나면 잠깐 휴식을 갖고 5시 50분에 발우 공양으로 아침 식사를 한다.

아침 공양 직후엔 사찰 경내와 그 주변을 비질한다. 그런 다음 종무소에 배치된 스님들은 회의를 하며 공지사항을 알리고, 사찰의 일정과 운영에 대해 이야기를 나눈다. 회의가 끝나면 스님들은 각자 맡은 일을 하러 간다. 급한 일이 없을 때는 각자 알아서 대중 선방에 들어가 참선을 하면 된다.

이것이 송담 스님이 지켜온 제도의 핵심이다. 즉 깨어 있는 동안에는 반드시 둘 중 한 가지를 하고 있어야 한다. 일을 하거나 앉아서 참선을 하거나. 둘 중 어느 것을 하든 마음은 언제나 참선 상태를 유지하기 위해 열심히 노력해야 한다. 간단히 말해 뭔가 해야 할 일이 있을 때는 일을 하면서 '활동적인' 참선을 해야 한다는 뜻이다. 그리고 한가할 때는 '조용한' 참선 모드로 전환해야 하는데, 보통은 전통적인 좌선을 의미한다. 피곤할 때는 의자에 앉거나 가만히 서서, 혹은 누워서도 참선을 할 수 있다. 선불교에 전해지는 말에도 있듯이 '움직이든 서 있든 앉아있든 누워 있든 行住坐臥' '말을 하든 침묵을 하든 움직이든 가만히 있든 語默動靜' 어느 방법을 써서라도 참선을 해야 한다는 이야기다.

현실적으로 말하면 이것은 기회가 생길 때마다 좌선 시간을 늘려야한다는 뜻이다. 그러나 일이 바빠지면 일시적으로 좌선 시간을 줄이더라도 사찰이 원활하고 효율적으로 돌아가도록 필요한 만큼 열심히 그리고 오랫동안 일을 해야 한다는 뜻이기도 하다.

그러다 오전 11시 20분이 되면 점심 발우 공양을 하고, 그 후엔 계속해서 종무소 업무를 보거나 좌선을 한다. 오후 5시 20분에 저녁 발우 공양을 하고 나면 청소하고 샤워를 한다. 급한 일이 있지 않은 한 저녁 7시부터 9시까지 참선을 하게 되어 있다. 밤 9시에는 사찰 전체의 불이 꺼지고 사찰 문을 닫는다. 스님들은 바닥에 이불을 깔고 잠자리에 들어야 한다. 하지만 어둠 속에서 자기 이불 위에 앉아 참선을 해도 된다.

이렇게 하면 하루하루가 좌선으로 시작해서 좌선으로 끝난다.

아침 예불이 끝나고 곧바로 이어지는 참선 시간은 우리를 참선 상태로 인도하고 그 상태에 머물 수 있도록 한다. 우리가 남은 하루 동안 실행하는 모든 행동의 기반이 된다. 마지막으로 매일 밤에 하는 저녁 참선 시간에는 그동안 쌓인 부정적인 감정과 생각, 긴장감, 스트레스를 씻어냄으로써 치유와 회복을 돕고 숙면을 취할 수 있게 해준다.

언뜻 보면 구식처럼 느껴질 수도 있지만, 사실 행정 업무를 담당했던 스님들의 하루 일과는 대단히 논리적이다. 조용한 참선과 활동적인 참선을 적절히 융합하고, 일과 참선을 하나로 통합하는 데도 매우 효과적이다.

나는 송담 스님이 만든 단순하면서도 현실적이고 그러면서도 우아하게 일과 참선을 결합하는 이런 방식이 정신없이 바쁜 현대의 수행자들에게 아주 잘 맞는다고 생각한다. 몇 가지만 조금 수정하면 이 스케줄은 일반 가정에서도 충분히 도입할 수 있다.

참선은 삶을 살아가는 방법이다.

참선이 삶의 한 방식이라고 말할 때, 나는 두 가지 측면을 염두에 두고 있다.

먼저 거시적 차원에서 보면 송담 스님의 방식은 하루의 시작과 끝을 조용한 참선이 양쪽에서 받쳐주고, 그 사이의 일하는 시간은 움직이는 참선으로 탄탄하게 엮어 우리가 인생을 살아가고 시간을 보내는 방식을 획기적으로 변화시킨다. 송담 스님의 방식에 따라 참선 수행을 하는 사람들의 경우 일을 하고 뭔가 처리하는 방법 또한 자신의 몸과 마음을 수양하는 기회가 된다. 우리의 몸과 마음은 더 이상 생명을 유지하기 위해 필요한 자원을 획득하는 도구로만 사용되지 않는다. 우리가 취하는 다양한 행동과 작업들이 몸과 마음을 깨우는 중요한 수단이 된다. 참선과 생활 사이에 구분이 없어지고 각각이 서로를 지원한다. 사실상 그 둘은 하나인 것이다.

그다음 미시적 차원에서도 참선은 삶의 한 방식이 될 수 있다. 여기서 '삶'이란 우리가 안팎에서 수많은 자극을 받는 매 순간의 경험을 가리킨다. 우리는 늘 아주 짧은 순간에도 외부에서 오는 정보로부터 자극을 받는다. 그 사이 '내면세계'에서는 온갖 생각과 이미지, 감정, 기억 등의 정신 활동이 끊임없이 이어지는 것을 경험한다. 우리의 이런 내면세계는 '외부세계'와 완전히 분리되어 있는 것처럼 느껴진다. 우리는 심신 복합체로 이뤄져 있으며 몸 안에 있는 의식이 두 눈을 통해 바깥 세상을 바라보는 것이라고 느낀다. 그러나 외부세계와 내면세계를 가르는 경계에서는 신호의 교류가 가능하다. 외부세계로부터의 자극, 예컨대 숲에서 잎이 무성한 나뭇가지들 사이로 햇살이 쏟아지는 광경이나 갓 구운 바나나 빵 냄새, 혹은 고막을 찢을 듯한 자동차 경적소리 같은 자극은 내면에 연쇄반응을 일으켜 끝없는 상상을 하게 만든다.

선불교에서 우리가 무엇인가를 의식하는 상태를 묘사하는 오래된 이미지가 있다. 잔잔한 호수에 돌멩이가 하나 던져지는 모습이다. 돌멩이 하나가 수만 개의 물결을 일으키듯 우리가 의식할 수 있는 하나의 자극이 머릿속에 수만 가지 연상을 일으킬 수 있다는 얘기다.

기초적인 임상 수준에서 보면 삶이란 외부 환경으로부터 주어지는 엄청난 양의 정보는 물론이고 그런 자극을 받고 끊임없이 일어나는 아주 생생한 정신적 반응들로 하나의 일관된 그림과 이야기를 만들려고 애쓰는 우리의 의식 상태다.

미시적 차원에서 참선을 삶의 방식이라고 한 것은 참선이 그 모든 정보를 통제하는 하나의 방법이라는 뜻이다. 참선은 생각과 감정이 폭풍처럼 휘몰아쳐도 그 안에서 고요한 중심을 찾게 한다. 그뿐만 아니라 참선은 단순한 정신 제어를 넘어서 우리의 생각과 감정, 말과 행동을 이끄는 법을 배우는 하나의 체계다.

따라서 정신적·육체적 경험이 일어나는 매 순간이 디딤돌이 되어 우리의 마음을 분별력과 명료한 지각, 건전한 판단, 효과적인 의사결정, 그리고 결국엔 지혜와 사랑으로 이끌어준다. 참선이 '도道'라고 불리는 이유가 바로 이 때문이다. 참선은 끊임없이 변화하는 날것 그대로의 경험을 다듬어진 행동의 흐름으로 변화시킨다.

참선의 거시적 차원과 미시적 차원도 서로 받쳐주고 활력을 불어넣는다. 일과 참선이 완벽하게 통합과 균형을 이루어 일상생활이 안정적으로 체계가 잡히면, 우리는 정신적 안정과 힘을 얻어 하루 중 어느 순간에라도 그 즉시 참선을 활용할 수 있게 된다. 그런가 하면 매 순간의 지각 경험을 참선으로 처리하는 능력은 일상생활을 일정한 틀에서 벗어나지 않게 해준다. 하루는 순간을 뒷받침하고, 순간이 그 하루가 나아갈 수 있도록 한다.

조용한 참선과 활동적인 참선, 참선과 일상, 일상과 순간을 통합하고 균형을 잡아야 한다는 이 모든 이야기의 핵심은 바로 조화다. 참선은 우리의 몸과 마음 그리고 정신까지도 조화를 얻게 해준다. 그렇게 내면이 평화로워지고 마음이 맑아지면 우리는 주변은 물론이고, 이 세상도 조화롭게 만들 수 있다. 그리고 마침내 우주와도 조화를 이루게 된다. 우주가 우리 개개인을 존재할 수 있게 해주는 것처럼 아주 작고 덧없는 삶을 사는 우리 각자의 방식 또한 우주 전반의 끊임없는 흐름을 지원하게 된다.

그러나 나를 포함해 우리 모두가 여전히 초보 수행자임을 기억하자.

서둘러 나아져야 한다고 느낄 필요 없다. 차분하게 인내심을 갖고 열린 마음으로 참선에 접근하는 것이 중요하다. 선불교에서는 모든 사람이, 심지어 깨달은 선지식이라도 평생 초심자의 마음을 유지해야 한다고 가르친다. 사실은 한평생이 아니라, 우리가 가진 무한한 가능성이 완전히 실현될 때까지, 불교식 표현으로 말하면 세세생생世世生生, 그래야 한다.

초심자의 마음이란 다른 말로 하면 인내와 사랑, 이해와 감사의 마음가짐이다. 이제 초심자의 마음으로 참선의 가르침과 방법을 활용해 우리가 살아가는 법을 획기적으로 바꾸는 일을 시작해보자. 매일매일, 매순간을 마치 처음 경험해보는 것처럼 그렇게 맞이해보자.

21

대의심의 힘

아주 오래된 질문, "지금 여기 서 있는 나는 누구인가?"

5년 정도 매주 서울 시내 대학교 세 곳을 돌면서 학생들에게 참선을 가르쳤다. 그 사이 참가자 수도 5, 6배나 늘어났다. 흥미로운 점은 신입 회원 대부분이 종교가 없다는 것이다. 처음에는 불자 학생들이 중심이 었다. 그러다 참선을 가르친다는 소문이 나자 종교를 가지지 않은 학생 들의 참여가 늘어났고, 그들 대부분은 참선만 배우고 싶어 했다.

이처럼 종교적 관심에서가 아니라, 오직 참선을 배우려고 불교 모임 을 찾는 사람이 늘고 있다. 미국에는 불교 신자가 아니지만 참선을 하 는 수행자들이 무척 많다. 그래서 불자가 아닌 사람들이 참선을 하는 것이 익숙한데, 한국에서는 낯선 현상이다.

불자든 아니든, 최근 참선을 배우겠다고 나를 찾아온 대학생들의 공 통된 고민은 '과연 나는 의미 있게 살고 있는가?' 하는 문제였다. 그들 대부분이 내게 이렇게 이야기했다.

"일주일에 5, 6일을 일하거나 공부해요. 그런데 제 생활을 돌아보면 로봇처럼 기계적으로 일하고 공부하는 것 같아요. 열심히 하긴 하는데, 열정이 없어요. 마음의 문을 닫은 채 일하고 공부하다 보니 때때로 짜인 틀 안에 너무 갇혀 있다는 생각이 듭니다. 주중에는 로봇처럼 일하고, 주말에는 미친 듯이 놀면서 쾌락과 재미를 좇는 일상을 반복하다 보니, 이제는 삶이 무의미하게 느껴집니다. 도대체 어떻게 해야 인간적인 삶을 살 수 있나요?"

송담 스님은 이렇게 말씀하셨다.

> "의미 있는 삶을 살고 싶다면 참선을 해라. 참선하면 올바른 삶이 무엇이고, 사람답게 사는 법이 무엇인지 알게 된다."

참선을 하면 왜 의미 있는 삶이 가능해질까? 참선은 삶을 완전히 다르게 인식하는 방법이기 때문이다. 즉 '지금 이 순간'에 집중할 수 있다. 삶은 사건의 연속이고, 우리는 그 사건들로 인해 산만하고 속상해진다. 과거의 일이나 미래를 떠올리면 현재의 생각과 감정이 불안해지기도 한다. 하지만 관심을 되돌려 "이뭣고?" 하고 스스로에게 물으며 '대의심'을 일으킬 수만 있다면 고통은 한순간 사라질 것이다. 동시에 관심이 자연스레 현재에 맞춰지면서 몸과 마음에서 일어나는 내적 변화와 주변 상황을 좀 더 명확히 인식하게 된다. '지금 이 순간'에 집중하는 현실 직시력, 이것이 참선을 삶의 방식이라 부르는 첫 번째 이유다.

반복되는 일상 속에서 삶에 무감각해지는 의식을 다시 일깨우고 감옥에 갇힌 듯 답답한 일상을 해결할 답을 찾기 위해 우선 현재 자신이 어떤 방식으로 살아가는지 구체적으로 들여다볼 필요가 있다. 하루 또는 주 단위로 살펴볼 뿐만 아니라 매 순간 현실에 대처하는 자신의 행동 방식도 객관적으로 성찰해볼 필요가 있다.

아침에 잠에서 깨어나는 순간부터 떠올려보자.

그러면 대부분의 행동이 무의식적으로 하는 신체활동이라는 것을 알게 된다. 양치나 샤워 같은 단순한 일은 이미 습관화돼서 뇌를 쓰지 않아도 몸이 저절로 움직인다. 아침을 먹고 옷을 입고 밖으로 나가 버스에 탑승하는 등 좀 더 복잡한 일도 반복된 일상이기에 자동적으로 몸이 움직인다. 한 단계 올라가 운전처럼 복잡한 활동도 무의식적으로 한다. 그래서 운전하면서 대화도 하고 하루 계획도 세울 수 있다.

몸이 습관적으로 움직이는 동안 머릿속에서는 온갖 생각과 이미지, 음성, 기억, 환상 등이 서로 연상 작용을 일으켜 새로운 영화를 만들어낸다. 그 영화를 보면서 감정과 신체 반응이 계속 일어난다. 흥분되거나 무서우면 심장박동이 빨라지고 혈압이 올라가며, 우울한 느낌이 들면 혈압과 심장박동수가 내려간다.

또 머릿속의 연설과 논쟁을 들으면서 지난 감정을 떠올리거나 미래를 상상한다. 허구적 상상에 반응을 일으키며 감정을 계속 증폭시킨다. 마치 최면에 걸린 듯 머릿속에서 다양한 정보들을 응시하면서 매 순간 그에 따른 다양한 감정반응을 만들어낸다.

삶이 반복된다는 느낌은 몸이 자동적인 반응으로 작동할 때 생긴다. 이것은 현실 감각이 마비될 때 나타나는 일종의 마음 작용이다.

이럴 때 참선으로 의식을 일깨우면 몸이 다시 생동감을 찾게 된다. 참선으로 깨어난 의식을 통해 매일의 삶이 새롭게 인식되니 똑같은 일상을 살아도 지루하지 않고 반복된다는 느낌도 없다. 지금 이 순간에 존재하게 되고, 매 순간 전과는 다른 새로운 삶을 발견하고 체험하고 기억하고 인식하게 된다. 그리하여 이사, 전학, 이직 등으로 삶의 외형을 바꾸지 않아도 얼마든지 삶을 변화시킬 수 있다. 주어진 현실 안에서도 얼마든지 의미 있게 살 수 있다는 뜻이다. 겉으로는 매일이 똑같아 보여도 마음속으로 삶을 새롭고 진지하게 받아들이니, 그 경험을 통해 새로워진 자신을 발견할 수 있다.

송담 스님이 몇 년 전에 내게 해주신 말씀이자 내가 힘들 때마다 의지했던 가르침이 있다.

"과거에 머물지 마라.
미래를 꿈꾸지도 마라.
오직 지금 이 순간, 일어나는 그 마음에 집중하라."

참선이 가져다줄 이 모든 혜택과 변화가 매력적으로 들리면 이제 이렇게 물어야 한다. 과거에서 벗어나고 미래의 꿈에 연연하지 않으며 오직 지금 이 순간에 집중하기 위해서는 구체적으로 정확히 무엇을 해야 하는가?

이 질문은 다시 참선의 핵심을 생각하게 이끌어준다. 바로 올바르게 주의를 집중하는 것이다.

전통 참선에서 스스로에게 묻는 "이뭣고?"라는 질문을 일컬어 '화두' 또는 '공안公案'이라고 한다. 화두는 참선이라는 신체 활동을 하는 동안 머릿속으로 읊는 질문이지, 그것 자체가 참선의 대상은 아니다. 화두는 각자의 의식 모드를 선불교에서 전통적으로 '대의심'이라고 부르는 상태로 전환하기 위한 하나의 장치일 뿐이다. 한국 선불교에서 말하는 참선의 진정한 대상은 대의심이다. 다른 말로 설명하면 참선의 목표는 화두를 사용해 각자의 마음에 대의심을 일으키고 그 상태를 유지하는 데 있다. 그러다 대의심의 강도가 최고조에 이르면 비로소 영적 깨달음이라는 현상으로 꽃을 피우고 빛을 발한다고 본다.

"이뭣고?" 제대로 이해하기

선불교에 전해지는 이야기에 따르면 고대 중국의 육조 혜능 대사가 제자들에게 다음과 같이 물은 것에서 "이뭣고?" 화두가 유래했다.

> 여기에 한 물건이 있는데
> 위로는 하늘을 떠받치고, 아래로는 땅을 받치고 있다.
> 밝기는 태양과 같고, 검기는 옻칠과 같다.
> 그것은 항상 우리의 몸과 마음을 움직이고 쓰는 가운데 있으되,
> 우리의 몸과 마음을 움직이고 쓰는 가운데서 찾으려고 하면 얻을 수가 없다.
> 이름을 지을 수도, 모양을 그릴 수도 없다.

이 한 물건이 무엇인가?

우리는 화두에 가능한 한 가장 정직하고 진지하게 반응해야 하며, 용기도 있어야 한다. 따라서 스스로를 향해 마치 처음 본 사람에게 물어보듯이 똑바로 질문을 던져야 한다.

"이것은 무엇인가?"

"이뭣고?"는 사실 "이것이 무엇인가?"의 경상도 사투리다. 참선에서 "이것이 무엇인가?" 대신에 "이뭣고?"라는 표현을 사용하게 된 이유는 세 음절밖에 안 돼서 숨을 내쉬며 읊조리기가 쉽기 때문이다. 이때 "이뭣고?"라고 묻는 것은 다음과 같은 의미를 지닌다.

내 몸을 끌고 다니는 이것은 무엇인가?

내가 어떤 생각을 할 때 내 안에서 그 생각을 만들어내는 이것은 무엇인가?

내가 슬픔을 느낄 때 내 안에서 아파하고 슬퍼하는 이것은 무엇인가?

내가 행복할 때 크게 기뻐하고 환하게 빛나는 이것은 무엇인가?

누가 나의 이름을 불렀을 때 내 안에서 그 이름을 바로 알아듣고 그렇게 부른 사람에게 주의를 돌리는 이것은 무엇인가?

내가 사랑하는 누군가의 얼굴을 생각하면 마치 영화 스크린처럼 그 사람의 이미지가 머릿속에 떠오른다. 내 안에서 머릿속의 그 이미지를 보고 있는 것은 무엇인가? 그 이미지를 만들어낸 것은 무엇인가?

내가 '나'라고 부르는 이것은 무엇인가?

나는 정말 누구인가?

말 그대로 우리의 삶에 관한 가장 중요한 질문이다. 참선할 때 우리
는 올바른 자세로 올바르게 호흡하면서 이 질문을 던져야 한다. 올바른
자세와 호흡은 집중에 필요한 최적의 조건을 만들어주기 때문이다. 우
리는 그렇게 최적화된 집중력을 "이뭣고?"에 쏟아부어 대의심을 일으
켜야 한다.

이때 '의심'은 회의적인 태도가 아니다. 그보다는 알 수 없는 것을 알
고 싶어 하고 볼 수 없는 것을 보고 싶어 하며 만질 수 없고 손에 닿을
수 없는 것을 움켜쥐고 싶어 하는 욕구로 가득 찬 의식 상태를 가리킨
다. 자기 존재의 본질을 알고자 하는 인간의 자연스러운 욕구와 열망이
우리의 가슴을 채우고 흘러넘치게 하는 것이다.

잃어버린 열쇠를 찾으려고 온 집안을 뒤지고 가족 모두에게 물어봤
지만 아직도 찾지 못하고 있다고 상상해보자. 이제 "열쇠가 어디 있지?
열쇠가 도대체 어디에 있지?"라고 묻는 것이 괴로울 지경이다. 여기서
잃어버린 열쇠는 당연히 우리 자신, 우리의 본질, 우리의 참모습에 대
한 명확한 자각이다. 답을 구할 수 없는 의문에 이토록 강렬하게 휩싸
인 상태가 바로 의심이다.

선불교 수행자들은 깨어 있는 모든 순간에 화두를 들고 참선함으로
써 스스로에게 이런 엄청난 질문을 던져 대의심을 일으키고 그 상태를
유지하며 더 확대하려고 한다. 참선을 일상적으로 실천하면 이 대의심
이 자라난다.

그리고 대의심이 우리의 몸과 마음을 가득 채운다. 관련 없는 생각과

불필요한 정신 활동을 모두 태워 없앤다. 부정적인 감정들, 심지어 우리가 의식하지 못하는 감정들까지 소멸시킨다.

그러면 의식 상태가 믿을 수 없을 정도로 선명해지고 평온해지며 균형이 잡히고 기민해진다. 전통적인 비유를 사용하자면 우리의 마음 상태가 쥐구멍 앞에 자리 잡은 고양이의 마음 상태와 비슷해진다. 그 고양이는 계속 완벽하게 집중하고 있어야만 언제든 쥐가 조금이라도 모습을 드러내면 번개처럼 빠르게 잡을 수 있다. 꼼짝 않고 쥐를 기다리는 고양이처럼, 우리의 현실 경험도 초현실적으로 변한다. 왜 그런지는 몰라도 우리의 관심 영역이 레이저 광선처럼 아주 좁아지는 동시에 파노라마처럼 넓게 펼쳐지기도 한다. 어떻든 우리는 편히 쉬는 동시에 행동에 나설 준비가 된다.

뿐만 아니라 우리의 몸과 마음이 더 가볍고, 더 유연하고, 더 맑고, 더 민감해지며, 우리는 치유되고, 회복되며, 재충전된다. 그리고 더 나아가 새로운 지식으로 더 강해지고, 거기서 더 나아가면 자기 변혁이 일어나는 것이다. 비로소 우리의 참다운 의식이 탄생하고, 진정한 정신이 깨어나는 것이다.

그러나 이렇게 "이뭣고?" 화두와 대의심을 자세히 묘사하는 것은 전부 개념적인 설명이다. 이런 설명은 참선으로 정신적 자각에 이르는 전략적 접근을 이해하는 데 도움을 준다. 그러나 이것을 이해하더라도 그것만으로는 실질적인 자기 변혁에 한 발짝도 다가가지 못한다. 한국, 중국, 일본의 선승들이 지적인 배움을 피하고 직접적인 자기 수양을 중시해온 것도 바로 이 때문이다.

우리는 "이뭣고?"라는 질문을 던짐으로써 우리의 기억과 이 세상에 대해 갖고 있는 선입견 안에서 돌고 도는 것이 아니라, 그런 것들로부터 완전히 벗어나려고 하는 것이다.

우리가 추구하는 것은 익숙한 대답에 기대지 않고 의미 있는 질문을 던지는 것이다. 또한 자각을 통해 각자의 진정한 모습을 통찰하고자 하는 것이지, 우리가 되어야 한다고 생각하는 모습을 계속해서 꿈꾸고 열망하는 게 아니다. 우리는 똑같이 따라 하고 외워 말하는 것이 아니라, 진정으로 살아가고 진정으로 알게 되기를 원한다. 궁극적으로 우리의 바람은 내가 누군지를 깨닫는 것이다.

회광반조 : 빛을 되돌려 근원을 비춘다

"빛을 되돌려 근원을 비춘다回光返照."

선불교 경전에 나오는 이 지침은 우리가 참선을 할 때 무엇을 하려고 하는지 간단명료하게 설명해준다. 여기서 빛은 우리의 깨어 있는 의식을 가리킨다. 따라서 이 구절은 주의를 되돌려 그 근원을 비추려고 시도해보라는 뜻이다. 인지하는 주체를 인지하려 하고, 아는 주체를 알려고 하며, 경험하는 주체를 경험하려고 한다는 뜻이다. 눈이 눈을 보려고 하거나 손이 손을 잡으려고 하듯이 우리는 애를 써도 잘 안 되는 것을 시도하며 답답함을 느낀다. 이렇게 꽉 막히거나 꼼짝 못 하는 듯한 느낌이 바로 대의심이다.

이처럼 꼼짝 못 하는 상태에 주의를 집중하는 것을 '의심관'이라고 부르며, 의심으로 가득한 마음을 관조한다는 뜻이다.

우리는 늘 무엇을 해야 하고, 어디로 가야 하며, 어떻게 행동해야 하는가에 대한 의문으로 가득 차 있다.

이 모든 의문이 사실은 하나의 거대한 질문, 즉 "이뭣고?" "나는 누구인가?"로 귀결되는 것이다. 이것이 사실은 우리가 살면서 던지는 유일한 질문이다. 우리는 참선을 통해 이처럼 의문을 던지는 마음 상태에 깨어 있는 의식의 빛을 비추려고 하는 것이다.

따라서 "이뭣고?" 하고 화두를 던질 때는 의식의 빛을 되돌려 그 근원을 비추려는 의도를 갖고 그렇게 해야 한다. 각자의 의식을 자기 안에 있는 바로 그것, '참선'을 하고자 하는 그것에 주의를 기울여야 한다.

구체적인 방법은 이렇다.

- 먼저 올바른 자세를 잡고 복식 호흡을 시작한다.
- 그런 다음 숨을 내쉴 때 의식을 집중하며 "이"라고 읊조리고 잠시 멈춘다.
- 이때 "이"는 "지금 '이'라고 하는 이것은"을 의미한다. 잠시 멈추다가 "⋯뭣고?"라고 읊조리면서 남은 숨을 끝까지 내쉰다. "뭣고?"란 "무엇인가?"를 뜻한다. 따라서 우리가 이런 식으로 "이뭣고?"를 말하면, 실제로는 "지금 '이'라고 하는 이것은 무엇인가?"라고 묻는 것이다.
- 그리고 "이"라고 말할 때는 바로 그 순간 "이"라고 말하는 이것을 보려고 내면의 의식을 집중해야 한다. 그렇게 의식이 내면을 향하도록 꼭 붙잡아둔 상태에서 나머지 "뭣고?"를 물으면 된다.
- 이렇게 "이뭣고?"를 물을 때 각각의 단어나 질문 자체에 집중할

필요 없다. 의식은 늘 내 안에서 그 단어를 말하고 그 질문을 던지는 보이지 않는 어떤 것을 향해야 하고 그것에 집중해야 한다.

우리의 깨어 있는 의식을 일종의 빛에 비유해서 설명하는 데는 한 가지 이유가 있다. 물론 많은 종교들이 우리의 의식을 빛의 형태로 표현하고 뭔가를 알게 되거나 인지하는 것을 대상을 환하게 비추는 행동에 비유한다.

그러나 여기에서 말하는 빛은 단순히 밝게 빛나는 것이 아니라 에너지의 한 형태임을 기억하는 것이 중요하다. 우리가 뭔가에 주의를 기울이는 것이 실은 머릿속에서 벌어지는 이런저런 현상에 한 줄기 에너지를 쏟아붓는 것이라고 생각해볼 수 있다.

우리가 어떤 생각이나 이미지에 주의를 기울이면 그것이 다시 떠오를 가능성이 커진다. 이것은 우리가 씨앗에 빛을 비춰주니까 그 씨앗이 싹을 틔우고 자라서 가지를 뻗고 우리의 마음속 공간을 완전히 채우는 것과 같다. 우리가 자기도 모르는 사이에 주의를 기울여 에너지를 받은 생각이 계속해서 다시 떠오르고, 그와 관련된 여러 가지를 계속 연상하게 만든다. 이 모든 현상이 동시에 계속 벌어진다.

우리의 관심이 곧 생명을 불어넣는 에너지의 흐름과 같다고 생각하면, 우리가 인생에서 할 수 있는 가장 중요한 선택은 이 에너지를 어디로 보낼지를 결정하는 것이다. 선불교에서 제안하는 회광반조는 이 에너지를 되돌려 그 근원에 쏟아부으라는 뜻이다.

그렇게 빛의 방향을 돌려 그 근원을 비추는 회광반조의 한 가지 결과는 우리가 의식의 흐름이라고 하는 것에 불쑥불쑥 나타나던 생각과 이미지들이 자양분인 에너지를 공급받지 못해서 증식할 기회도 없이 시들어 없어지는 것이다. 주관적으로 느끼기에는 마치 골치 아픈 생각과 이미지들이 다 태워지고, 의식을 되돌려 비추었을 때 일어나는 대의심만 남는 것 같다.

하지만 우리는 아직 연습이 부족한 초심자라 의식이 계속 다른 방향으로 퍼져 나갈 것이다. 회광반조의 의미를 아무리 잘 이해해도 계속 집중력이 흐트러진다는 뜻이다. 그래도 괜찮다. 잘못하고 있는 건 아니다. 의식의 방향을 정하는 새로운 방법, 정신을 다루는 새로운 방법을 배우는 중이라 그런 것뿐이다. 이럴 땐 충동적으로 밀어붙이는 것은 도움이 안 된다.

우리에게 필요한 건 지구력이다. 아무리 똑같은 것이라도 완전히 통달할 때까지 계속 반복하려는 의지가 필요하다.

초심자로서 평생 노력해야 할 것은 우리의 의식이 그 근원을 향하도록 계속해서 슬쩍슬쩍 주의를 환기시키는 것이다. 매 순간 한 숟가락의 에너지로 무엇을 해야 할지 결정해야 한다고 생각해보자. 불쑥 떠오른 생각이나 충동에 에너지를 쏟아부어 그것이 더 자라게 만들 수도 있다. 아니면 "이뭣고?" 화두를 던져 대의심을 일으키는 그 어떤 것에 그 에너지를 쓸 수도 있다. 그렇다면 참선을 한다는 것은 그때마다 관련 없는 다른 생각이 아니라 "이뭣고?"라고 묻는 그 무언가에 더 많은 에너지를 쏟으려고 노력하는 것이다.

이렇게 하면 다른 생각들은 시들어버리고 의심만 점점 커진다. 참선이 쌓이면 마음이 점점 고요해지고 차분해지는 느낌을 받는 이유가 바로 이 때문이다. 그렇게 꾸준히 참선을 하면, 대의심이 계속 남아 스스로 생명을 연장하기 시작한다. 이때부터 더 높고 더 자연스럽고 더 강력한 수준의 참선으로 발전해 나간다.

22

물살을 거스르고 바람을 밀어내며

한국 선불교 전통에서는 화두나 공안에 대해 지적인 해답을 만들어 내려 하면 안 된다고 강하게 경고한다. 오래된 선불교 조사祖師 어록에 있는 1,700개의 공안은 답이 정해져 있는 수수께끼가 아니다.

> "화두 자체에 좋고 나쁜 것이 있는 것이 아니고 오직 한 화두를 철저 히 해나가면 일체 공안을 일시에 타파하는 것이다."

송담 스님은 이렇게 말씀하셨다. 그러면서 공안을 마치 하나씩 해결 해야 하는 일련의 문제처럼 다루는 현대식 수행법, 그중에서도 서양식 선불교를 가차 없이 비판하신다. 송담 스님에 따르면 그런 훈련과 장치 들은 '의심관'이라는 본래 전통을 함부로 왜곡한 것에 불과하다.

우리는 참선을 할 때 화두를 관조하는 목적이 깨달음을 얻고 내적 고통의 뿌리를 없애기 위함임을 기억해야 한다. 이런 맥락에서 보면 온갖 추측을 하고 답을 꿰어 맞히고 이론을 세우고 분석하고 고뇌하고 즉흥적으로 생각해내고, "아하!" 하며 감탄하는 것은 전부 핵심을 벗어난 행위다.

참선을 할 때 답을 만들어내려는 충동을 없애고 대의심을 일으키기 위해 진심으로 화두를 던져야만 비로소 죽은 참선, 즉 '사구 참선死句參禪'이 아니라 살아 있는 참선, 즉 '활구 참선活句參禪'이 된다. 진정한 참선 수행자에게 중요한 것은 대답이 아니라 질문이다. 대의심은 순수하고 진심 어린 의문을 품은 상태다. 고대 선승들은 마치 쇳덩어리를 삼킨 것과 같다고 말한다. 뱉어낼 수도 속으로 밀어 넣을 수도 없다. 그렇다고 무시할 수도 없다. 그 쇳덩어리가 안에서 우리를 완전히 꼼짝 못하게 만든다. 속이 꽉 막혔다는 끔찍한 기분 때문에 상대적으로 우리를 둘러싼 바깥세상에는 거의 신경을 못 쓴다. 결국 우리 마음에는 이 쇳덩어리, 이 끔찍한 질문만 남게 되고, 우리가 몸으로 느끼는 것도 이것뿐이다. 이 정도로 직접적으로 절박하게 대의심을 경험하면 이제 정말로 활구 참선 수행이 시작되었다고 말할 수 있다.

그러나 현실적으로 "이뭣고?"에 집중하려 애를 써도 머릿속에 갖가지 생각과 이미지들이 끊임없이 이어져 주의가 산만해지는 것이 초보 수행자들이 직면하는 첫 번째 문제다. 주의가 산만해지고 집중이 안 될수록 자세를 유지하는 것도 더 힘들게 느껴진다. 마찬가지로, 호흡을 부드럽게 일정한 박자로 조절하는 것도 더 어려워진다. 유감스럽게도 정신이 산만해지면 결국은 호흡과 자세의 균형도 깨지고 경직된다.

참선을 배우려 애쓸 때 가장 좌절감을 느끼는 면이 바로 이 부분이다. 집중하려 해도 잘 안 되는 우리의 어설픈 모습이 고대 경전이나 현대 명상 지도서에 멋지게 묘사된 의식의 고양 상태와 너무 다르다는 사실. 참선을 잘해보려 노력하는 것이 짜증 나는 수업으로 느껴진다.

사실 책만 보면 아주 쉬울 것 같다. 마음을 가라앉히고 차분함을 유지하는 일을 마치 스위치만 제대로 찾아서 누르면 다 되는 일처럼 얘기한다. 그러나 그렇지가 않다. 우리는 지금 의식의 구조와 역학을 완전히 바꾸려고 시도하는 것이다. 물살을 거스르고 바람을 밀어내며 움직이려는 것과 같다. 그러다 보면 때로 거칠게 밀릴 수도 있다는 걸 알아야 한다. 혹시 바람과 물살에 밀려나더라도 누구나 다 그럴 수 있다고 여기며 툭툭 털고 일어나 다시 밀고 나아가면 된다. 이런 이유로 선불교에서는 참선을 '용맹정진勇猛精進'이라고 한다.

여기서 알아야 할 가장 중요한 사실이 있다. 초심자들에게는 참선을 시도하는 것 자체가 참선이라는 것이다. 아무리 불편하고 좌절감을 느껴도 각자의 노력과 의도를 존중해야 한다. 어떤 일이든 단 한 번으로 전문가가 되는 사람은 아무도 없다. 참선을 시도한다는 것은 숭고한 일이다. 따라서 진실을 갈구하는 그 마음을 소중히 여겨야 한다.

언제든 깨닫지 못한 마음에는 폭풍이 몰아칠 수 있다는 사실도 기억하자. 그러니 참선에 대한 우리의 미숙한 노력이 엄청난 저항에 부딪치는 것은 당연한 일이다.

오래전 내가 막 참선을 시작했을 때 내가 존경했던 한 스님이 나에게 이런 말을 했다.

"한 시간 앉아 있는 동안 단 1분이라도 일념으로 집중할 수 있다면 대단히 잘한 거야."

머리가 좋고, 경험이 많고, 다른 여러 일을 능숙하게 해낸다고 해서 참선을 배우는 데 유리한 것은 아니다. 사실, 두뇌회전이 빠르고 창의적인 사람일수록 불쑥불쑥 떠오르는 생각이 더 많을 수 있다.

그러니 스스로 알아차리고자 하는 이 참선 수행법에 겸손하고 조심스럽게 접근해보자. 인생에서 중요한 일을 할 때 발휘하는 인내와 투지를 보여주자.

> 참선은 기술technique이다. 모든 기술이 그렇듯 참선에도 연습과 교정 과정이 필요하다.

마지막으로 우리가 하나의 화두를 들 때, 그것은 일생을 거는 것과 같다는 점을 기억하자. 한국의 불교 전통에서는 1,700개의 공안 하나하나가 똑같은 깨달음에 이르게 해준다고 여긴다. 그 공안들은 마치 하나의 중심에서부터 사방으로 퍼져나가는 바큇살과 같은 것이다. 따라서 하나의 공안에서 다른 공안으로 바꾸는 것은 오히려 문제를 더 복잡하게 만드는 행동이다.

송담 스님의 말씀처럼 우물을 파려면 한 곳만 파야 한다. 우물을 파다가 나무뿌리와 자갈을 만나도 헤치고 나아가야 한다. 삽으로 움직일수 없는 암반을 만나면 다이너마이트라도 써야 한다. 그러다 작은 물줄기를 만나도, 얼마 안 되는 그 가느다란 물줄기에 만족하는 대신 더 파나가야 한다. 극심한 가뭄에도 절대 마르지 않을 드넓은 바다로 뚫고 나아갈 때까지 계속 파야 한다.

참선이 진전을 보이는 것은 오직 끈기와 관련이 있다.

3부

참선의 치유력

23

대의심을 통해 괴로운 감정을 극복하기

참선은 모든 형태의 정신적 고통에 가장 효과적이고 적절한 대응책이다. 또한 괴로움을 처리하는 체계적인 절차이자 방법이며 생활능력이다. 참선의 강력한 힘과 유용성은 정서적으로 괴로운 그 순간에 바로 실행할 수 있다는 사실에서 비롯된다.

이 말은 속상해서 마음의 평정을 되찾고 싶을 때 참선을 하기 위해 따로 시간을 낼 필요가 없다는 뜻이다. 조금만 연습하면 한 번의 들숨과 날숨만으로 참선 상태에 이를 수 있다. 10초가 채 안 걸린다. 더 많이 연습하면 등을 곧게 세우기만 해도 참선 상태에 들 수 있다. 2초면 된다.

제대로 훈련이 되면 어떤 자세나 어떤 물리적 여건에서도 참선을 할 수 있다. 직장에서 속상한 일이 있을 때 퇴근 시간만 기다렸다가 집으로 달려가 참선하는 것이 아니라, 상처받은 바로 그 순간 그 장소에서 참선하면 된다는 뜻이다. 이런 즉각적인 치유 반응 시스템으로 정서적 상처 부위를 조기에 도려내면 나중까지 고통스러운 기억과 연상 작용으로 괴로워하지 않아도 된다.

송담 스님이 참선 수행에 관해 하신 말씀 중에 가장 인상적이었던 것은 참선 수행을 꾸준히 하면 감정을 완전히 통제할 수 있게 된다는 주장이다.

내가 출가하기 전, 송담 스님은 당신 아버지의 장례식에서 겪은 일에 대해 말씀해주셨다.

"모두가 우는 모습을 보고 나도 울었어."

스님은 뭔가 난처한 일을 털어놓으려는 듯, 그러나 무척이나 진지하게 말씀하셨다.

"울다가 참선을 해야겠다는 생각이 들더라고. 그래서 참선을 시작하니까 슬픔이 싹 사라졌어. 금세 사라져버려서 순간적으로 내가 어디에 있는지도 잊어버렸지. 그런데 주위를 돌아보니까 모두 울고 있더라고. 그제야 내가 장례식장에 와 있다는 게 기억이 나서 다시 슬퍼져서 다시 울기 시작했지."

나는 스님이 그렇게 개인적인 이야기를 들려주신 것에 감동하면서도 내게 왜 이런 이야기를 하시는지 그 이유가 궁금했다.

"그러고는 다시 참선을 시작하니까 또 슬픔이 사라졌어. 참선을 멈추면 눈물이 다시 흘렀지. 내 의지에 따라 마음이 슬퍼졌다가 맑아졌다가 할 수 있었던 거야."

나는 그 말씀을 듣고 놀라서 눈이 커졌다.

"그때 알게 됐지. 우리가 훈련한다면 원하는 대로 감정을 다룰 수 있다는 것을 말이야. 우리가 원하면 감정을 일으킬 수도 있고, 사라지게 할 수도 있어. 내 감정은 내 것이니 내 마음대로 할 수 있는 거야."

스님이 그날 하신 말씀은 지금까지도 내 가슴에 새겨져 있다.

송담 스님은 감정을 억누르라고 이야기하신 게 아니다. 어른이라면 대부분 미소 뒤로 자기 감정을 숨기거나 텔레비전을 보며 감정을 외면하는 법을 잘 안다. 이런 식으로 감정을 덮어버리는 것의 문제는 그 감정들이 우리의 무의식에 계속 살아 있다는 점이다. 그러다 예기치 않은 순간에 갑자기 그 감정들이 폭발하여 별것 아닌 것처럼 보이는 일에 눈물을 쏟거나 불같이 화를 낼 수도 있다. 아니면 억눌린 감정들이 평소 기분에 흡수되어 비관주의와 냉소주의, 또는 다른 사람을 향한 적개심으로 나타나기도 한다. 어느 쪽이든 감정을 숨기고 외면하는 것은 해로울 뿐 아니라 그렇게 해서 피할 수도 없다. 괴로운 감정은 늘 다시 돌아와 우리를 괴롭힌다.

송담 스님은 참선을 통해 그 감정을 빠르게 영구적으로 떨쳐 내는 방법을 배우면 그 감정이 다시 돌아와 우리를 괴롭히지 못하게 할 수 있다고 말씀하셨다. 나는 그게 사실인지 정말 궁금했다.

"하지만 네 감정을 완전히 통제하려면 아주 부지런히 참선 수행을 해야 해."

스님이 날카롭게 덧붙이셨다.

송담 스님은 더 나아가 우리 마음에 상처를 주고, 우리를 화나게 만드는 적대적인 사람을 만났을 때조차도 "이뭣고?"를 읊조리며 대의심을 일으킬 수 있다고 말씀하셨다. 그러면 마음이 완전히 평화롭고 고요해져서 우리를 속상하게 만들려는 이들로부터 어떤 영향도 받지 않게 된다는 것이다.

하지만 참선 수행이 원숙한 단계에 이르렀을 때의 그 효과가 아무리 멋지고, 심지어 인생을 구제할 것처럼 보여도 그런 효과를 누리려면 일단 그 경지에 이를 때까지 참선을 해야 한다. 만약 규칙적으로 시간을 내서 참선 수행을 한다면 자동차나 컴퓨터 같이 놀랍도록 복잡한 기계들을 거의 무의식적으로 다루듯 참선도 그럴 수 있다. 최소한의 노력으로 몸과 마음을 다스릴 수 있게 된다는 뜻이다. 이것은 단지 숙련된 기량에 관한 문제다. 골프 스윙이나 발레의 피루엣 동작을 배우는 것과 마찬가지로 처음엔 어려워 보이는 것을 아무 생각 없이도 해낼 수 있는 경지에 이르려면 부단히 연습해야 한다.

연습과 더불어 시간이 흐르면 우리의 자세와 호흡, 그리고 "이뭣고?" 질문이 하나가 된다.

그런데 '하나가 된다'는 말은 무슨 뜻일까? 그것은 계속된 연습을 통해 자세와 호흡, "이뭣고?" 이 세 요소가 서로 유기적으로 결합되어 하나를 시작하면 다른 두 요소가 자연스럽게 따라온다는 뜻이다. 그러다 보면 나중에는 그냥 자세만 취해도 자동적으로 복식 호흡과 함께 "이뭣고?"를 하게 된다. 아니면 복식 호흡만 해도 허리가 곧게 펴지고 정신이 맑아지며 대의심이 마음을 환하게 비춘다. 혹은 단지 "이뭣고?"만 읊조려도 자세와 호흡이 맞물려 돌아가게 된다.

자세와 호흡, "이뭣고?" 이 세 가지가 하나가 되면, 몸과 마음에 바이러스 차단 프로그램을 설치한 것이나 마찬가지다. '바이러스' 같은 불쾌한 생각이나 감정이 감지되면 곧바로 버튼을 클릭하듯 "이뭣고?" 하고 화두를 들기만 하면 된다. 그러면 참선 프로그램이 작동해 대의심의 불길이 환히 타올라 부정적인 생각이 더 커지기 전에 서둘러 없애버린다. 이런 식으로 참선이 예방 차원의 개인 맞춤형 정신 건강 '프로그램'이 된다. 여기서 '프로그램'이라고 표현한 것은 그것이 하나의 행동 절차이자 자동화 시스템이기 때문이다.

이 정도의 참선 능력을 갖는 것만으로도 인생을 변화시키는 큰 성과다. 그에 따라오는 마음의 평화와 명확한 사고, 지혜 그리고 자신감 같은 혜택을 얻는 것도 노력 이상의 가치를 지닌다.

그러나 놀랍게도 송담 스님은 이 정도 성과는 참선 초보자 수준에 불과하다고 말씀하신다. 자세, 호흡, 주의 집중의 통합이 초보자 수준으로 간주되는 이유는 그 정도로는 삶의 속도를 쫓아갈 수 없기 때문이다.

삶의 속도를 쫓아갈 정도로 빠른 것은 이 우주에서 찾아보기 힘들다.

선불교에서는 삶을 말할 때 심장이 뛰고, 중추신경이 작동하고, DNA나 그 밖에 다른 유기체적 속성을 지닌 것으로 이해하지 않는다. 외부와 내부로부터 자극이 밀려드는 매 순간의 경험을 의미한다. 출퇴근 시간에 사람들로 붐비는 도시의 거리를 서둘러 걸어가든, 사방이 나무와 하늘뿐인 산꼭대기에 홀로 서 있든 마찬가지다. '소음'과 '고요'는 상대적인 개념이다. 우리는 늘 내면과 외부, 두 세계로부터 끊임없는 자극을 받기 때문이다.

옛 선지식들이 수행자들에게 '언제 어디서나' 참선을 하라고 가르친

것도 이 때문이다. 우리는 마음이 괴로울 때만이 아니라 평화로울 때도 참선을 해야 한다.

송담 스님의 말씀을 그대로 옮기면 우리는 밥 먹을 때도, 차를 탈 때도, 속상할 때도, 슬플 때도, 너무 화가 나 속에서 주먹이 튀어나오려고 할 때도 언제 어디서든 오직 "이뭣고?"를 해야 한다.

그러다 보면 숨을 내쉴 때마다 꼭 "이뭣고?"라고 말하지 않아도 된다. 단 한 번만 말해도 사찰의 거대한 종을 치는 것 같은 효과가 나타난다. 종을 치면 한동안 진동이 계속되어 그 장엄한 소리가 공명을 일으키며 퍼져 나가는 것처럼 "이뭣고?"를 한 차례만 읊어도 이후 여러 번 호흡을 반복하는 동안 대의심의 빛과 울림이 몸과 마음을 가득 채우는 것이 느껴진다.

이렇게 되면 호흡할 때마다 "이뭣고?"를 하지 않아도 된다. 대의심이 약해지기 시작할 때만 한 번씩 읊으면 된다. 그러면 비교적 적은 노력으로도 몇 분에서 몇 시간까지 대의심을 최고조로 유지할 수 있다.

참선 수행이 이 정도 수준이 되면 이제 삶의 속도를 충분히 감당할 수 있다. 왜냐하면 우리의 참선은 더 이상 속상한 일이 있거나 원치 않는 생각이 마구 떠오를 때 대응 차원에서 하는 것이 아니기 때문이다.

이윽고 대의심이 의식의 모든 구석까지 스며들면 심리적 바이러스 퇴치 프로그램이나 정신 건강을 위한 행동 규칙도 필요 없어진다. 대의심이 우리 몸과 마음 안을 환하게 비추는 거대한 태양이 되어 정신적으로 거슬리던 것들을 단숨에 증발시키기 때문이다.

대의심의 빛은 우리의 무의식까지도 뚫고 들어가 우리가 의식조차 못한 괴로운 생각의 씨앗까지 태워 없앤다.

밤낮으로 몸과 마음 안에서 대의심이 빛을 발하고 시간이 갈수록 저절로 커지는 이런 상태는 참선 수행이 높은 수준에 이르렀음을 나타내는 것으로 도달하기 쉬운 경지는 아니다. 그렇다고 불가능한 것도 아니다. 방석이나 의자에 앉아서, 혹은 일상적인 활동을 하면서 참선 수행을 하면, 그때마다 그 수준에 조금씩 더 다가가는 것이다. 비록 1, 2센티미터에 불과하더라도 그 경지에 더 다가갈수록 우리의 고통은 줄어든다.

그러다 보면 흔들리지 않는, 경험에 근거한 확신을 갖게 된다. 고대 선지식들은 이것을 '신심信心'이라고 불렀다. 이것은 더 이상 정서적 고통과 혼란 속에서 살 필요 없다는, 각자의 고통을 초월할 수 있다는 내면의 깊은 알아차림이다.

따라서 수행할 시간이 없을 거라 생각하는 바쁜 사람들도 참선이 놀라울 정도로 유익하다는 사실을 아는 것이 중요하다. 스스로 얼마나 바쁘다고 생각하는지와 무관하게, 일단 참선을 하기로 결정만 하면 참선을 배울 시간과 에너지가 반드시 생길 것이고, 그러면 참선이 제공하는 혜택도 충분히 얻을 수 있다. 살면서 처음 누리는 인생을 변화시키는 그 혜택은 바로 '언제 어디서나 사용할 수 있는 정신적 고통 처리 시스템'을 갖게 되는 것이다.

누구나 한 번쯤 겪어봤을 법한 상황을 생각해보자. 예를 들어 친한 친구나 가족 혹은 오랫동안 아끼고 사랑한 사람이 별안간 매우 무례

하거나 잔인한 말을 한다고 가정해보자. 말 그대로 믿을 수 없는 상황이다. 당신은 너무나 놀라고 이해가 안 돼서 아무 말도 못하고 앉아 있다. 얼굴에서 핏기가 사라지고 눈물이 쏟아지려 한다. 심장이 쪼그라드는 것 같다. 차분하게 이야기를 나눠봐야 할지, 고함을 질러야 할지, 아니면 똑같이 모욕적인 말로 되갚아야 할지, 그냥 일어서서 나가야 할지 판단이 서지 않는다. 머릿속이 여러 생각과 기억, 이미지들로 과부하가 걸린다. 무엇보다 힘든 것은 여러 가지 목소리가 저마다 다른 지시를 내린다는 점이다. 이럴 때 어떻게 할까? 정신적으로나 신체적으로 어떤 조치를 취해야 할까?

이때 우리는 스스로를 달래고 싶지가 않다. "침착해!", "흥분하면 안 돼!", "화내지 마!"와 같은 말을 스스로에게 하면 안 된다. 선불교의 가르침에 따르면 정서적으로 괴로울 때 스스로에게 그만 괴로워하라고 말하는 것은 한 가지 생각으로 다른 생각을 억누르려는 것밖에 안 되기 때문이다. 자신의 왼팔과 오른팔로 팔씨름을 하는 꼴이다. 마음속에 혼란스럽고 고통스러운 갈등을 일으켜 기력을 허비할 뿐이다.

머릿속에서 여러 가지 목소리가 아우성칠 때, 그 목소리를 모두 듣고 그중에서 하나를 골라 따르기로 결정하는 것은 스스로를 지치고 힘들게 만드는 일이다. 어쩌다 부정적인 생각과 감정을 다 억누르고 한 가지 생각을 따르는 데 성공한다 해도, 그렇게 무의식 속으로 몰아넣은 생각과 감정들은 거기서 더 커지고 곪아 있다가 필시 부정적이거나 해롭거나 문제가 될 만한 행동과 습관들로 터져 나오게 마련이다.

본질적으로 정서적 괴로움 자체가 우리의 행복을 갉아먹고 파괴하는 것은 아니다. 실제로 우리가 느끼는 괴로움의 대부분은 우리의 몸과 마음에서 일어나는 혼란스럽고 역기능적인 반응 때문에 생긴다. 훈련되지 않은 반응은 괴로운 일이 벌어진 바로 그 순간에만 고통을 일으키는 것이 아니라, 그 일이 일어난 후에도 며칠 혹은 몇 주에 걸쳐 고통을 만든다. 실제로 일어난 일뿐 아니라 그때 했어야 하는데 하지 못한 말과 행동까지 마치 동영상 파일이 반복 재생되듯 머릿속에 계속해서 맴돈다. 그 일이 계속 떠오르는 것이 스스로도 짜증 나지만 멈추는 방법을 모른다.

이제 소중한 사람이 심하게 상처 주는 말을 했던 그 순간으로 다시 돌아가 보자. 그런 공격을 받을 거라고는 전혀 예상치 못했기 때문에 잠시 후, 상대방이 던진 말의 의미를 이성적으로 완전히 이해했을 때쯤에는 감정이 이미 작동한 상황이다.

여기서 우리가 알아두어야 할 것은 대개는 감정이 먼저 우리의 몸과 마음에 영향을 미치고, 그런 다음에야 그 사실을 알아차린다는 것이다. 감정이 이미 작동을 시작하면 그 감정을 따라잡아 멈추라고 설득하기엔 너무 늦다. 달리 표현하면 부정적인 감정의 반응은 폭발하는 폭탄과 같다. 뇌관을 제거하기에는 늦었다. 심신의 체계가 이미 인지와 정서, 생리 차원에서 전부 엉망인 상태다. 효과적으로 내면의 균형을 되찾아 주기 위해 필요한 뚜렷한 목적의식이나 의지 같은 정신 자원은 이 순간에 존재하지 않는다.

그렇다면 이럴 때 어떻게 해야 할까? 선불교에서는 이렇게 답한다.

마음이 속상할 때는 몸으로 가라.

"마음이 속상할 때는
몸으로 가라."

올바른 자세를 하고 척추를 똑바로 세워보자. 우리의 정신적 기능이 순간적으로 통제력을 잃었으니 지금 우리가 확실하게 통제할 수 있는 건 오직 몸이다. 그러니 몸에서부터 시작하자.

몸과 마음은 동전의 양면처럼 떼려야 뗄 수 없는 관계다. 어느 한쪽에서 벌어지는 일이 다른 쪽에 영향을 미친다. 몸이 불편하면 마음도 불편해지게 마련이다. 이와 반대로 균형 잡힌 자세를 취하면 정신적 균형을 회복하는 데 도움을 줄 수 있다.

올바른 자세를 취했으면 이제 올바른 호흡법에 들어간다. 우리의 정서 상태는 호흡 체계와 대단히 밀접하게 연결되어 있다. 감정의 변화에 따라 호흡 패턴이 수시로 바뀐다. 우울하면 한숨이 나오고, 화가 나면 호흡이 거칠어진다. 집중하려고 할 때는 숨을 참는 경향이 나타난다.

반대로 호흡이 우리의 정서에 영향을 미치기도 한다. 폐를 전체적으로 사용해 의식적으로 깊이 아주 체계적인 방식으로 호흡을 하면 숨을 들이쉴 때 더 많은 산소를 마시고 내쉴 때 더 많은 독소와 노폐물을 내보낼 수 있다. 그로 인해 마음이 차분해지고 맑아지고 안정될 뿐 아니라, 정신이 매우 또렷한 상태가 된다.

몸으로 관심을 돌려 허리를 곧게 펴고 호흡이라는 가장 단순한 신체 활동에 의식을 집중하면, 괴로운 일이 몸과 마음에 일으키는 초기의 정신적 혼란을 견딜 수가 있다. 마음이 진정될 때까지 오로지 자세와 호흡에만 집중한 채 머릿속에서 일어나는 다른 반응에 대해서는 집착하거나 저항하지 말고 전부 흘려보낸다.

어느 정도 마음의 평정을 되찾으면 본격적인 참선에 들어간다. 정신적으로 자기 통제력을 먼저 회복한 다음에 해결책을 고민해야 한다.

참선이 이 어지러운 시대에 건강하고 멋진 사람으로 살아가는 데 필요한 교육과 훈련이 없는 이 위험한 공백을 어떻게 메워주는지 안다면 문제는 '왜 참선해야 하는가?'가 아니라 '왜 아직도 참선하지 않는가?'임을 깨닫게 될 것이다.

참선을 하기 위해 반드시 불교에 귀의하거나 불교 신자가 될 필요는 없다. 우리는 '종교적'이거나 '영적'이어서 참선을 하는 게 아니다. 가식적인 가치와 생활양식에서 '벗어나려고' 참선하는 것도 아니다. 물질세계를 '초월하고' 싶어서 참선을 하는 것도 아니다.

우리가 참선을 해야 하는 이유는 살다 보면 속상할 때가 있기 때문이다.

우리가 구하는 것이 스트레스 해소든 건강 증진이든 내면의 평화든 더 높은 수준의 집중력이든 초능력이든 고통으로부터의 해방이든 사랑이든 지혜든 깨달음이든, 언제 어디서나 "이뭣고?"에 집중하는 것만으로 우리가 구하는 것을 얻고 다른 더 많은 혜택도 얻게 될 것이다.

이런 이유로 옛 선지식들은 "이뭣고?"라는 화두 하나에 불교의 모든 가르침과 수행의 미덕과 장점이 모두 들어 있다고 과감하게 주장한다. 거창한 주장이지만 나는 이것이 진실임을 진심으로 믿게 되었다.

이제 우리의 괴로움을 없애는 작업을 시작해보자.

24

내 마음속의 악마

내가 정식으로 승려가 되기 몇 년 전, 서울에 있는 송담 스님의 개인 처소에서 스님을 뵐 기회가 있었다.

"너 근기根機라는 말 알어?"

스님이 물으셨다.

나는 고개를 저었다.

"그건 네가 과거에 참선을 얼마만큼 했느냐를 가리키는 말이여. 근기에는 상근기, 중근기, 하근기 이렇게 세 종류가 있는디, 혹시 그 차이를 이해해?"

나는 또 고개를 저었다.

"네 앞에 불이 있다고 상상해봐. 크고 아름다운 불꽃이 있어. 춤을 추고 벌떡 움직이고 정말 재미있어! 상근기인 사람이 이렇게 춤추는 불꽃을 보면 그저 가만히 보기만 할 뿐 그걸 만지려고 하지 않아. 너무 뜨거워서 살이 델 거라는 걸 아니까. 그래서 다른 데로 가버려. 그게 상근기야. 이해하제?"

나는 고개를 끄덕였다.

"이제 중근기인 사람이 똑같은 불꽃을 봐. 그 사람도 그게 데일 정도로 뜨겁다는 걸 알아. 하지만 불꽃이 춤추는 모습이 아름답거든. 그래서 그러면 안 되는 줄 알면서도 일단은 그 불꽃을 만져보려고 해. 하지만 살이 데는 게 느껴지니까 곧바로 손을 치워. 그러면 이제 다시는 불꽃을 만지지 말아야겠다고 생각하지. 그렇게 불꽃을 조금 더 바라보다가 지나가. 내 말 이해하제?"

나는 또 고개를 끄덕였다.

"마지막으로 하근기인 사람이 와. 그 사람도 불꽃이 너무 뜨겁다는 걸 알아. 하지만 어쩔 수가 없어. 불꽃이 아름답거든! 불꽃으로 뛰어들어 꽉 안으려 해! 그러면 얼굴이며 손이며 팔이 전부 심하게 데겠지. 끔찍하지! 이제 그 사람은 울고 소리를 지르고 푸념을 해. 다시는 불에 손대지 않을 거라며 한탄을 해. 하지만 시간이 조금 흐르면 불에 데는 게 얼마나 아픈지 잊어버려. 그러면 다시 불에 뛰어드는 거야! 이런 일이 계속 반복돼. 견딜 수 없는 아픔을 주는데도 불구하고 그걸 끌어안으려고 기를 쓰면서 마치 미친 사람처럼 불 속에서 데굴데굴 구르는 거야. 결국 머리끝부터 발끝까지 온몸이 다 불에 데어 눈물범벅이 되고 나서야 멈춰. 그렇게 한참을 있다가 지나가는 거야. 이해하제?"

나는 웃으며 고개를 끄덕였다.

"그럼, 너는 어느 단계인 것 같으냐?"

스님의 갑작스러운 질문에 나는 다소 솔직하지 못하고 의뭉스럽게 대답을 고민했다. 가장 현명한 상근기라고 말하면 너무 오만한 것 같았다. 그렇다고 가장 어리석은 하근기라고 말하고 싶지도 않았다. 그건 또 스스로를 비하하는 것 같았다. 그래서 중간을 선택했다.

"저는 중근기 같아요."

내 대답을 듣자마자 스님은 고개를 뒤로 젖히며 정말로 큰 소리로 웃으셨다. 방금 세상에서 가장 우스운 이야기를 들은 것처럼 말이다. 나는 솔직히 약간 모욕감을 느꼈다.

그로부터 몇 년 뒤에 알게 된 사실은 송담 스님이 몇십 년 전 묵언 수행에 들려고 할 때, 스님은 자신이 '하근기 중에 하근기'라고 생각했다는 것이다. 당시 송담 스님은 내가 스님을 만나 근기에 관한 이야기를 들었던 때보다 더 어렸다. 그런데도 이기심 앞에서, 타오르는 탐욕과 욕망의 불꽃 앞에서 중근기 혹은 상근기인 사람은 세상에 거의 없으며 대부분 하근기라고 생각한 것이다.

그 후 몇 해를 지내며 나는 내가 하근기이며 이번 생에는 영원히 하근기일 것임을 확인했다. 다소 부끄럽지만 이렇게 개인적인 이야기를 털어놓은 건 우리 대부분이 타고난 이기심 혹은 아집我執에 속수무책이라는 이야기를 하기 위해서다.

따라서 시작할 때부터 참선이 힘들고 어려울 거라는 걸 아는 게 중요하다. 단지 익숙하지 않은 자세나 호흡법, 집중하는 법을 배우려고 애쓰는 차원의 문제가 아니다.

우리가 참선에 관심을 갖게 되는 이유는 마음이 괴롭기 때문이다. 우리는 많은 고통을 겪고 있으며, 아직까지 그 무엇도 우리 내면의 고통을 완전히 덜어주는 데 성공하지 못했다.

왜 우리는 이토록 괴로운 걸까?

이 고통은 어디서 오는 걸까?

우리를 괴롭히는 것은 세상의 가혹함일까?

불교에서는 우리가 겪는 고통의 원인은 우리 마음과 머릿속에 계속 쌓여가는 생각과 감정에 있다고 본다. 이것들은 자기 자신과 남에게 놀라울 정도로 해롭다.

우리는 모두 예외 없이, 다른 사람들과 자기 자신에 대해 끔찍한 생각을 한다.

'나 저 사람 싫어! 내 눈앞에서 사라져버리면 좋겠어!'

'난 내가 싫어! 죽고 싶어! 죽어버리면 좋겠어!'

또한 다른 사람들과 자기 자신에 대해 견딜 수 없을 정도로 괴롭고 부정적인 감정을 느낀다. 불교 가르침에 따르면 깨달음을 얻지 못한 모든 사람은 당연히 내면이 똑같이 병들고 꼬여 있으며 어둡다. 우리 모두 그렇다. 비뚤어진 생각과 감정, 욕구와 갈망과 충동, 중독과 본능 그리고 변덕 때문에 힘들어한다. 서로 다른 점이 있다면 그런 무시무시한 충동을 얼마나 행동으로 옮기느냐이다.

이런 이유로 세계의 모든 종교 전통은 이 세상에 눈에 보이지 않는 존재가 있어서 우리 몸과 마음을 완전히 장악하고 아주 파괴적인 행동을 저지르게 만든다고 가르친다. 세계엔 다양한 종교가 있지만 이 모든 종교 전통이 그 존재를 가리키는 말은 똑같다.

"악마."

우리 모두의 내면엔 악마가 살고 있어서 언제 뛰쳐나와 끔찍한 일을

왜 우리는 이토록 괴로운 걸까?
이 고통은 어디서 오는 걸까?
우리를 괴롭히는 것은 세상의 가혹함일까?

저지를지 모른다. 그러니 악마같이 어두운 생각과 감정, 충동 때문에라도 우리는 모두 참선과 같은 자기 통제, 자기 정화, 혹은 자기 치유 방법을 배워야 한다. 다른 것은 효과가 없다. 교육, 일, 운동, 취미, 심지어 심리 치료도 효과가 없다. 다른 형태의 활동이나 자기 수양은 모두 그런 끔찍한 정신 상태에서 비롯된 결과물, 즉 겉으로 드러나는 행동과 증상만을 다룬다. 그중에 어느 것도 우리의 가슴과 머리, 몸 안에서 그 악마들을 완전히 없애지는 못한다.

우리는 모두 다른 악마를 갖고 있다. 저마다 통제가 안 돼서 자기 자신과 다른 사람들에게까지 끔찍한 고통과 문제를 일으키는 각기 다른 충동과 욕구, 본능적인 반응, 행동 습관이 있다.

어떤 사람들에겐 그게 돈이다. 마치 마약과 같아서 그걸 더 많이 가질 수 있다면 무슨 일이라도 할 것이다. 다른 사람에게 상처를 주거나 가족을 기만하는 일도 마다하지 않는다. 어떤 사람들에겐 그게 권력이다. 이들은 아주 작은 권력만 생겨도 거만해지고 폭력적으로 변한다.

모든 감각 자극은 특정 악마를 불러내는 힘이 있는 것 같다. 평소엔 우리의 몸과 마음에 잠자고 있다가 자극이 오면 반응하는 것이다. 술만 먹으면 악마가 되는 사람이 있는가 하면, 도박 때문에 그렇게 변하는 사람들도 있다. 인터넷 쇼핑, 포르노그래피, 온라인 게임, 소셜미디어에 영향을 받아 변하기도 한다.

중독의 형태를 띠지 않고 특정 상황에서의 행동 양식으로 나타날 때도 있다. 예를 들면 불편한 상황이 생길 때마다 성질을 부리거나 다른 사람에게 좋은 일이 생기면 시기하거나 다른 사람들도 갖고 싶어 하는 뭔가를 보면 지나치게 경쟁심을 갖거나 문제가 발생할 때마다 최악의 시나리오를 상상하는 태도 등이 그렇다.

이렇게 보면 모든 세속적인 즐거움과 그런 상황에는 악마가 살고 있는 것 같다. 이 말은 곧 인간의 마음과 머릿속에 셀 수 없이 많은 악마들이 산다는 뜻이다.

그런데 불교 가르침에 따르면 실제로 우리 안에 있는 악마는 딱 하나다. 다만 그 악마를 불러내는 자극이 무엇이냐에 따라 각기 다른 형태를 띠고 조금씩 다른 행동을 취하는 것뿐이다.

현대 심리학 용어로 표현하면 이 악마는 '이기심'이라 할 수 있다. 이때 이기심이란 자신의 순간적인 욕구를 다른 모든 관심보다 앞세우려는 통제 불능의 성향을 뜻한다. 다른 사람이나 심지어 자기 자신에게 해가 된다고 해도 개의치 않는다.

이런 이기심이 우리의 파괴적이고 건강하지 못한 행동의 원동력이다. 불교에서는 이기심이 우리가 겪는 모든 불행의 비밀스러운 근원이자 사람들이 무리 지어 살기 시작한 이래로 모든 인류 문명에 골치 아픈 문제를 일으켜온 원인이라고 가르친다.

하지만 고대 불교에서는 '이기심'이란 단어를 사용하지 않았다. 대신 비슷한 표현이 있었는데, 바로 '아집我執'이다. 언제나 자기가 원하는 것만 추구하려 하고 원하지 않는 것은 피하거나 망가뜨리려는, 거부할 수 없는 강력한 충동을 뜻한다. 완전히, 완벽하게, 순전히 자기도취에 빠져 어린아이처럼 우주 전체에서 오직 한 가지만 생각한다.

내 기쁨. 내 만족. 내 불편함 덜기.

이것이 우리 안에 불행과 깊은 수치심, 자기혐오를 일으키는 악마다. 우리는 참선을 통해서 이 악마 길들이기에 도전하는 것이다.

처음 참선을 시도할 때 반드시 이 사실을 알고 시작해야 한다. 이제 우리는 악마와 전쟁을 시작하려 한다는 것. 그 악마는 우리보다 더 강하다는 사실을.

이기심이라는 악마는 우리의 몸과 마음에 참선이 작용하지 못하게 방해한다. 그래서 늘 우리를 유혹하거나 산만하게 하고 지루하게 하며 짜증 나게 하거나 괴롭히고, 그것도 아니면 잠이 들게 한다. 참선이 이기심을 이루는 모든 어두운 생각과 감정, 습관을 깨부술 수 있기에 위협을 느끼는 것이다. 그래서 우리가 참선을 할 때마다 싸우려 들 것이다.

이기심은 우리가 살아가는 모든 순간에 우리를 지배하려고 한다. 하지만 걱정할 것 없다. 천하무적처럼 보이는 내면의 악마와 싸울 때 느낌을 바꿔놓을, 유리한 정보를 알려줄 것이기 때문이다.

그러니 당신과 나, 우리는 이 싸움에서 이길 수밖에 없는 운명이다.

앞에서 들려준 하근기 이야기를 다시 생각해보자. 하근기인 사람은 불꽃의 유혹을 거부하지 못했다. 그가 불꽃에서 멀어지도록 가르침을 준 것은 무엇인가? 그건 불에 덴 고통이다. 불꽃을 끌어안았을 때 가해진 고통.

고통은 끔찍하지만 그렇다고 우리의 적은 아니다. 오히려 두 번째로 훌륭한 스승이다. 최고로 훌륭한 스승은 참선이고, 고통은 최고에 근접한 아주 훌륭한 스승이다. 따라서 어떤 식으로든, 그러니까 어리석은 행동으로 극심한 고통을 겪고 뉘우치든, 아니면 참선을 통해 마음을 정화하든, 이 두 스승 중 하나가 이기적인 충동을 거부하는 법을 가르쳐 줄 것이다.

결국에는 늘 기분이 나쁜 자기 모습에 염증이 나고, 어리석은 행동을 자제하지 못해 자기 자신과 사랑하는 이들에게까지 상처를 주며 가슴 아파하는 것에 지쳐간다. 그러다 보면 참선이 비록 힘들지만 익숙해질 때까지 한번 해볼 만한 가치가 있다고 느끼게 된다. 결국 이기심의 억압과 불행의 고통으로부터 해방되기 위해 "이뭣고?"를 이용하게 될 것이다.

그건 정말 시간문제다. 이기심이라는 악마의 유혹에 빠져서 사소한 일에도 버럭 화가 나려고 할 때, 혹은 자기 것이 아닌 뭔가를 좇고 싶을 때, 거짓말을 하거나 속이고 싶은 생각이 들 때, 그럴 때마다 우리가 해야 할 일은 자신에게 간단한 질문을 던지는 것이다.

우리는 무엇을 더 원하는가?
후회와 수치심으로 괴로워할 것인가, 아니면 다소 힘들더라도 참선을 할 것인가?

물론 이런 생각조차 못 하고 어쩔 수 없이 불로 뛰어들 때도 있을 것이다. 그런 다음에 쓰디쓴 후회의 눈물을 흘리고 다시는 그런 어리석은 짓을 하지 않겠다고 맹세할 것이다. 그런 때를 제외하면 우리는 한 발 물러서서 스스로에게 "이뭣고?" 질문을 던지며 자기 파괴적인 충동이 저절로 사라질 때까지 기다릴 수 있을 것이다.

이런 식으로 어리석은 행동을 후회하는 경험과 현명한 행동으로 스스로의 가치를 확인하는 경험을 오가면서 인간 존재의 행동 원리를 더 깊이 이해하게 될 것이다. 그렇게 우리는 불꽃에서 멀어지는 것이 언제나 최선이라는 것을 조금씩 배워 나갈 것이다.

우리 마음속에는 항상 절망에 굴하지 않고 이겨내는 그 무언가가 있다. 선불교의 가르침을 빌리면 '결코 죽지 않고 항상 밝게 빛나는 무언가'가 존재한다.

우리 마음이 어두운 힘에 지배당해 회생이 불가능할 정도로 절망해도 회복하려는 노력만 포기하지 않는다면 반드시 희망을 보게 될 것이다.

25

바람이 불면 겨울나무가 되어라

출가하기 전에 송담 스님에게 마음속 깊은 곳에서 끊임없이 일어나는 생각과 감정들을 어떻게 다스려야 하는지 여쭤본 적이 있다. 그때 스님의 대답은 이것이었다.

"겨울나무가 되어라. 바람이 분다고 그게 어째서 신경 쓸 일이더냐?"

앞서 나는 참선법이 괴로움을 처리하는 실시간 대응 전략으로 사용되어야 한다고 말했다. 누군가의 말이나 행동 또는 어떤 사건 때문에 화가 나거나 스트레스를 받으면 우리는 그 즉시 올바른 자세를 취하고 올바른 호흡과 집중을 통해 신속하게 효율적으로 감정을 진정시켜야 한다. 이론적으로는 아주 멋진 생각이다. 하지만 처음 참선을 시작하는 사람들은 하나같이 실생활에 적용하기가 생각보다 훨씬 어렵다고 말

"겨울나무가 되어라.
바람이 분다고 그게 어째서 신경 쓸 일이더냐?"

한다. 그리고 그건 정말로 그렇다.

그런데 이런 우리를 놀리기라도 하듯, 고대에서부터 현대의 송담 스님에 이르기까지 한국과 중국의 선지식들은 참선이 배우기 쉽고 실생활에 적용하기도 쉽다고 말한다. 그리고 정말로 그렇다.

그렇다면 무엇이 문제일까? 참선이 어떻게 작용하는지를 배우고 참선하는 방법까지 배웠는데 그것을 일상생활에 적용하는 것은 왜 그렇게 어려운 걸까?

그 이유는 단순하다. 참선해야 한다는 사실을 잊어버리기 때문이다.

> 참선해야 하는 것을 잊어버리는 이유는 속상한 일이 생기면 우리가 의식하지 못하는 사이에 자기 방어와 자기 위로 반응들이 자동적으로 일어나기 때문이다.

우리는 화가 나면 몸이 경직되고, 아무 말도 안 하고, 아무 일도 없었던 것처럼 행동한다. 아니면 받은 대로 돌려주려고 할 수도 있다. 모욕을 당하면 똑같이 모욕을 주고, 무시를 당하면 똑같이 무시하며 가슴속의 분통을 터뜨리는 것이다. 일부는 그냥 휙 돌아서 나가버리기도 한다. 그러고 나면 뭔가 입에 넣을 것을 찾거나 컴퓨터 앞에 앉아 인터넷 검색을 하거나 친구에게 연락해 푸념을 늘어놓는다.

우리에겐 이미 괴로울 때 거기서 도망치거나 그냥 덮어버리거나 혹은 그것을 떨쳐내기 위해 거의 무의식적으로 취하는 자기만의 프로그램화된 행동 양식이 있다. 이런 행동들은 대개 효과가 없고 오히려 더 큰 고통을 일으킨다. 하지만 오래전부터 몸에 익어 습관으로 굳어진 거라 예기치 못한 일이 일어났을 때는 거의 통제가 안 된다. 어쩌다 그런 행동들을 되돌아봐도 결국은 그것이 우리의 성격이라고 결론을 내린다.

어떤 식으로든 우리는 속상한 일이 생기면 참선을 떠올리기도 전에 다른 뭔가를 하고 있을 때가 많다. 오래된 습관의 힘에 이끌려 과거에도 그랬듯 또다시 불만족스러운 결과물을 얻게 된다. 뒤늦게 고개를 절레절레 흔들면서 행동을 변화시킬 강한 의지가 없는 스스로를 원망한다.

선지식들에 따르면 이 문제의 해결책은 항시 "이뭣고?" 화두를 들고 참선하는 것이다.

송담 스님은 법문을 통해 아침에 깨어나 눈을 뜨면 "이뭣고?"에 집중해 대의심을 일으키라고 말씀하셨다. 세수하고 양치를 할 때도, 샤워하는 동안에도, 옷을 입고 외출할 때도, 거리를 걷거나 버스를 타거나 혹은 차를 운전할 때도, 일하려고 의자에 앉을 때나 일상의 잡다한 일들을 처리할 때도, 화가 나거나 두렵거나 혹은 슬플 때도, 집에 돌아와 저녁을 먹을 때도, 마지막으로 잠자리에 들 때도 마찬가지다. 모든 순간, 모든 장소에서 오직 "이뭣고?"를 생각해야 한다. 머릿속에 일어나는 모든 생각과 모든 신체 감각에 대해 우리의 시선을 대의심으로 돌려야 한다.

부처님은 고통이란 보편적인 것이라고 말씀하셨다. 이 말은 우리가 늘 괴로움을 겪는다는 뜻이다. 그렇다고 인생에 고통만 있다는 뜻은 아니지만, 인생의 모든 순간에 어느 정도의 정신적 혹은 신체적 불편이나 성가심, 아픔, 피로, 고통, 경직, 걱정, 따분함, 초조함 또는 긴장을 경험한다는 뜻이다.

우리는 신체적으로 불편하고 감정적으로 불만족스럽고 정신적으로 혼란스러운 상태에 너무 익숙해서 당연하게 받아들인다. 전철이나 버스를 타거나 길을 걸어갈 때 잠시 시간을 내 참선을 하면서 주변을 관찰해보자. 몇 초 이상 가만히 있을 수 있는 사람이 거의 없을 것이다. 마치 몸 위로 개미들이 다니는 것처럼 다들 가만히 있지 못한다. 다리를 꼬고 또 꼰다. 눈길이 한 곳에 머무르지 못하고 계속해서 목표물을 바꾼다. 얼굴 표정도 끊임없이 변한다. 웃었다가, 찌푸렸다가, 찡그렸다가. 꼭 머릿속에 펼쳐지는 일련의 사건 속에서 미쳐버린 사람 같다.

이건 앞에서 언급했듯이 머릿속에 떠오른 모든 생각들이 우리의 지속적인 관심을 통해 자양분을 공급받으면 몸이 반응할 정도로 실감 나는 드라마를 머릿속에 펼쳐 보이기 때문이다. 사실 우리에겐 이런 일이 매 순간 일어난다. 인생이 피곤한 진짜 이유가 바로 이 때문이다. 그리고 불교에서 인간의 모든 마음 상태, 겉으로는 즐거워 보이는 상태까지도 모두 고통이라고 부르는 이유도 이 때문이다.

우리는 인생의 매 순간 이렇게 괴롭힘을 당하고 있다.

그렇다면 매 순간 참선을 함으로써 끊임없는 고통으로부터 스스로를 보호하자는 것이 그렇게 비합리적인 일일까?

비가 내리는 날 외출을 해야 한다면 일단 우산을 들고 나가야 하지 않을까? 우리는 우산을 들고 있는 것이 다소 성가시고 힘들어도 비에 젖는 게 싫으니까 계속 우산을 든다. 그렇다면 부정적인 생각과 감정의 빗방울을 맞고 있는 우리가 매 순간 "이뭣고?"란 우산을 들고 우리의 마음을 보호하지 않을 이유가 어디 있겠는가?

사실 언제든 시간을 내어 "이뭣고?" 화두를 들고 참선을 하면 생각과 감정의 흐름이 방향을 완전히 바꾼다. 그렇게 해서 우리의 운명도 바뀐다.

우리가 "이뭣고?"를 읊조리고 정신을 맑게 하는 것은 마치 자동차를 타고 흙먼지 속을 달릴 때 먼지로 뒤덮인 유리창을 와이퍼로 한 번 닦아내는 것과 비슷하다. 와이퍼가 유리창을 한 번 닦아준 덕분에 우리는 잠깐이나마 전방에 무엇이 있는지를 볼 수 있다. 유리창이 깨끗하게 닦이지 않고 곧바로 먼지가 다시 쌓이기 시작할지라도 최소한 차를 올바른 방향으로 돌릴 수 있는 작은 기회를 얻게 된다. 그렇게 되면 운전하는 동안 가능한 한 자주 와이퍼를 작동시켜 잠깐씩 길을 확인함으로써 서서히 바른 길을 찾을 수 있다. 차창은 계속해서 더 깨끗해질 것이고 우리도 심하게 흔들리지 않고 운전할 수 있을 것이다.

이와 마찬가지로 하루 중 참선을 하는 짧은 순간들이 우리의 의식을 수정처럼 맑은 상태로 만들지는 못하더라도 우리를 조금씩 일깨워주는 건 분명하다. 참선을 하면 우리가 어디로 가고 있는지 보면서 방향을 조정할 기회가 생긴다.

바쁜 일상에서 "이뭣고?"로 의식을 돌리려 노력하는 것이 꽤나 힘든 일처럼 보일 수 있다. 하지만 연습하면 나아진다는 것을 기억하자. "이 뭣고?" 화두로 일으켜진 의심은 우리의 몸과 마음속에 더 깊이, 더 넓게 파고들수록 더 강력해진다. 또한 "이뭣고?"를 읊조릴 때마다 의심이 더 오래 공명을 일으킨다.

그러면 참선이 눈에 띄게 쉬워지고 부담과 불확실성에 따른 걱정도 줄어든다. 몸과 마음이 아주 쉽고 자연스럽게 자세를 잡고 깊은 호흡에 들어간다. 더 이상은 "이뭣고?"가 낯설기만 한 세 음절이 아니다. 이제는 우리가 하루 종일 생각하고 다시 돌아가 또 생각하는 당연한 관심사다. 그렇게 연습을 계속하면 마침내 참선을 하며 쉴 수 있게 된다.

이때부터 참선의 모든 치유 효과가 한꺼번에 나타나기 시작한다.

실시간 괴로움 처리. 마음 정화. 심신의 회복과 재충전. 의식하지 못했던 심리적 콤플렉스 해소. 덧없는 현실을 뛰어넘는 의식의 고양.

복잡한 생각이나 감정을 다스리는 방법으로 송담 스님이 조언해주신 말씀을 다시 한 번 생각해보자.

"바람이 불면 겨울나무가 되어라."

스님은 왜 이렇게 말씀하셨을까?

겨울나무는 잎이 거의 떨어져 나간 상태다. 바람이 불어도 헐벗은 나무의 몸통과 가지들은 저항하지 않는다. 바람에 잘 흔들리지도 않는다. 그러면 바람은 거의 방해받지 않고 나무를 지나쳐 가려던 방향으로 간다.

이처럼 여러 가지 자극과 연상이라는 바람이 우리의 의식에 불어오면 우리도 겨울나무가 되어보자. 그저 가만히 있으면 된다. 바람이 불어오는 쪽으로 관심을 돌리는 대신 오직 "이뭣고?"에 집중하면서 바람이 지나가게 두면 된다. 바람은 우리의 적이 아니다. 그러니 그것을 '처리'하기 위해 우리가 해야 할 일은 아무것도 없다.

이런 식으로 마침내 스스로에게 휴식을 허락할 수 있다. 일상에서 행동하고 여러 사건을 겪는 중에도 정말로 쉴 수 있다. 그리고 이런 행복한 휴식 안에서 우리의 참된 길로 들어서게 된다.

이 정도 경지에 이르면 참선은 더 이상 갈등과 불안감으로 가득한 외로운 싸움이 아니다. 몸과 마음이 자연스럽게 자리를 잡고 큰 물결들은 잠잠해진다. 겉으로 보면 일상의 세세한 일들에만 신경 쓰고 세상 너머에는 별로 관심을 두지 않은 채 하루하루를 사는 것 같지만, 사소한 행동 안에서 휴식을 취할 수 있는 사람의 고요한 내면에서는 우주의 정신이 깨어나기 시작해 모든 존재의 삶을 응원한다.

각자 겪고 있는 정신적 고통의 유형에 관계없이 이 말만은 늘 기억하면 좋겠다.

"바람이 불면 겨울나무가 되어라."

나는 오랫동안 이 말을 가슴에 품고 살았다. 그리고 이 말이 정말로 아주 심한 정신적 고통으로부터 나를 수없이 구제했다. 부디 이 말이 당신에게도 그럴 수 있기를 기대한다.

26

불안

어렸을 때 나는 낯가림이 심하고 소심한 아이였다. 그러다 수줍음이 많고 불안해하는 청년으로 자랐다. 하지만 어느 순간 그 모든 불안과 초조함이 사라져버렸다. 내가 더 성장하기도 했고, 당연히 송담 스님에게 참선을 배우고, 참선이 나를 변화시켰기 때문이다.

불안. 그것은 사회에 안정적으로 자리를 잡고 자식을 키우며 살아가는 사람들뿐만 아니라 산속에서 지내는 은둔자나 스님들에게도 찾아온다. 우리의 삶이 어디로 가고 있는지 모른다는 끔찍한 느낌과 맨땅에 홀로 서 있어 언제든 상처 입을 수 있다는 느낌. 불안은 이따금 스스로가 제어가 안 된다고 느낄 때 드는 감정이다.

두렵고 확신이 없는 느낌도 불안감의 일부다. 하지만 현대 심리학자들은 불안과 두려움을 분명하게 구분한다. 불안과 두려움은 사실 심리적으로나 신체적으로 전혀 다른 종류의 경험이라 각각에 대처할 때도 각기 다른 접근법이 필요하다.

먼저 두려움은 구체적이고 직접적인 위협에 대한 반응이다. 우리의 안위에 실질적인 위협을 가하는 어떤 현상이 물리적으로 혹은 사회적 관계에서 벌어지고 있는 것이다. 예컨대 어떤 사람이나 동물이 공격해 오려고 할 때다.

반면에 불안은 위협적인 상황을 생각할 때 일어나는 반응이다. 예컨대 내일 해야 하는 프레젠테이션을 망치고 웃음거리가 될까봐 미리 걱정하는 것이다. 혹은 고층 건물에서 창밖을 바라보다가 갑자기 여기서 떨어지면 어쩌지 하는 생각에 덜컥 겁이 나는 것도 불안이다. 불안은 당장 확실한 위험이 있는 건 아니지만, 주변에 있는 사람이나 사물로 인해 뭔가 두려운 생각이 들 때 생기는 감정이다. 요컨대 두려움은 실제로 일어나고 있는 물리적 현상이나 상황에 대해 자연스럽게 일어나는 적응 반응이고, 불안감은 실제로 일어나지 않은 현상이나 상황을 속으로 상상할 때 자주 나타나는 역기능적인 반응이다.

두 번째로 두려움과 불안은 초점을 맞추는 시기가 다르다. 두려움은 늘 현재, 즉 지금 일어나고 있는 일에 초점이 맞춰진다. 반면에 불안감은 미래, 비록 잠시 뒤라 할지라도 앞으로 일어날지 모르는 일에 초점이 맞춰진다.

세 번째로 두려움과 불안은 시간적 초점이 다르다 보니 심리적·신체적 경험으로서 지속되는 시간도 다르다. 두려움은 금세 사라지는 편이다. 왜냐하면 실제적 위협이 있을 경우, 결과도 빠르게 나타나기 때문이다. 피해를 당하거나 모면하거나 둘 중 하나다. 어느 쪽이든 우리는 이미 다른 상황으로 옮겨 가 있다.

반면에 불안감은 아직 오지 않은 미래에 초점이 맞춰지기 때문에 그 경험이 얼마나 지속되어야 하는지 외부적으로 정해진 시간 제약이 없다. 만약에 밤늦게 집으로 가는 길에 강도를 만날지 모른다고 걱정하기 시작하면, 그 걱정은 밤에 그 길로 걸어가는 한 계속될 것이다. 혹은 직장의 중요한 프로젝트에서 배제될까봐 걱정할 수도 있다. 그 걱정은 자기 자리가 안전하다는 것을 확인할 때까지 계속될 것이다. 안타깝게도 불안에는 유효기간이 없다. 아마도 이것이 불안의 가장 고통스러운 면일 것이다. 상황에 따라 영원히 지속될 수도 있기 때문이다.

마지막으로 두려움과 불안은 우리의 사고 능력과 행동에 영향을 미치는 방법도 다르다. 두려움은 우리의 사고 패턴을 왜곡하고 사실상 위축시킴으로써 오로지 도망칠 궁리만 하게 만든다. 이런 식으로 두려움은 우리의 신체 움직임을 계획하고 촉진하며 가속화시킨다.

두려움이 이렇게 즉각적으로 행동하도록 준비시킨다면 불안감은 정반대다. 우리의 생각이 좁아지는 게 아니라 사방으로 흩어져 머릿속에 온갖 이미지와 생각들이 난무한다. 몸을 움직이기가 어려워지고 체계가 없어진다. 사람들 앞에서 발표를 하다가 생각의 흐름을 놓쳤을 때처럼 혼미한 기분을 경험해본 적이 있을 것이다. 집중하기가 어렵다. 손이 제멋대로 움직이는 것 같다. 가만히 있을 수도 없고 어느 방향으로 가야 할지 선택할 수도 없어서 발만 동동 구른다. 불안감을 느낄 때 조화가 깨지는 것은 두려움을 주는 대상으로부터 도망치고자 하는 열망과 완전히 다르다.

지난 몇 년간 사람들을 만나고, 대화를 나눠보니 이름 모를 불안 때문에 괴로워하는 사람들이 많았다. 우리는 가끔 이유도 모른 채 막연한 두려움에 오싹하고 불안해질 때가 있다. 아니면 반대로 걱정거리가 계속 바뀌며 몰아치는 통에 괴로울 때도 있다.

예컨대 금전적 형편과 앞으로의 직업 전망, 자식의 미래, 사랑하는 사람들의 건강, 우리의 끝없는 만족 추구, 병들거나 다치면 어쩌나 하는 염려가 끊이질 않는다.

순식간에 지나간 한 생각 때문에 잠을 못 자고 아침에 깜짝 놀라 눈을 뜨며 갑자기 입맛이 사라질 때가 있다. 너무나 빠르게 스쳐 지나간 생각이라 나중에는 어떤 생각이었는지, 그게 왜 그렇게 속상했는지도 기억이 안 난다. 그래서 우리는 계속 궁금해한다.

'왜지? 왜 이렇게 불안하지?'

이렇게 보편적으로 나타나는 불안의 형태를 정서적 욕구와 관련지어 생각해볼 수 있다. 우리 몸에 꼭 필요한 것이 부족할 때 어떤 반응이 일어나는지 생각해보자. 우리 몸은 충분한 음식과 물, 산소를 공급받지 못하면 처음엔 피로감으로 시작해 점차 불편함과 괴로움을 지나 결국엔 고통에 이르게 하는 감각 반응으로 경고 신호를 보낸다. 심리적 욕구가 채워지지 않으면 우리 마음도 이와 비슷하게 반응한다.

심리적 욕구란 우리가 원하는 모습을 유지하기 위해 꼭 갖춰야 한다고 믿는 것들이라고 정의할 수 있다. 그런 것들이 결핍되면 우리는 불안해질 수 있다.

현대 심리학의 역사에서 심리학자들은 여러 가지 다양한 종류의 심리적 욕구에 대해 이야기해왔다.

다른 사람들에게 인정받고 사랑받고 싶은 욕구, 성적 쾌락에 대한 욕구, 사회적 성취에 대한 욕구, 부와 경제적 안정에 대한 욕구.

고대부터 현대에 이르기까지 불교 선지식들은 모든 인간의 심리적 욕구가 궁극적으로 두 가지 기본적 욕구에서 비롯된다고 보았다. 먼저 직접적인 고통과 그런 고통의 위협으로부터 안전하다고 느끼고 싶은 욕구가 있다. 좋은 음식과 입을 옷에서부터 아름다운 집과 자동차에 이르기까지 우리가 살면서 바라는 거의 모든 것들이 생명을 유지하고 보호하는 것과 밀접한 관련이 있다. 하지만 위협과 고통의 원인을 없애는 것만으로는 충분하지 않다. 우리에겐 긍정적인 것도 필요하다. 그래서 두 번째로, 행복과 안녕에 대한 욕구를 느낀다.

사실 그동안 인류가 해온 모든 노력, 즉 인류가 지구상에 존재한 수천 년 동안 건설한 모든 사회와 국가, 문화, 문명, 거기에 속한 관습과 예절, 의식, 방법론과 이데올로기, 윤리 체계, 그리고 우리가 행했거나 생각했던 모든 것이 전부 안전과 행복을 느끼기 위한 것이었다고 말할 수 있을 것이다.

다만 우리가 살아가는 지금, 이른바 '현대'라고 하는 시대가 확실히 독특한 점이 있다면, 그것은 국가와 사회, 문화를 조직하고 관리할 때 공공연히 종교적 관행과 기준을 배제한다는 점일 것이다. 그 결과 오늘날 사회와 문화의 교육 제도 안에서는 인간의 두 가지 기본 욕구를 충족시키기 위해 오로지 물질적 전략 하나만을 배운다.

그 전략은 이런 것이다. 안전하게 보호받는다고 느끼고 행복하게 만들어줄 뭔가를 하고 싶다면, 먼저 돈이 있어야 한다. 그런데 부, 즉 구매력만으로는 충분치가 않다. 현대사회에서 우리의 안전을 가장 위협하는 것은 자원 부족이나 포식 동물이 아니라 다른 사람들이기 때문이다. 그래서 두 번째로 필요한 것이 사회적 영향력이다.

이 전략에 따르면 안전하다고 느끼는 것에 더해서 행복하기를 원한다면 우리를 사랑하고 잘 대해주는 사람들과 지속적인 관계를 구축해야 한다. 그래서 우리는 친구를 만들고 가족이나 직장 동료들과 잘 지내려고 노력하며 나를 많이 사랑하는 멋진 연인이나 배우자를 찾는다. 우리는 이런 애정 어린 관계뿐만 아니라, 계속해서 꾸준하게 심신을 즐겁게 해줄 물건이나 생활양식도 확보해야 한다고 믿는다. 그래서 맛있는 음식을 먹으려고 하고, 보기 좋고 듣기 좋고 냄새 좋고 느낌 좋은 물건들로 주변을 채운다.

돈이든 각광받는 직업이든 멋진 연인이든, 우리가 얻으려고 애쓰는 대상들에는 공통점이 있다. 모두 외부세계에서 기능하는 물질적인 것이라는 점이다. 그것들은 외부로부터 우리를 위협하는 위험을 막아주기도 하고, 한편으로는 기쁨과 즐거움을 느끼게도 해준다.

문제는 우리 모두 내부로부터 공격받고 있다는 사실이다. 그것은 만물을 포괄하는 자연법칙이며, 우주 전체의 운영 체계라 만물에 작용한다.

우리를 공격하는 그것의 이름은 당연히 '변화'다.

그 무엇도 영원하지 않다는 것.

무상無常.

그 무엇도 영원하지 않다는 것.

무상無常.

우리는 늙고 병들고 죽는 것으로 이것을 경험한다. 물론 인생은 짧고 세상에 영원한 것은 없다는 걸 누구나 안다. 하지만 삶과 우주의 끔찍한 면을 보여주는 이 문제는 절대 해결할 수 없을 것처럼 느껴진다. 그러니 다들 인생의 무상함을 의식하지 않으려 애쓰는 것도 이해가 된다. 오로지 코앞에서 벌어지는 일에만 관심을 집중할 뿐, 우리가 어디로 향하고 있는지는 무시하고 잊어버리려 한다.

하지만 매 순간, 매일, 매년 우리 몸에서 일어나는 변화를 무의식적으로 인식하기 때문에 우리 마음에 깊은 불안과 불확실성이 번지게 마련이다.

불교라는 종교 자체가 그런 불안과 괴로움 속에서 생겨났다는 사실을 알아야 한다. 부처님에서부터 송담 스님에 이르기까지 깨달음을 얻은 스승들은 모두 불안감이 커질 때 우리가 느끼는 것과 똑같은 감정을 느끼고 그것으로부터 벗어날 방법을 탐구하기 시작했다.

송담 스님과 선불교가 제안하는 것은 안전과 행복, 그리고 그 결과로 불안이 해소되기를 바라는 우리의 기본적인 욕구를 충족시키기 위한 전혀 다른 전략이다.

우선 불안으로 인한 고통스러운 증상을 다루는 데 참선이 어떻게 도움이 되는지 생각해보자. 불안의 증상으로는 사납고 무서운 상상, 두려움과 혼란에 따른 정서적 괴로움, 신체 조절 능력 상실 등이 대표적이다. 불안은 뭔가 끔찍한 일이 벌어질 거라는 부정적인 생각에 대해 연속적으로 일어나는 일련의 반응임을 기억하자. 일반적인 불안 장애의 경우, 어떤 구체적인 상황이나 사건을 계기로 이런 생각을 하게 된다.

어떻게 그렇게 순간적이고 사소한 것이 그런 엄청난 신체적·정서적 반응을 유발할 수 있을까? 선불교에서는 그 생각 자체가 문제를 일으키는 것은 아니라고 답한다. 문제는 집요할 정도로 반복해서 그 생각에 관심을 기울이는 우리의 태도다.

우리의 의식, 우리의 정신적 시선을 우리의 심신 중 어느 것, 이를테면 머릿속으로 상상한 것이든 신체의 일부든 어떤 대상으로 돌리면 거기로 에너지가 전달된다는 사실을 기억하자. 흥미로운 점은 그 대상에 에너지가 쌓이는 것이 감각으로 느껴진다는 점이다. 지금으로서는 왜 그런지 과학적으로 설명하거나 이론을 제시할 방법은 없다. 그러니 내 말을 억지로 믿을 필요 없다. 잠시 참선을 하며 직접 실험을 해보면 된다.

- 방석이나 의자에 앉아 올바른 좌선 자세를 취한다.
- 준비 호흡을 최소 세 번 하고, 복식 호흡을 시작한다.
- '이뭣고'를 읊으며 화두를 든다.
- 양손을 살짝 떨어뜨리고 그 사이에 축구공이 있다고 상상한다.
- 그런 다음 두 손 사이에 만들어진 둥근 공간에 주의를 기울이자.
- 부드럽게 눈을 감고 양손에서 무슨 일이 일어나는지 살피자.
- 찌릿찌릿한 느낌이 드는가?
- 손이 부풀어 오르는 느낌이 드는가?
- 손이 따뜻해지는 것 같은가?
- 두 손 사이에 전류가 흐르는 것 같지 않은가? 두 손을 끌어당기거나 혹은 밀어내는 자력 같은 것이 느껴지는가?
- 이제 양손을 보자. 손의 색이 그대로인가? 살짝 부은 것 같지 않

은가? 손등의 정맥이 전보다 더 도드라져 보이는 것 같지 않은가?

- 끝으로 우리가 한 행동을 생각해보자.
- 두 손에 의식을 집중하는 간단한 행동만으로 생리적 변화를 일으
킨 것이다.

이때 우리의 정신적 시선은 정말로 목표물에 에너지를 공급하는 자양분 많은 광선 역할을 하는 게 아닐까 싶다. 신체 일부분에 주의를 집중하면, 그 부분이 팽창하고, 따뜻해지고, 활기가 생기는 것이 느껴진다. 불교를 포함해 여러 종교 전통의 수행자들은 그렇게 정신적 시선, 즉 의지를 보내면 몸이 치유되는 속도가 빨라진다고 주장한다.

그런데 구체적인 생각이나 이미지 같은 정신적 대상에 주의를 집중하면 그보다 더 흥미로운 현상이 벌어진다. 그 생각이나 이미지가 선명하고 생생하게 살아나 마치 현실인 것처럼 느껴지는 것이다.

시간이 흐르면 의식 전체가 이렇게 우리가 만들어낸 내면의 현실로 빠져들어 외부 경험과 완전히 단절된다. 우리의 의식이 내면의 가상현실, 즉 꿈의 세계로 완전히 가라앉는 것이다. 그래서 머리로 지어낸 온갖 경험에 반응하느라 몸의 힘이 풀리기도 하고, 움츠러들기도 하고, 땀을 흘리기도 한다.

송담 스님이 자주 하시는 말씀이 있다.

"한 생각으로 모든 것이 만들어진다. 한 생각을 어떻게 다스리느냐가 가장 중요한 일이다."

우리의 의식 위로 올라오는 모든 생각은 창조의 잠재력이 가득한 씨앗이자 뒤엉킨 유전자 코드와 같다. 그리고 우리가 의식을 집중해서 생긴 에너지가 그 생각의 씨앗이 자라도록 자양분을 제공한다. 의식적으로든 무의식적으로든 우리가 어떤 한 생각에 의식을 집중하면 정신적 빅뱅과 같은 폭발력으로 내면에 새로운 경험 세계를 창조하는 특이점 현상을 일으킨다.

여기서 우리 내면에 새로운 경험 세계가 만들어지도록 자극하는 생각이 대단히 부정적이고 위협적인 것이라고 상상해보자. 그 악마 같은 생각은 내면에 어떤 유형의 우주를 창조할까? 지옥을 만드는 건 아닐까? 우리에게 상처와 굴욕을 안겨주고 고문하고 죽음에 이르게 하는 모든 방법이 마음속에 수없이 펼쳐지는 지옥 말이다.

우리는 과거 그 어느 때보다 세상에서 일어나는 좋지 않은 일들, 자연재해와 인간이 저지른 범죄, 그리고 곧 닥칠 재난까지 속속들이 잘 알게 되었다.

이토록 자극적인 사회 환경에 어떻게 대처해야 하느냐는 질문에 송담 스님은 이런 비유를 들어 말씀하셨다.

"양동이가 새는 것을 발견했을 때 올바른 해결책은 안에서 구멍을 막는 것이다. 바깥에서 막으려고 해서는 소용이 없다."

양동이는 우리의 머리이고 양동이에 들어 있는 물은 우리 머릿속의 모든 생각 씨앗과 같다. 이 생각 씨앗들이 우리의 안녕에 얼마나 위험할 수 있는지 생각해보자. 무엇인가로 인해 양동이에 구멍이 나면 물이 새듯, 우리의 머리에서도 어떤 도발적인 자극이 주어지면 바람직하지 않은 고통스러운 상상들이 흘러나올 수 있다.

사람들은 불안을 처리하려고 할 때 보통 구멍 난 양동이를 바깥에서 막는 것과 같은 전략을 쓴다. 다시 말해 자신의 정신과 그 정신에 구멍을 낸 바깥세상 사이에 장벽을 세우려고 애쓴다. 우리의 정신이라는 양동이 주변에 아름다운 풍경으로 장벽을 두르려는 것이다. 주말에 휴가를 떠나거나 템플스테이를 하는 것이 그런 예다.

하지만 그렇게 거리를 둔다고 해도 상처를 받으면 괴로운 생각들이 다시 밀려들게 마련이다. 양동이 바깥쪽을 무엇으로 막든 안에 든 물이 새어 나오게 된다. 템플스테이와 같이 일상을 벗어난 참선 수련이 우리의 관점을 변화시키는 데는 자주 성공하지만 집으로 돌아온 뒤의 행동까지 변화시키지 못하는 이유가 바로 이 때문이다.

궁극적으로 사방에서 밀려드는 정보의 홍수로부터 우리를 방어할 방법이 없다. 감각박탈실(sensory-deprivation chamber, 1960년대에 미국 히피족 사이에 유행했던 감각을 박탈시키는 공간이나 기구)에 살지 않는 한 세상과 단절할 방법이 없다.

그렇다면 양동이의 구멍을 안쪽에서 막아야 하는데, 그 전략은 에너지를 가진 우리의 정신적 시선을 그 근원으로 돌리는 법을 배우는 것이다. 에너지의 기류가 방향을 바꿔 생각 씨앗과 우리의 의식이 떠올리는 이미지들에 영향을 주지 않는다면 마음속에 지옥을 만들 일은 없을 것이다.

연습을 통해 참선 기법을 좀 더 단련하면 자극이 빗발치는 상황에서도 몸과 마음이 더욱 평화롭고 고요하며 선명한 상태에 이를 수 있을 것이다.

송담 스님은 지금으로부터 40년도 더 전에, 내 본사를 이끌게 되었을 때 이미 기술 혁명을 예견하고 앞으로는 절 담벼락으로 바깥세상을 차단하기가 어렵겠다고 생각했다. 그래서 제자와 신도들에게 현대의 업무환경에 참선을 적용하는 법을 훈련시켰다. 일상의 현실을 초월하기만 하는 것이 아니라, 그것에 적절히 대응하는 수단으로 참선을 가르친 것이다. 송담 스님이 자주 하시는 말씀이 있다.

"우리는 생사의 고통 한가운데서 그 생사의 고통을 초월해야 한다!"

더 이상 양동이 안에서 새는 물을 양동이 바깥에서 막을 수는 없다. 안에서 막는 방법을 배워야 한다.

최근에 캘리포니아주 팔로 알토Palo Alto에 있는 참전군인병원에서 병원 관리자, 의사, 직원, 그리고 환자들에게 참선을 가르칠 기회가 있었다. 행사가 끝난 뒤 그 행사를 기획하고 직접 참여한 병원의 치안 담당 책임자가 찾아와 참선을 배우며 겪은 일을 들려주었다.

그는 체격이 크고 당당한 60대 남성이었다. 신뢰감을 주는 온화한 인상에 장난꾸러기 같은 웃음이 인상적이었다. 그는 내게 자신도 참전군인이며 30년간 군 생활을 하면서 두 번의 전쟁을 겪었고 전역 후 경찰로 일하고 있다고 말했다.

"스님, 저는 군대에 있으면서, 그리고 경찰로 일하면서 누구에게도 말하지 못했고, 절대 말할 수 없는 것들을 직접 보고 겪었습니다."

그는 눈을 질끈 감더니 살짝 인상을 찌푸렸다.

"참전 용사의 머릿속에는 그 모든 것이 그대로 남아 있어요. 아주 끔찍한 기억들이에요, 스님. 이곳에 있는 참전 용사와 경찰들의 머릿속이 다 그럴 겁니다. 하지만 절대 얘기하지 않아요. 한 마디도 안 해요. 그냥 머릿속에서만 돌고 도는 거예요."

충격적인 경험에서 살아남은 사람들이 머릿속에 남아 있는 기억 때문에 더 힘들어하는 것도 이 때문이다. 그런 끔찍한 내적 경험 세계에 너무도 집중한 나머지, 물리적인 외부세계가 오히려 비현실적으로 시시하게 느껴진다. 외부세계가 꿈이고, 그 꿈에서 깨어나면 끝난 줄 알았던 그 지옥 같은 경험을 다시 해야 할까봐 걱정한다. 그러니 끔찍한 사건의 생존자들이 그 기억을 견딜 수가 없어서 자살을 시도하기도 하는 것이다.

우리가 경험하는 불안감도 비슷하다. 끔찍한 사건이 언제 벌어질지 모른다는 느낌 때문에 머릿속에 펼쳐진 지옥으로 빨려든다. 불안감으로 고통받는 사람은 결국 불안감 자체를 불안해하게 된다.

그 경찰 책임자는 나를 지그시 바라보며 자신의 경험을 더 들려주었다.

"스님이 오늘 가르치신 이 참선을 배운 것이 저에게 어떤 의미인지 말로 표현할 수 없는 이유가 바로 이 때문이에요. 처음으로 다 놓아버릴 수 있게 됐어요. 드디어 그 망할 것들을 머릿속에서 쫓아낼 수 있었어요. 그것이 저와 여기 있는 모든 사람들에게 어떤 의미인지 말로 다 설명할 수가 없어요."

"대단히 충격적인 기억과 그로 인한 불안감을 해소하는 데 참선이 효과가 있다고 이렇게 분명히 말해준 사람은 당신이 처음이에요. 어떤 기분이죠? 그리고 어떻게 달라진 거죠?"

"그러니까, 불안감이 엄습하면 그냥 기다리는 것밖에 달리 할 수 있는 게 없어요. 그냥 견디는 게 다예요. 하지만 참선을 시작하면 보통은 나중까지도 계속되는 이런 이상한 불안감과 마음의 고통이 없어져요. 이 불안감과 고통은 정신적 충격을 받은 기억들이 지나간 후에도 오랫동안 지속되거든요. 아주 나쁘죠! 하지만 매일 앉아서 참선을 하면 그 끔찍한 기억들도 시름시름 약해지기 시작해요."

"시름시름 약해진다는 게 어떤 의미죠?"

"그러니까, 예전만큼 자주 찾아오지 않아요. 설사 다시 기억나더라도 그렇게 강렬하지 않아요. 저는 참선이 제 몸과 마음에 영향을 주었다고 느껴요."

이렇게 참선으로 불안의 증상들을 달랠 수 있다고 하더라도 그것이 어떻게 죽음에 대한 불안까지 모두 없앨 수 있을까? 참선을 한다고 죽음을 피할 수는 없는데 말이다.

솔직히 말하면 우리는 죽음에 대한 불안을 쉽게 떨쳐버리지 못한다. 다른 형태의 불안과 달리, 존재와 관련된 불안은 우리의 곤란한 처지에 대한 정확한 판단을 기반으로 하기 때문이다. 근거 없는 막연한 불안이 아니다.

사실 이런 종류의 불안은 우리 삶의 핵심적 진실에 대한 자연스럽고 이성적인 반응이다. 살아 있는 모든 것은 결국 죽는다. 인간도 예외가 아니다. 인간 존재에 관한 이런 명백한 사실을 부정하는 것은 곧 성장을 거부하는 것이다.

따라서 우리가 가진 정신적·육체적 능력들로 죽음에 대한 불안을 없애지는 못하지만, 참선 훈련을 통해 죽음에 대한 불안을 변화시키고 승화시켜 정신적 삶을 살고자 하는 간절함으로 집중되게 할 수는 있다.

참선은 죽음에 대한 불안을 억누르는 대신에 그 불안의 에너지를 연료처럼 이용한다. 죽음에 대한 불안을 억지로 밀어내지 않고 받아들이면 "이뭣고?" 화두에 더 강렬하게 집중할 수 있다. 사실 이 죽음에 대한 불안감으로 인해 참선이 정말로 생명력을 갖게 된다.

참선을 통해 심신의 조화가 이뤄지면 우리 몸은 균형 잡힌 휴식을 취하게 되고, 우리 감정은 차분하고 안정적인 상태가 된다. 그러면 기존에 가만히 쉬지 못할 때 몸과 감정에 있었을 모든 불안의 에너지가 이제 마음으로 효율적으로 이동해 극도로 집중하는 맑은 의식 상태를 만들어낸다.

레이저가 일관된 빛을 쏘아 아주 먼 거리에 있는 매우 작은 지점에 초점을 맞출 수 있는 것과 마찬가지로, 참선은 죽음에 대한 불안감을 연료 삼아 우리의 정신적·신체적 활동이 일관적으로 오랜 시간 정확히 집중할 수 있도록 도와준다. 참선할 때의 이런 레이저 같은 의식 상태는 이제 회광반조의 원리에 따라 자연스럽게 안으로 향하여 의식의 깊은 곳을 뚫고 들어간다. 밖으로 폭발하던 불안 에너지가 아무런 해를 끼치지 않고 깨끗하게 내면으로 방향을 돌려 놀랍도록 깊은 의식을 만들어낸다.

참선을 통해 불안이 집중력으로 바뀌면 개인적으로는 몸과 마음속 깊은 곳으로 내려가는 느낌이 든다. 헤아릴 수 없이 깊은 참선의 고요함 속에서 우리가 단지 육체에 불과한 존재가 아님을 깨닫는다. 몸으로 세상을 경험하지만, 어쨌거나 세상을 경험하는 우리의 몸을 의식이 경험하기 때문이다. 그리고 더 깊이 들어가면 의식의 뿌리에서 무엇인지 알 수는 없지만 살아 있는 존재, 일종의 빛 같은 것을 감지한다. 그리하여 물리적인 육체 너머의 내면에 살아 있고 진실인 무언가가 있다는 것을 깨닫기 시작한다.

이것을 가리키는 말이 종교마다 다르다. 어떤 종교 전통은 '영혼soul' 혹은 '영spirit'이라 부르고, 대승불교에서는 '불성Buddha-nature' 또는 '불심Buddha-mind'이라고 부른다. 선불교에서는 대개 '일물一物'이라고 표현한다. 어느 것으로 부르든, 우리는 어떤 종교적 교리나 권위에 의존하지 않고 자기만의 정신적·신체적 경험을 통해 우리 안에 영원히 파괴되지 않고 진정으로 살아 있는 무언가가 존재할 수 있다는 가능성을 깨닫기 시작한다.

이렇게 참선을 하면 죽음에 대한 불안이 강렬한 정신적 열의로 바뀐다. 그리고 정말로 죽음을 초월할 수 있을 것 같다는 생각을 태어나 처음으로 하게 된다.

27
°°°°
외로움

내가 진행하는 TV 프로그램이 방송을 시작하고, 그 영상이 유튜브에 업로드된 이후 세계 각지에서 사람들이 참선에 대한 궁금증이나 개인적 고민을 털어놓기 시작했다. 나로서는 전혀 예상치 못한 일이었다.

인터넷을 통해 수많은 사람들과 연락하고 소통하는 과정에서 현대인이 얼마나 외롭고 고립되어 있다고 느끼는지 알게 되었다. 인터넷상에서는 웃고 울고 떠들고 원하는 것들을 이야기하지만, 실생활에서는 누구와도 이야기하지 않는 사람들이 많다는 것을 알게 되었다.

20세기 초 대인관계 정신분석 분야를 선구적으로 개척한 미국의 정신의학자 해리 스택 설리번Harry Stack Sullivan은 인간이 경험하는 모든 것 중 가장 고통스러운 것이 외로움이라고 말했다. 다른 의사들도 이제 만성적 외로움이 생명을 위협하는 심각한 요인이라고 인정한다. 만성적 외로움은 암, 뇌졸중, 심혈관 질환의 위험을 높이는 것과 상관관계가 있다. 정서적 지지를 받지 못하는 것은 질병과 사망으로 이어질 수 있는, 흡연보다도 더 위험한 요인으로 알려져 있다.

외로움은 우리의 행복과 정신 건강에만 위협적인 것이 아니라, 신체 건강에도 해로운 위험 요소다. 따라서 충치를 예방하기 위해 매일 양치질을 해야 한다는 사실을 아는 것처럼 외로움에 대해서도 제대로 이해하고 예방법도 알아야 한다.

> 외로움은 보통 지금보다 더 많은 사람들과 더 가깝게 지내고 싶은 욕구라고 정의된다. 외로움은 사랑받지 못한다는 느낌에서 오는 고통과 열망이다. 우리는 모두 사랑받길 원한다.
> 사랑받지 못하면 적어도 좋아해주길 바란다. 좋아해주지 않는다면 최소한 부러움의 대상이 되고 싶어 한다. 그것도 안 되면 두려움의 대상이라도 되고 싶어 한다. 누구도 무시당하는 것은 원하지 않는다. 우리는 사회적 동물이기에 어떻게든 무시당하는 것만은 피하고 싶어 한다.

70억 인구가 살고 있는 세상에서, 더욱이 남에게 친절한 말 한마디 건네는 데 돈 한 푼 들지 않는 글로벌 문명사회에서 그토록 외로워야 한다는 것은 비극이다. 안타까운 건 대부분의 사람들이 외롭다는 것이다. 그중엔 너무 외로워서 과연 살아남을 수 있을지 걱정스러운 사람들도 있다.

이제 내가 지금까지 만나본 가장 고독하면서도 가장 용기 있는 어떤 사람의 이야기를 하려 한다. 그녀의 이름을 대신해 K라고 부르겠다.

외로움은 보통 지금보다 더 많은 사람들과
더 가깝게 지내고 싶은 욕구라고 정의된다.
외로움은 사랑받지 못한다는 느낌에서 오는 고통과 열망이다.
우리는 모두 사랑받길 원한다.
사랑받지 못하면 적어도 좋아해주길 바란다.
좋아해주지 않는다면 최소한 부러움의 대상이 되고 싶어 한다.
그것도 안 되면 두려움의 대상이라도 되고 싶어 한다.
누구도 무시당하는 것은 원하지 않는다.
우리는 사회적 동물이기에 어떻게든
무시당하는 것만은 피하고 싶어 한다.

10년 전쯤, 내가 종무소에 앉아 있을 때였다. 마침 나는 사무실 옆에 마련해 둔 작은 상담실의 낮은 책상 뒤에 방석을 깔고 혼자 앉아 있었다.

그때 갑자기 K가 상담실로 들어오더니 내 앞에 앉았다. 자그마한 체구에 머리카락이 길고 얼굴에 장난기가 가득했지만, 눈빛만은 유난히 강렬했다. 누가 불쑥 나타나 자기를 잡아갈까봐 걱정하는 듯 계속 주위를 두리번거렸다.

그래서 가능한 한 부드럽고 조심스럽게 물었다.

"어디 아픈가요? 괜찮아요, 세상에 완벽하게 건강한 사람은 아무도 없어요. 어디가 아픈지 나에게 얘기해줄래요?"

K가 나를 바라보았다. 눈빛에 적개심과 슬픔이 뒤섞여 있었다.

"정신분열증이래요."

마침내 K가 머뭇거리며 작은 소리로 말했다.

"그렇구나. 그게 뭔지 나도 알아요. 어떤 증상이 있는지 얘기해줄 수 있어요?"

"지금은 괜찮아요. 그런데 전에는 어떤 소리가 들렸어요. 환청이요. 그리고 내 생각과 현실이 구분되지 않을 때가 있었어요."

나는 가볍게 웃으며 말했다.

"그건 아주 흔한 증상이에요. 약은 지금도 먹나요?"

"약 싫어요. 먹으면 기분이 안 좋아요. 그래도 항상 먹어요."

K가 고개를 끄덕이며 말했다.

"잘하고 있네요. 잘한 거예요, 정말. 병원에도 가요?"

"일주일에 한 번씩 가요."

K의 말이 전부 사실이라면 당시 K는 정신질환이 있음에도 '고기능'을 발휘하는 상태였다. 즉 자신의 병에 대한 이해도가 높고 다른 사람들과 대화가 가능하며 무엇보다 자신의 질환에 따른 증상을 감당할 수 있고 자기 관리 규칙을 지킬 줄 안다는 이야기다.

나는 뉴욕에서 정신병과 약물 중독 증상을 모두 가진 사람들과 일했던 경험이 있다. 그때 목표는 고기능을 발휘할 수 있도록 훈련시키는 것이었다. 즉 독립적인 생활을 꾸려나갈 수 있도록 돕는 것이다. 그러나 대부분 실패했다. 하지만 K는 성공하고 있는 것 같았다.

K는 내가 자신을 무서워하거나 싫어하지 않는다는 것을 알고 때때로 전화를 걸거나 직접 찾아오기 시작했다. K는 거부당하고 욕을 먹는데 익숙했기 때문에 본능적으로 사람들을 불신했다. 자신을 괴롭히는 사람이 없는지 확인하려고 항상 주변을 두리번거렸다. 하지만 잘 웃었고 항상 뭔가 재미있는 것을 찾았다. 내게 "귀엽다" 또는 "예쁘다"고 말하며 어떤 신도들도 하지 못할 방식으로 나를 놀렸다.

언젠가 K가 가방에서 문학잡지를 꺼내 나에게 건넸다. 지역 아마추어 작가들이 쓴 소설과 시들이 흑백으로 인쇄된 작고 얇은 잡지였다. 나는 궁금해하는 눈빛으로 K를 바라보았다.

"빨리 봐, 빨리 보라고."

K는 시간이 없다는 듯 나에게 손을 흔들어댔다.

나는 잡지를 펼쳐 목차를 훑어 내려갔다. 아니나 다를까, 거기에 K의 이름이 있었다. 그녀가 시를 쓴 것이다.

누군가의 글을 판단할 만큼 내 한국어 실력이 좋은 게 아니라서 그녀가 얼마나 재능이 있는지에 대해서는 말할 수 없다. 하지만 인생과 세상에 대한 질문이 담긴 그런 시가 내 앞에 있는 강렬한 눈빛에 시끄럽고 예측 불가능한 이 사람에게서 나올 수 있다고는 아무도 예상하지 못했을 것이다.

K에게는 하루하루가 채워나가야 할 거대한 빈 공간이었다. 오늘은 뭘 할까? K는 혼자 고민해야 했다. 그냥 TV 앞에 앉아 꼼짝하지 않을 수도 있었다. K도 그걸 알기에 종종 밖에 나가 저렴한 음식점에서 밥을 사 먹고 정처 없이 돌아다녔다. 소소한 일거리를 찾기도 했다. 라디오를 듣고 청취자 전화 이벤트에 도전하기도 했다. 이를테면 다섯 번째로 전화를 건 사람에게 경품을 주는 식의 그런 이벤트 말이다. K는 전화기를 들고 라디오 옆에 앉아 그런 기회가 오기만을 기다릴 수 있는 몇 안 되는 사람 중 하나였다. 그래서 라디오 방송 진행자와 이야기를 나누고 사람들과 연락하게 되는 기회를 얻기도 했다.

"스님, 나 독한 년이야."

언젠가 길에서 마주쳤을 때 K가 웃으면서 말했다. K는 한 손으로 가방 끈을 꽉 쥐고 있었다. 사람들이 많은 곳에서 만나면 더 긴장했다.

K가 내 앞에서 속된 말을 쓴 것은 그때가 처음이었다. 그때는 몰랐지만 K는 욕을 잘했다. 몇 년이 지나서야 그녀가 마음속에 세상을 향한 견딜 수 없는, 하지만 생각해 보면 충분히 이해할 만한 끓어오르는 분노를 품고 있다는 것을 알았다.

나는 웃으며 대꾸했다.

"응, 독하지. 너처럼 강한 사람은 없어."

"맞아. 나 강한 사람이야."

"그리고 넌 용감해."

내가 말했다.

"응, 진짜 그래. 나 이제 가야 돼."

그녀는 마치 할 일이 산더미처럼 쌓여 있어서 나처럼 하찮은 사람에게 신경 쓸 수 없다는 듯이 말했다.

이것이 K의 가장 놀라운 점이었다. 내가 뉴욕에서 만났던 정신질환과 약물 중독을 앓는 사람들은 몹시 외로워했다. 그래서 자신에게 애정과 관심을 보이는 사람이 있으면 절대 떨어지려고 하지 않았다. 마치 버려진 아이처럼 겁내고 슬퍼하며 매달렸다. 이따금 무섭게 화를 낼 때도 있었다.

하지만 K는 달랐다. 그녀는 내가 만나본 가장 외로운 사람이었지만 항상 나보다 먼저 자리에서 일어섰다. 대화를 끝내는 쪽도 늘 K였다. 그런 강인한 모습이 그녀의 자부심이었다. 하지만 K도 사람이라 간혹 무너질 때가 있었다.

"스님!"

하루는 K가 한밤중에 전화를 걸어 소리를 질렀다. 귀가 아플 정도였다.

"무슨 일이야?"

"나 결혼하고 싶어! 내가 좋은 남자 만나서 결혼할 수 있을까?"

그녀의 물음에 나도 울고 싶어졌다.

나는 절에 와서 자원봉사를 해보라고 권유했다. 봉사를 통해 사람들과 가까워질 수도 있으니 도움이 될 것 같았다. 그러나 정신질환이 있다는 이유로 신도들이 부담스러워했다. 자존심 강한 K는 눈치가 보이는지 나타나지 않았다. 요양원 생활도 권유해보았지만 싫다고 했다. K는 평범한 삶을 원했다.

어느 날 나는 K와의 연락이 뜸해졌다는 걸 깨달았다. 그녀의 전화나 방문이 일정치 않았던 터라 좀 더 일찍 알아채지 못했던 것이다. 마지막으로 K를 보았을 때 어딘가 아프고 우울해 보였던 것이 떠올랐다.

당시 나는 TV 프로그램을 몇 회분이나 촬영한 상태였고, 프로듀서들은 꽤나 만족스러워하며 벌써부터 최소한 3년은 같이 프로그램을 하자고 했다. 내가 머물던 절의 신도들과 내가 가르치는 학생들은 녹화할 때마다 방청객으로 참여해 큰 힘이 되어주었다.

모든 일이 잘 풀리고 있었지만 K를 생각하면 슬퍼졌다. 나는 이렇게 나를 도와주려는 사람들에게 둘러싸여 있는데, 그녀는 어딘가에 혼자 있을 것이라는 게 마음에 걸렸다.

K의 이야기와 어쩌면 인류 전체의 역사에 담긴 비극적 교훈은 이것일지 모른다. K의 가장 큰 문제는 정신질환이 아니었다. 그녀에게 가장 큰 문제는 다른 사람들의 시선이었다. 모두 그녀에게서 도망치거나 그녀가 도망치도록 만들었다. K가 정신질환을 앓고 있는 건 사실이었다. 하지만 그녀를 정말로 미치게 만든 건 어쩌면 사람들이었는지도 모른다. K의 이야기는 외로움이 얼마나 심각한 문제인지 알려준다. 외로움을 참고 극복하고 싸워내는 일이 아주 절실한 문제이며, 아무나 쉽게 해낼 수 없는 일이라는 것도 느끼게 해준다. 그러나 외로움은 비단 K만의 문제는 아니다. 현대사회에서 살아가는 사람들 대부분의 문제인 듯

하다.

　오늘날 많은 사람들이 외로움은 인간이란 존재의 타고난 특징이며, 따라서 피할 수 없는 것이라고 믿는다. 생물학적 관점에서 인간은 각자의 삶을 살면서 혼자 힘으로 살아남으려 애쓰는 개별 생명체로 보인다. 심리학적 관점에서는 모든 인간이 자기만의 매우 독특한 성격을 지니고 있어 내면의 복잡한 생각과 감정을 다른 사람이 진실로 이해하는 건 불가능한 것처럼 보인다. 이런 식으로 생물학과 심리학적 견해는 외로움이 우리가 타고난 인간의 조건이라 어떻게 할 수가 없다는 믿음을 강화하는 데 이용된다.

　하지만 이렇게 외로움의 불가피성을 주장하는 것은 논쟁의 여지가 있으며 설득력도 약하다. 오히려 정반대의 주장, 즉 인간이 천부적으로 다른 사람들과 연결되어 있으며 절대 단절될 수 없다는 주장을 탄탄한 과학적 기반 위에서 할 수 있을 것이다.

　진화론적 관점에서 보면, 인류가 지금까지 살아남은 건 지능 때문이라고 믿는 게 일반적이다. 또한 적자생존이 자연의 법칙이라고 믿는 사람들이 많다. 그러나 사실 인류가 살아남은 이유는 소통하고 협력하는 능력 때문이다. 우리 조상들이 거친 자연환경과 강력한 포식자들에 맞서 살아남을 수 있었던 건 더 강하거나 더 영리하다는 것을 증명해서가 아니라 다 같이 하나로 뭉쳤기 때문이다. 우리 삶의 질이 개선된 것도 어떤 한 사람의 기량이 아니라 우리의 재능과 힘을 모두 합해서 그렇게 만든 것이다.

　적자생존이 정말로 자연의 법칙이라면 우리가 종種으로서 가진 최적의 자질은 혈연관계가 아니더라도 서로를 보살피는 능력이다. 우리가 인구가 수백만 명을 넘는 수많은 도시와 국가를 세울 수 있었던 이유는 우리가 자랑스럽게 생각하는 지능 때문이 아니라 바로 이렇게 서로를 보살피는 능력 덕분이다. 인간에게 소통과 협력, 그리고 서로를 보살피는 능력이 없다면 우리는 오래 살아남지 못했을 것이다.

오늘날의 적대적이고 변덕스러운 사회 환경에서 사회적으로 고립되는 것은 우리가 처할 수 있는 가장 위험한 상황이다. 다른 사람들과 단절되어 혼자일 때 두려움을 느끼는 이유가 이 때문이다. 우리는 여러 가지 의구심을 갖는다.

나에게 무슨 일이 일어나려는 걸까?
내가 혼자서 다 감당할 수 없으면 어쩌지? 내 삶은 늘 이럴까?
늙거나 병들면 어떻게 될까? 보살펴줄 사람이 없으면 어쩌지?
혼자 죽음을 맞게 될까?

이런 극심한 공포가 발생하는 이유는 외로움이 정상적인 인간의 존재 조건이 아니라 비정상적인 것이기 때문이다.

불교에서는 우리가 홀로 태어나 홀로 살다가 홀로 죽을 운명의 고립된 육체라고 보지 않는다. 또한 우리 개개인의 의식이 완전히 밀폐되어 있어 서로 절대 통하지 않는다고 생각하지 않는다. 우리는 서로에게 영원히 낯선 사람으로 살아갈 운명이 아닌 것이다.

또한 육체부터 정신에 이르기까지 우리의 모든 것이 물질적·정신적 관계로 연결된 한없이 복잡하고 한없이 거대한 망 안에서 생기고 유지

된다고 본다. 우리 몸은 이 땅의 성분들로 만들어졌고, 이 땅은 별을 이루는 성분들로 만들어졌다. 우리는 이 우주에서 혼자가 아니며, 우주와 절대 분리될 수 없는 관계다.

마찬가지로 우리의 인격도 주로 다른 사람들과의 상호작용을 통해 만들어진다. 가족, 친구, 멘토, 연인, 동료, 심지어 원수까지도 우리의 인격 형성에 영향을 미친다. 우리의 마음은 다른 사람들이 수집한 지식과 정보로 가득하다. 직접적으로든 간접적으로든 우리의 삶과 연결된 그 사람들은 우리 각자의 노력만큼이나 우리가 누구인지를 결정하는 데 큰 역할을 해왔다. 그런 점에서 인간은 근본적으로 관계지향형 존재다.

겉으로는 서로 떨어져 바람에 흔들리는 것처럼 보일지 몰라도 우리의 뿌리는 서로 긴밀히 연결되어 있다. 이따금 뉴스를 통해 접하는, 사람들의 생존 이야기를 생각해보자. 바다나 깊은 산속에서 실종되거나, 무너진 건물 잔해에 갇혔다가 구조된 사람들은 그냥 살아남은 것이 아니다. 다른 사람들과 연결되어 있다는 생각이 고통을 견디게 한 것이다. 사랑하는 사람들과의 관계가 힘든 고비를 버티게 해준 것이다.

그럼에도 우리가 서로 단절되어 있는 것처럼 보이는 이유를 불교 관점에서 보면 사람들 사이에 존재하는 물리적 간극이나 장애물 때문이 아니다. 불교에서 '업장業障' 또는 카르마라고 부르는 인식의 장애물이 우리 내면에 자리 잡고 있기 때문이다. 이것은 부정적이고 해로운 생각과 감정, 행동의 습관들이 모두 연결된 것으로 살면서 계속 축적되어 우리의 머리와 가슴의 문을 꼭 닫게 만든다.

우리가 의식도 하기 전에 온갖 생각이 들면서 머릿속이 이미지와 소리로 채워져 우리의 행동을 결정하는 것이 바로 이 업장을 경험하는 것이다. 우리가 무엇을 알아차리고 무엇에 관심을 기울이며 그것을 어떻게 판단하고 반응할지, 그것에서 어떤 의미를 도출할지를 전부 우리의 카르마, 즉 습관적 연상이 결정한다.

"그 여자는 널 좋아하지 않아!"

"그 남자를 믿지 마!"

우리의 머릿속을 시끄럽게 채우는 이런 목소리는 우리 것이 아니다. 우리가 세상으로부터 분리되고, 다른 사람들과 단절되며, 각자의 진정한 모습과도 멀어지는 이유가 바로 카르마 때문이다.

참선의 목적은 이 카르마를 없애는 것이다. "이뭣고?"를 통해 대의심을 일으키는 법을 배우면 인식의 걸림돌과 편견, 근거 없는 추측과 선입견이 사라지기 시작한다. 깊은 상처와 슬픔, 그칠 줄 모르던 눈물, 반사적으로 일어나던 두려움과 분노, 남모르는 증오와 괴로움, 홀로 남겨질지 모른다는 아주 오래된 공포까지도 마침내 치유되기 시작한다. 우리는 분별력을 되찾는 것으로 이런 변화를 경험한다.

비 온 뒤 햇살이 비치는 날처럼 세상이 맑고 투명해 보인다. 세상을 향해 마음이 활짝 열리고, 세상도 우리를 반기는 것처럼 느껴진다.

우리 인간의 가장 놀라운 특징 중 하나는 서로에게 빛을 비춰주는 능력이다. 전 역사에 걸쳐 이 능력은 우리 인간 종種을 계속 구원해왔다. 만약 우리가 참선을 통해 우리 내면의 빛을 발견하는 법을 배웠거나 배우기 시작한다면 의식적으로 많이 노력하지 않아도 우리가 가는 곳마다 우리의 사랑이 다른 사람들을 향해 빛날 것이고, 다른 사람들도 그 사랑을 느낄 것이다.

우리 모두가 각자 사랑을 베풀고 사랑이 밖으로 빛나게 하겠다고 결정하는 것이 오늘날 많은 사람들이 겪는 외로움을 치유할 수 있는 유일한 방법이다. 이것은 종교적인 문제가 아니며, 철학적인 문제도 아니다. 그저 상식의 문제일 뿐이다.

세상 사람들이 전부 베풀 줄은 모르고 받는 훈련만 되어 있다면 세상에 천연자원이 아무리 많아도 절대 충분해 보이지 않을 것이다. 사람들은 부족하다고 믿는 자원들을 차지하기 위해 경쟁에 돌입할 것이다. 생존에 필요한 건 협력이 아니라 경쟁이라고 믿을 것이다. 그들의 행동이 세상을 그렇게 만들 것이다. 아무리 많이 약탈하고 비축해도 결코 충분하다고 느끼지 못할 것이다. 세상이 차갑고 외로운 곳으로 보일 것이다. 사람들은 잔인하고 무심하게 보일 것이며, 우리는 그것을 인간 본성의 탓으로 돌릴 것이다.

반면에 세상이 전부 베푸는 훈련이 된 사람들로 채워진다면 하룻밤 만에 이전에는 상상도 못했던 수준의 풍요를 발견하게 될 것이다. 마침내 이 세상에 존재하는 빈곤과 배고픔 그리고 질병들까지도 모두 우리가 만들어낸 것임을 진정으로 깨닫게 될 것이다. 갑자기 천국에 살고 있다고 느낄 것이다.

과장이 아니다. 이 아름다운 행성이 베풀고 사랑하도록 훈련된 사람들로 가득하다고 상상해보자. 그러면 불경이나 성경에서 읽은 극락정토나 천국의 세계와 비슷하지 않을까? 솔직히 그보다 더 사랑이 넘치는 지구가 되지 않을까? 우리는 서로에게서 천사의 모습만 발견할 것이다.

누구도 다시는 혼자 울지 않을 것이다.

28

우울

지금 돌이켜보면 내 친구들과 나에게 우울함은 젊음이 주는 고통이었다. 우리는 교육을 마치고 세상 속으로 들어가 그곳에서 보고 경험한 것들에 금세 환멸을 느끼고 괴로울 정도로 실망했다. 이 세상에 과연 우리가 설 자리가 있을지, 이렇게 혼란스럽고 예측 불가능한 우주에서 우리에게 정해진 운명 같은 것이 있을지 의심스러웠다. 그러면서 적응하고 앞으로 나아갔다. 우리 대부분이 대단한 성공을 누리지는 못했지만 각자의 불안과 권태를 그럭저럭 견뎌냈다.

요새 젊은이들 중에 이 암울함과 공허함을 극복하기 어렵다고 느끼는 이들이 많다. 불안이 장년기에 찾아오는 병이라면, 우울함은 젊은 날의 고통이기 때문이다.

뉴욕대 대학원에서 심리학을 공부할 때, 우울증을 가리켜 '흔한 감기' 같은 정신질환이라고 배웠다. 거의 모든 사람들이 한 번쯤은 걸린다는 의미다. 우울증의 증상은 비교적 쉽게 치료된다. 그래서 감기나

독감을 치료하는 것이 의사와 제약회사에 안정적인 소득원이듯 우울증은 심리 치료사의 주요 소득원으로 여겨졌다. 치료받아야 할 우울증 환자가 늘 있기 때문이다.

하지만 젊은 층의 자살률이 계속 증가하는 시대에는 우울증을 좀 더 심각하게 받아들일 필요가 있다.

이따금 내가 지도한 학생들 대부분이 우울해 보일 때가 있었다. 솔직히 일요일마다 참선을 배우러 오는 이들도 모두 우울한 게 아닐까 염려한 적이 있었다. 이런 생각을 하면 슬퍼진다. 나에게는 그들이 세상에서 가장 멋진 젊은이들이기 때문이다. 그들은 부와 지위를 좇기보다 세상이 흘러가는 방향에 신경 쓰고, 주말이면 장애인들을 위해 봉사 활동을 하러 나오는 것을 즐거워했다. 그들은 더 나은 사람이 되고 싶어 했다.

특히 걱정되는 학생이 한 명 있었다. 나는 그 남학생이 걱정돼서 불교학생회 모임 때마다 항상 그 남학생이 왔나 둘러보았다. 그가 모습을 보여야 안심이 되었다. 그는 예고도 없이 우스꽝스러울 정도로 암울한 질문이나 표현을 툭툭 던지는 버릇이 있었다.

어느 날 작은 동아리방에서 서로 어깨가 닿을 정도로 다닥다닥 붙어 앉아 차를 마시며 케이크를 먹고 있었다. 그때 그 남학생이 마치 수업 시간에 질문을 하듯 태연하게 물었다.

"스님, 자살이 정말 나쁜 거예요?"

그가 너무 덤덤하게 말해서 모두가 놀라 웃음을 터뜨렸다. 다들 그 학생을 좋아했기에 그를 무시하거나 이상하게 받아들이지 않았다. 더

욱이 그 남학생이 어떤 상황에 처해 있는지 다들 잘 알았다. 학생들이 웃음으로 반응한 것은 그의 말을 진지하게 받아들이지 않아서가 아니라 대화가 너무 무거워지지 않도록 지혜롭게 행동한 것이었다.

"아뇨, 정말로요. 자살하는 게 정말 그렇게 나쁜 거예요?"

그의 말투는 여전히 무덤덤했다.

"음, 그렇지."

나도 아무렇지 않게 대답하려고 애썼다. 실은 심장이 오그라들고 있었다.

"그 좋은 머리로 생각 좀 해봐. 어떻게 나쁘지 않겠어? 사람을 죽이는 건데."

"하지만 제 목숨이잖아요. 그러니 제가 원하는 대로 할 수 있잖아요."

"죄송해요, 스님, 쟤가 여자친구가 필요해서 그래요."

고맙게도 다른 학생이 농담을 던지며 끼어든 덕분에 뭐라고 대답하면 좋을지 생각할 시간이 생겼다. 그 학생이 한마디 덧붙였다.

"도대체 여자친구 사귀어본 지가 얼마나 오래된 거야?"

"아, 난 여자친구 필요 없어."

그 남학생이 대답했다. 자신에 대한 친구들의 관심과 염려를 알면서도 신경 쓰지 않았다.

"여자한테 아무 관심도 안 생겨요. 뭘 해야 할지도 모르겠고. 어쩌면 나는 스님이 될지도 몰라."

"관둬. 너랑 같이 살고 싶지 않아."

나도 농담을 던졌다.

"생각을 제대로 못하겠어요. 아무것도 느껴지질 않아요. 하루 종일 움직일 수가 없어요. 꼼짝도 못 하겠어요. 생각이 마비된 것 같아요. 아무래도 미쳐가고 있나 봐요."

그가 고개를 저으며 말했다.

"자, 그럼 여기 이 친구를 위해 뭔가 생각해보자. 어떻게 하면 이 걱정거리에서 벗어나게 해줄 수 있을까?"

나는 다른 학생들을 바라보며 말했다.

우리는 어떻게 하면 그가 다시 살아갈 이유를 찾을 수 있을지에 대해 자유롭게 생각해보기 시작했다. 이런 점이 아마도 내가 가장 좋아하는 한국의 일면일 것이다. 괴로워하는 친구를 위해 앞뒤 가리지 않고 본능적으로 달려들어 가족처럼 챙겨주는 것 말이다. 학생들은 그렇게 서로에 대해 책임을 지려 할 때가 많았다. 그들만이 서로를 이해할 수 있고 서로에게 도움을 줄 수 있다고 생각하면서.

많은 이야기를 나눈 끝에 그 남학생이 한 학기를 휴학하고 산에 있는 절에 가서 지내면 도움이 될 것 같다는 결론에 이르렀다. 아름다운 자연환경에서 스님들의 지도를 받으며 체계적으로 생활하고 일하고 참선도 하면 도움이 될 것 같았다. 스님들이 그를 돌봐주고 그의 질문에 답해줄 수도 있을 터였다. 그는 이 제안을 마음에 들어 했고, 그날 처음으로 얼굴에 미소가 번졌다. 그의 웃는 얼굴을 본 게 어쩌면 그때가 처음이었는지도 모른다.

나는 그가 웃는 모습을 보며 이런 생각을 했다.

'이 얼마나 멋진 젊은이인가. 이 친구는 자기 인생에서 뭔가 실제적이고 진실한 것을 원하는구나. 내면에 이미 훌륭한 것을 갖고 있다는 걸 왜 보지 못하는 걸까? 어떻게 감히 자살에 대해 생각할 수 있지?'

모두들 그가 한동안 절에 가 있는 아이디어를 열렬히 지지했다. 하지만 그 남학생은 절에 가는 대신 학교로 돌아왔다. 그것도 괜찮은 생각이긴 했다. 그는 자신이 사랑받고 있다는 걸 잘 알았다.

젊은 학생들은 계획과 생각이 끊임없이 바뀐다. 한순간 사찰의 조용한 분위기에 끌렸다가도 금세 술집에 가고 싶어 한다. 그때는 그게 세상에서 가장 자연스러운 일이다. 내가 송담 스님을 처음 만났을 때도 딱 그랬다.

요즘 심리학자들은 '우울함'과 '주요 우울 장애Major Depressive Disorder'를 구분한다. 우울함은 기분이 침체되고 활동하기 싫어하는 상태다. 슬픔, 외로움, 무료함, 공허감, 불안 등 우리가 익히 아는 증상이 동반된다. 우울함이 좀 더 심한 경우 고통스러울 정도의 절망감과 무력감, 수치심, 쓸모없다는 느낌을 경험한다. 우울함은 신체에도 영향을 미쳐 불면증이나 과도한 수면, 극심한 피로, 성욕감퇴, 소화 장애, 식욕부진 혹은 그 반대로 과식을 유발하기도 한다. 우울함의 이런 모든 증상은 결국 우리의 정신 기능에 영향을 끼쳐 집중력과 세세한 기억, 의사 결정 능력을 방해한다.

그럼에도 우울함은 살면서 힘든 상황에 부딪쳤을 때 나타나는 정상적이고 당연한 반응으로 인식된다. 우울해지는 것 자체가 정신적으로 이상하거나 의학적으로 문제가 되는 부분은 전혀 없다. 어느 한 시점에 인생이 흘러가는 모습에 대해 정신적으로나 육체적으로 느끼는 감정일 뿐이다.

반면에 임상 우울증Clinical Depression 혹은 중증 우울증Major

Depression이라고도 불리는 '주요 우울 장애'는 정신과 치료가 필요한 심각한 상황이라고 볼 수 있다. 주요 우울 장애를 앓는 사람들은 가정이나 학교, 직장에서 더 이상 제 기능을 하지 못한다. 수면 장애나 식이 장애도 나타난다. 전문적인 치료를 받지 않으면 전반적인 건강 상태가 계속 악화된다.

주요 우울 장애는 당뇨병과 같은 만성 질환에 걸렸을 때와 비슷하게 정신적·신체적 기능과 안녕에 영향을 끼친다. 심한 경우 망상과 환각을 포함한 정신병 증세를 경험하기도 한다. 자살을 생각하거나 시도하는 경우도 흔하다.

만약에 우울함 때문에 아주 힘든 상태라면 가장 먼저 정신과 의사의 진찰을 받아야 한다. 그 결과 주요 우울 장애 진단이 나오면 전문적인 치료를 받아야 한다. 충분히 건강을 해칠 수 있는 위험한 상황이다.

그렇다면 주요 우울 장애 진단을 받지는 않았지만 뚜렷한 이유 없이 자주 괴로울 정도로 우울한 우리들은 어떻게 해야 할까?

우리 대부분은 마음속 깊은 곳에서 아무 흥미가 없고 절망적이라고 느낀다. 겉으로는 다방면에 관심이 있는 척하며 유명한 맛집과 최신 전자기기, 경제 변화와 그것에 기초한 미래 전망 등에 대해 인터넷상에서 이야기를 나누거나 댓글을 달면서 열정적인 듯 행동할 것이다.

그런데 이렇게 목소리를 내는 이유가 근본적으로 공허함과 솔직한 속마음, 즉 이 모든 수고와 노력이 다 소용없다는 불안감을 감추기 위한 것임을 우리는 안다. 삶은 좋은 것이고, 사람들은 선하며, 세상이 아름다운 곳이라고 믿고 싶다. 하지만 가슴 저 깊은 곳에서 그게 그렇지 않은 것 같다고 느낀다. 이 세상과 각자의 삶 속에서 보고 겪는 일들 때문에 실망감을 느끼고 깊이 좌절하는 것이다.

그럴 때 조언을 얻고자 과거와 현재의 위대한 스승들에게 기대면 우리는 거듭해서 똑같은 가르침을 마주하게 된다. 그것은 사랑이다. 세상을 사랑하는 법을 배워야 한다. 모든 사물과 살아 있는 모든 것들을 조건 없이 사랑해야 한다.

무조건적 사랑.

모든 종교적·정신적 전통에서 이것을 황금 기준으로 제시한다. 그러나 우울함을 느끼는 이들은 자기 자신이나 다른 사람들에게 애정을 느끼지 못할 뿐만 아니라 이 세상에 살아서 존재하는 것 자체가 정말로 고통이라고 느낀다. 이런 모습과 이런 성격으로 이런 기억과 이런 습관을 가지고 유대감이라고는 전혀 느낄 수 없는 수십억 사람들과 더불어 이 세상에서 살아야 한다는 사실에 괴로워한다. 이런 사람들에게 모든 사람과 모든 것을 사랑해야 한다고 말하는 것은 두 팔을 펄럭여 하늘을 나는 법을 배워야 한다고 말하는 것과 같다. 솔직히 무조건적인 사랑을 가르치는 것은 상식에 어긋나는 일이다. 우리가 태어난 순간부터 현대인으로서 경험하는 거의 모든 것과 맞지 않는다.

우리가 초등학교에 입학해서 가장 먼저 배우는 것은 다른 사람과 경쟁해야 한다는 사실이다. 다른 학생들과의 비교를 바탕으로 활동에 점수가 매겨진다. 가족 외에 처음으로 사랑하게 된 또래 친구들, 가장 친한 친구들과 매 학년, 매 학기에 비교당할 것이다. 스무 살 무렵까지는 그래야 한다.

운 좋게 대학에 입학하면 사회에서의 자리를 놓고 더 치열한 경쟁에 들어간다. 교사와 부모, 멘토들은 교육의 가치와 도덕적 성실함의 중요성을 지지하는 척하지만 학생들은 결국 가장 선망받는 일자리를 얻기 위해 경쟁하고 있다고 느낀다. 그러나 선망받는 일자리라는 게 가슴 아플 정도로 적다.

대학을 졸업하고 운 좋게 취업을 하면 그때부터는 승진을 위해 죽기살기로 경쟁해야 한다. 지금껏 몇 년을 그래 왔듯이 또래와 동료들을 상대로 이번에는 승진과 더 많은 연봉을 놓고 싸워야 한다. 당장 굶어 죽을 상황도 아닌데, 마치 생존을 건 싸움처럼 느껴진다.

앞다투어 나아가는 이 모든 과정의 어디에서 다른 사람들을 사랑하도록 훈련받은 적이 있단 말인가? 아니면 그래야 할 이유라도 있는 것인가? 그도 아니면 그럴 기회라도 주어지는가? 성인이 될 때까지 자기 자신과 타인에게서 사랑을 불러일으킬 만한 모습을 얼마나 볼 수 있는가? 성인이 될 때까지 우리가 목격하는 행동들에 대한 가장 자연스러운 반응은 우울함이지 않은가?

나는 거의 모든 현대인들이 가슴속 깊은 곳에서 이와 같은 질문을 던지고 있다고 생각한다. 그런 질문을 던지고, 이렇게 사는 것이 과연 가치가 있는지 의문을 갖는 것은 지극히 당연한 일이다.

나는 현대인들에게 두 가지가 필요하다고 본다. 첫째, 어떻게 하면 인생이 좋아지고 가치 있을지에 대한 현실적이고 믿을 수 있는 설명이 필요하다. 사후세계에 관한 알쏭달쏭한 종교적 이야기를 말하는 것이 아니다. 수도자들처럼 시간을 들여 수련해야만 도달할 수 있는 고양된 의식 상태를 말하는 것도 아니다. 우리가 살고 있는 이 세상에서 어떻게 하면 지금 당장, 바로 여기서 인생이 좋아질 수 있을까 하는 것이다.

두 번째로 현대인에게 필요한 것은 구체적인 실천 계획이다. 만트라와 염주, 의식과 점술은 여기에 해당되지 않는다. 우리에겐 무엇을 해야 할지를 아주 구체적으로 알려주는 계획, 무엇을 생각하고 무엇을 말해야 하는지 알려주는 계획이 필요하다. 생각하고 느끼는 방식을 바꿔 세상에 대한 시각을 넓히고 깊어지게 하며, 삶에 다시금 의미를 불어넣어줄 그런 계획이 필요하다.

부처와 같은 위대한 정신적 스승들이 무조건적으로 사랑하라고 가르칠 때 이 세상의 본성을 몰라서 그런 게 아니다. 사실 이 세상에 만연한 고통을 눈으로 보고 몸소 경험하며 오늘날 우리가 우울함이라고 부르는 것을 겪었기에 더 높은 진리를 추구하게 된 것이다. 그들이 진리를 추구하고 더 높은 차원의 사랑을 발견하는 법을 배우는 이유는 궁극적으로 과거에 경험한 고통을 치유하기 위해서이며, 그 고통은 우리가 사람들의 행동과 세상의 모습에 할 말을 잃게 되는 그 고통과 조금도 다르지 않다.

무조건적 사랑은 보편적 고통을 부정하는 것이 아니라, 그 고통에 대한 대응으로 일어나는 것이다. 그럼에도 우리가 사는 세상과 인생에서 무조건적 사랑을 늘려가는 법을 어떻게 배울 수 있을지는 여전히 의문이다.

다시 말하지만 종교 교리나 권위자에게 의지한다고 해서 해결책이 나오는 것은 아니다. 단련된 참선 훈련을 통해 각자 자기만의 사랑하는 능력을 찾아내야 한다. 이것이 진정으로 우울함을 극복할 수 있는 유일한 방법이다. 각자의 몸과 마음과 정신을 통해 세상에서, 다른 사람 안에서, 그리고 내 안에서 사랑받을 수 있는 것을 발견하고 인식하고 경험해야 한다. 각자 살아온 경험을 통해 가장 높으면서도 가장 깊은 진실로 돌파해 나가야 한다.

그러니 지금 당장 시간을 내서 자세를 바로 하고 복식 호흡을 하면서 참선을 시작해보자.

- 등을 곧게 펴고 입안의 혀를 입천장에 댄다.
- 몸의 긴장을 푼다.
- 복식 호흡을 시작한다.
- 숨을 내쉴 때마다 "이뭣고?"라고 물으며 호흡이 차분해지는 것을 느낀다.
- 가슴에서 대의심이 일어나는 것을 느낀다.
- 3분에서 5분 정도 이런 식으로 참선을 계속한다.
- 내면의 맑고 고요한 상태를 유지하려고 노력해보자.
- 어린아이의 머리와 가슴으로 세상을 보려고 해보자.
- 모든 판단을 내려놓고 마음을 열어보자.

참선으로 의식이 매우 또렷해진 상태에서 다른 사람들의 행동을 관찰하면 그들의 행동이 그들의 '카르마(업)'에서 비롯된다는 것을 분명히 알 수 있다. 파괴적 행동은 언제나 고통과 혼란에서 비롯된다.

다른 사람을 사랑한다는 것은 그들을 좋아하려고 억지로 애쓴다는 의미가 아니다. 다른 사람을 사랑하기 위해 그들을 좋아할 필요는 없다. 다른 사람을 사랑한다는 건 그저 그들에게 마음을 연다는 뜻이다. 그들이 그렇게 행동하도록 만든 그들의 고통을 함께 느끼고 이해하는 것이다. 다른 사람을 사랑한다는 건 그들을 또렷하고 분명하게 본다는 뜻이다.

누군가의 행동을 보고 그 사람이 사악하다고 판단한다면 그것은 그 사람을 제대로 보지 않았다는 뜻이다. 그 사람이 느끼고 생각하는 것에 눈을 감아버렸다는 뜻이다. 그들이 그렇게 행동한 근원과 동기를 외면한 것이다. 그 행동이 어디에서 비롯되었는지를 보지 않고 그 사람을 사악하다고 판단하는 것은 사실 우리가 원하는 대로 행동하지 않는다고 불평하는 것과 같다. 그들이 어떤 사람이고 지금껏 어떻게 살아왔는지, 어떤 고통을 겪었는지를 모조리 무시한 채 우리가 바라는 대로 행동하라고 요구하는 것이다.

눈을 크게 뜨고 바라보면 사랑은 저절로 생겨난다. 따라서 중요한 건 사랑하려고 노력하느냐 마느냐가 아니다. 눈을 뜨고 살 것인가, 감고 살 것인가 하는 문제일 뿐이다.

이쯤에서 이렇게 반응하는 사람들이 있을지도 모르겠다.

"나는 사람들을 싫어하지 않아요. 나는 나 자신이 싫어요. 그냥 나라는 존재를 좋아할 수가 없어요. 그게 내가 이토록 우울한 이유예요."

만약에 이렇게 느낀다면, 어떤 기분일지 조금은 이해할 수 있을 것 같다. 나 또한 아주 오랫동안 나 자신을 싫어했기 때문이다.

내가 아는 모든 스님들은 그들의 삶을 떠나 고치를 틀고 나비로 다시 태어날 꿈을 안고 출가했다. 한국에서는 출가하는 것을 사회로부터 도망치는 것으로 나쁘게 보는 경우가 종종 있다. 하지만 사실은 그렇지가 않다. 보통은 자기 자신으로부터 도망쳐 다른 사람이 되고자 출가를 결심한다. 보다 나은 사람, 보다 멋진 사람이 되길 희망하면서 말이다.

우리가 우울한 이유는 대부분 자기 자신을 견딜 수 없어서다. 부족하고 열등하고 심지어 쓸모없는 존재라는 생각이 우리를 물어뜯고 자기혐오로 숨이 막힐 지경이다. 이런 상황에서 스스로를 사랑하고, 인정하고, 포용하고, 가장 친한 친구처럼 다정하게 대하라는 말을 들으면 마치 불가능한 임무를 지시받는 느낌이다. 그게 그렇게 쉬웠다면 진작 그렇게 했을 것이다.

거울을 들여다보는 것도 견딜 수가 없는데 어떻게 스스로에게 격려의 말을 할 수 있단 말인가? 지금까지 살아온 인생을 돌아보고 성찰하는 것 자체가 끔찍한데 어떻게 자신의 긍정적인 면을 발견한단 말인가? 나 자신과 한 방에 있는 것도 견딜 수가 없는데 어떻게 이해심을 발휘한단 말인가?

우리가 꼭 알아야 할 사실이 있다. 자기 자신을 싫어하고 다른 멋진 누군가이길 바라거나 더 심한 경우 아예 존재하지 않으면 좋겠다고 생각하는 것은 사실 세상과 사람들에게 나를 좀 더 사랑하고 행복하게 만들어달라고 애원하는 것이다. 지금의 모습으로는 그런 반응을 얻지 못할 것 같으니까 다른 사람으로 바뀌길 바라는 것이다. 그래서 지금의 모습에서 달라질 수 없다는 걸 알면 사랑과 행복을 얻을 수 없다고 절

우울함에서 벗어나려면 먼저 마음을 여는 것부터 시작해야 한다.

고통에 관한 한 다들 똑같다.

사실 우리는 서로 아주 다르지만 괴로워하는 것은 똑같다.

오해받거나 무시당했을 때 혹은 당연하게 받아들여질 때

분노하고 슬퍼한다.

예측하기 어려운 미래를 두려워하고 불안해한다.

실패를 부끄러워하고 실수에 자책감을 느낀다.

그리고 아주 자주 혼자라고 느끼고 사랑받지 못한다고 느낀다.

망한다.

받아들이기 어렵겠지만 이 세상과 사람들은 우리를 행복하게 만들어주려고 존재하는 게 아니다. 세상에 존재하는 것들이 나를 만족시켜주기를 바라고 요구하는 한 절대로 행복해질 수 없고 채워지지 않는 갈증으로 영원히 괴로울 것이다. 늘 뭔가 허전하고 불완전하며 망가진 듯한 느낌이 들 것이다.

우울함에서 벗어나려면 먼저 마음을 여는 것부터 시작해야 한다. 고통에 관한 한 다들 똑같다. 사실 우리는 서로 아주 다르지만 괴로워하는 것은 똑같다. 오해받거나 무시당했을 때 혹은 당연하게 받아들여질 때 분노하고 슬퍼한다. 예측하기 어려운 미래를 두려워하고 불안해한다. 실패를 부끄러워하고 실수에 자책감을 느낀다. 그리고 아주 자주 혼자라고 느끼고 사랑받지 못한다고 느낀다.

정신적 성장이 지금과 같은 수준일 때는 덧없고 괴로운 세상에 살고 있다고 생각한다. 하지만 자신의 것이든 다른 사람의 것이든 그 괴로움과 고통을 부끄럽게 여기거나 경멸하거나 혹은 부정하면 안 된다.

참선을 하면서 그 고통의 핵을 깊이 들여다보자. 물론 그게 쉽지는 않다. 단련된 참선 능력이 필요한 이유도 바로 이것을 위해서다. 하지만 일단 자신의 고통과 살아 있는 모든 것의 고통을 깊이 들여다보면 우리가 가슴으로 느끼고 머리로 알기 때문에 괴로워한다는 것을 깨닫게 된다.

우리의 가슴과 머리는 다른 사람들의 것과 다르지 않다. 다른 이들도 모두 똑같은 것을 원한다. 모두 가슴으로는 고통이 사라지기를 원하고,

머리로는 진정으로 세상을 이해하고 싶어 한다. 그래서 참선을 하다 보면 자연스럽게 연대감과 연민이 느껴진다. 다른 사람들에게만 느끼는 것이 아니라 그동안 인정받지 못하고 무시당했던 우리 자신에게도 그렇게 느낀다. 자기 자신은 물론이고 다른 사람들과도 연결되는 느낌을 받는다. 그렇게 우리가 하나라는 느낌을 갖게 된다.

우리가 하나라는 그 느낌이 바로 사랑이다.

이런 사랑은 개인적으로 느끼는 애정과는 그 형태가 다르다. 그것은 참선으로 발산되는 빛과 같아서 마음속 가장 깊은 곳에서부터 뿜어져 나와 온몸을 가득 채운다. 축 처진 마음에 힘을 불어넣어 감각을 또렷하게 만들고, 주변 사람들에게 친절하게 행동하려는 욕구로 충만해지게 만든다. 아주 오랜만에 다시 살아 있음에 감사한 마음이 든다.

이렇게 사랑하고 세상에 기여하는 능력을 다시 발견함으로써 그동안 잃어버린 줄만 알았던 자존감과 스스로에 대한 사랑도 되찾게 된다.

29

중독적인 생활 습관

대부분의 사람들이 뭔가 꺼림칙하지만 절제가 잘 안 되는 중독적인 생활 습관, 이른바 '길티 플레저guilty pleasure'를 갖고 있다. 어쩌면 그것이 인간의 조건, 좀 더 정확하게 말하면 깨닫지 못한 인간의 조건에 해당되는지도 모르겠다.

학생들에게 참선을 가르치기 위해 처음 정기적으로 서울에 나가기 시작했을 때 내 주변 사람들 대부분이 귀에 이어폰을 꽂고 스마트폰이나 다른 영상기기를 들여다보고 있는 모습을 보았다. 전철을 탄 것이 몇 년 만이라 그 모습이 인상적이었다. 약 30년 전에 한국에서 처음 전철을 탔을 때는 사뭇 다른 풍경에 깊은 인상을 받은 기억이 있다. 그때는 거의 모든 승객들이 책을 읽고 있었다.

그런데 이제 그런 시절은 확실히 지나가버렸고, 요즘 승객들은 환하게 빛을 내는 작은 화면을 마치 최면이라도 걸린 듯 뚫어져라 들여다보고 있었다. 어떻게든 자신을 둘러싼 현실을 무시하려고 애쓰는 듯했다. 나를 시대에 뒤떨어진 사람이라고 불러도 좋다.

나는 전철 안에서 책을 읽는 것과 스마트폰을 들여다보는 것은 전혀 다르다고 생각한다. 독서는 적극적이며 주도적인 활동이다. 글의 의미를 일관성 있게 이해하려 하고, 그러기 위해 상상력을 발휘하기 때문이다. 반면 스마트폰 화면을 응시하는 행위는 수동적이다. 대부분의 경우 뭔가를 배우려는 것이 아니라 딴 데로 주의를 돌리기 위한 것이라는 점에서 특히 그렇다.

나도 스마트폰이 있지만 전철이나 교통수단을 이용할 때는 참선을 하려고 노력한다. 하지만 언제부터인가 잠깐이라도 집중력을 잃거나 마구 떠오른 어떤 생각 때문에 정신이 산만해지면 어느새 내 손에는 휴대전화가 쥐여 있었다. 정확히 언제 주머니에서 휴대전화를 꺼냈는지 기억이 나지 않을 때도 간혹 있었다. 전자 매체는 주류 사회에서 벗어나 있는 나 같은 사람에게도 일상생활의 일부가 되어버렸다. 그래서 틈만 나면 습관적으로 그것을 찾게끔 되어버렸다. 아마 이 또한 중독적인 생활 습관이라고 표현해야 할 것이다.

내가 여기서 '중독적인 생활 습관'이라고 표현할 때는 아주 단순하게, 즐거움을 주는 행동 중에 우리가 자제를 못하는 행동들을 의미한다. 예를 들면 한밤중에 음식을 먹는다든지, 인터넷 쇼핑에 너무 많은 돈을 쓴다든지, 해야 할 일이 있는데도 비디오게임을 계속하는 행동 등이다. 우리는 이런 행동이 좋지 않다는 것을 알면서도 그만두지 못한다. 참 희한한 마음 상태다. 스스로에게 해가 될 일들을 골라서 하고 있으니 말이다. 이것은 당장은 확실한 정서적 혹은 육체적 보상이 따르지만 장기적으로 보면 부정적 결과를 가져오는, 치명적이지는 않지만 습관화된 행동들이다.

이런 행동들은 엄밀한 의미에서 중독으로 간주되지는 않을 것이다. 하지만 그런 행동들로 인해 자신이 가진 잠재력을 충분히 발휘하지 못하게 된다. 가장 중요한 것은 이런 중독적인 행동들 때문에 고통을 겪는다는 사실이다. 지나친 흡연이나 음주처럼 건강을 위협하는 행동이든, 텔레비전을 너무 많이 보는 것처럼 비교적 덜 해로운 행동이든, 나중에 고통을 초래하는 것은 똑같다. 더욱이 이런 습관을 버리지 못한다는 이유로 스스로를 미워하게 된다. 사실 이제 습관의 노예가 됐다는 느낌마저 든다. 그래서 딱히 필요 없는 각자의 어떤 욕구를 자제하지 못하는 것에 대해 겉으로는 가볍게 웃으며 말할지 몰라도 자신의 행동에 이토록 무력하다고 생각하면 속으로 오싹함을 느낀다.

이런 상황에서 중독적인 행동이라고 하는 것들에서 벗어나도록 하는 데 참선이 도움이 된다는 것을 알면 위안이 된다. 실제로 참선은 임상적으로 마약 중독 진단을 받은 이들의 치료에 상당한 도움이 되는 것으로 알려져 있다.

뉴욕에서의 약물 중독과 참선

물론 참선을 약물 중독이나 정신질환의 독자적인 치료법으로 이용하면 안 되지만, 나는 참선이 심리 치료 프로그램을 효과적으로 뒷받침할 수 있다는 것을 경험을 통해 확인했다.

20년 전쯤 뉴욕에서 심리학 석사 과정을 공부할 때 정신질환자를 위한 재활 시설에서 상담하는 봉사를 한 적이 있다. 당시 내가 자원봉사를 했던 이 시설은 이용자 대부분이 임상적으로 정신질환 진단을 받은 데다 약물 중독 문제까지 있는 이른바 '이중 진단'을 받은 이들이었다. 그들이 스스로 표현하는 것처럼 '이중고'에 시달리고 있었다.

그 시설이 위치한 퀸스Queens는 당시 뉴욕시에서 범죄가 많고 위험한 동네였기 때문에 사무실 전체에 방탄유리로 보호벽을 둘러쳤을 정도다. 대개는 아프리카계 미국인이지만 뉴욕의 주요 인종 집단이 두루 포함된 그 시설의 이용자들은 대부분 폭력적이고 빈곤한 환경에서 성장했다. 많은 경우 조직 폭력과 마약 전쟁으로 사랑하는 사람을 잃었다. 내가 만난 한 노인은 열세 살이 되기 전에 그런 폭력으로 가족을 모두 잃었다고 했다. 그는 상실의 충격과 고통으로 인해 정신질환 증상이 나타나기 시작했고, 얼마 지나지 않아 마약에 손을 댔다. 사실 그 시설의 모든 이용자들이 그렇게 어린 나이에 마약을 시작했다. 자신이 정신질환을 앓고 있다는 걸 모른 채 고통을 완화시키려고 마약에 손을 댄 것이다.

정신질환자를 위한 재활 시설의 프로그램은 이런 사람들에게 사회에 진입하는 법을 가르치기 위한 것이었다. 도시의 아파트에서 생활하는 데 필요한 기본적인 생활 능력을 가르치고 일자리를 구해 꾸준히 다니게 하는 데 초점이 맞춰져 있다. 그래서 그들이 취직을 하면 프로그램이 종료된다.

내가 처음 그곳에 도착했을 때는 교도소에서 막 출소한 사람들이 들어오기 시작했다. 정신질환과 약물 중독이라는 이중 진단을 받은 전과자들로 폭력 전과가 있으면서 자기 조절 훈련이 안 되어 있다는 점에서 기존의 약물 중독자들과는 또 다른 부류였다. 사실 그곳의 프로그램은 그런 사람들을 위해 만들어진 것이 아니었다. 직원들과 자원봉사자들이 혹시 모를 험악한 상황에 대비하는 동안 기존 이용자들은 두려움에 떨었다.

그 와중에 내게 시설 이용자들에게 참선을 가르치는 임무가 주어졌다. 운명인지 당시 그 시설에서 운영하는 변증법적 행동 치료Dialectical Behavioral Therapy, DBT라는 중독 치료 프로그램이 일본 선불교식 참선 원리를 기반으로 한 것이었다.

나는 그곳 이용자들에게 준비 호흡과 함께 복식 호흡을 하며 숫자를 세는 수식관법을 가르치기로 했다. 이들이 어느 때고 혼자 감당하려고 애쓰는 정서적 고통은 상상조차 하기 어렵다. 이들은 가장 기본적인 경제·교육·의료 지원은커녕 가족의 도움조차 받지 못하고 살아왔으며, 사춘기에 접어들기도 전에 그렇게 된 이들도 더러 있었다. 최소한의 자신감이나 자존감도 없이 가슴에서 넘쳐흐르는 절망과 분노와 슬픔을 가까스로 억누르고 있었다.

교도소에서 갓 출소한 사람들은 수년간 하루에 몇 시간씩 자기방어에 필요한 체력을 단련하고 근육을 키워 건장한 체구를 자랑했다. 그들은 조용히 방에 들어와 의자에 앉을 뿐 말 한마디 하지 않고 손가락 하나 까딱하지 않는데도 너무나 위협적이어서 기존 이용자들은 입 한 번 뻥긋하지 못했다. 기존 이용자들 중 상당수가 평생토록 건달처럼 거칠게 살아왔는데도 불구하고 그랬다. 어쩌다 거구의 전과자 한 명이 벌떡 일어나기라도 하면 나머지 사람들은 놀라 비명을 지르며 출구로 몰려나갈 뻔했지만 그 남자는 아이처럼 흐느끼며 이렇게 말했다.

"있잖아, 내가 저 창문을 볼 때 무슨 생각을 하는지 알아? 당장 뛰어내리고 싶어! 매일 이런 기분이야! 누가 이런 식으로 살아갈 수 있겠어?"

희한한 일이지만 내가 스님이라는 이유로 그들은 내게 굉장한 호기심을 보이는 동시에 존경심을 표했다. 그들은 참선을 배우는 것에 매우 호의적이었다. 나는 그들에게 우선 짧은 시간이나마 참선을 연습해보자고 했다. 딱 1분만 해보자고 제안했다.

"1분씩이나?"

다들 절망적인 목소리로 외쳤다. 마치 내가 시스티나성당에 그림을 그리라고 말하기라도 한 것 같았다.

"좋아요, 알겠어요. 그 말은 취소하죠."

나는 당혹감을 감추며 했던 말을 재빨리 주워 담았다.

"미리 시간을 정하지는 맙시다! 시험 치르는 것처럼 하지 말자고요, 어때요?"

이번에는 모두 동의했다. 나는 그들과 함께 소리 내어 호흡을 세며 언제 끝날지 미리 정하지 않은 참선 시간을 무사히 마치려고 노력했다. 그러자 놀라운 일이 벌어졌다. 서로의 목소리를 들으며 각자의 호흡을 세는 행위—이것이 수식관이다—가 작은 위안이 되어 마치 서로 의지하며 발맞춰 행군을 하는 것처럼 혼자서는 상상도 할 수 없는 일을 가뿐히 해낼 수 있었다. 그리고 나니 한 번에 5분 동안 가만히 앉아 참선하는 법도 금세 배우고, 그런 다음엔 한 번에 무려 15분 동안 참선하는 것도 가능해졌다.

참선은 재활 시설 이용자들이 DBT 프로그램에 필요한 집중력을 얻게 하는 데 확실히 효과가 있었다. 그뿐만 아니라 감정을 안정시키고 말을 명확하게 하는 데도 도움이 되는 것 같았다. 하지만 계속 참선을 하지 않으면 이런 효과가 금세 약해졌다. 가장 큰 문제는 그들이 결국은 도시 빈민가의 위험하고 가난한 삶으로 돌아가야 한다는 것이었다.

그들 대부분이 가족의 도움을 받지 못했고, 그들이 아는 사람들은 전부 마약상이나 마약 사용자들이었다. 정신질환자들을 위한 재활 프로그램은 재활 치료 참가자들에게 기존에 알고 지낸 마약상이나 마약 중독자들과의 관계를 끊으라고 가르쳤지만 그들에겐 이런 사람들이 그나마 가장 가까운 존재였다. 그 관계마저 끊으면 사회적으로 고립되어 환영받지 못하는 무서운 세상에 홀로 남겨지는 셈이었다. 그러니 그들이 과거의 무리와 다시 어울리는 것은 시간문제였다.

그래서 재활시설 이용자들 대부분이 중독에서 벗어나지 못했다. 하지만 호전되는 사람들도 있었다. 내가 그 시설에서 마지막으로 만났던 남미 가이아나 출신의 한 청년은 DBT 프로그램을 성공적으로 마쳤다. 그는 일자리를 구하러 나섰고 가족에게 돌아갔다.

나는 지금도 그들이 참선하던 모습을 생생히 기억한다. 슬픔이 가득했던 얼굴이 불과 몇 분 만에 편안해지고 경직됐던 몸이 부드럽게 풀어지는 변화를 지켜보는 것은 놀라운 일이었다. 마치 부모를 잃고 비탄에 빠진 아이들이 순식간에 근엄하고 품위 있는 수행자로 변하는 것 같았다. 물론 참선 시간이 끝나면 금세 짜증스럽고 두려움 가득한 몸짓을 하고 두서없는 말을 내뱉었다.

그럼에도 불구하고 그들은 누구나 참선을 할 수 있다는 것을 증명해주었다.

갈망과 혐오

정신재활시설 이용자들을 보며 가장 놀랐던 건 그들의 행동이 내가 알고 있던 사람들과 너무 달라서가 아니라 너무 비슷해서였다. 그들은 이른바 '정상인'의 과장된 버전 같았다.

불교에서는 인간이 갈망과 혐오라는 두 가지 기본적 충동에 이끌린 다고 가르친다. 사람은 기본적으로 자기가 원하는 것을 갈구하거나, 원하지 않는 것에 거부감을 느끼거나 둘 중 하나라는 이야기다. 이 두 가지 충동은 집착과 회피로 이어진다. 즐거움을 주는 것은 꼭 붙잡고 놓지 않으려 하고, 불쾌한 것은 밀어내거나 도망침으로써 멀어지려 하는 것이다.

아이러니하게도 갈망에 이끌리든 혐오로 밀어내든 그 결과는 똑같다. 어느 쪽이든 탐욕을 일으킨다. 탐욕은 불교에서 삼독심三毒心, 즉 세 가지 해로운 마음가짐이라고 일컫는 탐(탐욕), 진(분노), 치(망상) 중 첫 번째다. 탐욕은 모든 것이 자기 뜻대로 되길 바라는 마음이다.

우리는 갈망과 혐오라는 꼭 닮은 두 가지 충동에 이끌려 어떤 상황을 만나든 유별나게 까다로워진다. 맛있고 기름진 음식을 원하면서 살찌는 건 싫어한다. 여름에는 시원하길 바라고, 겨울에는 따뜻하길 바란다.

자신이 다른 사람들과 구별되기를 바라지만 이상하게 여겨지는 건또 원하지 않는다. 자기가 꿈꾸는 대로 사랑이 이루어지기를 바라면서도 현실적이길 원한다. 궁극적으로 이 세상이 지금 그대로의 모습이 아니라 다른 모습이기를 바란다. 탐욕은 이와 같이 있는 그대로의 현실을 인정하지 못하기 때문에 결국 분노와 망상으로 이어진다.

분노의 마음이 되면 불쾌한 것에 공격을 가하거나 도망치기 바쁘다. 그리고 사실상 분노와 동시에 일어나는 망상에 빠지면 자신의 잘못된 행동이 초래한 결과에 대해서는 생각하지 않고 부당한 취급을 받고 희생되었다고 믿는다. 망상에 빠지면 어리석게도 자기 행동엔 아무런 결과나 책임이 따르지 않을 거라 생각한다. 무슨 짓을 저질러도 빠져나갈 수 있다는 생각에 아무렇게나 행동한다.

탐욕과 분노, 망상, 이 삼독심이 혼란을 일으키고, 그 바람에 반미치광이가 되어 돌이킬 수 없는 실수를 저지르고 나면 어지러운 마음으로 후회하고, 수치심을 느끼며 정신을 차리게 된다. 그렇지만 언제든 갈망과 혐오의 충동이 다시 찾아와 괴롭힌다.

'다시 기분이 좋아지고 싶어.' '더 이상 기분 나쁘고 싶지 않아.'

이것은 갈망과 혐오라는 두 가지 힘이 동시에 작용하는 역학구조로 탐진치에서 다시 탐으로 이어지는 악순환을 부추긴다. 갈망과 혐오라는 두 개의 주먹을 동시에 맞고 눈이 멀어서 인간의 모든 지성에도 불구하고 계속해서 당장의 쾌락을 좇고 장기적으로 고통을 받는 것이다.

선불교에서는 전통적으로 깨닫지 못한 행동을 이렇게 설명해왔다. 이런 설명은 오늘날 중독적인 행동을 설명할 때에도 그대로 적용할 수 있다. 그것은 사실 우리의 습관적인 마음 상태다. 마약 살 돈을 마련하려고 거리에서 강도짓을 하든 늦은 밤까지 멍하게 텔레비전 화면을 바라보든 우리의 마음과 행동을 결정하는 힘과 그 힘이 작용하는 방식은 완전히 똑같다.

이런 관점에서 보면 심각한 약물 남용과 죄책감을 느끼면서도 그만두지 못하는 길티 플레저는 정도만 다를 뿐 본질은 같다. 따라서 인지-행동 조절과 충동 조절, 정서적 자각 등과 관련된 문제를 다루는 데 사용되는 DBT 같은 여러 임상 심리 치료 프로그램들이 전통 불교의 마음 수행법을 적극적으로 활용하는 것은 우연이 아니다.

일념단속 : 집중을 위한 올바른 참선법

참선을 통해 갈망과 혐오라는 두 가지 충동을 진정시키고 싶다면 먼저 선불교에서 참선으로 집중력을 일으키는 방법을 이해해야 한다. '집중'이라고 하면 현대인들은 대개 물리력이나 힘 혹은 에너지를 투입하는 것으로 생각해 신체적으로나 정신적으로 긴장하는 상태를 떠올린다. 그러다 보니 참선을 처음 하는 사람들은 "이뭣고?"에 '집중'하려고 할 때 미간을 찌푸리고 이를 악무는 경향이 있다.

"긴장을 푸세요."

이렇게 몇 번을 말해도 별로 소용이 없다.

몸과 마음의 긴장을 푼 상태에서 집중하는 것을 머리로는 이해해도 막상 '집중'과 '이완'을 동시에 하려고 하면 어떻게 해야 할지 모르기 때문이다. 바짝 긴장한 상태에서 "이뭣고?"에 집중하려고 거듭 애를 쓰거나 아니면 긴장을 확 풀고 이런저런 상상에 빠지거나 둘 중 하나다. 초심자로서 이런 혼란을 겪는 것은 당연하다. 어떻게든 정신력을 투입하는 동시에 거둬들여야 한다고 생각하니 결국은 불가능한 일이라고 느낀다.

그래서 우리가 알고 있는 '집중'이라는 개념을 새롭게 정립할 필요가 있다. 이를 위해서는 먼저 '집중'이나 '정신 집중'을 노력의 강도라는 관점에서 생각하지 말아야 한다. 참선은 움직이지 않는 벽을 온 힘을 다해 밀려고 애를 쓰는 것이 아니다. 참선은 근력과 아무 관련이 없다.

그보다는 우리 마음의 시선이 얼마나 빨리 한 대상에서 다른 대상으로 이동하는지 생각해보자. 우리는 하나를 생각하다가도 금세 다른 생각을 한다. 우리의 의식이 이 생각에서 저 생각으로 너무나 빠르게 이동하는 바람에 그 바뀌는 순간을 알아채지 못할 정도다.

우리의 의식은 마음속에서 눈부신 속도로 계속 떠오르는 각종 이미지와 생각, 소리 등을 하나하나 지켜본다. 마음의 시선은 한 가지 생각에 아주 잠깐밖에 머물지 않는다. 그러니 정신적으로 아무리 강도 높게 노력해도 하나의 대상에 오래 집중하기는 어렵다. 단 1초도 어려울 것이다. 참선을 처음 시작하는 사람들이 하나같이 "집중을 유지할 수가 없다"라고 불평하는 이유가 바로 이 때문이다.

이런 상황에서는 이른바 의식의 흐름이라고 하는 것을 차단하고 오직 한 가지만 생각하려 노력한다는 것이 말이 안 된다. 머릿속이 온통 눈을 뜰 수 없을 정도로 어지러운 상상들로 넘쳐날 것이다. 우리에겐 새로운 집중 전략이 필요하다.

선불교에서는 이 전략을 '일념단속'이라고 부른다. 일념단속이란 한 생각에 집중한다는 뜻이 아니다. 머릿속에 떠오르는 모든 것들은 나타나자마자 사라지기 때문에 한 생각에 집중한다는 것은 불가능하다. '일념단속'의 진짜 의미는 '한 생각', 즉 "이뭣고?"라는 생각을 계속 반복한다는 뜻이다. 우리가 호흡 주기에 맞춰 "이뭣고?"를 읊는 이유가 바로 이 때문이다.

이 전략의 핵심은 오랫동안 끈질기게 반복적으로 정신을 집중하는 것이기 때문에 "이뭣고?"에 집중할 때마다 그렇게 많은 정신력을 사용할 필요는 없다. "이뭣고?"라고 말할 때마다 그것이 의미하는 바를 기억하기만 하면 된다.

송담 스님은 제자들에게 일념단속을 가르치실 때 마음속에 어머니나 아버지의 얼굴을 그려보라고 하셨다. "이뭣고?"를 말할 때마다 써야 하는 정신력은 가까운 사람의 모습을 떠올리는 데 필요한 정도의 정신 에너지면 충분하다. 이것을 이해하면 이제 "이뭣고?"를 반복할 때 신체적으로나 정서적으로 편안하게 긴장을 풀 수 있다.

초심자가 참선 시간 내내 집중을 유지한다는 건 불가능하다. 종종 딴 생각이 끼어들어도 계속해서 "이뭣고?"로 돌아가 잠깐씩 집중하면 된다. 참선은 벽을 한 번 세게 미는 것이 아니라 계속해서 벽을 두드리는 것이다. 다만 우리가 바라는 것보다 시간이 더 오래 걸린다는 점이 문제다.

고대 선지식들은 참선 수행을 겨울에 삽으로 눈을 퍼서 우물을 채우려 하는 것에 비유했다. 삽으로 눈을 퍼서 우물에 한 번 붓는다고 우물의 수위가 달라지는 건 아니다. 삽에 눈을 수북이 담으면 거기에 실제보다 훨씬 많은 양의 물이 들어 있는 것처럼 보인다. 하지만 막상 그 눈을 우물 속에 떨어뜨려도 수위에는 거의 변함이 없다. 참선도 마찬가지다. 처음에는 계속 "이뭣고?"라고 읊어도 별 효과가 없는 것 같다.

바로 이때 믿음이 필요하다. 어떤 특정 종교 지도자의 가르침이나 구원에 대한 믿음을 의미하는 것이 아니다. 무엇을 시도하든 스스로에 대한 믿음이 필요하다.

그러면 우물이 채워지고 넘쳐흐르기 시작하며, 획획 바뀌어 좀처럼 파악하기 어려운 우리의 마음이 결국은 집중하는 법을 배우게 된다. 그래서 참선이 필요로 하는 것은 정신력과 열정이 아니라 인내와 노력이다.

갈망과 혐오를 달래는 참선

그러나 최선을 다해 노력해도 갈망과 혐오를 없애지 못할 수 있다. 중독적인 행동을 반복할 수도 있다. 이럴 때는 이미 실패했다고 느끼지 않는 것이 중요하다.

우리가 해로운 행동을 하는 와중에도 참선 자세를 취하고 호흡을 시작해 조금씩이나마 "이뭣고?"에 의식을 집중하며 최대한 대의심을 일으키려고 해볼 수 있다. 그러면 중독적인 행동의 기세도 꺾이고 어쩌면 아예 멈추게 될 수도 있다.

예를 들어, 아이스크림 한 통을 열어 몇 숟가락 맛보면 통째로 다 먹고 싶은 충동이 생겨 순수한 정신력만으로 숟가락을 내려놓기가 힘들다. 이때 자세와 호흡, 집중을 통해 갈망의 에너지를 약화시키는 법을 알면 훨씬 유리하다.

- 식탁에 서 있는 그 상태로 잠시 동작을 멈춘다.
- 구부린 어깨를 편안하게 펴고 바르게 호흡하면서 "이뭣고?"를 읊조린다.

- 그냥 기계적으로 읊조려도 마음이 맑아진다.
- 마음이 맑아지면 마음에서 어떤 일이 벌어지는지 보인다.
- 그러면 더 나은 선택을 할 가능성도 높아진다.
- 어쩌면 아이스크림을 다시 냉동실에 넣게 될지도 모른다.

여기서 중요한 사실은 의지만으로는 부족하다는 점이다. 참선 기법을 알아야 한다. 참선도 다른 모든 재능과 마찬가지로 매일 꾸준한 연습을 통해 실력이 연마된다. 참선은 테니스 스윙을 배우는 것과 비슷하다. 매일 서브 기계 앞에서 공을 받아치는 연습을 해왔다면 나중에 사람을 상대할 때 훨씬 수월할 것이다. 이와 마찬가지로 가정과 직장에서 매일 체계적으로 참선 수행을 하며 마치 서브 기계 앞에서 공을 받아치듯 우리의 의식을 그 근원으로 돌리는 법을 훈련해왔다면 어느 순간 갑자기 갈망이나 혐오 혹은 삼독심이 일어나도 만반의 준비가 되어 있을 것이다. 잘 훈련된 테니스 선수가 힘 있고 우아하게 경제적으로 움직이며 공을 받아치는 것과 같이 참선 수행이 잘된 사람은 집중력과 자세를 유지하고 에너지 낭비를 최소화하며 끈기 있게 계속해서 각자의 의식을 그 근원으로 되돌린다.

간혹 참선을 이용해 담배를 끊거나 과식을 멈추려고 애를 써봤지만 효과가 없었다고 불평하는 사람들이 있다. 지금쯤은 그 사람들이 참선을 잘못 이해해서 그렇다는 것을 알 것이다. 유도의 메치기 기술을 배웠다고 해서 아무나 다 상대할 준비가 된 것은 아니다.

마찬가지로 참선하는 법을 안다고 해서 견고히 자리 잡은 중독된 행동을 단번에 극복할 수 있을 만큼 숙련된 노하우를 갖추었다는 뜻은 아니다. 하지만 매일 체계적으로 끈기 있게 참선을 해나가면 의도적으로 반복해서 주의를 돌리는 구체적인 방법도 습득하고 중독된 생활 습관도 극복할 수 있을 것이다.

익숙한 것은 낯설게, 낯선 것은 익숙하게

『습관의 힘The power of habit』이라는 유명한 책에서 작가 찰스 두히그Charles Duhigg는 최신 심리학 연구 결과를 인용해 우리가 어떤 행동을 했을 때 심리적 혹은 육체적 보상이 주어지면 그 행동이 습관으로 자리 잡는다고 말한다. 즉 우리가 갈망한 데 따른 결과물을 얻으면 그 행동이 습관이 된다는 이야기다. 이 말은 갈망이 습관을 형성하고 유지하게 만든다는 뜻이다.

그러나 갈망은 한번 자리를 잡으면 없애기가 무척 힘들다. 따라서 갈망의 결과물인 어떤 습관 자체를 없애려 하는 대신에 그 구체적인 보상이 무엇인지 확인한 다음 원치 않는 결과를 초래하지 않고도 똑같은 보상을 누릴 수 있는 다른 방법을 찾는 편이 훨씬 효과적인 전략이라고 말한다.

이 책에 나오는 예를 들면, 오후에 일정한 시간만 되면 동료들과 간식을 먹는 습관이 있다고 해보자. 이런 습관으로 얻는 보상은 동료들과 이야기를 나누며 휴식을 취하는 것이다. 그렇다면 똑같은 보상을 얻을 수 있는 더 좋은 방법은 그냥 동료의 책상으로 가서 가볍게 이야기를 나누는 것이다. 이렇게 가벼운 수다라는 단기적 보상을 얻기 위해 습관적으로 해오던 방법을 바꾸면 체중 증가라는 장기적 손실을 피할 수 있다.

실험에 근거한 현대 심리학 연구와 전통 불교의 가르침이 모두 갈망을 습관의 원동력으로 보는 것은 주목할 만한 부분이다. 그러나 불교 관점에서 보면, 특정한 보상을 하나의 목표로 취급하는 것은 문제가 있다. 찰스 두히그도 지적하듯 모든 광고와 마케팅 산업의 목적은 우리가 갈망할 만한 새로운 보상들을 고안해내는 것이다. 그러니 이런 보상과 갈망은 계속 더 늘어날 것이며, 우리는 머지않아 소비자로서 거의 모든 시간과 돈 그리고 에너지를 점점 늘어가는 보상들을 좇는 데 다 쓰게 될 것이다. 사실 우리는 이미 그렇게 살고 있다.

좋은 음식이 무척 다양한데도 완전히 무시하고 지나치게 짜거나 기름지고 단 음식만 찾는 정크 푸드 중독자처럼 혐오 반응에 휘말린 사람은 구미에 맞지 않는 삶의 정보는 모조리 거부하거나 무시하려 한다. 그런 사람이 갈망에 이끌리면 자기 구미에 맞는 자극만 좇는다. 놀라울 정도로 좁은 범위의 인생 경험만 추구하는 것이다. 정크 푸드 중독자가 감자튀김이나 초콜릿만 찾느라 맛있고 몸에 좋은 음식에 눈길도 안 주는 것처럼 우리도 오직 유치한 것들, 대개는 예뻐 보이고 멋지게 들리고 느낌이 좋은 것 같은 상품들에만 집중하느라 풍성한 인생 경험을 무시해버릴 수 있다.

하지만 이렇게 사는 것 말고 다른 대안은 정말 없는 걸까?

지하철에서 작은 화면만 바라보느라 주변 세상의 다양한 풍경은 안중에도 없는 사람들을 다시 생각해보자. 귀에 이어폰을 꽂고 땡땡거리는 전자음을 듣느라 세상의 소리를 듣지 못하는 모습. 이것도 어쨌거나 사는 것일까? 모든 기술과 영리함까지 갖춘 우리가 지금껏 한 번이라도 제대로 살아가는 방법을 진정으로 배운 적이 있을까?

혹시라도 내가 현실과 동떨어져 살고 있는 수행자라서 이런 비판을 한다고 생각하지 않았으면 좋겠다. 나 또한 소비문화가 강한 미국에서 나고 자랐고 성인이 되어서는 소파에 파묻혀 한 손에는 과자와 캔 맥주를 들고 다른 한 손으로는 리모컨을 쥔 채 불어나는 배 너머로 TV 재방송을 보며 살았다. 그건 죽은 것이나 다름없는 삶이었다. 정말로 털썩 주저앉아 며칠 밤을 슬퍼하고 절망한 적도 있다.

선불교에서는 참선의 수준이 높아지면 '법희선열法喜禪悅', 즉 참선을 통한 기쁨을 경험하기 시작한다고 말한다. 이런 기쁨과 즐거움을 경험하면 사람들은 조용하고 겸손해진다. 자기 내면이 완벽하게 갖춰졌다고 느끼니까 다른 사람들에게 요구할 것도 별로 없고 세상에서 얻으려는 것도 별로 없다. 더없는 행복과 감사함을 느끼며 마침내 무의미한 보상들에 대한 집착을 내려놓게 된다. 달고 쓴 모든 경험을 통해 가지면 행복을 줄 거라 생각했던 것들이 고통만 가져왔다는 것을 이제 알기 때문이다.

반대로 포기하거나 자제하면 후회하게 될 거라 예상했던 것들은 오히려 내려놓음으로써 만족감을 얻게 된다는 것도 안다. 또한 자신의 영리함을 증명할 필요가 없다고 느낀다. 이런 모습이 다른 사람들에겐 조금은 바보 같고 조금은 어리석게 보일 수도 있다. 선불교에서는 이같은 획기적인 변화를 이렇게 표현한다.

"익숙한 것을 낯설게. 낯선 것을 익숙하게."

이것은 장기간에 걸쳐 일어난 복잡하고 미묘한 행동의 변화를 간단히 표현한 것이다. 처음에 참선하는 법을 배워 그 혜택을 누리기 시작하면 대개 본능적으로 기존에 알고 있던 즐거움이나 기쁨과 비교하게 된다. 물론 참선을 하고 나서 술을 마시러 가고, 참선을 하고 나서 텔레비전을 보기도 한다. 이것이 반복되면 다시 예전 상태로 돌아가는 것처럼 느껴진다. 하지만 실은 배워가는 과정이다. 앞으로 어떤 종류의 기쁨이나 즐거움에 의지해 살 것인지를 결정하려는 과정인 것이다. 참선 수행이 주는 기쁨을 선택할 것인가, 중독성 있는 행동들이 주는 재미를 선택할 것인가에 대해 고민하는 중이다.

처음부터 참선으로 중독적인 행동을 멈출 수는 없지만 참선을 통해 마음이 맑아지면 그런 행동이 초래하는 결과를 볼 수 있게 된다. 그 결과 그런 것들로 인해 시간과 에너지는 물론이고 돈까지도 얼마나 많이 낭비하게 되는지 알게 된다. 진정한 행복을 발견할 기회도 망치고 있다는 것을 점점 더 분명히 이해하게 된다. 그러면 중독적인 행동들이 우리에게 미치는 영향을 우리가 얼마나 싫어하는지 인정하기 시작한다. 이제 더 이상 웃을 일이 아니라고 생각하는 것이다.

우리는 이 모든 과정을 완전히 의식하지는 못하지만, 이런 비교를 거쳐 과거의 중독적인 행동들을 포기하기 시작한다. 그런 행동들이 더 이상 매력적이거나 재미있어 보이지 않는다. 오히려 추하고 해롭게 보여 더는 하고 싶지 않게 된다. "익숙한 것이 낯설어진다."

그와 동시에 참선 수련이 몸과 마음에 깊이 배어든다. 다리가 마비될 것 같았던 반가부좌 자세가 이제는 참선을 하지 않을 때도 자연스러워진다. 너무 답답하게 느껴져 참선 시간에도 자꾸만 놓치던 복식 호흡이 기본 호흡법이 된다. 그리고 그 낯설고 이상했던 "이뭣고?"라는 말이 가슴을 가득 채운다. 참선이 상쾌하고 기분 좋게 느껴지기 시작한다. 참선으로 얼굴이 달라진다. 더 밝아지고 깨끗해진다. 참선으로 몸도 더 가볍고 차분해진다. 일에 더 집중하게 되고 동료들 사이에서 느끼는 불안감이나 원망도 줄어든다.

내면의 이런 변화와 인생에 대한 새로운 경험을 정말 사랑한다는 것도 알게 된다. 그러기까지는 시간이 걸리지만 우리도 서서히 '법희선열'을 더 좋아하게 된다. 이런 식으로 "낯선 것이 익숙해진다."

선방에서 스님들이 존경의 뜻을 담아 건네는 최고의 찬사는 "쉬어졌다(편안해 보인다)"고 하는 것이다. 참선이 그 사람의 자연스러운 생활 방식이 되었다는 뜻이다. 더 이상 중독된 습관과 씨름할 필요가 없고, 마음이 늘 대의심으로 환하게 빛난다. 머리가 하얗게 센 선방의 스님들은 뭘 많이 하고 있는 것 같지 않지만 그분들이야말로 참선 실력이 뛰어난 베테랑들이다. 우리가 참선을 배우고 그것이 주는 획기적인 혜택을 제대로 이해하면 그때는 부유하고 매혹적이고 모험적으로 사는 사람이 부럽지 않다. 조용하고, 단순하고, 겸손하며, 어린애 같이 순수하고, 편안해 보이는 참선 수행자들이 부러워진다.

그동안 너무 오래 중독된 습관에 빠져 있었다면, 그리고 수치심에 마음이 괴롭고 피폐해져 있다면, 이제는 진정으로 쉬어야 할 때가 아닐까?

중독된 생활 습관을 바꾸는 법

내 대학 친구 중에 금융계에서 성공적으로 커리어를 쌓은 친구가 있다. 깊이 사랑한 여자와 결혼해 딸 둘을 낳았다. 나와 이메일을 주고받을 때마다 친구는 자기가 운이 좋은 사람이라고 말한다.

그런데 최근 그 친구가 내게 알코올의존증이 있다고 털어놓았다. 거의 매일 밤, 아내와 아이들이 잠자리에 들면 혼자 거실에 앉아 술을 몇 잔 마신다는 것이다. 처음엔 와인 한두 잔이었던 것이 어느 순간 독한 술로 바뀌었다고 했다.

"매일 밤 마시는 거야?"

내가 전화로 물었다.

"응. 거의 매일 밤 마신다고 보면 돼."

그는 한숨을 쉬었다.

"취할 정도로?"

"반반이야. 좀 멍해지는 거 있잖아, 알딸딸한 상태. 그러니까, 맞아, 취하기는 하지. 물론 고주망태가 되지는 않아. 다음 날 회사에 출근하는 데도 아무 문제없고. 업무에도 전혀 지장을 주지 않아. 이상하게 들리겠지만, 사실이야."

"난 네 말을 믿어. 캐리는 아직 몰라?"

캐리는 그 친구 아내의 이름이다.

"당연히 눈치챘지. 그런데 아직 직접적으로 얘기한 건 아니야. 단지 내가 자려고 올라가면 별일 없냐고 물어."

"왜 마시는 거야?"

"모르겠어. 하루가 끝날 때면 그냥 마시고 싶어. 그런데 알코올중독은 아니야."

"그래도 문제긴 해."

"문제지."

한국에서도 몇몇 학생들과 참선 모임 회원들로부터 술을 자제하는
데 어려움을 겪고 있다는 이야기를 종종 들었다. 말을 하지 않아서 그
렇지 그런 사람들이 실제로는 훨씬 더 많을 것이다.

하지만 내가 들은 이야기들이 완전한 알코올중독 같지는 않았다. 잠
에서 깨어났을 때 피곤하고 우울한 기분이 드는 경우는 있지만 취한
상태로 학교에 가거나 출근하는 일은 없었다. 만취하는 경우는 거의 없
지만, 자제가 되지 않는 느낌이 그들을 불안하게 만들었다. 문제를 일
으킬 정도로 양이 늘어나지는 않지만 그렇다고 그 양을 줄일 수 있는
것도 아니었다. 밤마다 술 마시는 것이 거의 숙제처럼 돼서 이제는 하
루라도 술을 마시지 않는 날이 오기만을 고대했다.

마치 기계처럼 규칙적으로 그런 행동을 하게 돼서 역설적이지만 잘
통제되는 동시에 통제가 안 되는 것처럼 느껴진다면 그건 어쩌다 우연
히 즐기는 길티 플레저도 아니고, 그렇다고 임상적으로 중독 진단을 받
을 수 있는 문제도 아니다. 나는 이런 것을 중독된 생활 방식이라고 부
르고 싶다. 우리의 삶이 중독적인 행동과 그에 따른 보상을 중심으로
체계적으로 돌아가고 있으나 우리는 그것이 어느 정도인지 충분히 의
식하지 못하고 있다는 뜻이다.

만약 이런 경우라면 아침이나 저녁에 잠깐씩 하는 좌선으로는 원하
는 만큼의 효과를 거두지 못할 것이다. 하루 중 참선하는 시간은 기껏

해야 1시간 정도이고, 나머지 23시간은 이미 굳게 자리 잡은 습관적인 행동 패턴으로 돌아가기 때문이다.

이때는 먼저 각자의 생활 방식이 얼마나 중독된 습관으로 이루어져 있는지를 파악해야 한다. 그러기 위해서라도 잠시 시간을 내서 참선을 해보자.

- 바르게 앉아 참선 자세를 취한다.
- 준비 호흡을 3회 반복한다.
- 그런 다음 복식 호흡을 시작한다.
- 스스로에게 "이뭣고?"라고 물으며 마음속에 의심을 일으킨다.
- 마음이 진실하고, 무엇보다 정직한 상태여야 한다.
- 이 상태에서 자신의 삶에 대해 조심스럽게 다음과 같은 질문을 해보자. 가능한 한 솔직하게 답해보자.

지금 하고 있는 일에 얼마나 만족하는가? 지금 하는 일을 즐기고 업무 조건에 만족하는가? 아니면 불행하고 비참한가? 하루 일과의 대부분을 차지하는 그것을 실제로 어떻게 느끼는지 솔직하게 이해하는 것이 중요하다. 창피해하거나 긴장할 필요 없다. 그냥 솔직해지면 된다. 지금 자기가 하는 일에 대해 어떻게 느끼는가?

두 번째로, 인생에서 가장 가까운 사람들과의 관계는 어느 정도로 만족하는가? 당신이 가장 많은 것을 공유하는 사람들과의 관계에 얼마나 만족하는가? 사랑받고 존중받으며 이해받고 있다고 느끼는가? 살면서 그들에게 고마움을 느끼는가? 아니면 당연하게 여겨지고, 제대로 인정받지 못하며 오해받고 있다고 느끼는가? 가장 가까워야 할 가족과 친구들에게조차 소외감과 거리감을 느끼는가? 거듭 말하지만 자신에게 솔직해야 한다. 혹시라도 이런 질문들 때문에 심란하다면, 잠시 시간을 갖고 참선을 하면서 의심을 일으켜보자. 마음이 맑아지고 차분해지는 것을 느껴보자.

마지막으로 자기 자신에 대한 만족도는 어느 정도인가? 물론 누구나 자신에 대해 더 바라는 점들이 있다. 누구나 과거에 후회되는 점이 있고, 거의 모든 사람들이 앞으로 인생의 시련을 헤쳐 나갈 수 있을지 걱정한다. 기본적으로 자기 자신을 좋아하고 존중하는가? 자신이 가치 있는 사람이며 다른 사람들과 마찬가지로 행복하고 사랑받을 자격이 있다고 생각하는가? 아니면 마음속 깊은 곳에서 스스로를 무시하는가? 자신이 저지른 실수 때문에 혹은 어떤 목표를 달성하지 못해서 스스로에게 화가 나 있는가? 자신이 생각하는 현재의 자기 모습이 매우 불쾌한가?

참선과 같은 것에 관심 있는 사람들은 대개 자신을 변화시키려는 욕구가 강하다. 우리 같은 사람들은 대부분 지금 자신이 하는 일이나 인간관계 혹은 자기 자신에 대해 만족하지 못한다고 답할 것이다. 솔직히 극도로 우울하며 자기 인생과 자기 자신을 싫어하는 사람들도 많다. 다시 말하지만, 처음 참선을 시작했을 때, 나 또한 내 삶의 거의 모든 것이 불만족스러웠다. 무엇보다도 나 자신에게 불만이 많았다. 당시 내 모습이 너무나 마음에 들지 않았다.

혹시 지금 이런 상황이라면, 인생에서 가장 중요한 측면들이 불만족스럽다면, 중독된 생활 습관을 가졌을 위험이 있다. 왜냐하면 그런 심각한 불만을 오래 견딜 수 있는 사람은 거의 없기 때문이다. 잠깐의 위안이나 즐거움, 대개 중독성 있는 것들을 찾기 시작한다. 특히 현대사회에서는 그런 즐거움을 찾기가 쉽기 때문이다.

자기 인생에 불만을 느낄 때 진짜 해결책은 당연히 인생을 변화시키는 것이다. 하지만 막상 인생에 큰 변화를 일으킬 생각을 하면 겁이 나거나 힘이 빠질 것이다. 주변 여건이 여의치 않을 수도 있다.

예컨대 직업을 바꾸고 싶어도 더 좋은 일자리를 구하는 것이 불가능하다고 느낄 수 있다. 새 친구를 사귀고, 심지어 결혼도 다시 하고 싶을 수 있다. 하지만 가족에 대한 의무나 특수한 상황 때문에 선뜻 변화를 시도하지 못한다.

자신을 변화시키고 싶어도 너무 바쁘고 피곤한 나머지 변화를 시도할 시간이나 에너지가 없을 수도 있다. 이유가 어떻든 지금 자기가 하는 일과 인간관계 그리고 자기 자신에 대해 줄곧 불만이 있다면 일상에 중독된 행동 양식이 자리 잡았을 가능성이 높다. 이는 단순히 어떤 행동 양식이 아니라 중독성 있는 보상을 주어 불만으로 인한 괴로움을 잊게 하려는 노골적인 방법론일 수 있다.

솔직히 우리의 일과는 그날 해야 할 일들로만 채워지지 않는다. 우리의 일과는 우리가 그날의 각기 다른 시점에 얻고자 하는 보상에 맞춰져 있을 것이다. 그래서 시계처럼 정확하게 오전 중 일정한 시간이 되면 다시는 먹지 않겠다고 약속한 과자 통을 뒤지고, 오후에는 끊으려고 노력 중인 담배를 피우러 나간다. 저녁에는 건강에 좋지 않은 음식을 잔뜩 먹고, 밤이 되면 늦게까지 텔레비전을 보거나 인터넷을 한다.

아마도 주말엔 취하도록 술을 마실 것이다. 시간을 내서 자신이 정확히 얼마나 늦잠을 자는지, 과식이나 과음 또는 과소비에 얼마만큼 시간을 낭비하는지 기록해보면 우리가 중독성 있는 보상을 추구하고 있다는 것을 거의 정확하고 확실하게 알 수 있을 것이다. 단순히 중독된 행동 양식을 따르기만 하는 것이 아니라 아예 고도의 시스템으로 발달시켜왔음을 알게 될 것이다.

우리는 지금껏 이렇게 살아왔다. 즉 인생을 견딜 수 있게 해주는 여러 가지 중독된 행위로 이루어진 시스템 안에서 살아왔음에도 이제야 그것을 깨닫고 있는지도 모른다.

자신의 삶을 이런 식으로 바라본 것이 처음이라면 당연히 실망하거나 혼란스러울 수 있다. 나도 처음으로 내가 어떻게 살고 있는지 객관적으로 바라보려 했을 때 그랬다. 하지만 실의에 빠질 필요는 없다. 지금까지 중독된 생활 방식으로 살고 있었음을 깨닫는 것은 정말로 좋은 일이다. 그런 깨달음 자체가 의식이 깨어나기 시작했다는 표시이기 때문이다.

이렇게 자각하기 시작했다면 이제 선불교 전통에서 '발원發願'이라고 부르는 것을 할 때가 되었다.

"자유롭게 벗어날 거야! 진정한 행복과 자유를 찾겠어!"

당장 이렇게 스스로에게 말해보자. 큰 소리로 말해보자. 그런 다음엔 인생에서 작은 것 한 가지만 바꿔보겠다고 결심해보자. 매일 조금씩 참선을 하겠다고 결심해보자. 하루에 한 번이라도 마음을 깨워보는 것이다. 그렇게 대단해 보이진 않겠지만 매일 조금씩 참선 훈련을 하다

보면, 당신의 깨끗한 마음, 즉 불교에서 '부처님 마음佛心' 혹은 '부처님 본성佛性'이라고 하는 것이 갈망과 혐오의 긴 잠에 빠져 있다가 깨어나기 시작한다. 그것이 눈을 뜨고 활동을 시작한다. 점점 더 많은 발원을 하기 시작한다. 뼛속들이 깊이 변화를 향한 간절한 염원을 품게 된다. 그것은 성장과 사랑, 혁신을 향한 염원이다.

지금은 직업이나 관계 혹은 생활 방식을 바꿀 준비가 안 되어 있을 것이다. 당장은 술도 많이 마시고, 담배도 많이 피우고, 과식을 하고, 인터넷에 시간을 허비하고 있을 것이다. 아직은 중독된 생활 습관에 갇혀 지내고 있을 것이다.

그렇다고 자기 자신을 싫어해서는 안 된다. 아무리 우울하고 절망적인 순간에도 고개를 들고 하늘을 보며 자기 자신을 향해 말할 수 있어야 한다.

"자유롭게 벗어날 거야! 진정한 행복과 자유를 찾겠어!"

매일 참선을 함으로써 우리 안에 있는 행복해지고 싶고, 고통으로부터 벗어나고 싶은 열망에 에너지를 불어넣자. 그러면 이 열망이 점점 자라서 아주 강력해질 것이고, 우리는 인생을 바꿔보려는 용기와 신념, 열정을 얻어 마침내 중독된 행동의 사슬을 끊고 자유를 얻게 될 것이다.

30

화

"스님이라서 가장 힘든 부분은 뭔가요?"

지난 몇 년간 이런 질문을 종종 받았다.

글쎄, 나는 스님의 삶이 다른 삶보다 더 힘들거나 쉽다고 생각하지 않는다. 우리는 모두 똑같은 고통을 겪는다. 그것은 당연히 생로병사의 고통이다. 우리는 모두 외로움과 불안, 불만, 슬픔으로 괴로워한다. 지나간 일을 후회하고, 미래를 걱정한다.

스님의 삶이 일반인의 삶과 구분되는 점이 있다면, 그것은 아마도 스님들은 '깨달음'을 통해 그 고통을 극복할 수 있다고 믿는다는 점일 것이다. 스님들은 깨달음이라는 목적을 위해 괴로움을 감내하며, 그 목적은 어쩌면 순진할 정도로 희망적이다.

그래서 스님의 삶이 다른 삶보다 더 힘든지는 잘 모르겠다. 다만 한 가지 확실한 것은 스님으로서 경험하는 가장 괴로운 것이 바로 '화'라는 사실이다. 일반 사회에서는 같이 일하는 사람에게 화가 나도 하루 업무가 끝나면 보지 않을 수 있다.

하지만 바깥세상과 달리 스님들은 다른 스님에게 화가 나도 딱히 피할 방법이 없다. 절에서는 나를 속상하게 만든 사람을 포함해 모두가 좁은 공간에서 다닥다닥 붙어 지낸다.

어떤 면에서 절은 인간의 생각과 감정의 본질을 탐구하는 학교와 같다. 좋든 싫든 다른 사람들과 공동체 생활을 하다 보면 갈등 상황에서 가장 중요하게 생각해야 할 딱 한 가지는 이것이다.

'어떻게 문제를 풀고 다시 친하게 지낼 수 있을까?'

둘 다 받아들일 수 있는 해결책을 찾는 것만으로는 부족하다. 그런 다음 두 사람 사이에 진정한 평화와 선의를 회복해야 한다. 그러지 않으면 원망의 씨앗이 남게 되고, 미움의 불씨가 남아서 머지않아 그 사람에게 또 화가 난다.

누구나 그렇듯 내 성격에도 많은 단점이 있다. 나도 안다. 하지만 나는 이제 내 인생에서 다른 사람을 싫어하는 게 겁이 나는 시점에 와 있다. 나는 이제 어리석게 화를 내고 그 때문에 다시 괴로워하는 게 힘들다.

한 가지 말해두고 싶은 것은 만약에 참선 초보자로서 성미를 다스리는 데 심각한 문제가 있다면 오직 참선만으로 상황을 개선하기는 어려울 수 있다는 점이다. 참선만으로 분노를 막을 수 있을 만큼 충분한 시간을 가지고 그 방법을 습득하기가 어렵기 때문이다.

따라서 화를 다스리고 싶은 참선 초보자라면 무턱대고 참선에 의지해서는 안 된다. 화의 본질을 알아야 한다. 즉 그것이 어떻게 다른 사람에게는 물론이고 자신에게도 파괴적인 방식으로 행동하게 만드는지 정확히 이해해야 한다.

화의 두 가지 유형

나는 화가 크게 두 가지 유형이라고 생각한다. 첫 번째는 표출되는 화, 즉 욱하는 성향이다. 보통 화라고 하면 우리는 성질을 부리고 평정심과 자제력을 잃어버리는 모습을 떠올린다.

두 번째 유형은 드러내지 않고 숨겨놓은 화다. 나는 이 두 번째 유형이 비록 겉으로 잘 드러나지 않지만 한 사람의 인생을 서서히 파괴할 만큼 훨씬 더 치명적이라고 생각한다. 내가 여기서 다루고 싶은 것은 바로 이 드러나지 않는 화다.

방송을 시작하고 반년쯤 지났을 때, 페이스북을 통해 한 젊은 여성에게 메시지를 받았다. 그녀는 가슴속 한편에 낯선 사람들을 향한 분노가 끓어오르고, 다른 한편에는 부모님 중 한 분에 대한 분노가 타오르고 있다고 털어놓았다. 꺼지지 않는 이 화가 자신을 "새까맣게 태워 재로 만들어버릴까봐 두렵다"라고 했다.

페이스북을 통해 그 메시지를 처음 읽었을 때 표출되지 않은 화 때문에 힘들어하는 것이라 생각했다.

많은 사람들에게 화는 이제 계속해서 가슴을 태우는 꺼지지 않는 불씨가 되었다.

가슴에 화를 숨기고 있다는 건 낮은 온도에서 계속 화가 끓고 있는 것과 같다. 늘 속이 부글거리고 초조하다. 그렇다 보니 속으로 불만을 감추려고 엄청난 에너지를 소모한다. 흡사 서서히 불에 구워지고 있는데 아무렇지 않은 척하는 것과도 같다.

말로 표현하지 못한 화를 오랫동안 안고 지내는 사람은 대체로 그것을 잘 숨긴다. 미소를 짓고 어깨를 으쓱하며 모든 것이 괜찮은 척한다. 어쩌면 당신 옆에 있는 사람도 속으로는 화가 나서 숨이 막힐 지경이지만 세상일에 아무 관심도 없다는 듯 차분히 앉아서 자기 일을 하고 있는 것일지도 모른다.

더 위험한 것은 시간이 흐를수록 내면의 화를 억누르는 데 익숙해진 나머지 가슴속에 화가 있다는 사실 자체를 잊어버린다는 점이다. 자기 자신에게조차 화를 숨기게 되는 것이다.

그러나 언제까지나 화를 표출하지 않고 숨길 수 있는 사람은 없다. 언젠가는 행동으로 드러나게 마련이고, 삶에 악영향을 끼치기 시작한다. 말투가 비꼬는 투로 바뀌고, 은연중에 적개심과 공격성이 드러난다. 자신은 깨닫지 못하지만 표정도 굳어져 차갑고 경멸하는 듯한 인상을 준다. 몸짓은 방어적으로 변하고 경직된다.

어느 날 문득 마음에 안 드는 대상이 있으면 어김없이 시선을 다른 데로 돌리는 습관이 생겼다는 것을 알게 된다. 그리고 어느 날 온 세상으로부터 등을 돌린 자신을 발견하고 후회하게 된다. 그동안 원한과 분노에 휩싸여 자신을 세상으로부터 격리시켜온 것이다.

그러면 이제 다른 사람들도 알아차리기 시작한다. 사람들은 마치 지뢰라도 숨겨진 것처럼 선뜻 다가오지 못하고 조심스러워한다. 심지어 멀어지려고 애를 쓰는 것처럼 보이기도 한다. 지나치게 예의를 차리고 거리를 두는 것이 느껴진다.

그러다 보면 주변 사람들과 사적인 대화가 줄어들었다는 것도 느끼게 되고, 이제 감추려고 하는 분노뿐만 아니라 사회적 고립 때문에 힘들어하게 된다. 화를 터트린 것도 아닌데 어떻게 억압된 화가 삶에 이렇게나 많은 영향을 끼친 것일까? 이제 어떻게 해야 할까?

이 문제를 해결하려면 표출된 화와 표출되지 않은 화의 차이를 이해할 필요가 있다. 나는 이 두 가지가 질적으로 전혀 다른 심리—생리적 현상이라고 생각한다. 표출된 화는 고함치고, 물건을 던지고, 발로 차고, 누군가를 질책하여 궁지로 몰아넣는 극적인 요소에도 불구하고 비교적 단순하다. 표출된 화는 감정이다. 감정은 파도가 일어나는 현상과 같아서 시작과 중간, 끝이 있다. 표출된 감정으로서의 화는 에너지의 분출과 같아서 비교적 빠르게 우리에게서 벗어난다. 실망스럽고 부끄러운 감정을 남길 수는 있지만 어쨌든 끝이 난다.

반면에 표출되지 않은 화는 일시적 감정이 아니라 쉽게 바뀌지 않는 의식구조 같은 것이다. 대개 오랜 시간 동안 유지해온 무의식적인 생각과 감정, 행동으로 이루어진 습관이다. 그런 습관은 주변을 관찰하는 방식과 생각의 유형, 생각이 전개되는 방향, 느끼는 감정, 실질적인 생리 상태까지도 엉망으로 만든다.

의식구조는 감정의 파도와 달라서 자연스럽게 끝나지 않는다. 말 그대로 몇 년 동안 지속되면서 세상과 인생을 왜곡되고 고통스러운 방식으로 바라보게 만들 수 있다. 우리는 우리의 의지대로 그러한 의식구조를 바꿔서 더 건강하고 긍정적인 마음 상태로 들어가는 방법을 배워야 한다.

화, 독으로 가득한 마음

앞서 살펴본 것처럼 전통 선불교 가르침에서는 이른바 '삼독심'을 그릇된 행동의 원인으로 본다.

원하는 욕구가 충족되지 않으면 삼독심 중 두 번째 마음 상태인 '진심瞋心', 즉 화로 연결된다. 진심은 현실을 있는 그대로 받아들이길 거부하는 태도다. 현실이 다른 모습이었기를 바라지만 바라는 대로 되지 않으니, 화와 짜증, 적개심, 공격성, 원망, 불만으로 반응한다.

이 모든 반응은 스스로 결정해서 하는 행동이 아니다. 이미 오래전에 만들어져 습관적으로 일어나는 인지·정서·행동 반응이다. 순전히 반복을 통해 무의식적 행동 방식으로 자리 잡아 자동적으로 그렇게 되는 것이다.

이 진심이 모든 부정적인 마음 중에서도 가장 파괴력이 강한 것으로 여겨진다.

"한 번의 화가 만 번의 공덕을 무너뜨린다."

선불교에서는 이렇게 말한다. 아주 오래된 표현이지만, 이 말에는 현대인의 일상 경험에서도 쉽게 확인되는 진실이 담겨 있다. 복수심에 못이겨 내뱉은 말, 앙심을 품은 말 한마디에 수년간 쌓아온 우정이 무너지고 두 사람이 지켜온 사랑이 흔들릴 수 있다. 화는 표출이 되든 안 되든, 불길이 종이를 태워 없애듯 관계를 태워버릴 수 있다.

진심은 다시 삼독심 중 마지막인 치심癡心, 즉 망상의 마음으로 연결된다. 치심은 어떤 말이나 행동을 해도 그 대가를 치르지 않을 거라고

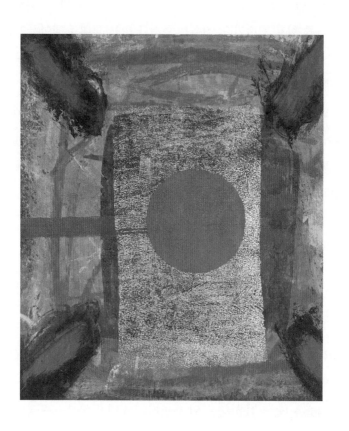

"한 번의 화가
만 번의 공덕을 무너뜨린다."

믿는 태도이다.

그런데 이런 해로운 마음 상태, 예컨대 화의 마음 상태를 유지하게 만드는 것은 대체 무엇일까? 표출되지 않은 화가 있을 때 우리는 몸과 마음 안에서 언제 터질지 모르는 에너지가 끝없이 타오르는 것을 느낀다. 그 에너지를 계속 휘저으며 뜨겁게 달구는 것은 과연 무엇일까? 그 마음은 왜 다른 감정처럼 식어서 사라지지 않는 걸까? 우리는 어떻게 그렇게 오랫동안 화가 난 상태로 지낼 수 있을까?

집착의 본질 : 한 생각

선불교에서는 그것이 '한 생각' 때문이라고 말한다. 여기서 '한 생각'이라는 말은 원래 '한 가지 생각에 대한 집착'을 뜻한다. '집착'이라는 개념은 "감정에 집착하지 마라" "그냥 내려놓아라"와 같이 대중적인 심리학 담론에도 자주 등장한다. 생각과 감정에 집착한다는 개념이 너무 일반화된 나머지 사람들은 그것이 사실은 말이 안 되는 이야기라는 것을 모르고 지나쳐버린다.

생각과 감정은 실체가 없다. 눈에 보이지 않고 손에 잡히지 않는 것에 어떻게 집착한단 말인가? 만질 수 없는 것을 어떻게 내려놓는단 말인가? 우리는 생각과 감정을 물리적으로 붙잡을 수 없다. 생각과 감정은 우리의 의지와 상관없이 일어난다.

따라서 '심리적 집착' '정서적 집착'이라는 개념은 우리를 불안하게 만드는 한 생각이 계속 떠오르는 것을 막을 수 없는 상태라고 이해하는 것이 최선이다. 그것은 마치 분홍 코끼리에 대해 생각하지 않으려고 노력하지만, 이내 머릿속이 분홍 코끼리로 가득 채워지는 것과 같다.

이렇게 뭔가에 대해 생각을 멈추고 싶어도 멈출 수 없는 기묘한 상태가 바로 집착하는 상태다.

집착하는 상태에 있는 사람에게 "내려놓아라"라고 말하는 것은 그들을 짜증 나게 할 뿐이다. 그들은 이미 내려놓으려고 애를 쓰고 있는데도 마치 사라지지 않는 인터넷 팝업 광고처럼 원치 않는 생각들이 계속 떠오른다고 느끼기 때문이다. 실제로 경험해보면 우리가 집착하는 주체가 아니라 피해자처럼 느껴진다.

불교에서 집착이 모든 고통의 근원이라고 말할 때는 집요하게 계속해서 일어나는 생각을 다스리지 못하는 상태를 의미한다. 선불교에서는 반복되는 한 생각이 삶에서 가장 위험한 것 중 하나라고 본다. 우리의 몸과 감정은 상상과 실제 상황을 구별하지 못하기 때문이다. 우리가 부정적인 것을 떠올릴 때마다 우리의 신체와 감정은 그 부정적인 생각과 관련된 스트레스 반응을 겪게 된다는 뜻이다.

전통적으로 불교에서는 한 문제를 해결하려 할 때 문제 상황을 지속시키는 '원인과 조건'을 뿌리째 없애는 방법을 시도한다.

그렇다면 말로 표현하지 않은 분노를 해결하기 위해, 화의 마음을 자극하는 '한 생각'을 완전히 제거하는 방법을 쓰려고 할 것이다. 이제 참선이 화를 없애줄 거라는 얘기가 그럴듯하게 들린다. 게다가 불교의 참선을 비롯한 여러 형태의 명상은 오랫동안 분노를 다스리는 법으로 소개되어왔다.

참선의 경우, 수준이 높은 수행자들은 어느 시점이 되면 화가 나는 생각이 들 때 참선 자세를 취하고, 복식 호흡으로 숨을 들이마시고, 날

숨에 "이뭣고?"라고 읊으면서 대의심을 일으키면, 뜨거운 화의 기운이 날숨과 함께 모두 몸과 마음 밖으로 사라지는 것을 경험한다. 마치 풍선에서 뜨거운 공기가 훅 빠지듯이 갑자기 기분이 상쾌해지고 정신이 맑고 차분해지는 것을 느낀다. 마침내 화를 정복했다는 생각에 마냥 행복해진다. '정신적 진보'를 이뤘다고 믿게 된다.

그러나 화를 일으키는 생각들이 다시 돌아와 실의에 빠뜨린다. 인터넷에는 참선과 다른 형태의 명상법이 "화를 다스리는 데 효과가 없다"고 하는 서양의 불교 명상 경험자들의 주장이 가득하다.

여기서 알아야 할 중요한 사실은 참선은 마법이 아니라는 점이다. 마법의 주문을 한 번 읊는 것처럼 호흡 한 번에 수년, 수십 년 묵은 정서적 습관을 뿌리 뽑지는 못한다. 특히 화처럼 대단히 파괴적인 마음 상태는 좀 더 장기적이고 섬세한 전략적 접근이 필요하다.

화의 뿌리 다루기

화의 뿌리를 다루려면, 어떤 생각을 떠올리지 않으려고 부질없는 노력을 기울이기보다 그 생각이 반복적으로 떠오르는 이유를 이해하려고 노력하는 편이 훨씬 도움이 된다.

화를 억누르고 있다는 것은 극심한 스트레스와 고통 속에 있다는 뜻이다. 잠도 제대로 못 잔다. 식습관에도 문제가 생긴다. 머릿속이 괴로운 이미지들로 넘쳐난다. 화나는 기억들과 앞으로 벌어질 일들에 대한 무시무시한 상상, 당혹스러울 정도로 터무니없는 보복 시나리오 등이 밀려든다. 이렇게 억눌린 화는 몸도 고통스럽게 한다. 가슴속에 있는 불이 온몸을 태우는 것처럼 우리를 괴롭힌다.

뜨거운 감자를 손에 쥐면 반사적으로 떨어뜨리는 것처럼, 머릿속에 그런 생각이 들면 재빨리 그 생각에서 벗어나면 되지 않느냐고 생각할 수 있다. 하지만 화를 유발하는 생각은 의지와 상관없이 계속 떠오른다. 우리는 어떻게 그런 고통스러운 상태에 정서적으로 집착하게 되는 걸까? 말로 표현하지 못한 화로부터 우리는 무엇을 얻고 있는 것일까? 감춰진 보상이라도 있는 것일까?

불교 전통의 가르침에 따르면 깨닫지 못한 마음이 언제 어디서나 애를 쓰는 딱 한 가지가 있다. 자신의 자아상을 강화하고 방어하고 과장하는 것이다.

깨닫지 못했다는 것은 자기가 본질적으로 무엇이고 누구인지를 똑바로 보지 못한다는 뜻이다. 이렇게 내면을 보지 못하면 자기 존재의 실체와 그것이 이 거대하고 자못 무심해 보이는 우주에서 지니는 가치와 의미에 대해 깊은 불안과 의구심이 생긴다. 그래서 깨닫지 못한 마음은 이런 깊은 불안을 누그러뜨리기 위해 스스로에 대한 이미지를 만들어낸다. 의미와 가치로 가득한 인생 이야기를 꾸며냄으로써, 하찮고 무의미한 존재일지 모른다는 두려움으로부터 보호받으려는 것이다. 깨닫지 못한 상태에서는 선명하고 강력한 자아상을 만들어내는 것이 불안과 두려움에 맞서는 유일한 방어수단이다.

그리고 화만큼 자아에 대해 뚜렷하고 부풀려진 인식을 만들어내는 마음 상태도 별로 없다. 화가 나면, 그러니까 깨닫지 못한 사람이 자기 마음의 경계가 침범을 당했다고 판단하면, 일종의 자기방어 체계로서 분노가 작동하고, 분노의 마음은 스스로의 영역을 방어하고 확장하는 데에만 집중한다.

화가 난 상태에서는 생각하고, 상황을 처리하는 방식이 아주 단순해진다. 그뿐만 아니라 평소에는 주저하게 되는 아주 원초적이고 유치한 감정에 쉽게 빠진다. 그래서 분노의 고통에 휩싸이면 세상을 절대적으로 흑과 백, 선과 악으로 인식한다.

이렇게 삭막한 세상에서 우리는 언제나 그릇된 행동의 피해자이다. 그리고 우리에게 잘못을 범한 사람은 언제나 악당이자 가해자이며, 범죄자이다. 우리는 선하고, 그들은 악하다. 우리의 실수와 잘못은 이해할 만하고 용서받을 만하며 정당화할 수 있지만, 반대로 그들의 행동은 이치에 맞지 않고 변명의 여지가 없으며 정당화할 수 없는 것이다.

그 결과 우리는 화가 나면 이런 왜곡된 논리에 따라, 평소에는 품위 있게 자제하던 행동을 서슴없이 한다. 솔직히 우리를 화나게 한 그들에게는 예의를 갖출 필요가 없기 때문이다. 다른 말로 하면, 우리는 그들에게 못되게 굴어도 된다. 그것에 대해 죄책감을 느끼지 않아도 된다고 여긴다.

평소 사회생활을 할 때는 내적 갈등이라도 한다. 깨닫지 못한 마음은 오로지 자신에게만 집중하고 싶어 하지만, 사람이 살아가려면 서로 의지해야 하기 때문에 최소한 다른 사람에게 신경을 쓰는 척이라도 해야 한다. 최소한의 예의와 관심, 연민을 보여줘야 하는 것이다.

하지만 마음속에 분노가 일면, 그때는 다른 사람들에게 신경 써야 하는 부담을 내려놓게 된다. 괴롭고 억울한 자기 자신만 생각해도 된다고 느껴 뭔가 짜릿하고 해방된 기분이 든다. 대단히 미성숙하고 유치하고 자기밖에 모르는, 지극히 원초적인 마음 상태로 돌아가도 된다고 느낀다.

이런 마음 상태에서는 내가 우주의 중심이다. 따라서 어떤 사람이 나를 화나게 만들었다면 그 사람은 무조건 나쁜 사람이다. 이제 복수에 대한 환상과 욕망을 마음껏 펼쳐도 된다.

화는 고통을 안겨주기도 하지만 희한한 보상도 제공해준다. 마치 유치한 드라마의 주인공이 된 것처럼, 일그러진 것이지만 거부할 수 없는 쾌락을 가져다준다. 이렇게 자아가 만들어낸 세상에서, 나는 온갖 동정과 연민, 걱정을 받아야 하는 비극적인 희생자이자 복수가 정당화되는 영웅이기도 하다. 화가 나의 지위를 높여준 것이다.

우리는 화가 나면 인생의 다른 순간들과 달리, 우리의 믿음에 확신이 생기고 무엇을 하든 정당화된다고 느낀다. 모든 것이 진정한 사실로 느껴지고, 우리의 시각이 옳다는 것을 뒷받침해주는 것처럼 느껴진다.

슬픈 얘기일지 모르지만, 대부분의 사람들이 화가 일어날 때만큼 살아 있으며 에너지로 충만하다고 느끼는 경우가 별로 없다. 우리는 엄청나게 부풀려진 자만심이 주는 짜릿함을 계속해서 다시 찾게 된다. 우리의 마음이 화를 자극하는 생각을 그냥 '흘려보내지' 못하고 계속 떠올리며 괴로움의 악순환을 반복하는 이유가 바로 이 때문이다. 결국 화를 내는 것도 중독이다.

화에 대한 해결책

그렇다면 화가 났을 때의 이런 자기도취적인 유치한 짜릿함에 중독되지 않고 벗어나려면 어떻게 해야 할까? 세상의 모든 종교가 화에 대한 해결책으로 제시하는 것은 언제나 용서다.

그러나 우리는 용서의 의미를 잘못 이해하는 경우가 많다.

"당신은 분명히 내게 잘못을 저질렀어. 하지만 나는 아주 선하고 아주 훌륭한 사람이니까 그냥 넘어가줄게. 당신은 나에게 한 가지 빚을 진 거야."

이런 생각이나 태도는 진정한 용서가 아니다. 용서는 분노의 즐거움을 우월감의 즐거움으로 바꾸는 것이 아니다.

그렇다고 다른 사람의 그릇된 행동을 다 용인하는 것도 용서가 아니다. 부당한 대우와 학대를 무조건 견뎌 성자나 보살에 가까워지라는 의미도 아니다. 또한 용서는 세상에 굴복하라고 강요하지 않으며, 세상이 우리를 마음대로 하도록 내버려두는 것도 아니다. 자신의 권한을 포기하는 것은 이기심에서 벗어나는 법도 아니다.

용서가 남의 잘못을 그냥 넘기는 것이 아니고, 자기희생이나 굴복도 아니라면, 과연 용서는 무엇일까? 불교 관점에서 보면 용서는 올바르게 통찰하는 것이다.

우리는 화가 날 때 무엇 때문에 화가 나는지를 분명히 알아야 한다. 누군가 우리를 기분 나쁘게 대하는 것 같을 때, 그 행동의 뿌리를 봐야 한다. 이론적, 지적, 혹은 교리 차원에서가 아니라 우리가 실제로 느끼는 감각을 통해 인지해야 한다.

우리의 의식 중 우리가 통제할 수 있는 부분은 극히 적다. 사실 우리의 의식과 관련된 현상과 활동들은 물론이고, 행동에 동기를 부여하고 그 형태를 결정하는 요인들까지도 알아차리지 못하는 경우가 대부분이다.

참선을 통해 통찰력을 키울 수 있다면, 다른 사람의 말투와 몸짓, 행동을 꿰뚫어봄으로써 그 행동의 근원을 알 수 있다. 사람들이 그렇게 행동하는 이유가 단지 그들이 의식하지 못하는 부정적인 습관 때문임을 알면, 그런 행동을 기분 나쁘게 받아들이지 않을 수 있다. 화를 내기가 어렵다.

다른 사람이 나쁜 행동을 할 때 그 행위의 근원을 이해함으로써 분노를 누그러뜨리는 방법은 자신의 최악의 모습을 기억하는 것이다. 다른 누군가에게 못되게 행동했을 때 그때 마음 상태를 또렷이 기억하면 된다. 단지 그 사람을 화나게 하고 싶어서 일부러 무례하게 굴거나 빈정대거나 둔감한 태도를 보였던 순간들이 있을 것이다.

우리가 이기적이거나 악의적 또는 폭력적으로 행동할 때 정신적으로 이상한 분열이 일어난다. 우리가 의식하고 하는 행동들이 무의식적으로 행해진 것처럼 느껴진다. 예컨대 엄청난 고의성을 가지고 친구나 가족일 수 있는 어떤 사람에게 상처를 주려할 때, 우리가 하는 말과 행동이 안개 속에서 벌어지고 있는 것처럼 느껴진다. 마치 거리를 두고 자기 자신을 바라보고 있는 것 같다. 아주 정확하게 말하고 행동하면서도 그 모든 행동이 통제가 안 되는 것처럼 느껴진다. 뭔가에 홀린 것 같은 기분이다.

우리의 마음이 마치 악성 바이러스에 감염된 컴퓨터 같다. 온전한 부분도 있지만 아닌 부분도 많다. 상식과 공감은 기능을 멈춘 것 같은데, 의식의 집중과 목표 설정, 문제해결 기능은 모두 제대로 작동한다. 그래서 남에게 상처를 주는 가학적 목표를 달성할 수 있는 것이다. 이런 상황에서는 다른 사람의 고통을 느끼거나 앞으로의 결과를 예상하지 못한다. 신중하게 전략을 세웠는데도 다른 뭔가에 끌려가고 있는 것처럼 무력감을 느낀다.

이것이 화에 뒤따르는 삼독심 중에 세 번째인 치심癡心의 마음 상태다. 누군가가 우리에게 상처를 주려고 할 때 그 사람의 마음 상태가 바로 이와 같다.

이제 우리는 우리를 화나게 하고 상처 주는 사람의 행동에 비추어 자신의 최악의 모습을 볼 수 있다. 그럴 때 우리가 느끼는 것은 분노가 아니라 부끄러움과 후회, 슬픔이며, 결국에는 연민으로 이어진다. 우리도 똑같은 경험을 해보았기에 그 사람의 마음에서 무슨 일이 벌어지고 있는지를 이해할 수 있다.

종교적으로 표현하면 이것이 참회의 시작이다. 부정적 행동을 하게 된 그 뿌리와 과정을 확실히 알면 자연스럽게 뉘우치게 된다. 우리 스스로의 어리석음과 우리에게 잘못한 다른 누군가의 어리석음, 그리고 궁극적으로는 더 넓은 관점에서 인류 전체의 어리석음에 부끄러움을 느끼고 비로소 겸손해진다.

진정으로 겸손해지는 것을 경험하면, 마침내 우리가 어떻게 살아왔는지가 보인다. 그동안 개인적으로는 물론이고 집단적으로 잃어버리고 망쳐버린 모든 것을 이해하게 된다. 계속 이런 식으로 사는 것을 원치 않게 된다. 처음부터 다시 시작하고 싶어진다. 그렇게 참선으로 얻은 통찰력이 용서와 참회를 거쳐 우리를 희망으로 이끈다.

한 걸음 더 나아가, 참선으로 얻은 통찰력으로 용서를 배우는 과정에서 생긴 연민과 희망은 단순히 화를 내려놓는 것이 아니라 더 나은 것으로 변화시키는 법을 가르쳐준다. 우리를 너무나 고통스럽게 하고 다른 사람들을 아프게 했던 화의 불길은 이제 자비로 조절되고 희망으로 안정되어 용기의 에너지로 바뀐다.

화에서 용기로

대중적인 심리학 담론에서는 화를 순전히 부정적이고 위험한 현상이라고 보고 완전히 없애는 것만이 유일한 해결책이라고 간주하는 경향이 있다.

그러나 모든 화가 정당화되지 않는 것은 아니다. 반드시 해결해야 하는 골치 아픈 문제도 있다. 그런 상황에 화가 나는 것은 당연한 반응이다. 다만 그 화를 어떻게 처리해야 할지 모른다는 것이 문제다. 그래서 화를 표출하거나 아니면 없애야 한다고만 생각한다. 우리가 애초에 만성적인 화로 괴로워하는 이유가 바로 이 때문이다. 진짜 문제는 화의 진정한 목적을 이해하지 못하는 것이다.

분노의 에너지는 문제들을 해결하고 이 세상을 더 좋게 만들기 위한 것이다. 하지만 불과 마찬가지로 우리는 그 에너지를 좋게 사용할 수도 있고 나쁘게 사용할 수도 있다. 좌절된 욕망에 대한 반발로 분노의 에너지를 사용하면 앙심과 악의, 복수심에 불타게 된다. 결국 엄청난 고통을 야기하는 치심으로 우리를 이끈다.

그러나 용서로 전환된 분노의 에너지는 용기로 바뀐다. 용기는 이 세상의 모든 긍정적 변화의 원천이다. 결국 화가 지닌 본래의 모습은 용기다. 분노가 용기로 바뀌면, 공격적인 행동이 확신에 찬 적극적인 모습으로 바뀐다.

많은 사람들이 공격적 행동과 적극적 행동을 잘 구별하지 못한다. 공격적인 행동은 타인을 표적으로 삼아 자기가 원하는 대로 행동하도록 위협하는 것이다.

반면에 적극적 행동은 평화적이고 비폭력적으로 문제를 해결해나가는 접근법이다. 문제를 해결하고자 하는 의도를 단순하고 명확하면서도 차분하고 솔직하게 밝히고 특정한 사람이 아니라 행동과 절차를 목표로 삼는다. 누군가를 무력화시키기 위해서가 아니라 일을 처리하는 방식을 바꾸려고 노력하는 것이다.

공격성과 적대감에서 비롯된 행동은 복수를 감행하려는 경향이 있다. 자신이 정의를 추구하고 있다고 믿으며, 어떤 사람이나 상황에 의해 불쾌해지기 이전의 모습으로 돌아가고 싶어 한다.

반면에 적극적인 행동은 설욕과 응징이 아니라 성장과 발전을 추구한다. 정의 대신에 더 높은 차원의 평등을 목표로 한다. 적극적인 행동을 통한 접근법을 지지하는 사람들은 원래대로 돌아가기를 원하는 것이 아니라, 발전과 진보를 열망한다.

화내는 습관을 뿌리 뽑고 통찰을 바탕으로 한 용서를 실천하기 위해 가장 중요한 것은 매일 꾸준히 참선을 하는 것이다.

규칙적으로 오랫동안 참선을 실천하면 자기 자신을 똑바로 용기 있게 바라볼 수 있는 맑고 초롱초롱한 의식 상태가 된다.

인간의 마음이 늘 폭풍처럼 밀려드는 생각과 감정으로 가득하고, 이런 생각과 감정은 대단히 부정적이어서 어떤 것이든 삼독심의 악순환을 일으킬 수 있음을 알게 된다.

이런 통찰을 얻었다면, 진화의 다음 단계로 나아갈 준비가 된 것이다. 이제 스스로에게 물어야 한다. 어떻게 만성적 화를 통찰에 기반한 용서와 연민, 희망과 용기로 바꾸는 긴 여정에 나설 수 있을까? 지금 당장 해야 할 것이 정확히 무엇일까?

참선으로 화내는 습관 바꾸기

우리가 가장 먼저 해야 할 일은 참선하는 법을 제대로 익히도록 훈련하는 것이다. 올바른 자세와 복식 호흡, "이뭣고?"를 화두로 참선하는 것이 자연스럽고 편안해져야 한다. 그다음엔 참선을 이용해 분노에 대처하는 구체적인 실시간 전략이 필요하다.

먼저 직장이나 다른 민감한 사회적 상황에서 무엇인가가 우리를 화나게 만들었다고 가정해보자. 심장박동이 빨라지고, 얼굴과 몸에 열기가 퍼지고, 근육이 경직된다. 머릿속은 불쾌한 기억으로 가득 채워진다.

이럴 때는 곧장 참선에 들어가면 안 된다. 심리학적 관점에서 보면 분노라는 것이 짧게, 집중적으로, 강력하게 움직일 준비가 되어 있는 상태다. 투쟁—도피 반응 이론에 따르면, 우리 몸은 싸울 준비를 하고 있다. 이런 상태에서는 고정된 자세로 가만히 앉아 있기가 무척 어렵다.

가능하다면 몇 분이라도 꽤 활발한 신체 활동을 하는 것이 도움이 된다. 잠깐 빠른 걸음으로 산책을 하거나 운동을 하거나 방을 청소하는 것도 좋다. 이렇게 하는 동안엔 신체 움직임에만 집중하여 여러 가지 생각들이 그냥 흘러가게 두면 된다.

• 몸이 평소 상태로 돌아온 것 같으면 이제 올바른 좌선 자세를 취

한다.

- 준비 호흡을 최소 열 번 반복한다.
- 숨을 길게 내쉴 때마다 뜨겁고 불안한 분노의 에너지를 모두 밖으로 내보낸다고 상상하자.
- 이제 복식 호흡에 들어간다. 다시 한 번 길게 호흡하고, 계속해서 호흡 주기를 늘려가면서 몸의 긴장을 풀어주자.
- 마지막으로 "이뭣고?" 화두에 들어간다. 끊임없이 떠오르는 불쾌한 생각들과 씨름할 필요 없다. 그것을 밀어내지도 말고 빠져들지도 않아야 한다.
- 계속해서 인내심을 갖고 능숙하게 "이뭣고?"로 의식을 되돌려야 한다.

약하고 예민한 어린애 다루듯 마음을 다뤄야 한다. 야단쳐서 굴복시키려고 하면 안 된다. 인내심을 갖고 몇 번이고 달래서, 불쾌하고 산만한 생각에서 벗어나 "이뭣고?"로 향하도록 이끌어줘야 한다.

이 방법이 나중에 후회하게 될 말과 행동을 하지 않게 도와줄 수 있을 것이다. 하지만 기본적으로 마음에 붙인 반창고 같은 임시방편에 불과하다. 불쾌한 생각들이 하루 종일 계속해서 떠오를 것이다. 이럴 때는 종일 방심하지 말고 적대적인 생각이 들 때마다 올바른 호흡법과 "이뭣고?" 화두로 대응해야 한다. 그런 다음 하루가 끝날 무렵에는 조용한 참선으로 마음을 정화하고, 치유하고, 성장시키는 작업을 해야 한다.

참선으로 순식간에 화가 사라지지는 않겠지만 회복하는 데 걸리는 시간은 확실히 줄어든다는 것을 항상 기억해야 한다. 시간이 흘러 참선 실력이 향상될수록 화가 나는 경우들이 빠르게 줄어드는 것을 발견할 것이다.

며칠 밤을 잠 못 들고 이리저리 뒤척이게 만들었던 생각들이 이제는 하룻밤이면 사라진다. 예전 같으면 밤새도록 고민했을 문제가 있어도 이제는 약간의 참선을 통해 내일 아침에 다시 생각해보기로 하고 숙면을 취할 수 있다. 예전 같으면 하루를 온통 망치게 했을 문제가 생겨도 이제는 잠깐 분개했다가 금세 진정이 된다. 참선을 통해 이런 발전 과정을 거치면서 삶의 질이 좋아졌을 뿐 아니라, 건강까지 살렸다는 것을 깨닫는다.

요약하자면 이것이 늘 화가 나 있는 우리를 위해 참선이 열어주는 해방의 길이다. 분노와 고통—참선 활용—통찰—참회—용서—희망—용기—해방—평화—지혜—행복.

송담 스님이 자주 하셨던 말씀처럼 이것이 진정한 인간이 되는 유일한 길이다.

(2권으로 이어집니다)

참선 1

마음이 속상할 때는 몸으로 가라

1판 1쇄 발행 2019년 12월 2일
1판 3쇄 발행 2020년 1월 10일

지은이 테오도르 준 박
옮긴이 구미화
펴낸이 이선희

기획편집 이선희
편집 이선희 구미화 이승희
모니터링 박소연 정소리 양은희 조혜영 박민주
디자인 표지 김현우 본문 최미영
마케팅 정민호 김도윤 나해진 박보람 최원석 우상욱
홍보 김희숙 김상만 한민아 지문희 이가을 오혜림 우상희
제작 강신은 김동욱 임현식
제작처 영신사

펴낸곳 (주)나무의마음
출판등록 2016년 8월 25일 제406-2016-000107호
주소 10881 경기도 파주시 회동길 210
문의전화 031-955-2696(마케팅) 031-955-2683(편집) 031-955-8855(팩스)
전자우편 sunny@munhak.com

ISBN 979-11-90457-00-2 04810
      979-11-959068-9-5 04810(세트)

• (주)나무의마음은 (주)문학동네의 계열사입니다.
• 이 도서의 국립중앙도서관 출판예정도서목록(CIP)은 서지정보유통지원시스템 홈페이지
  (http://seoji.nl.go.kr)와 국가자료종합목록시스템(http://www.nl.go.kr/kolisnet)에서 이용하실 수 있습니다.
  (CIP제어번호 : CIP2019045596)

www.munhak.com